P.S. Eu te Amo

Cecelia Ahern

P.S. Eu te Amo

Existem amores que duram mais que uma vida

Tradução:
Carolina Caires Coelho

Novo Conceito

Produção Editorial:
Editora Novo Conceito

Dados Internacionais de Catalogação na Publicação (CIP)
(Câmara Brasileira do Livro, SP, Brasil)

Ahern, Cecelia
     P. S. Eu te amo : existem amores que duram mais que uma vida / Cecelia Ahern ;
tradução Carolina Caires Coelho. -- Ribeirão Preto, SP: Novo Conceito Editora, 2012.

     Título original: P. S. I love you.
     ISBN 978-85-8163-062-5

     1. Ficção irlandesa I. Título.

12-09443   CDD-ir823.9

Índices para catálogo sistemático:
1. Ficção : Literatura irlandesa ir823.9

Novo Conceito
Rua Dr. Hugo Fortes, 1885
Parque Industrial Lagoinha
14095-260 – Ribeirão Preto – SP
www.editoranovoconceito.com.br

Para David

Capítulo 1

HOLLY SEGUROU A BLUSA DE LÃ AZUL perto do rosto e imediatamente sentiu o perfume familiar, um pesar forte revirando seu estômago e pressionando seu peito. Sentiu um arrepio nas costas e na nuca e um nó sufocante na garganta. O pânico tomou conta dela. À exceção do zunido baixo da geladeira e dos barulhos ocasionais nos canos, a casa estava em silêncio. Ela estava sozinha. Sentiu ânsia de vômito e correu para o banheiro, onde caiu de joelhos diante do vaso sanitário.

Gerry havia partido para nunca mais voltar. Era a realidade. Ela nunca mais passaria os dedos por seus cabelos macios, nunca mais dividiria com ele uma piada à mesa de um jantar com amigos, nunca mais reclamaria para ele quando chegasse em casa depois de um dia duro no trabalho, carente de um abraço, nunca mais dormiria na mesma cama que ele, nunca mais acordaria com o ataque de espirros dele de manhã, nunca mais riria com ele até a barriga doer, nunca mais brigaria com ele para decidir de quem seria a vez de se levantar e apagar a luz do banheiro. Só restaram um monte de lembranças e a imagem do rosto dele que se tornava mais vaga a cada dia.

O plano deles era bem simples. Queriam ficar juntos até o fim da vida. Um plano que qualquer pessoa de seu círculo de amigos julgaria possível de realizar. Eles eram melhores amigos, amantes e almas gêmeas destinadas a estarem juntas, na opinião de todos. Mas, infelizmente, um dia, o destino mudou de ideia vorazmente.

O fim ocorrera cedo demais. Depois de reclamar de enxaqueca por alguns dias, Gerry concordara com a sugestão de Holly para que fosse ao médico. A consulta aconteceu em uma quarta-feira no horário de almoço do trabalho. O médico disse que a dor podia ter sido causada por estresse ou cansaço e que, na pior das hipóteses, ele teria de usar óculos. Gerry não tinha gostado nada daquilo, não queria usar óculos. Não precisaria ter se preocupado com isso, uma vez que o problema não estava nos olhos, mas, sim, no tumor que crescia em seu cérebro.

Holly deu descarga e, estremecendo com o frio do piso, levantou-se com dificuldade. Ele tinha 30 anos. Nem de longe era um dos homens mais saudáveis do mundo, mas era saudável o suficiente para... bem, para levar uma vida normal. Quando já estava muito mal, dizia, com um bom humor corajoso, que não devia ter levado uma vida tão certinha. Deveria ter usado drogas, bebido mais, viajado mais, saltado de paraquedas depilando as pernas... a lista era enorme. Apesar das risadas, Holly conseguia ver o arrependimento em seus olhos. Arrependimento pelas coisas que nunca reservara tempo para fazer, lugares que nunca conhecera, e o pesar pela perda de experiências futuras. Ele se arrependia da vida que tivera com ela? Holly nunca duvidou de que ele a amava, mas receava que ele acreditasse ter desperdiçado tempo precioso.

Ficar velho tornou-se algo que ele queria alcançar desesperadamente, em vez de uma inevitabilidade temida. Os dois tinham sido muito presunçosos por não terem considerado o envelhecimento uma conquista e um desafio. A idade era algo que os dois queriam evitar a qualquer custo.

Holly caminhou de cômodo a cômodo chorando lágrimas pesadas e salgadas. Seus olhos estavam vermelhos e inchados e aquela noite parecia não ter fim. Nenhum lugar da casa oferecia consolo. Apenas silê... o indesejado e a mobília. Desejou que o sofá abrisse seus braços para recebê-la, mas ele também a ignorou.

Gerry não ficaria feliz com aquela situação, pensou ela. Respirou fundo, secou os olhos e tentou colocar a cabeça no lugar. Não, Gerry não ficaria nem um pouco satisfeito.

Assim como fizera todas as outras noites das últimas semanas, Holly caiu em um sono agitado nas primeiras horas da manhã. A cada dia, ela acordava e se via espalhada sem nenhum conforto em cima de um móvel diferente: naquele dia, estava no sofá. Mais uma vez, foi o telefonema de um amigo ou familiar preocupado que a despertou. Eles provavelmente acreditavam que ela só sabia dormir. Por que ninguém telefonava enquanto ela vagava perdida pela casa, como um zumbi, percorrendo os cômodos à procura de... de quê? O que ela esperava encontrar?

— Alô — respondeu ela, grogue. Sua voz estava rouca de tanto chorar, e há muito tempo ela já havia desistido de tentar fazer uma voz firme para as pessoas. Seu melhor amigo havia morrido e ninguém compreendia que nem toda a maquiagem, o ar fresco e as compras do mundo preencheriam o vazio em seu coração.

— Ah, desculpe, eu acordei você? — A voz preocupada da mãe de Holly soou do outro lado da linha.

Sempre o mesmo papo. Toda manhã, sua mãe telefonava para ver se ela havia sobrevivido à solidão durante a noite. Sempre temendo acordá-la, mas, ao mesmo tempo, aliviada por ouvi-la respirando; contente por ver que a filha havia encarado os fantasmas da noite.

— Não, eu estava só cochilando, tudo bem. — Sempre a mesma resposta.

— Seu pai e Declan saíram e eu estava pensando em você, querida. — Por que aquela voz carinhosa e calma sempre deixava os olhos de Holly marejados? Ela conseguia imaginar o rosto preocupado, as sobrancelhas cerradas, a testa franzida. Mas Holly não se sentia acalentada. Lembrava-se do motivo pelo qual eles estavam preocupados e que não deveriam estar. Tudo deveria ser normal. Gerry deveria estar ali ao lado dela, rolando os olhos para cima e tentando fazê-la rir enquanto sua mãe tagarelava. Muitas vezes, Holly teve que entregar o telefone a Gerry, pois começava a rir sem parar. E então ele começava a conversar sem parar, ignorando Holly, que pulava em cima da cama fazendo caretas e dancinhas engraçadas só para ele rir. Raramente atingia seu objetivo.

Ela fazia "hums" e "ahs" ao longo da conversa, ouvindo sem escutar nada do que era dito.

— O dia está lindo, Holly. Seria extremamente benéfico para você sair para dar uma volta. Respirar um pouco de ar fresco.

— Hum, acho que sim. — De novo, o tal do "ar fresco" que supostamente resolveria todos os seus problemas.

— Talvez eu ligue mais tarde e podemos conversar.

— Não, obrigada, mamãe, eu estou bem.

Silêncio.

— Certo, tudo bem... Telefone para mim se mudar de ideia. Estarei livre o dia todo.

— Certo.

Mais silêncio.

— Mas obrigada.

— Certo... Cuide-se, meu amor.

— Vou me cuidar. — Holly estava prestes a colocar o telefone no gancho, mas ouviu a voz da mãe de novo.

— Oh, Holly, quase me esqueci. Aquele envelope ainda está aqui à sua espera, aquele sobre o qual eu falei. Está em cima da mesa da cozinha. Talvez você devesse buscá-lo, porque está aqui há semanas e pode ser importante.

— Duvido. Provavelmente é só mais um cartão.

— Não, acho que não, querida. Está endereçado a você e acima de seu nome está escrito... Espere um pouco, vou pegá-lo... — Ela colocou o telefone em cima da mesa, e Holly ouviu o som dos saltos no piso, cadeiras sendo arrastadas, passos mais altos, sua mãe pegando o telefone de novo...

— Você ainda está aí?

— Sim.

— Certo. Em cima, está escrito "A Lista". Não sei o que isso quer dizer, meu amor. Vale a pena dar uma...

Holly soltou o telefone.

Capítulo 2

— G ERRY, APAGUE A LUZ! — Holly riu ao observar o marido despindo-se diante dela. Ele dançava pelo quarto fazendo um striptease, lentamente desabotoando sua camisa de algodão branco com os dedos finos. Ele ergueu a sobrancelha esquerda para Holly e deixou a camisa escorregar de seus ombros, segurou-a com a mão direita e a balançou por cima da cabeça.

Holly riu de novo.

— Apagar a luz? E perder tudo isto? — Ele sorriu de modo brincalhão enquanto flexionava os braços. Não era vaidoso, mas tinha muitos motivos para ser, pensou Holly. Tinha um corpo forte e totalmente em forma. Suas pernas compridas eram musculosas graças a horas de exercícios na academia. Ele não era um homem muito alto, mas tinha altura suficiente para fazer Holly se sentir segura quando ele se colocava de modo protetor ao lado de seu corpo de 1,65 metro. O que ela mais gostava era que, quando ela o abraçava, sua cabeça se aninhava logo abaixo de seu queixo, onde ela conseguia sentir a respiração dele soprando seus cabelos e fazendo cócegas em sua cabeça.

— Bem, pelo menos está mais escuro aqui embaixo — disse ela, rindo. Ele sempre conseguia fazer com que ela risse. Quando voltava cansada e irritada do trabalho, ele era sempre compreensivo e escutava suas reclamações. Eles raramente brigavam e, quando isso acontecia, era por coisas tolas que viravam motivo de piada depois, como quem havia deixado a luz da varanda acesa a noite toda ou quem havia se esquecido de ligar o alarme à noite.

Gerry terminou o striptease e mergulhou na cama. Acomodou-se ao seu lado, enfiando os pés gelados embaixo das pernas dela para se aquecer.

— Aaaaiii! Gerry, seus pés mais parecem cubos de gelo! — Holly sabia que aquela posição indicava que ele não pretendia afastar-se. — Gerry — disse

Holly, como em um alerta.

— Holly — ele a imitou.

— Você não se esqueceu de uma coisa?

— Não, não que eu me lembre — respondeu ele, fazendo graça.

— A luz?

— Ah, sim, a luz — disse ele sonolento e fingindo roncar.

— Gerry!

— Pelo que me lembro, *eu* precisei sair da cama e apagar a luz a noite passada.

— Sim, mas você estava do lado do interruptor um segundo atrás!

— Sim... só um segundo — repetiu, fingindo dormir.

Holly suspirou. Detestava ter de sair da cama quando já estava aconchegada e relaxada, pisar no chão frio, voltar na escuridão e deitar-se na cama de novo. Ela resmungou.

— Não posso fazer isso o tempo todo, sabe, Hol? Pode ser que um dia eu não esteja aqui, e aí, o que você vai fazer?

— Pedir para o meu novo marido dar um jeito — respondeu ela, esforçando-se para afastar os pés gelados dele dos dela.

— Rá!

— Ou me lembrar de apagar a luz antes de vir para a cama.

Gerry resmungou.

— Isso é bem difícil de acontecer, minha cara. Vou ter que deixar uma mensagem no interruptor antes de partir para que você se lembre.

— Muito gentil de sua parte, mas prefiro que você me deixe apenas seu dinheiro.

— E um bilhete no sistema de aquecimento central — continuou ele.

— Rá-rá.

— E na caixa de leite.

— Você é um homem muito engraçado, Gerry.

— Ah, e nas janelas para você não as abrir e acionar o alarme de manhã.

— Então, por que não deixa uma lista, em seu testamento, das coisas que quer que eu faça se acha que sou tão incompetente sem você?

— Não é uma má ideia — disse ele, rindo.

— Então, está bem. Vou apagar a maldita luz. — Holly saiu da cama reclamando, fez uma careta ao pisar no chão gelado e apagou a luz. Esticou os braços na escuridão e lentamente começou a voltar para a cama.

— Oi? Holly, você se perdeu? Tem alguém aí, aí, aí, aí? — Gerry gritou no quarto escuro.

— Sim, estou. Aaaaiiiiii! — gritou ela ao chutar o pé da cama. — Merda, merda, merda, porra, desgraça, merda, bosta!

Gerry riu embaixo do cobertor.

— Alerta número dois de minha lista: cuidado com o pé da cama...

— Ah, cala a boca, Gerry, e pare de ser tão mórbido — Holly respondeu, segurando o pé machucado.

— Quer que eu dê um beijinho para sarar? — perguntou ele.

— Não, tudo bem — respondeu ela, desanimada. — Se eu conseguir colocar os pés aqui para que fiquem quentes...

— Aaaaii! Jesus Cristo, eles estão congelados!

Ela riu.

E foi assim que a brincadeira sobre a lista começara. Uma ideia tola e simples que eles logo contaram aos amigos mais próximos, Sharon e John McCarthy. Foi John quem a abordara no corredor da escola, quando eles tinham apenas 14 anos, para dizer as famosas palavras: "Meu amigo quer saber se você está a fim de sair com ele". Após dias de discussão sem fim e reuniões de emergência com as amigas, Holly acabou aceitando.

— Ah, vá em frente, Holly — dissera Sharon. — Ele é da hora e pelo menos não tem o rosto cheio de espinhas como o John.

Holly sentia muita inveja de Sharon naquele momento. Sharon e John haviam se casado no mesmo ano de Holly e Gerry. Holly era a mais novinha do grupo, com 23 anos, e os outros tinham 24. Algumas pessoas a consideravam muito jovem e diziam que, com a idade que tinha, ela deveria estar conhecendo o mundo e se divertindo. Mas Gerry e Holly conheceram o mundo juntos. Tudo fazia muito mais sentido dessa forma, já que quando eles não estavam... *juntos*, Holly se sentia muito mal, como se lhe faltasse um pedaço.

O dia de seu casamento não foi nem de perto o melhor de sua vida. Ela havia sonhado com o casamento de contos de fada, como a maioria das meninas, com um vestido de princesa e um dia lindo e ensolarado, em um local romântico, cercada por todas as pessoas que lhe eram próximas e queridas. Imaginou que a festa marcaria a melhor noite de sua vida, imaginou-se dançando com todas as amigas, sendo admirada por todos e sentindo-se especial. A realidade foi totalmente diferente.

Acordou na casa dos pais, com gritos de "Não consigo encontrar minha gravata!" (seu pai) ou "Meu cabelo está uma droga!" (sua mãe), e a melhor de todas: "Eu pareço uma baleia! Nem morta vou usar este vestido do jeito que estou. Todo mundo vai reparar! Mãe, olha o meu estado! Holly, pode encontrar outra madrinha, porque eu não vou de jeito nenhum. Ei! Jack, devolve o bendito secador de cabelo, ainda não terminei!" (Tal fala inesquecível foi dita por sua irmã mais nova, Ciara, que sempre dava chiliques e se recusava a sair de casa, dizendo não ter nada para vestir, apesar de seu guarda-roupa estar sempre lotado. Naquela época, ela morava em algum lugar da Austrália com desconhecidos, e o único meio de comunicação que a família tinha com ela era por e-mail, de vez em quando). A família de Holly passou a manhã toda tentando convencer Ciara que ela era a mulher mais linda do mundo. Enquanto isso, Holly se vestia em silêncio, sentindo-se péssima. Ciara acabou concordando em sair de casa quando o pai de Holly, normalmente muito calmo, gritou a plenos pulmões, para surpresa de todos.

— Ciara, hoje é o dia da Holly, não *o seu*! E você *vai* ao casamento e vai se divertir, e quando a Holly descer a escada, *vai* dizer que ela está linda, e não quero mais escutar um pio vindo de você *até o fim do dia*!

Então, quando Holly desceu a escada, todos exclamaram "oh!" e "ah!" e Ciara, parecendo uma menininha de 10 anos que acabara de levar umas palmadas, olhou para a irmã com os olhos marejados e lábios trêmulos e disse:

— Você está linda, Holly.

Os sete membros da família entraram na limusine. Holly, seus pais, os três irmãos e Ciara, e todos ficaram calados e receosos até chegarem à igreja.

A lembrança daquele dia era um tanto vaga agora. Ela mal tivera tempo para falar com Gerry, já que os dois estavam sendo empurrados em direções opostas para encontrarem a tia-avó Betty, do fim do mundo, a quem ela não via desde bebê, o tio-avô Toby, dos Estados Unidos, que nunca havia sido mencionado antes, mas que, de repente, tornou-se um membro muito importante da família.

E ninguém dissera que seria tão cansativo. No fim da noite, o rosto de Holly doía de tanto sorrir para as fotos, e seus pés a estavam matando por correr para todos os lados o dia todo usando aqueles sapatos idiotas inadequados para andar. Ela queria ficar na mesa de seus amigos, que passaram a noite às gargalhadas, claramente divertindo-se muito. Pelo menos eles, pensou ela. Mas assim que Holly entrou na suíte de lua de mel com Gerry, suas preocupações do dia desapareceram e o motivo de tudo aquilo ficou claro.

As lágrimas voltaram a escorrer pelo rosto de Holly e ela percebeu que estava sonhando acordada de novo. Estava sentada, paralisada, no sofá, com o telefone ainda fora do gancho a seu lado. Nos últimos dias, o tempo parecia passar sem que ela percebesse as horas nem mesmo a data. Parecia que ela estava vivendo fora do corpo, amortecida para tudo, menos para a dor no coração, nos ossos, na cabeça. Estava muito cansada... Seu estômago roncou e ela se deu conta de que não se lembrava de quando havia comido pela última vez. Teria sido no dia anterior?

Entrou na cozinha vestindo uma camiseta de Gerry e seus chinelos favoritos cor-de-rosa, nos quais se lia "Disco Diva", que Gerry havia lhe dado de presente no último Natal. Ela era a Disco Diva dele, como ele dizia. Sempre a primeira a ir para a pista de dança, sempre a última a sair. Bem, onde estava aquela menina? Holly abriu a geladeira e olhou para as prateleiras vazias. Tinha apenas legumes e iogurte já vencidos havia muito tempo, deixando um cheiro horrível na geladeira. Não havia nada para comer. Ela esboçou um sorriso ao pegar a caixa de leite. Vazia. Terceiro item da lista dele...

No Natal de dois anos antes, Holly havia saído às compras com Sharon, à procura de um vestido para o baile anual que eles frequentavam no Hotel Burlington. Sair para fazer compras com Sharon era sempre perigoso, e John e Gerry brincavam, dizendo que mais uma vez teriam de passar o Natal sem presentes por causa dos excessos de consumo das meninas. Mas eles não estavam exagerando. As duas os chamavam de pobres maridos esquecidos.

Naquele Natal, Holly gastara uma enorme quantia na Brown Thomas, com o vestido branco mais lindo que já tinha visto.

— Droga, Sharon, estou abrindo um rombo no meu orçamento — disse Holly sentindo-se culpada, mordendo o lábio e passando os dedos pelo material suave.

— Ah, não se preocupe, o Gerry pode tapar o buraco para você — respondeu Sharon, completando com uma gracinha infame: — E pare de me chamar de "droga Sharon", por favor. Sempre que saímos às compras, você se refere a mim desse jeito. Se não tomar cuidado, posso começar a levar para o lado pessoal. Compre o bendito vestido, Holly, é Natal, afinal de contas, a época da generosidade e tal.

— Meu Deus, você é má, Sharon. Nunca mais sairei às compras com você. Estou gastando metade do meu salário, praticamente. Como vou me virar no resto do mês?

— Holly, você prefere comer ou andar fabulosa? — Não era preciso nem perguntar.

— Vou levar — disse Holly com animação para a vendedora.

O vestido era decotado e exibia os peitos pequenos de Holly perfeitamente, e tinha uma fenda na coxa, deixando à mostra suas pernas em forma. Gerry não tirara os olhos dela. Não por ela estar linda, mas, sim, por não se conformar com o fato de tão pouco pano custar tão caro. Na festa, a Sra. Disco Diva exagerou nos drinques e conseguiu destruir seu vestido derramando vinho tinto na parte da frente. Holly tentou, mas não conseguiu segurar o choro quando os homens à mesa, embriagados, diziam a suas parceiras que o item 54 da lista a proibia de beber vinho tinto se estivesse usando um vestido branco e caro. Decidiram que leite seria a bebida certa, pois não ficaria visível se fosse derramado em cima de vestidos brancos e caros.

Mais tarde, quando Gerry derramou sua cerveja, e o líquido escorreu pela borda da mesa e molhou o colo de Holly, chorosa, porém séria, ela anunciou para os presentes à mesa (e para algumas mesas ao redor):

— Regra 55 da lista: nunca compre um *festido* branco caro.

Todos concordaram, e Sharon despertou de seu estupor de algum lugar embaixo da mesa para aplaudir e oferecer apoio moral. Fizeram um brinde a Holly e à nova regra (depois de o garçom surpreso ter entregue uma bandeja cheia de copos de leite).

— Sinto muito pelo seu *festido* branco caro, Holly — John disse antes de sair do táxi e arrastar Sharon com ele para casa.

Seria possível Gerry ter cumprido a promessa e escrito uma lista para ela antes de morrer? Ela havia passado todos os minutos de todos os dias com ele até o momento de sua morte e ele nunca mencionara nada, e ela também não percebeu indícios de que ele estivesse fazendo uma lista. Não, Holly, acalme-se e não seja tola. Ela o queria de volta tão desesperadamente que estava imaginando todo o tipo de coisas malucas. Ele não podia ter feito aquilo. Podia?

Capítulo 3

Holly caminhava por um campo repleto de lírios asiáticos; o vento soprava levemente, fazendo com que as pétalas sedosas roçassem a ponta de seus dedos enquanto atravessava a grama alta e verde. O chão estava suave sob seus pés descalços, e seu corpo estava tão leve que parecia flutuar acima da superfície da terra fofinha. Ao seu redor, as aves gorjeavam alegres enquanto cumpriam sua rotina. O sol estava tão forte no céu limpo que ela precisou proteger os olhos e, a cada rajada de vento que soprava seu rosto, o aroma doce dos lírios a tomava. Ela se sentia muito... feliz, muito livre. Uma sensação desconhecida para ela nos últimos dias.

De repente, o céu escureceu e o sol forte desapareceu atrás de uma nuvem cinza. O vento se tornou mais intenso e o ar, frio. Ao redor, todas as pétalas dos lírios se debatiam sem parar, bloqueando sua visão. O solo, antes fofinho, fora substituído por pedrinhas afiadas que machucavam seus pés a cada passo. As aves haviam parado de cantar e estavam nos galhos, observando. Havia algo de errado e ela sentiu medo. À sua frente, uma pedra cinzenta e distante podia ser vista entre a grama alta.

Ela queria correr de volta em direção às belas flores, mas precisava descobrir o que havia ali à frente. Ao se aproximar, ouviu batidas. *Tum! Tum! Tum!* Aumentou o passo e correu por cima das pedras afiadas e da grama alta que machucava seus braços e pernas. Caiu de joelhos diante da pedra acinzentada e gritou de dor ao perceber o que era: o túmulo de Gerry. *Tum! Tum! Tum!* Ele estava tentando sair! Chamava seu nome. Era possível escutá-lo!

Holly acordou sobressaltada com batidas na porta.

— Holly! Holly! Eu sei que você está aí! Por favor, deixe-me entrar!

Tum! Tum! Tum!

Confusa e sonolenta, Holly caminhou até a porta e viu Sharon com cara de assustada.

— Meu Deus! O que você estava fazendo? Estou batendo à porta há muito tempo! — Holly olhou ao redor, ainda não totalmente alerta. Estava claro e um pouco frio, devia ser de manhã. — E, então, não vai me deixar entrar?

— Vou, Sharon, me desculpe. Eu estava cochilando no sofá.

— Caramba, você está com uma cara péssima, Hol. — Sharon observou o rosto da amiga e a abraçou.

— Nossa! Obrigada. — Holly rolou os olhos e virou-se para fechar a porta. Sharon não era de enrolar, mas Holly a adorava exatamente por isso, por sua sinceridade. Também por isso Holly não fora visitar Sharon no último mês. Não queria escutar a verdade. Não queria escutar que precisava seguir sua vida; só queria... bem, não sabia o que queria. Estava bem com sua tristeza. De certo modo, parecia o mais certo.

— Meu Deus, aqui dentro está abafado! Quando você abriu a janela pela última vez?

Sharon caminhou pela casa abrindo janelas e recolhendo copos e pratos vazios. Ela os levou para a cozinha, colocou-os dentro da lava-louça e começou a organizar as coisas.

— Você não precisa fazer nada, Sharon — protestou Holly sem convencer. — Eu vou fazer...

— Quando? Ano que vem? Não quero vê-la assim enquanto fingimos não notar. Por que não sobe e toma um banho para podermos tomar um chá quando você descer?

Um banho. Quando tinha sido a última vez em que tomara um banho? Sharon tinha razão, ela devia estar péssima com os cabelos oleosos, as raízes escuras aparecendo e o roupão sujo. O roupão de Gerry. Mas ela não pretendia lavá-lo. Queria mantê-lo exatamente como Gerry o deixara. Infelizmente, o perfume estava começando a desaparecer, substituído pelo mau cheiro de sua própria pele.

— Sim, mas não tem leite. Não fui ao... — Holly sentiu-se envergonhada com sua falta de cuidado com a casa e consigo mesma. Não podia deixar Sharon abrir a geladeira, pois a amiga lhe daria uma bronca.

— Tchã-nã! — cantarolou Sharon, mostrando uma sacola que Holly não havia percebido que ela levava. — Não se preocupe, eu já dei um jeito nisso. Pelo visto, você não come há semanas.

— Obrigada, Sharon. — Sentiu um nó na garganta e os olhos marejados. A amiga estava sendo muito gentil com ela.

— Controle-se! Nada de choro hoje! Só diversão, risos e felicidade em geral, minha querida. Agora, vá logo para o banho!

Holly sentiu-se quase normal quando voltou para a cozinha. Vestia um agasalho de moletom azul e havia soltado os longos cabelos loiros (e castanhos nas raízes). Todas as janelas do andar térreo estavam abertas e o vento fresco soprou o rosto de Holly. Era como se ele estivesse eliminando todos os pensamentos ruins e os medos. Ela riu ao pensar que a mãe podia estar certa. Holly saiu de seu transe e se surpreendeu ao ver sua casa. Sharon estava ali havia meia hora, mas já havia organizado e limpado, passado aspirador e guardado, secado e espirrado aromatizador em todos os cômodos. Ela seguiu o som até chegar à cozinha, onde Sharon estava esfregando as panelas. Os balcões brilhavam, assim como as torneiras e o escorredor na pia.

— Sharon, você é um anjo! Não acredito que fez tudo isso! E em tão pouco tempo!

— Ah! Você passou mais de uma hora lá em cima. Eu já estava achando que você tivesse escorrido pelo ralo. Daria, com essa magreza toda. — Ela analisou Holly de cima a baixo.

Uma hora? Mais uma vez, Holly havia passado o tempo sonhando acordada.

— Bem, eu comprei alguns legumes e frutas, tem queijo e iogurte aqui, e leite, claro. Não sei onde você deixa o macarrão e os alimentos em lata, então eu os coloquei ali. E também trouxe pratos feitos congelados, estão no congelador. Devem durar uns dias, mas, se depender de você, durarão um ano. Quanto você emagreceu?

Holly olhou para o próprio corpo; o agasalho estava largo no traseiro e o cordão da cintura estava muito apertado, mas, ainda assim, a roupa estava solta em seu quadril. Ela não havia se dado conta da perda de peso. Foi chamada à realidade pela voz de Sharon mais uma vez.

— Trouxe uns biscoitos para você comer com chá. Jammie Dodgers, seus favoritos.

Pronto. Foi a gota d'água para Holly. Os biscoitos Jammie Dodgers foram a cereja do bolo.

Sentiu as lágrimas escorrendo pelo rosto.

— Ah, Sharon — disse ela —, muito obrigada. Você tem sido tão boa comigo e eu tenho sido uma amiga péssima, horrorosa. — Ela se sentou à mesa e segurou a mão de Sharon. — Não sei o que eu faria sem você.

Sharon estava sentada na frente dela em silêncio, deixando que ela continuasse. Era aquilo que Holly temia, chorar na frente das pessoas o tempo todo. Mas ela não se sentiu envergonhada, Sharon estava bebericando seu chá pacientemente e segurava a mão dela como se tudo fosse normal. Por fim, as lágrimas pararam de rolar.

— Obrigada.

— Sou sua melhor amiga, Hol. Se eu não ajudá-la, quem vai fazer isso? — perguntou Sharon, apertando a mão de Holly e sorrindo para encorajá-la.

— Acho que eu deveria estar me ajudando.

— Ah! — respondeu Sharon, balançando a mão. — Quando você estiver pronta. Não se preocupe com essas pessoas que dizem que você deve voltar ao normal em um ou dois meses. O luto faz parte do processo de ajudar a si mesma.

Ela sempre dizia as coisas certas.

— Bem, sim. Tenho feito muito disso. Já gastei meu luto.

— Não creio! — disse Sharon, fingindo estar incrédula. — E só dois meses depois de seu marido ter morrido!

— Ah, pare! Vou ouvir muitas pessoas dizendo isso, não é?

— Provavelmente, mas elas que se danem! Existem pecados piores no mundo do que reaprender a ser feliz.

— Acho que sim.

— Prometa que vai comer.

— Prometo.

— Obrigada por ter vindo, Sharon. Gostei muito do nosso papo — disse Holly, abraçando a amiga em agradecimento, que havia tirado o dia de folga para sair com ela. — Já me sinto bem melhor.

— Você sabe que é bom ter pessoas por perto, Hol. Os amigos e a família podem ajudar. Bem, talvez, pensando bem, não a sua família — disse de modo brincalhão —, mas pelo menos nós, os seus amigos, podemos.

— Ah, eu sei, já percebi. Só pensei que conseguiria enfrentar isso sozinha... mas não posso.

— Prometa que vai telefonar para mim. Ou, pelo menos, saia de casa de vez em quando.

— Prometo. — Holly rolou os olhos. — Você está começando a falar como a minha mãe.

— Nós só estamos cuidando de você. Certo, até mais — disse Sharon, beijando Holly no rosto. — E *alimente-se*! — acrescentou, cutucando a amiga nas costelas.

Holly acenou para Sharon ao se afastar com o carro. Já estava quase escuro. Elas haviam passado o dia rindo e fazendo brincadeiras a respeito do passado, chorando, e rindo mais, e chorando de novo. Sharon também fez Holly perceber a realidade. Ela não havia se dado conta de que Sharon e John tinham perdido seu melhor amigo, que seus pais tinham perdido o genro e que os pais de Gerry tinham perdido o único filho. Ela se ocupou pensando apenas em si mesma. Foi bom estar entre os vivos em vez de vagar com os fantasmas do passado.

Amanhã seria um novo dia e ela pretendia começá-lo buscando aquele envelope.

Capítulo 4

Holly começou bem sua manhã de sexta-feira acordando cedo. Mas apesar de ter ido dormir cheia de otimismo e animada com os prospectos que a esperavam, ela foi tomada pela realidade cruel da dificuldade que todos os momentos trariam. Mais uma vez ela acordava na casa silenciosa, na cama vazia, mas havia uma pequena mudança. Pela primeira vez em mais de dois meses, ela havia despertado sem a ajuda de um telefonema. Ajustou a mente, como fazia todas as manhãs, para entender que os sonhos que tivera nas últimas dez horas, nos quais se via com Gerry, tinham sido apenas... sonhos.

Tomou um banho e vestiu-se confortavelmente, com sua calça jeans preferida, tênis e uma camiseta rosa-bebê. Sharon tinha razão a respeito de seu peso, pois sua calça jeans só estava parando na cintura com o auxílio de um cinto. Ela fez uma careta para o reflexo no espelho. Estava feia, com olheiras, os lábios rachados e os cabelos estavam um terror. A primeira coisa a fazer seria ir ao salão de cabeleireiro e torcer para que eles a encaixassem em algum horário.

— *G-zuis*, Holly! — exclamou Leo, seu cabeleireiro. — Olha o seu estado! Pessoal, abram caminho! Abram caminho! Tenho uma mulher aqui em condições críticas! — Ele piscou para ela e foi empurrando quem estava no caminho. Puxou a cadeira e a colocou sentada.

— Obrigada, Leo, estou me sentindo bem atraente depois desse comentário — murmurou ela, tentando esconder o rosto vermelho de vergonha.

— Pois não se sinta assim, você está um caco! Sandra, misture o de sempre. Colin, pegue o papel-alumínio. Tania, busque aquele saco de segredinhos lá em cima e diga ao Paul para não sair para o almoço, porque ele vai pegar a minha cliente do meio-dia. — Leo deu as ordens, balançando as mãos como se estivesse prestes a realizar uma cirurgia de emergência. Talvez estivesse mesmo.

— Sinto muito, Leo, não queria estragar seu dia.

— É claro que queria, amor, caso contrário, por que teria vindo aqui, na hora do almoço, em plena sexta-feira sem marcar horário? Para contribuir com a paz mundial?

Holly mordiscou o lábio com culpa.

— Ah, mas eu não faria nada disso por mais ninguém, só por você, linda!

— Obrigada.

— Como você está? — Ele encostou o traseiro magro no balcão diante de Holly. Leo devia ter 50 anos, mas sua pele era impecável e o cabelo, claro, tão perfeito que ele não aparentava nem um dia a mais do que 35. Os cabelos cor de mel combinavam com a pele cor de mel, e ele sempre estava impecavelmente vestido. Já era o suficiente para fazer uma mulher se sentir um lixo.

— Péssima.

— Sim, dá pra ver.

— Obrigada.

— Bem, pelo menos, quando sair daqui, uma coisa vai estar no lugar. Cuido de cabelos, não de corações.

Holly sorriu em agradecimento pela maneira esquisita com que ele demonstrou compreender.

— Mas *G-zuis*, Holly, quando você entrou viu a palavra "mágico" ou "cabeleireiro" na porta? Devia ter visto o estado de uma mulher que entrou aqui hoje. Uma coisa de louco. Perto dos 60 anos, eu acho. Ela me entregou uma revista com a Jennifer Aniston na capa e disse: "Quero ficar assim".

Holly riu da imitação. As expressões faciais e os movimentos de mão dele tinham sincronia.

— Respondi: "*G-zuis*, sou cabeleireiro, não cirurgião plástico. A senhora só vai ficar assim se recortar a foto e colar na cara".

— Não acredito, Leo! Você não disse isso a ela! — Holly ficou boquiaberta.

— Claro que disse! Alguém precisava dizer isso a ela, acho que ajudei. Entrou aqui vestida como uma adolescente. Que situação!

— Mas o que ela disse? — Holly secou as lágrimas de tanto rir. Há meses não ria daquela maneira.

— Folheei a revista para ela e vi uma foto linda de Joan Collins. Disse que tinha muito mais a ver. Ela me pareceu satisfeita com a solução.

— Leo, ela provavelmente teve medo de dizer que detestou!

— Ah, não me importa. Já tenho amigos de sobra!

— Não sei como. — Holly riu.

— Não se mexa! — disse Leo. De repente, ele ficou totalmente sério, com os lábios contraídos, concentrado, enquanto separava os cabelos de Holly para prepará-los para a coloração. Foi o bastante para fazer Holly rir de novo.

— Ah, pare com isso, Holly! — disse ele, surpreso.

— Não dá, Leo, você me fez começar e agora não consigo parar!

Leo parou o que estava fazendo para observá-la.

— Sempre pensei que você era séria candidata a ir para o manicômio. Ninguém nunca me escuta!

Ela riu ainda mais.

— Ah, sinto muito, Leo. Não sei o que aconteceu comigo, só não consigo parar de rir.

A barriga de Holly doía de tanto rir, e ela percebeu que as pessoas olhavam com curiosidade, mas não teve jeito; era como se todas as risadas dos últimos meses estivessem se amontoando de uma vez.

Leo parou de trabalhar e caminhou até o espelho, onde se recostou no balcão e olhou para ela.

— Não precisa pedir desculpa, Holly, pode rir o quanto quiser. Dizem que rir faz bem para o coração.

— Não rio desse jeito há muito tempo. — Ela continuou rindo.

— Bem, faz tempo que você não tem motivos para rir, creio eu. — Ele sorriu de modo triste. Leo também adorava Gerry. Eles sempre se provocavam quando se encontravam, mas os dois sabiam que era só brincadeira e gostavam muito um do outro. Leo deixou de lado seus pensamentos, brincou com o cabelo de Holly e beijou o topo de sua cabeça. — Mas você vai ficar bem, Holly Kennedy — disse ele.

— Obrigada, Leo — respondeu, acalmando-se, sensibilizada com a preocupação dele. Ele voltou a mexer em seus cabelos, com a mesma carinha engraçada de concentração. Holly riu de novo.

— Vai rindo agora, Holly, mas quero ver se eu, sem querer, exagerar na coloração. Quero ver quem vai rir.

— Como está o Jamie? — perguntou Holly, querendo mudar de assunto para não se envergonhar de novo.

— Ele me largou! — respondeu Leo, empurrando de modo agressivo a bomba da cadeira, elevando Holly, que chacoalhou com os solavancos.

— Ah, Le-eo. Si-sintooo mui-muitoo. Você-ês do-dois e-eram um-um ó-ótimo ca-casal.

Ele parou de pisar na bomba e disse: — Bem, nós não somos mais tão ó-ótimos juntos, moça. Acho que ele já está saindo com outra pessoa. Isso. Vou acrescentar dois tons de loiro: uma cor dourada e o loiro que você tinha antes. Caso contrário, vai ficar aquele loiro platinado que só as prostitutas usam.

— Puxa, Leo, sinto muito. Se ele tiver alguma coisa na cabeça, vai perceber o que perdeu.

— Ele não deve ter nada na cabeça; terminamos há dois meses e ele ainda não percebeu. Ou então percebeu e ficou feliz. Pra mim chega. Já cansei de homens, vou virar hétero!

— Poxa, Leo, esta deve ser a coisa mais idiota que já escutei...

Holly saiu do salão totalmente feliz. Sem a presença de Gerry a seu lado, alguns homens lançaram-lhe olhares, algo estranho e incômodo para ela, por isso Holly acomodou-se no carro e se preparou para ir à casa dos pais. Até aquele momento, o dia estava indo bem. Ir ao salão de Leo tinha sido bom. Mesmo triste pelo rompimento de seu namoro, ele se esforçou para fazê-la rir. Ela percebeu.

Parou o carro na frente da casa dos pais, em Portmarnock, e respirou fundo. Sua mãe havia se surpreendido com o telefonema da filha logo cedo para combinar um horário para uma visita. Já eram 15h30, e Holly estava sentada no carro, ansiosa. À exceção das visitas que seus pais tinham feito a ela nos últimos dois meses, Holly não havia passado muito tempo com sua família. Não queria toda a atenção voltada para si; não queria perguntas invasivas a respeito de como se sentia e do que faria o tempo todo. No entanto, já estava na hora de deixar o medo de lado. Eles eram sua família.

A casa de seus pais ficava bem de frente para a praia de Portmarnock e a bandeira azul era prova da boa qualidade do mar. Ela estacionou o carro e olhou para o mar, do outro lado. Holly vivera ali desde seu nascimento até o dia em que se mudou para morar com Gerry. Adorava acordar com o barulho das ondas quebrando nas pedras e das gaivotas trinando. Era maravilhoso ter a praia como quintal, principalmente no verão. Sharon morava na esquina, e nos dias mais quentes do ano as meninas atravessavam a rua com seus melhores trajes de verão e ficavam de olho nos meninos mais bonitos. Holly e Sharon eram totalmente diferentes uma da outra. Sharon tinha cabelos castanhos, pele clara e peitos enormes. Holly tinha cabelos loiros, pele mais morena e peitos pequenos. Sharon era barulhenta, gritava para os meninos e os chamava. Holly ficava calada e flertava com o olhar, fixando-o em seu menino preferido, desviando-o apenas depois de ser notada. Holly e Sharon não tinham mudado muito desde então.

Ela não pretendia ficar muito tempo ali, queria apenas conversar um pouco e pegar o envelope que acreditava ser de Gerry. Estava cansada de tentar adivinhar o que podia haver ali dentro, por isso decidiu acabar com a tortura. Respirou fundo, apertou a campainha e abriu um sorriso para todos verem.

— Oi, meu amor! Entre, entre! — disse a mãe com o rosto amoroso e alegre que Holly sentia vontade de beijar sempre que via.

— Oi, mãe. Como você está? — Holly entrou na casa e sentiu-se confortada pelo cheiro conhecido do lugar. — Está sozinha?

— Sim, seu pai saiu com Declan para comprar tinta para o quarto dele.

— Não me diga que você e o papai continuam comprando tudo para ele.

— Bem, pode ser que seu pai esteja, mas eu não, de jeito nenhum. Ele está trabalhando à noite, então, pelo menos, ele tem alguns trocados, apesar de não gastá-los com nada para a casa. — Ela riu e levou Holly para a cozinha, onde colocou a chaleira no fogão.

Declan era o irmão mais novo de Holly e o caçula da família, por isso seus pais ainda o mimavam. O "bebê" tinha 22 anos, fazia faculdade de cinema e estava sempre com uma filmadora na mão.

— Com o que ele trabalha agora?

A mãe rolou os olhos.

— Entrou para uma banda. O Peixe Orgásmico, acho que é esse o nome, ou algo assim. Já cansei de ouvi-lo falar sobre esse grupo, Holly. Se ele vier para casa e contar mais uma vez que fulano de tal assistiu ao show e prometeu a eles um contrato com gravadora e fama, vou enlouquecer.

— Coitado do Deco. Não se preocupe, ele vai acabar encontrando alguma coisa.

— Eu sei, e é engraçado, porque, de vocês todos, é com ele que me preocupo menos. Ele vai encontrar seu caminho.

Elas levaram as canecas para a sala de estar e se sentaram na frente da televisão.

— Você está linda, meu amor, adorei o cabelo! Você acha que o Leo poderia cuidar dos meus, ou estou velha demais para as técnicas dele?

— Bem, desde que não queira o corte de cabelo da Jennifer Aniston, sem problema. — Holly explicou a história da mulher do salão e as duas riram muito.

— Bem, não quero ficar parecida com a Joan Collins, por isso não pisarei no salão dele.

— Acho melhor.

— Já encontrou trabalho? — Sua mãe tentou parecer casual, mas Holly sabia que ela estava muito curiosa para saber.

— Não, mãe, ainda não. Para dizer a verdade, não comecei a procurar; ainda não sei bem o que quero fazer.

— Você está certa — a mãe concordou. — Vá com calma e pense em algo que gosta de fazer, caso contrário vai acabar num emprego que detesta, como da última vez. — Holly ficou surpresa ao ouvir aquilo. Apesar de sempre ter recebido apoio de sua família, sentiu-se emocionada com a abundância do amor que lhe davam.

O último emprego de Holly tinha sido de secretária de um advogado exigente e nojento. Ela havia sido forçada a deixar o trabalho quando o idiota não entendeu que ela precisava de um tempo de afastamento para ficar com o marido que estava morrendo. Agora, precisava procurar um novo. Um novo emprego. Naquele momento, parecia inimaginável sair para trabalhar de manhã.

Holly e sua mãe relaxaram, conversaram por algumas horas, e Holly finalmente tomou coragem de pedir o envelope.

— Claro, meu amor, eu me esqueci completamente dele. Espero que não seja nada importante, está aqui há muito tempo.

— Vou descobrir logo.

Elas se despediram e Holly não via a hora de sair da casa.

Acomodando-se na grama que dava vista para a areia dourada e para o mar, Holly passou as mãos no envelope. Sua mãe não o havia descrito muito bem, pois não se tratava de um envelope, mas, sim, de um pacote grosso em papel pardo. O endereço havia sido digitado em uma etiqueta, por isso ela não tinha como adivinhar a origem. E acima do endereço havia duas palavras bem marcadas e grossas: A LISTA.

Ela sentiu um frio na barriga. Se não fosse de Gerry, então Holly teria que finalmente aceitar o fato de que ele havia partido, saído totalmente de sua vida, teria de começar a pensar em viver sem ele. Se *fosse* dele, ela continuaria com o mesmo futuro, mas pelo menos teria algo novo a que se apegar. Uma lembrança que teria de durar a vida toda.

Com os dedos trêmulos, ela rasgou o selo do pacote com delicadeza. Virou-o de cabeça para baixo e chacoalhou. De seu interior caíram dez pequenos envelopes, daqueles de buquês de flores, e em cada um deles havia um mês diferente escrito. Seu coração acelerou quando ela viu a caligrafia familiar em uma página solta embaixo da pilha de envelopes.

Era de Gerry.

Capítulo 5

HOLLY PRENDEU A RESPIRAÇÃO e com lágrimas nos olhos e o coração acelerado leu a caligrafia familiar sabendo que a pessoa que havia escrito a ela nunca mais o faria. Passou os dedos em cima das palavras dele, com a certeza de que a última pessoa a tocar aquela página tinha sido ele.

> *Minha amada Holly,*
> *Não sei onde você está e onde exatamente está lendo isto. Só espero que esteja bem. Você me disse há pouco tempo que não conseguiria continuar sozinha. Mas você consegue, sim, Holly.*
> *Você é forte, corajosa e vai conseguir passar por isso. Vivemos coisas lindas juntos e você fez a minha vida... Você fez a minha vida. Não tenho arrependimentos. Mas sou apenas um capítulo de sua vida, muitos outros virão. Guarde nossas lindas lembranças, mas, por favor, não tenha medo de criar outras.*
> *Obrigado por me dar a honra de ser minha esposa. Por tudo, sou eternamente grato.*
>
> *Sempre que precisar de mim, saiba que estarei com você.*
> *Amor eterno, de seu marido e melhor amigo,*
> *Gerry*

P.S. *Prometi que faria uma lista, então aqui está. Os próximos envelopes devem ser abertos exatamente no mês certo. Obedeça. E lembre-se de que estou cuidando de você, por isso vou saber...*

Holly começou a chorar, e a tristeza tomou conta dela. Mas, ao mesmo tempo, sentiu alívio por saber que Gerry, de algum modo, continuaria com ela por mais um tempo. Analisou os outros pequenos envelopes e procurou os meses. Já era abril. Havia perdido março, por isso pegou o envelope referente àquele mês. Ela o abriu lentamente, querendo aproveitar cada minuto. Ali dentro, havia um cartão com a caligrafia de Gerry, no qual estava escrito:

Livre-se dos hematomas e compre um abajur!
P.S. Eu te amo...

Trocou o riso pelas lágrimas ao perceber que Gerry estava de volta! Holly leu e releu a carta em uma tentativa de trazê-lo de volta à vida. Por fim, quando não conseguia mais ver as palavras entre as lágrimas, olhou para o mar. Sempre considerara o mar um calmante e desde a infância atravessava a rua e ia à praia quando se sentia triste e precisava pensar. Seus pais sabiam que quando não a encontravam em casa, ela estava na praia.

Ela fechou os olhos e inspirou e expirou, com o leve suspirar das ondas. Era como se o mar estivesse respirando fundo, puxando a água para dentro enquanto inspirava e empurrando-a de volta para a areia ao expirar. Ela continuou respirando com o mar e sentiu a pulsação diminuir conforme se sentiu mais calma. Pensou que costumava se deitar ao lado de Gerry em seus últimos dias e escutava o som de sua respiração. Morria de medo de deixá-lo para atender alguém à porta, fazer comida ou ir ao banheiro, temendo que ele escolhesse um daqueles momentos para deixá-la. Quando voltava para o seu lado, ficava sentada, congelada em um silêncio assustador enquanto escutava a respiração dele e observava se seu peito se movia.

Mas ele sempre conseguia aguentar. Havia surpreendido os médicos com sua força e determinação de viver. Gerry não foi embora sem lutar. Manteve o bom humor até o fim. Estava muito fraco e a voz muito baixa, mas Holly havia aprendido a entender sua nova linguagem como faz uma mãe com um bebê que aprende a falar. Os dois riam até tarde em algumas noites e, em outras, se abraçavam e choravam. Holly manteve-se forte por ele o tempo todo, já que seu novo trabalho era estar perto para quando ele precisasse. Pensando bem, ela concluiu que precisava mais dele do que ele dela. Precisava ser necessária para não ter a impressão de que estava apenas observando, completamente inútil.

No dia 2 de fevereiro, às 4 da manhã, Holly segurou a mão de Gerry com força e sorriu para ele de modo encorajador quando ele deu seu último suspiro e fechou os olhos. Ela não queria que ele sentisse medo e não queria que ele percebesse que ela sentia medo, porque naquele momento não havia medo. Havia alívio, alívio por ver que a dor dele havia passado, e alívio por saber que então estivera com ele para testemunhar a tranquilidade de sua morte. Sentiu-se aliviada por tê-lo conhecido, amado e sido amada por ele, e alívio, pois a última coisa que ele tinha visto fora seu rosto sorridente, incentivando-o e dando-lhe a certeza de que podia partir.

Os dias após a morte de Gerry eram apenas uma vaga lembrança para ela. Ocupara-se com os preparativos do velório e com a recepção de parentes e velhos amigos de escola que ela não via há anos. Mantivera-se firme e calma ao longo de todo aquele tempo porque finalmente sentiu que podia pensar com clareza. Sentiu-se grata pelo fim de tantos meses de sofrimento. Não pensou em sentir raiva nem amargura naquele momento pela vida que lhe havia sido tirada. Tais sentimentos só passaram a existir quando foi buscar a certidão de óbito do marido.

E apareceram com força.

Sentada na sala de espera lotada da clínica médica da região, esperando seu número ser chamado, ela se perguntou por que o número de Gerry tinha sido chamado tão cedo na vida. Estava entre um casal jovem e um casal de idosos. A imagem do que ela e Gerry tinham sido e uma rápida prévia de como o futuro teria sido. E tudo pareceu muito injusto. Entre o passado e o futuro perdido, ela se sentiu sufocada. Percebeu que poderia não estar ali se as coisas tivessem sido diferentes.

Nenhum de seus amigos tinha que estar ali.

Nenhum de seus familiares tinha que estar ali.

Na verdade, a maioria da população do mundo não tinha que estar na posição em que ela se encontrava naquele momento.

Não parecia justo.

Porque não era justo.

Após apresentar a prova oficial da morte de seu marido às gerentes do banco e das empresas de seguro, como se sua cara não bastasse como prova, Holly voltou para casa, para seu ninho, e se afastou do resto do mundo, que tinha centenas de lembranças da vida que tivera. A vida na qual se sentia feliz. Então, por que havia recebido outra vida, uma bem pior?

Dois meses depois, ela saía de casa pela primeira vez. E as boas-vindas tinham sido ótimas, pensou, sorrindo para os envelopes. Gerry estava de volta.

Holly não conseguiu conter a animação ao digitar o número de Sharon com as mãos trêmulas. Depois de errar alguns números, conseguiu se acalmar e se concentrou em digitar o número certo.

— Sharon! — gritou assim que escutou uma voz. — Você nunca vai adivinhar o que aconteceu! Meu Deus, não consigo acreditar!

— Hum... não, é o John, mas vou chamar a Sharon. — John, muito preocupado, levou o telefone à Sharon.

— O que foi? O que foi? — perguntou Sharon, sem fôlego. — O que aconteceu? Você está bem?

— Sim, estou ótima! — Holly ria histericamente, sem saber se devia rir ou chorar e, de repente, se esqueceu de como formular uma frase.

John observou Sharon se sentar à mesa da cozinha, com a expressão confusa, tentando, com todas as forças, entender o que Holly dizia do outro lado. Era algo sobre a Sra. Kennedy ter entregado a Holly um envelope marrom com um abajur dentro. Tudo muito preocupante.

— *Pare!* — gritou Sharon, para surpresa de Holly e John. — Não consigo entender uma palavra do que você está dizendo, então, por favor — Sharon disse muito lentamente —, vá mais devagar, respire fundo e comece do começo, de preferência usando palavras da minha língua.

De repente, ela escutou soluços do outro lado.

— Ah, Sharon — as palavras de Holly saíram baixas e pausadas —, ele escreveu uma lista para mim. O Gerry escreveu uma lista.

Sharon ficou paralisada na cadeira enquanto assimilava a informação.

John observou os olhos da esposa se arregalando e rapidamente puxou uma cadeira e se sentou ao lado dela, e aproximou a cabeça do telefone para poder escutar o que estava acontecendo.

— Certo, Holly, quero que você venha para cá rápido, mas *com segurança.* — Ela fez mais uma pausa e afastou John, como se ele fosse uma mosca, para poder se concentrar no que acabara de escutar. — São... ótimas notícias?

John levantou-se irritado da mesa e começou a caminhar pela cozinha tentando adivinhar o que podia ser.

— São, sim, Sharon — disse Holly chorando. — São demais!

— Certo, venha para cá e poderemos conversar.

— Está bem.

Sharon desligou o telefone e ficou sentada em silêncio.

— O que foi? O que aconteceu? — perguntou John impaciente, sem aguentar ficar de fora desse acontecimento obviamente importante.

— Desculpe, amor. A Holly está vindo. Ela... ela disse que...

— *O quê?* Pelo amor de Deus.

— Ela disse que Gerry escreveu uma lista para ela.

John ficou olhando para ela, observando seu rosto, sem saber se ela falava sério.

Os olhos azuis de Sharon não titubearam e ele percebeu que ela estava falando sério. Ele se uniu a ela na mesa e os dois ficaram sentados em silêncio olhando para a parede, perdidos em pensamentos.

Capítulo 6

— U<small>AU!</small> — Foi tudo o que Sharon e John conseguiram dizer quando os três se sentaram ao redor da mesa da cozinha em silêncio, observando o conteúdo do pacote que Holly levara. Eles tinham dito poucas coisas nos últimos minutos, enquanto analisavam as próprias reações. Os comentários foram coisas do tipo:

— Mas como ele conseguiu...

— Mas por que não percebemos que ele... Puxa!... Meu Deus.

— Quando você acha que ele... bem, eu acho que às vezes ele ficava sozinho.

Holly e Sharon permaneceram sentadas trocando olhares enquanto John conjecturava sem parar tentando entender quando, onde e como, seu amigo, em estado terminal, havia conseguido fazer o que pretendia sozinho, sem ninguém descobrir.

— Puxa! — ele acabou repetindo depois de chegar à conclusão de que Gerry havia feito aquilo totalmente sozinho.

— Eu sei — Holly concordou. — Então vocês dois não faziam nem ideia disso?

— Bem, não sei você, Holly, mas está muito claro para mim que John foi quem arquitetou tudo isso — disse Sharon de modo sarcástico.

— Rá-rá — respondeu John. — Bem, de um jeito ou de outro, ele cumpriu o prometido.

John olhou para as duas moças sorrindo.

— Com certeza — disse Holly bem baixinho.

— Você está bem, Holly? Pergunto porque quero saber como se sente em relação a isto tudo, deve ser... estranho — comentou Sharon mais uma vez, claramente preocupada.

— Eu me sinto bem. — Holly ficou pensativa. — Na verdade, acho que foi a melhor coisa que poderia ter me acontecido neste momento! Mas é engraçado que estejamos tão surpresos, já que falamos muito sobre essa lista. Ou seja, eu já deveria estar esperando.

— Sim, mas nunca pensamos que isso realmente seria feito! — disse John.

— Mas por que não? — perguntou Holly. — Foi o motivo que fez tudo começar! Poder ajudar a pessoa amada depois da partida.

— Acho que Gerry foi o único a levar isso realmente a sério.

— Sharon, Gerry foi o único de nós que morreu, talvez nós também tivéssemos levado a sério se estivéssemos na situação dele.

Fez-se silêncio.

— Bem, vamos analisar tudo com mais atenção — disse John, começando a se divertir.

— Quantos envelopes são?

— Hum... são dez — contou Sharon, unindo-se a eles na nova tarefa.

— Certo, quais são os meses? — perguntou John. Holly procurou.

— Tem março, que é aquele do abajur, que acabei de abrir, abril, maio, junho, julho, agosto, setembro, outubro, novembro e dezembro.

— Então, há uma mensagem para todos os meses que restam do ano — disse Sharon lentamente, distraída. Todos estavam pensando a mesma coisa. Gerry havia planejado aquilo sabendo que não viveria além d vereiro. Eles pararam para pensar nisso e, por fim, Holly olhou ao redor, para os amigos, e se sentiu feliz. Independentemente do que Gerry tinha guardado para ela, seria interessante, mas ele já tinha conseguido fazer com que ela se sentisse quase normal de novo. Enquanto ela ria com John e Sharon, tentando descobrir o conteúdo dos outros envelopes, era como se Gerry ainda estivesse entre eles.

— Ei! — exclamou John com seriedade.

— O que foi?

Os olhos azuis de John brilharam.

— Estamos em abril e você ainda não abriu o deste mês.

— Puxa! Eu me esqueci! Ah, será que devo abrir agora?

— Vá em frente — incentivou Sharon.

Holly pegou o envelope e lentamente começou a abri-lo. Havia apenas mais oito para abrir depois daquele e ela queria saborear cada momento antes que ele se tornasse mais uma lembrança. Tirou o cartãozinho.

Uma Disco Diva deve estar sempre linda. Saia para comprar uma roupa nova, pois você vai precisar de uma para o próximo mês!

P.S. Eu te amo...

— Aaaaah! — John e Sharon disseram com animação. — Ele está ficando misterioso!

Capítulo 7

HOLLY FICOU DEITADA NA CAMA como uma maluca, acendendo e apagando o abajur e sorrindo. Ela e Sharon tinham ido fazer compras na Bed Knobs e na Broomsticks em Malahide e as duas acabaram decidindo que o mais belo era uma peça com base de madeira entalhada e copo cor de creme, que combinava com o tom creme e com os móveis de madeira da suíte master (é claro que elas escolheram o abajur de preço mais alto, afinal, não seria certo mudar a tradição). E apesar de Gerry não ter participado fisicamente da compra, ela tinha a sensação de que os dois tinham feito a aquisição juntos.

Fechara as cortinas do quarto para poder testar o novo produto. O abajur deu um efeito suave ao quarto e o deixou mais aconchegante. Ele teria posto fim, facilmente, às discussões noturnas dos dois, mas talvez eles não quisessem parar de discutir. Aquilo se tornara parte da rotina, algo familiar que fazia os dois se sentirem mais próximos. Ela daria tudo para poder discutir mais uma vez. E teria saído da cama confortável de bom grado, caminharia pelo piso frio e ficaria feliz em topar no pé da cama tentando voltar no escuro. Mas aquela época já tinha passado.

A música de Gloria Gaynor, "I Will Survive", trouxe Holly de volta ao momento presente, quando percebeu que seu telefone estava tocando.

— Alô?

— Bom dia, mana, estou em caaaaasa! — Uma voz familiar do outro lado da linha.

— Ai, meu Deus, eu não sabia que você ia voltar para casa!

— Bem, nem eu, pra falar a verdade, mas fiquei sem grana e decidi surpreender todos vocês!

— Nossa! Aposto que o pai e a mãe ficaram bem surpresos.

— Bom, o pai acabou derrubando a toalha, assustado, quando saiu do banho. Holly cobriu o rosto com a mão. — Ai, Ciara, você não fez isso!

— Não pude abraçar o pai quando eu o vi! — respondeu Ciara aos risos.

— Ai, credo! Mude de assunto, estou tendo visões — disse Holly.

— Bom, eu liguei para avisar que cheguei, claro, e para dizer que a mamãe vai fazer um jantar esta noite para comemorar.

— Comemorar o quê?

— O fato de eu estar viva.

— Cer...to. Quem vai?

— A família toda.

— Comentei que vou ao dentista para arrancar todos os meus dentes? Sinto muito, mas não posso ir.

— Eu sei, eu sei, eu disse a mesma coisa para a mãe, mas há muito tempo não nos reunimos. Sabe quando viu Richard e Meredith pela última vez?

— Nossa! O velho Dick, bem, ele estava ótimo no velório. Disse várias coisas inteligentes e consoladoras para mim, como: "Você não pensou em doar o cérebro dele para a ciência?". Sim, ele é um irmão maravilhoso, claro.

— Puxa! Holly, sinto muito. Eu me esqueci do velório. — A voz da irmã mudou. — Sinto muito por não ter podido ir.

— Ciara, não seja tola, nós duas concordamos que era melhor você não vir — disse Holly rapidamente. — É caro demais ir e voltar da Austrália, então não vamos tocar nesse assunto, certo?

— Está bem.

Holly logo mudou de assunto:

— Então, quando diz que a família toda vai estar presente, quer dizer que...

— Sim, Richard e Meredith trarão nossa adorável sobrinha e o adorável sobrinho. E Jack e Abbey também virão, sei que você vai gostar. Declan estará presente de corpo, mas provavelmente não de mente, a mãe, o pai e eu, claro, e *você também*.

Holly resmungou. Por mais que reclamasse de sua família, tinha um ótimo relacionamento com seu irmão Jack. Ele tinha apenas dois anos a mais que ela, por isso eles sempre foram próximos, e ele sempre a protegeu muito. A mãe dizia que os dois eram "os dois duendes" dela, porque os dois sempre aprontavam alguma travessura em casa (as travessuras geralmente eram direcionadas ao irmão mais velho deles, Richard). Jack se parecia com Holly, tanto na aparência quanto na personalidade, e ela o considerava o mais normal dos irmãos. Holly também se dava bem com a mulher dele, Abbey, com quem ele mantinha um relacionamento havia sete anos e, quando Gerry era vivo, os quatro costumavam se encontrar para jantar e beber. Quando Gerry era vivo... Nossa, que coisa estranha de se dizer.

Ciara era totalmente diferente deles. Jack e Holly diziam que ela era do planeta Ciara, com população de uma pessoa. Ela se parecia com o pai, pernas compridas e cabelos escuros. Também tinha várias tatuagens e piercings no corpo, resultado de viagens pelo mundo. Uma tatuagem para cada país, seu pai costumava dizer de modo brincalhão. Uma tatuagem para cada homem, era o que Holly e Jack diziam.

É claro que essas brincadeiras eram todas reprovadas pelo primogênito da família, Richard (ou Dick, como era chamado por Jack e Holly). Richard nascera com a grave doença da velhice eterna. Sua vida era dominada por regras, leis e obediência. Quando era criança, teve um amigo e os dois brigaram quando tinham cerca de 10 anos, e depois disso Holly não se lembrava de ele ter levado outro amigo à sua casa, nem de ter namorado nem saído com amigos. Ela e Jack consideravam um milagre ele ter conhecido sua esposa igualmente sem graça, Meredith. Provavelmente em uma convenção antifelicidade.

Holly não tinha a *pior* família do mundo, mas eles formavam um grupo estranho. As grandes diferenças de personalidade costumavam gerar discussões nos momentos mais inadequados, ou, como os pais de Holly costumavam dizer, "brigas pesadas". Eles *sabiam* se dar bem, mas isso acontecia quando todos se comprometiam de fato e se comportavam da melhor forma.

Holly e Jack costumavam se reunir para almoçar ou beber apenas para contarem as novidades; eles se interessavam um pelo outro. Ela gostava da companhia dele e o considerava não só como irmão, mas também como amigo. Ultimamente, os dois não andavam se encontrando. Ele a compreendia bem e sabia quando a irmã precisava ficar sozinha.

Holly só ficava sabendo das novidades da vida do irmão mais novo, Declan, quando telefonava para a casa dos pais e ele atendia. Declan não era muito de conversar. Era um "menino" de 22 anos que não se sentia à vontade na companhia de adultos, por isso Holly não sabia muito sobre ele. Um bom garoto, apenas um pouco avoado.

Ciara, sua irmã de 24 anos, havia passado o ano todo fora e Holly sentira sua falta. Elas não eram como as irmãs que trocavam roupas e conversavam sobre garotos, pois tinham gostos diferentes. Mas, por serem as únicas meninas em uma família de homens, elas formaram um elo.

Ciara era mais próxima de Declan; os dois eram sonhadores. Jack e Holly sempre foram inseparáveis na infância e se tornaram amigos na fase adulta. Sobrava Richard. Ele era solitário dentro da própria família, mas Holly acreditava que ele gostava da sensação de se manter afastado daqueles da família a quem ele não entendia muito bem. Holly temia seus sermões a respeito de coisas chatas, suas perguntas insensíveis e a sensação de se frustrar com todos os comentários à mesa do jantar. Mas seria um jantar de boas-vindas a Ciara e Jack estaria presente; Holly podia contar com ele.

Então Holly estava ansiosa para o jantar? De jeito nenhum.

Relutantemente, Holly bateu à porta da casa da família e logo escutou os passos de crianças pelo chão, seguidos por uma voz de adulto.

— Mamãe! Papai! É a tia Holly, é a tia Holly!

Era seu sobrinho Timothy, o sobrinho Timothy.

A alegria dele repentinamente foi interrompida por uma voz severa. (Apesar de ser incomum que seu sobrinho ficasse feliz com a chegada da tia, as coisas deviam estar bem chatas ali dentro.)

— Timothy! O que eu disse a respeito de correr pela casa? Você pode cair e se ferir, agora vá para o canto e pense no que eu disse. Fui clara?

— Sim, mamãe.

— Ah, por favor, Meredith, ele vai se machucar no carpete ou no sofá?

Holly riu por dentro; Ciara estava em casa, definitivamente. Quando Holly estava pensando em fugir, a porta se abriu e ela viu Meredith. Ela parecia ainda mais amarga e desagradável do que o normal.

— Holly. — Ela assentiu em reconhecimento.

— Meredith — Holly a imitou.

Na sala de estar, Holly olhou ao redor à procura de Jack, mas, para sua decepção, não o viu. Richard estava na frente da lareira vestindo uma blusa de lã surpreendentemente colorida; talvez estivesse mais relaxado. Ele estava em pé, com as mãos no bolso, balançando para frente e para trás, apoiado nos calcanhares, como um homem prestes a dar uma palestra. O sermão dele era direcionado ao pobre pai, Frank, que estava sentado de modo desconfortável em sua poltrona preferida, com cara de menino de castigo. Richard estava tão entretido no que dizia que não viu Holly entrar na sala. Holly soprou um beijo para o pai do outro lado do cômodo, tentando não interromper a conversa dos dois. O pai sorriu para ela e fingiu pegar o beijo.

Declan estava jogado no sofá, vestindo uma calça jeans rasgada e uma camiseta do *South Park*, fumando sem parar, e Meredith se intrometeu e o alertou a respeito dos perigos do fumo.

— É mesmo? Eu não sabia disso — disse ele, demonstrando interesse e preocupação enquanto apagava o cigarro. Meredith pareceu satisfeita, mas Declan piscou para Holly, pegou o maço de cigarros e imediatamente acendeu outro. — Conte-me mais, por favor, estou louco para saber.

Meredith olhou para ele com repulsa.

Ciara estava escondida atrás do sofá lançando pipocas na nuca de Timothy, coitado. Ele estava de frente para a parede, no canto da sala, com medo de se virar.

Abbey estava deitada no chão, recebendo ordens da pequena Emily, de 5 anos, e de uma boneca com cara de malvada. Ela olhou para Holly e disse "socorro".

— Oi, Ciara. — Holly aproximou-se da irmã, que ficou em pé e lhe abraçou com força, apertando um pouco mais do que o normal. — Cabelo legal.

— Gostou?

— Sim, cor-de-rosa combina muito com você.

Ciara parecia satisfeita. — Foi o que tentei dizer a eles — disse, semicerrando os olhos e olhando para Richard e Meredith. — Como está a minha irmã mais velha? — perguntou Ciara com delicadeza, esfregando o braço de Holly de modo carinhoso.

— Ah, sabe como é. — Holly esboçou um sorriso. — Estou indo.

— Jack está na cozinha ajudando sua mãe a preparar o jantar, se estiver procurando por ele, Holly — anunciou Abbey, arregalando os olhos e dizendo "socorro" mais uma vez.

Holly se surpreendeu. — É mesmo? Puxa! Ele não é maravilhoso por ajudar a mãe?

— Ai, Holly, você não sabia que Jack ama cozinhar, ele simplesmente *ama*. Não se cansa nunca — disse ela de modo sarcástico.

O pai de Holly riu baixinho, o que fez Richard se alterar. — Qual é a graça, pai?

Frank se remexeu na poltrona de modo nervoso. — Só acho curioso que tudo isto aconteça em um único tubo de ensaio.

Richard suspirou com reprovação pela ignorância do pai.

— Sim, mas o senhor deve se lembrar de que são coisas minúsculas, pai, é fascinante. Os organismos se combinam com o... — E continuou enquanto o pai se recostava na poltrona e evitava olhar para Holly.

Holly caminhou discretamente e na ponta dos pés até a cozinha, onde encontrou o irmão, sentado à mesa, com os pés apoiados em uma cadeira, comendo alguma coisa.

— Aqui está ele, o chef em pessoa.

Jack sorriu e ficou em pé. — Minha irmã preferida. — Ele franziu o nariz. — Pelo visto, você também foi obrigada a participar disto. — Ele caminhou até ela e abriu os braços para lhe dar um de seus grandes abraços. — Como está? — perguntou baixinho em seu ouvido.

— Estou bem, obrigada. — Holly sorriu com tristeza e deu um beijo no rosto do irmão e então se virou para a mãe.

— Minha mãe amada, estou aqui para oferecer meus préstimos neste momento tão estressante e agitado de sua vida — disse Holly, beijando o rosto corado da mãe.

— Puxa! Sou a mulher mais sortuda do mundo por ter filhos tão atenciosos como vocês — disse Elizabeth com sarcasmo. — Olha só: pode colocar as batatas para escorrerem aqui.

— Mãe, conte-nos a respeito da época em que você era menininha e passou fome e não tinha dinheiro — disse Jack, forçando um sotaque irlandês.

Elizabeth bateu na cabeça dele com um pano de prato e caprichou no sotaque irlandês também:

— Ah, certamente isso foi anos antes de eu nascer, filho.

— Verdade — disse Jack.

— Não, vocês não sabem de nada — disse Holly.

Os dois pararam e olharam para ela.

— Quem chamou você para a conversa? — perguntou sua mãe, rindo.

— Ah, calem-se. — Holly sentou-se ao lado do irmão à mesa.

— Espero que vocês dois não aprontem nada esta noite. Quero que, pra variar, o jantar não tenha discussões.

— Mãe, estou chocado por ver que a senhora pensou uma coisa dessas. — Jack piscou para Holly.

— Tudo bem — disse, sem acreditar no filho. — Bem, me desculpem, meus filhos, mas não há mais nada a ser feito. O jantar estará pronto em poucos minutos.

— Ah — Holly ficou decepcionada.

Elizabeth sentou-se com os filhos à mesa e os três ficaram olhando para a porta da cozinha, pensando a mesma coisa.

— Não, Abbey — gritou Emily —, você não está fazendo o que mandei — e começou a chorar.

Em seguida, Richard riu alto; ele deve ter contado uma piada, porque era o único rindo.

— Mas acho importante que fiquemos aqui de olho no jantar — acrescentou Elizabeth.

— Ei, pessoal, o jantar será servido — anunciou Elizabeth, e todos foram para a sala de jantar. Houve um momento desconfortável, como em uma festa de aniversário de criança, no qual cada um procurou se sentar ao lado de seu melhor amigo. Por fim, Holly ficou satisfeita com sua posição na mesa, com a mãe à esquerda, na ponta da mesa, e Jack à sua direita.

Abbey sentou-se carrancuda entre Jack e Richard. Jack teria que se desculpar quando chegasse em casa. Declan se sentou à frente de Holly, e ao lado dele havia uma cadeira vazia, onde Timothy deveria estar sentado, depois Emily, Meredith e então Ciara. O pai de Holly ficou com a dura missão de se sentar à cabeceira da mesa, entre Richard e Ciara, mas ele era um homem tão calmo que era a pessoa mais indicada para a tarefa.

Todos elogiaram quando Elizabeth trouxe a comida e o aroma tomou conta da sala. Holly sempre adorou a comida da mãe, que estava sempre disposta a experimentar novos sabores e receitas, uma característica que não havia sido passada a sua filha.

— O coitadinho do Timmy deve estar morrendo de fome ali — Ciara disse a Richard. — Já deu tempo de ele pensar.

Ela sabia que estava se arriscando, mas adorava o perigo e, principalmente, adorava implicar com Richard. Afinal, ela tinha que compensar o tempo perdido, pois havia passado um ano fora.

— Ciara, é importante que o Timothy saiba quando fez algo errado — explicou Richard.

— Sim, mas será que você não poderia apenas conversar com ele?

O resto da família se esforçou para não rir.

— Ele precisa saber que as atitudes dele têm consequências, assim não vai repetir o comportamento indesejado.

— Bem — disse ela, aumentando a voz —, ele está perdendo toda esta comida deliciosa. Hum-mmm-mmm — acrescentou, lambendo os lábios.

— Pare com isso, Ciara — disse Elizabeth.

— Ou vai ter que ficar no canto pensando — acrescentou Jack com seriedade.

Todos começaram a rir, menos Meredith e Richard, claro.

— E então, Ciara, conte-nos a respeito de suas aventuras na Austrália — Frank mudou de assunto rapidamente.

Os olhos de Ciara brilharam.

— Eu me diverti como nunca, papai. Recomendo muito a todos que visitem aquele país.

— Mas o voo é terrivelmente longo — disse Richard.

— Sim, mas vale totalmente a pena.

— Você fez mais tatuagens? — perguntou Holly.

— Sim, olha só. — Ciara se levantou da mesa e abaixou a calça, revelando uma borboleta no traseiro.

Seus pais, Richard e Meredith protestaram, abismados, mas os outros riram sem parar. E ficaram assim por um bom tempo. Por fim, Ciara se desculpou e

Meredith tirou a mão da frente dos olhos de Emily, e todos se acalmaram.

— São coisas absurdas — disse Richard, irritado.

— Adoro borboletas, papai — disse Emily com seus grandes olhos inocentes.

— Sim, algumas borboletas são lindas, Emily, mas estou falando sobre tatuagens. Elas podem causar muitas doenças e problemas. — Emily parou de sorrir.

— Olha, eu não fiz esta tatuagem em um local imundo compartilhando agulhas com traficantes, sabia? O local era muito limpo.

— Bem, acho que isso é um oxímoro — disse Meredith, com repulsa.

— Já esteve em um estúdio de tatuagem, Meredith? — perguntou Ciara com um pouco de agressividade.

— Bem, é... n-não... — gaguejou —, nunca fui, obrigada, mas com certeza são lugares sujos. — E então ela se virou a Emily. — São lugares terríveis e sujos, Emily, aonde apenas pessoas perigosas vão.

— A tia Ciara é perigosa, mamãe?

— Só com menininhas ruivas de cinco anos — disse Ciara, estufando as bochechas.

Emily ficou paralisada.

— Richard, querido, você acha que o Timmy pode vir comer agora? — perguntou Elizabeth com educação.

— O nome dele é Timothy — Meredith interrompeu.

— Sim, mãe, acho que tudo bem.

Timothy, com cara de arrependido, caminhou lentamente para dentro da cozinha, com a cabeça baixa, e sentou-se à mesa ao lado de Declan. Holly sentiu pena dele. Era muito cruel tratar uma criança daquele modo, era cruel impedi-lo de ser criança... A pena que sentiu dele diminuiu instantaneamente ao sentir seu pezinho chutar sua canela embaixo da mesa. Eles deveriam tê-lo deixado pensando no canto.

— E então, Ciara, vamos, conte uma fofoca, você fez alguma coisa maluca e incrível durante essa viagem? — Holly tentou obter mais informações.

— Ah, sim, eu saltei de *bungee jump*, bem... algumas vezes. Tenho uma foto aqui. — Ela levou a mão ao bolso de trás e todos desviaram o olhar, temendo que ela pretendesse revelar outras partes de seu corpo. Felizmente, ela pegou apenas a carteira; passou a foto a todos na mesa e continuou explicando.

— Primeiro, saltei de uma ponte e bati a cabeça na água durante a queda.

— Puxa, Ciara, deve ser perigoso — disse a mãe com as mãos no rosto.

— Ah, não, não foi nem um pouco perigoso — disse ela.

A fotografia foi passada a Holly e ela e Jack começaram a rir. Ciara estava pendurada, de cabeça para baixo, presa a uma corda com o rosto contorcido no meio de um grito de pavor puro. Seus cabelos (azuis, à época) estavam espetados em todas as direções, como se ela tivesse sido eletrocutada.

— Que foto atraente, Ciara. Mamãe, por que não faz um quadro para colocar em cima da lareira? — disse Holly, de modo brincalhão.

— Isso! — Os olhos de Ciara brilharam. — Seria legal fazer isso.

— Claro, querida, vou colocar esta no lugar daquela da sua Primeira Comunhão — respondeu Elizabeth com sarcasmo.

— Bem, não sei qual delas seria mais assustadora — disse Declan.

— Holly, o que pretende fazer no seu aniversário? — perguntou Abbey, inclinando-se para ela. Estava claro que ela queria se livrar da conversa com Richard.

— Ah, é mesmo! Você vai fazer 30 anos em poucas semanas!

— Não farei nada grande — disse ela a todos. — Não quero nenhuma festa surpresa, nada assim, *por favor*.

— Ah, você deveria... — disse Ciara.

— Não, ela não tem que fazer nada se não quiser — interrompeu seu pai, piscando para apoiá-la.

— Obrigada, papai. Vou só passar uma noite de mulherzinha dançando em alguma discoteca, algo assim. Nada maluco, nada selvagem.

Richard reagiu com reprovação quando viu a foto e a entregou ao pai, que riu baixinho ao ver Ciara.

— Sim, concordo com você, Holly — disse Richard —, essas comemorações de aniversário sempre são um pouco embaraçosas. Adultos agindo como crianças, fazendo dancinhas e bebendo demais. Você tem razão.

— Bem, na verdade, eu gosto de festas assim, Richard — rebateu Holly —, mas não estou em clima de comemoração este ano, só isso.

Fez-se silêncio por um momento e Ciara disse:

— Então, uma noite de mulherzinha.

— Posso ir para filmar? — perguntou Declan.

— Para quê?

— Só para ter um pouco de imagens de discotecas, coisas para a faculdade.

— Bem, se for ajudar... mas saiba que não vou aos lugares da moda que você gosta.

— Não, não me importa aonde você vá... Ai! — ele gritou e olhou de modo ameaçador a Timothy.

Timmy mostrou a língua para ele e a conversa continuou. Quando o jantar terminou, Ciara saiu da cozinha e apareceu com um saco cheio e anunciou: — Presentes!

Timmy e Emily comemoraram. Holly torceu para que Ciara tivesse se lembrado de comprar algo aos dois. Seu pai ganhou um bumerangue colorido, que ele fingiu lançar na direção da esposa; Richard ganhou uma camiseta com o mapa da Austrália, que ele começou a mostrar para Timmy e Emily à mesa; Meredith não ganhou nada, o que foi engraçado; Jack e Declan ganharam camisetas com desenhos engraçados e a frase "Fui à moita"; a mãe de Holly ganhou uma coleção de antigas receitas aborígines e Holly ficou emocionada ao receber um filtro dos sonhos, feito com penas e gravetos coloridos.

— Para que todos os seus sonhos se realizem — sussurrou Ciara no ouvido de Holly antes de beijá-la no rosto.

Felizmente, Ciara havia comprado doces para Emily e Timmy, mas eles pareciam os doces que podemos comprar em qualquer mercado. As guloseimas logo foram tomadas por Richard e Meredith, que disseram que os doces estragariam os dentes deles.

— Bem, então os devolva para mim, para eu poder apodrecer os meus — disse Ciara.

Timmy e Emily olharam com tristeza para os presentes de todos e logo foram repreendidos por Richard por não estarem se concentrando no mapa da Austrália. Timmy fez uma careta para Holly e ela se sentiu melhor. Enquanto as crianças continuassem agindo como se merecessem o tratamento cruel, ficava mais fácil para Holly lidar com as reprimendas. Na verdade, ela chegava a gostar de vê-los levando bronca.

— Bem, precisamos ir, Richard, ou as crianças podem acabar dormindo em cima da mesa — disse Meredith. Mas as crianças estavam muito acordadas, chutando Holly e Declan sem parar por baixo da mesa.

— Bem, antes de todos desaparecerem... — anunciou o pai de Holly. Todos ficaram em silêncio. — Gostaria de propor um brinde à nossa linda filha Ciara, pois este é o jantar de boas-vindas a ela. — Sorriu para a filha e Ciara adorou a atenção.

— Sentimos a sua falta, amor, e estamos felizes por tê-la de novo em casa, sã e salva — concluiu Frank e levantou a taça. — A Ciara!

— A Ciara! — todos repetiram e terminaram de beber o que restava em suas taças.

Assim que Richard e Meredith se foram, todos começaram a partir também. Holly saiu no frio e caminhou sozinha até seu carro. Seus pais estavam em pé na porta acenando, mas ela ainda se sentia solitária. Normalmente, ela saía dos jantares com Gerry e, ainda que não estivesse *com* ele, voltava para casa e *para* ele. Mas isso não aconteceria naquela noite, nem na seguinte e em nenhuma outra.

Capítulo 8

HOLLY PAROU NA FRENTE DO ESPELHO DE CORPO INTEIRO e viu seu reflexo. Ela havia obedecido às ordens de Gerry e comprado uma roupa nova. Não sabia para quê, mas diversas vezes, todos os dias, tinha que se controlar para não abrir o envelope do mês de maio. Restavam apenas dois dias para que ela pudesse abri-lo, e a ansiedade tomava conta de sua mente.

Decidira usar uma roupa toda preta para combinar com seu estado de espírito naquele momento. A calça preta e justa alongava suas pernas e tinha o corte perfeito para ser usada com botas pretas. Um corpete preto, que dava a impressão de que ela tinha peitos maiores, dava o toque final à roupa. Leo havia feito um trabalho maravilhoso com seus cabelos, prendendo-os e deixando mechas soltas e enroladas sobre seus ombros. Holly passou os dedos pelos cabelos e sorriu ao se lembrar da ida ao cabeleireiro. Ela chegara ao salão com o rosto vermelho e ofegante.

— Ah, Leo, sinto muito, eu me distraí ao telefone e perdi a hora.

— Não se preocupe, meu amor, sempre que você marca um horário, já instruí o pessoal para acrescentarem meia hora. *Colin!* — gritou ele, estalando os dedos. Colin largou tudo e saiu correndo.

— Meu Deus, você tem tomado tranquilizantes para cavalo ou algo assim? Seu cabelo está enorme e eu o cortei há poucas semanas.

Ele pisou vigorosamente no pedal de elevação, deixando a cadeira de Holly mais alta.

— Alguma coisa especial hoje à noite? — perguntou ele, atacando a cadeira.

— Três ponto zero — disse ela, mordendo o lábio.

— O que é isso, o número do ônibus que você toma?

— Não! É a minha nova idade!

— É claro que eu tinha entendido, meu amor. *Colin*! — gritou de novo, estalando os dedos. Em seguida, Colin apareceu, vindo da sala dos funcionários, atrás de Holly, com um bolo na mão, seguido por uma fileira de cabeleireiros que se uniram a Leo para cantar "Parabéns". Holly ficou boquiaberta.

— Leo! — foi tudo o que conseguiu dizer. Controlou as lágrimas que se acumularam em seus olhos, mas por pouco tempo. Todos no salão já estavam cantando e Holly sentiu-se emocionada com a demonstração de carinho. Quando terminou, todos aplaudiram e as coisas voltaram ao normal. Holly não conseguia dizer nada.

— Deus do Céu, Holly. Em uma semana, você vem aqui rindo sem parar a ponto de cair da cadeira e, na seguinte, você chora!

— Ah, mas isso foi tão especial, Leo, muito obrigada! — disse ela, secando os olhos para abraçar e beijar o amigo.

— Bem, precisei dar o troco pelo susto que você me deu — disse ele, afastando-se, desconfortável diante de tamanho sentimentalismo.

Holly riu, lembrando da festa-surpresa do aniversário de 50 anos de Leo. O tema foi "penas e renda", se não estava enganada. Holly havia usado um belo e justo vestido de renda e Gerry, que sempre entrava nas brincadeiras, aparecera com uma echarpe de penas cor-de-rosa para combinar com a camisa e a gravata da mesma cor. Leo afirmara estar morrendo de vergonha, mas todo mundo sabia que, na verdade, estava encantado com toda a atenção. No dia seguinte, Leo telefonou a todos os convidados de sua festa, deixando uma mensagem ameaçadora na secretária eletrônica de cada um. Holly passou semanas com muito medo de marcar um horário com Leo, temendo que ele a matasse. Dizem que o salão ficou muito vazio naquela semana.

— Bom, mas você gostou do *stripper* naquela noite — disse Holly, provocando-o.

— Se eu gostei? Eu saí com ele por um mês depois daquilo. Aquele safado!

Uma fatia de bolo foi servida a cada cliente e todas se viraram para Holly e agradeceram.

— Não entendi por que elas estão dizendo obrigada a você — sussurrou Leo. — Fui eu quem comprou o bendito bolo.

— Não se preocupe, Leo, vou te dar uma gorjeta para cobrir os gastos.

— Ficou maluca? Sua gorjeta não cobriria a minha passagem de ônibus para voltar para casa.

— Leo, você mora na casa ao lado.

— Exatamente!

Holly fez um bico e fingiu estar chateada. Leo riu. — Trinta anos nas costas e você continua agindo como um bebê. Aonde vai hoje à noite?

— Ah, a nenhum lugar maluco. Só quero uma noite tranquila e discreta com minhas amigas.

— Foi o que eu disse no meu aniversário de cinquenta anos. Quem vai?

— Sharon, Ciara, Abbey e Denise, eu não a vejo há séculos.

— A Ciara está em casa?

— Sim, ela e seus cabelos cor-de-rosa.

— Pelo amor de qualquer coisa! Ela vai ficar longe de mim se quiser continuar viva. Pronto, moça, você está linda e será a bela da noite... Divirta-se!

Holly parou de sonhar acordada e voltou a se olhar no espelho do quarto. Não se sentia com 30 anos. Mas, na verdade, como deveria se sentir ao completar 30 anos? Quando era mais jovem, os 30 pareciam uma idade muito distante, ela acreditava que uma mulher naquela idade seria muito sábia e experiente, estabelecida na vida, com marido, filhos e uma carreira. Ela não tinha nenhuma dessas coisas. Ainda tinha dúvidas da época dos 20 anos, mas com mais cabelos brancos e marcas de expressão ao redor dos olhos. Sentou-se na beirada da cama e continuou olhando para si. Não havia nada que valesse a pena celebrar ao completar 30 anos.

A campainha tocou e Holly escutou as meninas rindo e conversando do outro lado. Tentou se animar, respirou profundamente e abriu um sorriso forçado.

— Feliz aniversário! — exclamaram juntas.

Ela olhou para os rostos felizes e ficou animada com o entusiasmo demonstrado. Holly as levou para a sala de estar e acenou para a câmera que estava sendo manuseada por Declan.

— Não, Holly, você deve ignorá-lo! — disse Denise e levou Holly pelo braço para o sofá, onde elas a cercaram e imediatamente começaram a lhe dar presentes.

— Abra o meu primeiro! — gritou Ciara, afastando Sharon, derrubando-a do sofá. Sharon ficou paralisada, em choque, sem saber como reagir, e então começou a rir.

— Certo, acalmem-se — disse a voz da razão (Abbey), esforçando-se para ajudar Sharon, histérica. — Acho que devemos abrir o espumante primeiro e *depois* os presentes.

— Tudo bem, desde que ela abra o meu primeiro — disse Ciara, fazendo um bico.

— Ciara, prometo abrir o seu primeiro. — Holly disse a ela como quem fala com uma criança.

Abbey correu para a cozinha e voltou com uma bandeja cheia de taças de champanhe.

— Alguém quer champanhe, meus queridos?

As taças tinham sido um presente de casamento e uma das taças tinha o nome de Gerry e de Holly gravados, que Abbey havia retirado do conjunto.

— Certo, Holly, pode fazer as honras — disse Abbey, entregando a garrafa a ela.

Todo mundo procurou se proteger quando Holly começou a retirar o lacre.

— Ei, pessoal, não sou tão ruim assim!

— É, ela já é especialista nisso — disse Sharon, aparecendo atrás do sofá com uma almofada na cabeça.

As meninas comemoraram quando escutaram a rolha estourar e saíram de seus esconderijos.

— A música do paraíso — disse Denise de modo dramático, com a mão no peito.

— Certo, agora abra meu presente! — Ciara voltou a gritar.

— Ciara! — todas gritaram.

— Depois do brinde! — disse Sharon.

Todos ergueram as taças.

— Bem, faço um brinde à minha melhor amiga de todas, que tem enfrentado um ano difícil, mas que, apesar de tudo, tem sido a pessoa mais corajosa e mais forte que conheço. Ela é uma inspiração a todas nós. Desejo que ela encontre felicidade nos próximos 30 anos de vida! A Holly!

— A Holly! — todos repetiram com os olhos brilhando pelas lágrimas enquanto bebericavam o champanhe, menos Ciara, claro, que já havia largado sua taça e pegava seu presente para entregar a Holly.

— Certo, primeiro você tem que usar esta tiara porque será nossa princesa esta noite e, em segundo lugar, aqui está o meu presente para você!

As meninas ajudaram Holly a colocar uma tiara brilhante que felizmente combinava perfeitamente com seu corpete preto e cheio de brilho e, naquele momento, cercada por suas amigas, ela se sentiu uma princesa.

Holly cuidadosamente tirou a fita do pacote muito bem embrulhado.

— Pode rasgar de uma vez! — disse Abbey, para surpresa de todos.

Holly olhou para a caixa dentro da embalagem, confusa.

— O que é isso?

— Leia! — disse Ciara com animação.

Holly começou a ler a caixa.

— É um... a pilha... meu Deus! Ciara, sua danadinha! — Holly e as meninas riram histericamente.

— Bem, definitivamente vou precisar disto — Holly riu, mostrando a caixa para a câmera. Declan parecia querer vomitar.

— Você gostou? — perguntou Ciara, em busca de aprovação. — Queria ter entregado no jantar do outro dia, mas achei que não seria adequado...

— Nossa! Ainda bem que você esperou até hoje! — Holly riu e abraçou a irmã.

— Certo, eu sou a próxima — disse Abbey, colocando seu presente no colo de Holly. — É meu e do Jack, por isso não espere algo parecido com o da Ciara!

— Bem, eu me preocuparia se Jack me desse algo daquele tipo — disse ela, abrindo o presente de Abbey.

— Puxa! Que lindo! — disse ela, mostrando o álbum de fotos de capa prateada.

— Para as suas novas lembranças — disse Abbey com delicadeza.

— É perfeito! — disse Holly, dando um abraço apertado na cunhada. — Obrigada.

— Bem, o meu é menos sentimental, mas, como mulher, sei que você vai gostar — disse Denise, entregando a ela um envelope.

— Nossa! Maravilhoso! Sempre quis ir nesse lugar! — exclamou Holly ao abrir o presente. — Um fim de semana de cuidados na clínica de beleza e saúde Haven!

— Meu Deus, você parece estar filmando para aqueles programas nos quais a mocinha tem um dia de princesa! — provocou Sharon.

— Avise quando quiser marcar, porque vale por um ano, e nós podemos marcar juntas e fazer uma grande bagunça!

— Ótima ideia, Denise, obrigada!

— Certo, e por último, mas não menos importante! — Holly piscou para Sharon, que remexeu as mãos de modo nervoso e ficou olhando para Holly.

Era um porta-retrato grande e prateado com uma foto de Sharon, Denise e Holly no Baile de Natal, dois anos atrás.

— Olha, estou com meu *festido* branco e caro! — Holly fingiu chorar.

— *Antes* de ele ter sido destruído — comentou Sharon.

— Puxa! Não me lembrava desta foto!

— Não me lembro de estar presente — disse Denise.

Holly continuou a olhar com tristeza para a foto enquanto caminhava até a lareira. Aquele tinha sido o último baile a que ela e Gerry foram juntos, pois, no ano seguinte, ele já estava debilitado demais para participar.

— Bem, isto terá lugar de honra — disse Holly, aproximando-se do mantel e colocando a foto ao lado de seu retrato de casamento.

— Certo, meninas, vamos beber pra valer! — exclamou Ciara e todas se protegeram quando mais uma garrafa de champanhe foi aberta.

Duas garrafas de champanhe e diversas garrafas de vinho tinto depois, as meninas saíram da casa e se amontoaram dentro de um táxi. Entre risos e gritos, alguém conseguiu dizer ao taxista aonde elas queriam ir. Holly insistiu em se sentar no banco do passageiro do táxi para conversar de perto com John, o taxista, que provavelmente queria matá-la quando chegou ao destino escolhido.

— Tchau, John! — todas gritaram ao mais novo amigo ao saírem do carro em Dublin e observaram quando ele arrancou em alta velocidade. Elas haviam decidido (na terceira garrafa de vinho) tentar a sorte na discoteca mais moderna da cidade, a Boudoir. O local era ponto de encontro de ricos e famosos, e todos sabiam que se você não fosse rico e famoso, então precisava de um cartão de sócio para conseguir acesso. Denise caminhou até a porta mostrando o cartão de membro da locadora para o leão-de-chácara. Eles a impediram de entrar.

Os únicos rostos famosos que elas viram passar, enquanto discutiam com os leões de chácara, foram os dos jornalistas da emissora de televisão para quem Denise e ela ficavam repetindo "boa noite" com seriedade. Infelizmente, depois disso, Holly não se lembrou de mais nada.

Holly acordou com a cabeça latejando. A boca estava totalmente seca e a visão borrada. Ela se apoiou em um cotovelo e tentou abrir os olhos, que estavam meio grudados. Olhou ao redor. Estava claro, muito claro, e o quarto parecia rodar. Algo muito estranho estava acontecendo. Holly se olhou no espelho e se assustou. Será que havia sofrido um acidente na noite anterior? Ficou sem energia e caiu de costas de novo. De repente, o alarme da casa começou a tocar e ela ergueu a cabeça um pouco acima do travesseiro e abriu um dos olhos. Oh, leve o que você quiser, pensou ela, desde que me traga um copo de água antes de partir. Depois de um tempo, percebeu que não se tratava do alarme, mas, sim, do telefone tocando ao lado da cama.

— Alô? — disse ela, com a voz rouca.

— Ótimo, não sou a única — disse alguém muito mal do outro lado da linha.

— Quem é você? — perguntou.

— Acho que meu nome é Sharon — respondeu a outra pessoa —, mas não me pergunte o sobrenome, porque não sei. O homem ao meu lado na cama pensa que eu o conheço. — Holly escutou John rindo alto ao fundo.

— Sharon, o que aconteceu ontem à noite? Por favor, me conte.

— O álcool aconteceu ontem à noite — respondeu Sharon, tonta —, muito e muito álcool.

— Mais alguma informação?

— Não.

— Sabe que horas são?

— Duas.

— Por que está telefonando para mim tão cedo?

— Duas da tarde, Holly.

— Ah. Como isso foi acontecer?

— A gravidade, talvez. Eu faltei nesse dia na escola.

— Nossa! Acho que estou morrendo.

— Eu também.

— Acho que vou voltar a dormir. Talvez, quando eu acordar, o chão terá parado de se mover.

— Boa ideia! E, Holly, bem-vinda ao clube dos "inta".

Holly resmungou. — Não comecei como queria. A partir de agora, serei uma mulher sensata e madura de 30 anos.

— Sei... Foi o que eu disse também. Boa noite.

— Boa noite. — Segundos depois, Holly estava dormindo de novo. Acordou em diversos momentos ao longo do dia para atender ao telefone, conversas que pareciam fazer parte de seus sonhos. E foi à cozinha diversas vezes para se hidratar.

Por fim, às 9 da noite, Holly sucumbiu às reclamações de seu estômago, que queria comida. Como sempre, não havia nada na geladeira, por isso decidiu pedir comida chinesa. Sentou-se encolhida no sofá, de pijama, assistindo aos melhores programas do sábado à noite e se empanturrou. Depois do trauma de passar seu aniversário sem Gerry, ficou surpresa ao perceber que se sentia bem sozinha. Havia uma pequena chance de conseguir viver sem ele.

Mais tarde, Jack telefonou para ela no celular.

— Oi, mana, o que está fazendo?

— Assistindo televisão, comendo comida chinesa — disse.

— Hum, parece bom. Bem diferente da minha pobre namorada, que está sofrendo aqui do meu lado.

— Nunca mais vou sair com você, Holly — ela escutou Abbey gritar sem forças ao fundo.

— Você e suas amigas acabaram com ela — disse ele, brincando.

— Não me culpe, ela estava muito bem sozinha, até onde eu me lembro.

— Ela diz que não se lembra de nada.

— Nem eu. Talvez seja algo que acontece quando completamos 30 anos. Eu não era assim antes.

— Ou talvez foi um plano ardiloso que vocês criaram para não terem que nos dizer o que fizeram.

— Quem dera... Obrigada pelo presente, é lindo.

— Que bom que gostou. Demorei muito para encontrar o presente adequado.

— Mentiroso.

Ele riu.

— Bom, liguei para saber se você vai ao show do Declan amanhã à noite.

— Onde?

— No pub do Hogan.

— De jeito nenhum. Nunca mais vou pisar em um pub, ainda mais para ver uma banda de rock com guitarras estridentes e baterias barulhentas — disse ela.

— Ah, é a desculpa "nunca mais vou beber"? É só não beber. Por favor, vá, Holly. O Declan está muito animado e ninguém mais vai.

— Ah! Então eu sou a última opção? Que bom saber que vocês me consideram tanto.

— Não, você não é a última opção. O Declan adoraria vê-la lá e não conseguimos conversar no jantar, faz muito tempo que não saímos juntos — ele pediu.

— Bom, dificilmente conseguiremos conversar à vontade com o Peixe Orgásmico tocando — disse ela com sarcasmo.

— Na verdade, o nome da banda agora é Morangos Pretos, que me parece um nome mais bacana — ele disse, rindo.

Holly cobriu o rosto com as mãos e resmungou:

— Ah, por favor, não me obrigue a ir, Jack.

— Você vai.

— Certo, mas não vou ficar até o fim.

— Bem, podemos ver isso quando estivermos lá. O Declan vai ficar muito feliz quando eu contar a ele. A família não costuma participar dessas coisas.

— Tudo bem. Umas oito horas?

— Perfeito.

Holly desligou e ficou no sofá por mais algumas horas. Sentia-se tão cheia que não conseguia se mexer. Talvez a comida chinesa não tivesse sido uma ideia muito boa.

Capítulo 9

HOLLY CHEGOU AO PUB DO HOGAN sentindo-se muito melhor do que no dia anterior, mas seus reflexos estavam um pouco mais lentos do que o normal. Suas ressacas pareciam se tornar cada vez piores conforme ela envelhecia, e o dia anterior fora a pior ressaca de todas. Ela havia saído para caminhar pela praia, de Malahide a Portmarnock, mais cedo naquele dia e a brisa suave ajudou a clarear sua mente. Fora à casa dos pais para jantar no domingo, e lá eles a presentearam com um belo vaso de cristal Waterford por seu aniversário. O dia tinha sido maravilhoso, relaxante na companhia dos pais e ela praticamente precisou se arrastar do sofá para ir ao Hogan.

O Hogan era um clube de três andares, muito famoso, localizado no centro da cidade, e até mesmo aos domingos ficava lotado. No primeiro andar, funcionava uma moderna discoteca que tocava todos os sucessos mais recentes das paradas. Era aonde as pessoas jovens e bonitas iam para exibir suas novas tendências. No térreo, funcionava um pub irlandês tradicional para um público mais velho (ali, geralmente se viam caras velhos sentados em banquinhos, curvados sobre suas canecas de cerveja pensando na vida). Em algumas noites da semana, uma banda irlandesa tradicional tocava as canções antigas mais famosas, o que atraía jovens e velhos. O porão era escuro e lúgubre, onde as bandas costumavam tocar. A clientela era formada por estudantes, e Holly parecia ser a pessoa mais velha ali. O bar era formado por um pequeno balcão no canto do corredor comprido, cercado por um enorme grupo de jovens estudantes vestidos com calça jeans surrada e camisetas rasgadas, empurrando uns aos outros com violência para poderem ser servidos. Os funcionários do bar também pareciam ser jovens como os estudantes, correndo de um lado a outro, a toda velocidade, com o rosto suado.

O porão era abafado, sem ventilação nem ar-condicionado, e Holly estava tendo dificuldades para respirar no ambiente repleto de fumaça. Praticamente todo mundo a seu redor parecia estar fumando um cigarro, e seus olhos já estavam ardendo. Holly não queria nem pensar em como as coisas estariam depois de uma hora, apesar de parecer ser a única pessoa incomodada com o ambiente.

Ela acenou para Declan para mostrar que estava ali, mas decidiu não se aproximar, pois ele estava cercado por muitas garotas. Ela não queria queimar o filme dele. Ela não havia vivido as aventuras de universitária quando era mais jovem. Decidira não cursar faculdade depois do Ensino Médio e conseguiu um trabalho como secretária e foi mudando de trabalho de poucos em poucos meses, acabando no emprego horrível que abandonara para poder passar mais tempo com Gerry enquanto ele esteve doente. Duvidava que aguentasse passar muito tempo trabalhando naquele lugar mesmo se as coisas tivessem sido diferentes. Gerry havia estudado marketing na Dublin City University, mas não costumava se socializar muito com seus colegas; preferia sair com Holly, Sharon e John, Denise e o cara com quem ela estivesse. Ao olhar para as pessoas ao redor, Holly não tinha a sensação de ter perdido algo especial. Finalmente, Declan conseguiu se afastar de suas fãs e aproximou-se de Holly.

— Oi, Sr. Popular, sinto-me privilegiada por ter escolhido conversar comigo. — Todas as meninas olharam para Holly de cima a baixo, sem entender o que Declan via naquela mulher mais velha. Declan riu e esfregou as mãos.

— Eu sei! Esse lance de banda é ótimo. Parece que vou ter um pouco de ação esta noite — disse ele, gabando-se.

— Como sua irmã, é sempre um prazer receber esse tipo de informação — respondeu Holly com sarcasmo. Ela achava impossível conversar com Declan, pois ele se recusava a olhar em seus olhos e mantinha a atenção voltada para as pessoas ao redor.

— Certo, Declan, pode ir paquerar aquelas bonitinhas em vez de ficar preso aqui com sua irmã velha.

— Não, nada a ver — disse ele, justificando-se. — É que nos disseram que um cara de uma gravadora pode ter vindo nos ver hoje.

— Uau, bacana! — Holly arregalou os olhos, animada pelo irmão. Aquilo certamente tinha muita importância para ele, e ela se sentiu culpada por nunca ter se interessado. Olhou ao redor e tentou ver alguém que se parecesse com um cara de gravadora. Como ele seria? Não seria um cara sentado no canto fazendo muitas anotações em um caderno? Por fim, ela viu um homem que parecia muito mais velho do que as outras pessoas dali, mais ou menos da mesma idade que ela. Vestia uma jaqueta de couro preta, calça preta e camiseta preta e estava em pé com as mãos na cintura, olhando para o palco. Sim, definitivamente era um cara de alguma gravadora, pois tinha a barba por fazer e parecia não dormir há dias. Ele devia ter passado todas as noites em claro a semana toda, indo a shows e apresentações, e provavelmente dormia o dia todo. Era possível que também cheirasse mal. Ou então ele era só um maluco que gostava de ir a shows de estudantes para olhar as meninas. Uma possibilidade.

— Ali, Deco! — Holly gritou e apontou para o homem. Declan pareceu animado, até olhar para onde ela apontava. Parou de sorrir quando reconheceu o rapaz.

— Não, é só o *Danny*! — gritou e assoviou para chamar a atenção do homem.

Danny se virou tentando localizar quem o chamava, assentiu em reconhecimento e se aproximou.

— Oi, cara — disse Declan, cumprimentando-o com um aperto de mão.

— E aí, Declan, como está? — Danny parecia estressado.

— Beleza — Declan assentiu sem entusiasmo. Alguém deve ter dito a ele que agir como quem não se importa com nada era bacana.

— A passagem do som foi boa? — Ele procurou obter mais informações.

— Tivemos alguns problemas, mas demos um jeito.

— Então, então tudo bem?

— Tudo.

— Ótimo. — Ele relaxou um pouco e se virou para cumprimentar Holly.

— Sinto muito por tê-la ignorado. Meu nome é Daniel.

— Prazer, sou a Holly.

— Ops, desculpa — Declan interrompeu. — Holly, este é o dono. Daniel, ela é minha irmã.

— Irmã? Nossa! Vocês não se parecem em nada.

— Graças a Deus — Holly disse baixinho para Daniel de modo que Declan não escutasse, e ele riu.

— Ei, Deco, vamos! — um garoto de cabelos azuis gritou.

— Até mais, pessoal. — E se afastou.

— Boa sorte! — Holly gritou. — Então você é um Hogan — disse ela, virando-se para Daniel.

— Bem, não, na verdade, sou um Connolly — respondeu ele, sorrindo. — Comprei este lugar há poucas semanas.

— Ah. — Holly ficou surpresa. — Não sabia que eles tinham vendido o lugar. Então você vai mudar o nome para Connolly?

— Não tenho dinheiro para trocar o letreiro da fachada, é um pouco longo.
Holly riu.

— Bom, todo mundo já conhece o local como Hogan. Seria tolice mudar.
Daniel concordou. — Sim, foi por isso que não mudei, na verdade.

De repente, Jack apareceu na entrada e Holly acenou para ele se aproximar.

— Estou atrasado, me desculpe. Perdi alguma coisa? — perguntou ele,
dando-lhe um abraço e um beijo.

— Não, ele acabou de ir. Jack, este é o Daniel, proprietário da casa.

— Prazer em conhecê-lo — disse Daniel, apertando a mão do homem.

— Eles são bons? — Jack perguntou, meneando a cabeça na direção do
palco.

— Para dizer a verdade, nunca vi essa banda tocar — respondeu Daniel,
com um tom de preocupação.

— Você foi muito corajoso! — disse Jack, rindo.

— Espero que não muito — respondeu Daniel, virando-se para a frente
enquanto os meninos subiam ao palco.

— Reconheço alguns rostos aqui — disse Jack, observando o público. — A
maioria tem menos de dezoito anos.

Uma jovem vestindo uma calça jeans rasgada e um top mostrando a
barriga passou lentamente por Jack, com um sorriso tímido. Levou um dedo
diante dos lábios como se pedisse a ele para ficar calado. Jack sorriu e assentiu.

Holly olhou para Jack sem entender.

— O que foi isso?

— Eu sou professor dela. Ela deve ter só dezesseis ou dezessete anos. Mas
é uma boa menina. — Jack observou a garota se afastar e então acrescentou: —
Mas é melhor não se atrasar para a aula amanhã.

Holly observou a menina bebendo cerveja com os amigos e pensou que
gostaria de ter tido um professor como Jack. Todos os alunos pareciam adorá-
-lo. E era fácil entender o motivo; ele era uma pessoa adorável.

— Bem, não diga a *ele* que eles têm menos de dezoito — disse Holly,
meneando a cabeça em direção a Daniel.

O público gritou e Declan incorporou um personagem ao pegar a guitarra.
A música começou e, a partir de então, ficou impossível continuar conversando. A multidão começou a pular sem parar e muitas vezes pisaram nos pés
de Holly. Jack só olhava para ela e ria, divertindo-se com o desconforto que ela
demonstrava.

— *Querem uma bebida?* — gritou Daniel, fazendo um movimento de
beber com a mão. Jack pediu uma caneca de cerveja e Holly escolheu um

refrigerante. Observaram Daniel tentando passar pelas pessoas e entrar no bar para pegar as bebidas. Voltou minutos mais tarde com as bebidas e um banquinho para Holly. Voltaram a olhar para o palco para ver o irmão se apresentando. A música não era bem o estilo preferido de Holly e estava tão alta e barulhenta que era difícil saber se eles eram bons de fato. O som era bem diferente das melodias calmas de seu CD preferido do Westlife, então, talvez ela não tivesse condições de avaliar o Morangos Pretos. Mas o nome dizia tudo.

Depois de quatro canções, Holly já tinha se cansado e abraçou e beijou Jack para se despedir.

— Diga ao Declan que eu fiquei até o fim! — pediu. — Prazer em conhecê--lo, Daniel! Obrigada pela bebida! — ela gritou e voltou para a civilização e para o ar fresco. Seus ouvidos continuaram zumbindo até chegar em casa. Eram 10 horas quando chegou. Só mais duas horas para o mês de maio, o que significava que ela poderia abrir mais um envelope.

Holly sentou-se à mesa da cozinha tamborilando os dedos com nervosismo. Terminou sua terceira xícara de café e descruzou as pernas. Manter-se acordada por mais duas horas tinha sido mais difícil do que ela pensou. Obviamente, ainda estava cansada pelos excessos de sua festa.

Bateu os pés sob a mesa sem qualquer ritmo em especial e então cruzou as pernas de novo. Eram 11h30 da noite. O envelope estava diante dela, em cima da mesa, e era como se ele estivesse mostrando a língua e cantarolando: "Na-na na-na-na".

Ela passou as mãos nele. Quem saberia se ela o abrisse antes? Sharon e John provavelmente já tinham se esquecido de que havia um envelope para maio, e Denise provavelmente estava acabada depois da ressaca de dois dias. Holly poderia muito bem mentir se eles perguntassem se havia aberto o envelope antes e, mesmo que contasse a verdade, talvez eles não se importassem. Ninguém saberia e ninguém se importaria.

Mas não era verdade.

Gerry saberia.

Todas as vezes em que segurava os envelopes, sentia uma conexão com Gerry. Das duas últimas vezes em que os abrira, teve a sensação de que ele estava sentado ao seu lado, rindo de suas reações. Era como se os dois estivessem brincando juntos, apesar de estarem em dois mundos distintos. Mas ela conseguia *senti-lo*, e ele saberia se ela trapaceasse, saberia se desobedecesse às regras do jogo.

Depois de mais uma xícara de café, Holly ficou impaciente. O ponteiro pequeno do relógio parecia estar em câmera lenta, mas, finalmente, marcou meia-noite. Mais uma vez, lentamente, ela virou o envelope e aproveitou cada momento. Gerry estava sentado à sua frente na mesa. — Vamos, pode abrir!

Rasgou o selo com cuidado e passou os dedos sobre ele, sabendo que a língua de Gerry havia passado por ali. Tirou o cartão do envelope e o abriu.

Vamos lá, Disco Diva! Enfrente seu medo de karaokê no Club Diva este mês e nunca se sabe... Você pode ser recompensada...

P.S. Eu te amo...

Sentiu Gerry observando-a e sorriu. Em seguida, começou a rir.

Holly dizia "De jeito nenhum!" sempre que recuperava o fôlego. Por fim, ela se acalmou e disse em voz alta:

— Gerry, seu safado! Não vou passar por isso de jeito nenhum!

Gerry riu mais alto.

— Isso não tem graça! Você sabe como me sinto em relação a karaokês, e me recuso a fazer isso! Não, de jeito nenhum! Não vou!

— Você tem que fazer isso, e sabe que tem — disse Gerry, rindo.

— Não tenho que fazer isso!

— Faça por mim.

— Não vou fazer isso por você, nem por mim e nem se a paz mundial dependesse disso. Odeio karaokê!

— Faça por mim! — repetiu ele.

O barulho do telefone fez Holly pular da cadeira. Era Sharon.

— Certo, já é meia-noite e cinco. O que havia no envelope? John e eu estamos malucos de curiosidade!

— Por que acham que eu o abri?

— Rá! — disse Sharon. — Vinte anos de amizade me qualificam como especialista em você. Agora, vamos, pode dizer o que estava escrito.

— Não vou — Holly afirmou.

— O quê? Não vai nos dizer?

— Não, não vou fazer o que ele quer que eu faça.

— Por quê? O que é?

— Ah, foi uma tentativa *ridícula* dele de ser *engraçado* — disse ela para o teto.

— Nossa, agora estou mais curiosa! Diga!

— Holly, abra a boca. O que é? — John estava na extensão.

— Certo... Gerry quer que eu... cantenumkaraokê — disse ela, apressadamente.

— Oi? Holly, não entendemos nada! — respondeu Sharon.

— Eu entendi — John interrompeu. — Acho que escutei alguma coisa a ver com karaokê. É isso?

— Sim — respondeu Holly como uma menininha corajosa.

— E você tem que cantar? — perguntou Sharon.

— Si-im! — respondeu ela lentamente. Talvez, se ela não dissesse tudo, não teria que acontecer.

Os dois começaram a rir tão alto que Holly precisou afastar o telefone do ouvido.

— Voltem a me ligar quando vocês dois se calarem! — disse ela com raiva, desligando.

Alguns minutos depois, eles voltaram a telefonar.

— Pois não?

Escutou Sharon controlar o riso, começar a rir sem parar e então a linha ficou muda.

Dez minutos depois, ela voltou a telefonar.

— Sim?

— Certo. — Sharon se esforçava para manter o tom sério. — Peço desculpas pelo descontrole. Estou bem agora. Não olhe para mim, John — disse Sharon, afastando o telefone. — Sinto muito, Holly, mas eu não consigo esquecer da última vez em que você...

— Tá, tá, tá — interrompeu ela —, não precisa voltar nesse assunto. Foi *o dia mais embaraçoso da minha vida*, então eu me lembro, por acaso. É por isso que não vou fazer isso.

— Vamos, Holly! Não pode deixar algo tolo como aquilo impedi-la de fazer.

— Bem, se isso não é motivo suficiente, não sei o que mais seria!

— Holly, foi apenas uma pequena queda.

— Sim, obrigada! Eu me lembro bem! E, de qualquer modo, não sei cantar, Sharon. Acho que já deixei isso maravilhosamente claro da última vez!

Sharon ficou calada.

— Sharon?

Silêncio de novo.

— Sharon, você está aí?

Nenhuma resposta.

— Sharon, você está rindo? — perguntou Holly.

Ela escutou uma risadinha e a linha ficou muda de novo.

— Que amigos consoladores eu tenho! — resmungou. — Caramba, Gerry! Pensei que você fosse me ajudar, e não me deixar à beira de um ataque de nervos!

Holly dormiu muito pouco aquela noite.

Capítulo 10

— Feliz aniversário, Holly! Ou melhor, feliz aniversário atrasado! — Richard riu com nervosismo. Holly ficou boquiaberta e chocada ao ver o irmão mais velho em pé a sua porta. Aquilo era um acontecimento raro; na verdade, era inédito. Ela abriu e fechou a boca como um peixe, sem saber o que dizer. — Trouxe para você uma miniorquídea — disse ele, entregando a ela o vasinho. — Elas foram enviadas em botão e já estão prontas para florescer. — Ele parecia uma propaganda. Holly ficou ainda mais surpresa ao passar os dedos nos botões pequenos e cor-de-rosa.

— Puxa! Richard, a minha flor preferida é orquídea!

— Bem, você tem um jardim grande aqui, bonito e... — ele pigarreou — verde. Mas precisando de poda... — Ele começou a fazer aquele movimento irritante de balançar que fazia com os pés.

— Quer entrar ou está só de passagem? — Por favor diga que não vai entrar, por favor.

Apesar do presente carinhoso, Holly não queria a companhia de Richard.

— Bem, sim, vou entrar um pouco, então. — Ele passou cerca de dois minutos limpando os pés no capacho antes de entrar na casa. Ele fazia Holly se lembrar de seu professor de Matemática na escola, que usava um casaco marrom de lã com calça marrom que caía até a ponta dos sapatos marrons e pequenos. Ele mantinha os cabelos perfeitamente penteados e as unhas eram limpas e muito bem aparadas. Holly conseguia imaginá-lo medindo as unhas todas as noites, com uma régua pequena, para ter certeza de que elas não tinham ultrapassado o comprimento padrão europeu para unhas, se tal coisa existisse.

Richard nunca parecia à vontade. Ele dava a impressão de que estava sendo enforcado pela gravata (marrom) sempre tão apertada e caminhava como se houvesse uma vara de bambu presa em suas costas. Nas poucas vezes em que sorria, era um sorriso mecânico.

Ele era o sargento do próprio corpo, gritando e repreendendo a si mesmo sempre que falhava e agia como um ser humano. Mas fazia isso consigo mesmo e o mais triste era o fato de ele acreditar ser melhor do que os outros por isso. Holly o levou até a sala de estar e colocou o vaso de cerâmica em cima da televisão provisoriamente.

— Não, não, Holly — disse ele, balançando o indicador em sua direção, como se ela fosse uma criança levada. — Não deve deixá-la aí, ela precisa de um local ameno longe da luz forte do sol e das correntes de vento.

— Ah, sim, claro. — Holly pegou o vaso de novo e olhou ao redor, em pânico, à procura de um local adequado. O que ele dissera? Um local ameno? Como ele conseguia fazer com que ela sempre se sentisse como uma menininha incompetente?

— O que acha de colocá-la naquela mesinha de centro? Vai ficar em segurança ali.

Holly fez o que ele mandou e colocou o vaso sobre a mesa, imaginando que ele pudesse dizer "boa menina".

Felizmente, ele não disse.

Richard sentou-se perto da lareira, como gostava de fazer, e analisou a sala. — Sua casa é muito limpa — comentou.

— Obrigada, é que eu... acabei de limpar.

Ele assentiu como se já soubesse.

— Quer beber um pouco de chá ou café? — perguntou ela, esperando que ele dissesse não.

— Sim, ótimo — disse ele, unindo as mãos —, chá seria esplêndido. Só com creme, sem açúcar.

Holly voltou da cozinha com duas xícaras de chá e as colocou sobre a mesa de centro. Torceu para que o vapor que subia das canecas não matasse a pobre plantinha.

— Você só precisa regá-la regularmente e aplicar adubo durante os meses da primavera — ele continuava falando sobre a planta. Holly assentiu, sabendo bem que não faria nada daquilo.

— Não sabia que você gostava de plantas, Richard — disse ela, tentando deixar o clima mais leve.

— Só quando estou desenhando com as crianças. Pelo menos é o que Meredith diz — ele riu, fazendo uma rara piada.

— Você cuida muito do jardim? — Holly queria manter a conversa fluindo; com a casa em silêncio, qualquer silêncio se tornava enorme.

— Sim, adoro cuidar do jardim. — Seus olhos brilharam. — Todo sábado, cuido das plantas — disse ele, sorrindo e levando a xícara aos lábios.

Holly sentia-se sentada ao lado de um completo desconhecido. Percebeu que sabia muito pouco sobre Richard e que ele, por sua vez, sabia muito pouco sobre ela. Mas ele sempre quis manter as coisas daquela maneira, sempre se manteve afastado da família, mesmo quando eles eram mais jovens. Nunca contava as novidades de sua vida a ninguém nem comentava sobre seu dia a dia.

Ele era o senhor da razão. A família tomou conhecimento da existência de Meredith no dia em que ele a levou à casa da família para o jantar no qual anunciaram que estavam noivos. Infelizmente, naquela altura dos acontecimentos, já era tarde demais para convencê-lo a não se casar com a megera ruiva de olhos verdes flamejantes. De qualquer modo, ele não teria dado ouvidos a ninguém.

— E então — disse ela, alto demais para a sala que fazia eco —, alguma coisa incomum ou uma novidade para contar?

— Não, nada incomum, está tudo como sempre. — Ele bebericou o chá e então acrescentou: — Também não tenho novidades. Só pensei em passar para dizer oi, aproveitando que estava por perto.

— Ah, sim, não é comum você vir para este lado da cidade — comentou Holly, rindo. — O que o trouxe ao mundo negro e perigoso do norte?

— Ah, coisas do trabalho — disse ele, baixinho. — Mas meu carro está estacionado do outro lado do rio, claro!

Holly deu um sorriso forçado.

— Estou só brincando, claro — disse ele. — Está na frente da casa... é seguro, certo? — perguntou com seriedade.

— Acho que não tem perigo — respondeu Holly sarcasticamente. — Não parece haver ninguém suspeito à espreita em plena luz do dia. — Ele não percebeu a ironia. — Como estão Emily e Timmy, ou melhor, Timothy? — O erro não foi proposital.

Os olhos de Richard brilharam.

— Eles estão bem, Holly, muito bem. Mas preocupantes. — Ele desviou o olhar e analisou a sala de estar.

— Como assim? — perguntou Holly, pensando que Richard pudesse se abrir com ela.

— Bem, não há uma coisa em especial, Holly, mas é que os filhos são uma preocupação de modo geral. — Ele empurrou os óculos para cima e olhou dentro dos olhos dela. — Mas acho que você se sente aliviada porque nunca terá que se preocupar com todas essas bobagens envolvendo crianças — disse ele, rindo.

Fez-se silêncio.

Holly sentiu-se como se tivesse levado um soco no estômago.

— Você já encontrou um emprego? — continuou ele.

Holly estava paralisada na cadeira, em choque; não conseguia acreditar que ele tivera a audácia de dizer aquilo para ela.

Sentiu-se ofendida e magoada e queria que ele saísse de sua casa. Não estava com vontade de continuar sendo educada com ele e certamente não se interessou em explicar para ele, com sua mente tão estreita, que ainda não havia começado a procurar um emprego porque ainda estava de luto pela morte de seu marido. "Bobagem" que ele não teria de enfrentar nos 50 anos seguintes.

— Não — rebateu.

— E como está fazendo para ter dinheiro? Com o seguro-desemprego?

— Não, Richard — disse ela, tentando não perder a paciência. — Não pedi o seguro, porque recebo ajuda de *viuvez*.

— Ah, isso é algo ótimo e muito útil, não é?

— Útil não é bem a palavra que eu usaria, talvez devastadoramente depressivo seja mais adequado.

O clima estava pesado. De repente, ele deu um tapinha na perna, sinalizando o fim da conversa.

— É melhor eu ir andando para voltar ao trabalho — disse Richard, pondo-se em pé e exagerando para se espreguiçar, como se tivesse passado horas sentado.

— Tudo bem. — Holly sentiu-se aliviada. — Melhor você ir embora enquanto seu carro continua lá fora. — Mais uma vez, ele não notou a ironia; espiou pela janela para conferir.

— Você tem razão; ainda está lá fora, graças a Deus. Bem, foi bom vê-la e muito obrigado pelo chá — disse ele a um ponto na parede acima da cabeça da irmã.

— De nada e obrigada pela orquídea — disse Holly entredentes. Ele desceu pelo jardim e parou no meio do caminho. Balançou a cabeça de modo desaprovador ao observar o jardim e disse a ela:

— Você precisa pedir a alguém para dar um jeito nesta bagunça. — E partiu no carro marrom.

Holly sentiu muita raiva ao observá-lo se afastar e entrou, batendo a porta. Aquele homem fazia seu sangue ferver de tal modo que ela sentia vontade de derrubá-lo. Ele simplesmente não tinha a menor noção... sobre nada.

Capítulo 11

— AI, SHARON, EU *odeio* ELE — Holly resmungou para a sua amiga ao telefone mais tarde naquela noite.

— Ignore-o, Holly, ele não tem jeito, é um idiota — respondeu ela, com raiva.

— Mas é isso o que mais me irrita. Todo mundo diz que ele não tem jeito ou que não é culpa dele. Ele é um homem feito, Sharon. Tem 36 anos. Deveria bem saber quando manter a boca fechada. Ele diz essas coisas de propósito — disse ela.

— Não acho que ele faça isso de propósito, Holly — disse Sharon para acalmar a amiga. — Acredito que ele tenha visitado com a intenção de desejar feliz aniversário...

— Claro! E para quê? *Desde quando* ele vem à minha casa para me dar um presente de aniversário? *Nunca!*

— Bem, trinta anos é uma idade mais importante do que as outras...

— Não, para ele não é! Ele disse isso em um jantar há algumas semanas. Se me lembro bem, ele disse exatamente assim: "Não gosto de comemorações tolas, blá-blá-blá... sou mais blá-blá-blá" — disse ela, imitando a voz dele. — Ele é um idiota, mesmo.

Sharon riu da amiga, que estava falando como uma criança de 10 anos.

— Certo, então ele é um monstro malvado que merece arder no inferno! Holly fez uma pausa. — Bem, não quero chegar a tanto, Sharon...

Sharon riu. — Ah, não tenho como agradar a todos, certo?

Holly esboçou um sorriso. Gerry saberia exatamente como ela estava se sentindo, saberia exatamente o que dizer e saberia exatamente o que fazer. Ele daria um de seus famosos abraços e todos os problemas desapareceriam. Ela pegou um travesseiro da cama e o apertou. Não conseguia se lembrar de quando havia abraçado alguém pela última vez, *de verdade*. E o mais deprimente era não conseguir imaginar-se abraçando outra pessoa da mesma maneira.

— Alô? Terra chamando Holly? Você ainda está aí ou estou falando sozinha de novo?

— Sinto muito, Sharon, o que você disse?

— Eu perguntei se você voltou a pensar na ideia do karaokê.

— Sharon! — gritou Holly. — Não tenho mais o que pensar sobre esse assunto!

— Certo, acalme-se, mulher. Eu estava pensando que podíamos alugar um aparelho de karaokê e montá-lo na sua sala de estar. Assim, você vai fazer o que ele quer, mas sem a vergonha! O que acha?

— Não, Sharon, a ideia é ótima, mas não vai dar certo; ele quer que eu cante no Club Diva, seja lá onde for.

— Ah, que meigo! Porque você é a Disco Diva dele?

— Acho que foi daí que surgiu a ideia — disse Holly com tristeza.

— Puxa, que ideia adorável, mas o Club Diva? Nunca ouvi falar.

— Bem, melhor assim, se ninguém sabe onde fica, então posso simplesmente não fazer nada, certo? — perguntou Holly, feliz por ter encontrado uma saída.

As duas se despediram e assim que Holly desligou, o telefone tocou de novo.

— Oi, querida.

— Mãe! — disse Holly em um tom de acusação.

— Ai, meu Deus, o que fiz agora?

— Recebi uma visitinha do seu filho malvado hoje e não estou muito feliz.

— Sinto muito, amor, eu tentei telefonar mais cedo para avisar que ele estava a caminho, mas só caía na maldita secretária eletrônica. Você nunca atende o telefone?

— Não é essa a questão, mãe.

— Eu sei, sinto muito. Por quê? O que ele fez?

— Ele abriu a boca. Esse é o problema!

— Ai, não, e ele estava tão animado para lhe dar aquele presente.

— Não estou negando que o presente foi muito bacana e gentil da parte dele e todas as coisas maravilhosas, mas ele disse algumas das coisas mais ofensivas sem pestanejar!

— Quer que eu converse com ele?

— Não, tudo bem; somos grandes agora. Mas obrigada, mesmo assim. E então, o que está fazendo? — Holly queria mudar de assunto.

— Ciara e eu estamos assistindo a um filme do Denzel Washington. A Ciara acha que vai se casar com ele um dia. — Elizabeth deu risada.

— Eu vou! — gritou Ciara ao fundo.

— Sinto muito por acabar com o sonho dela, mas ele já é casado.

— Ele já é casado, querida — Elizabeth transmitiu o recado.

— Esses casamentos de Hollywood... — Ciara resmungou.

— Vocês duas estão sozinhas? — perguntou Holly.

— Frank está no bar e Declan, na faculdade.

— Faculdade? Mas são dez da noite! — Holly riu. — Era provável que Declan estivesse por aí fazendo algo ilegal e usando a faculdade como desculpa. Não acreditava que a mãe fosse tão ingênua para acreditar naquela história, principalmente depois de outros quatro filhos.

— Ah, ele é muito esforçado quando decide fazer alguma coisa, Holly, ele está realizando um projeto. Não sei do que se trata. Quase nunca presto atenção.

— Sei — respondeu Holly, não acreditando em nenhuma palavra.

— Bem, meu futuro genro voltou para a televisão e eu preciso desligar. — Elizabeth riu. — Quer vir para ficar conosco?

— Obrigada, mas não quero, mãe. Estou bem aqui.

— Tudo bem, querida, mas se mudar de ideia, sabe onde nos encontrar. Tchau, amor.

De volta à casa vazia e silenciosa.

Holly acordou na manhã seguinte ainda totalmente vestida e deitada na cama. Percebeu que estava voltando aos antigos hábitos. Todos os pensamentos positivos das últimas semanas estavam desaparecendo pouco a pouco a cada dia. Era muito cansativo tentar ser feliz o tempo todo, e ela simplesmente não tinha mais energia para isso. Quem se importava com a bagunça da casa? Ninguém além dela ficaria ali, e ela não se importava se ficaria limpa ou suja. Quem se importaria se ela não se maquiasse nem tomasse banho por uma semana? Ela certamente não tinha intenção de impressionar ninguém. O único homem que ela andava vendo com frequência era o entregador de pizza e ainda precisava dar uma gorjeta para que ele sorrisse.

Quem se importava? Seu telefone vibrou a seu lado, mostrando que ela havia acabado de receber uma mensagem. Era de Sharon.

CLUB DIVA TEL: 36700700

PENSE BEM. SERIA LEGAL.

FAÇA PELO GERRY!

Ela sentiu vontade de responder que o Gerry estava morto. Mas desde que havia começado a abrir os envelopes, ele não parecia estar morto. Era como se ele estivesse viajando de férias e escrevendo cartas para ela, por isso não havia partido *de verdade*. Bem, o mínimo que ela poderia fazer seria telefonar para o clube e analisar a situação. Não significava que ela tinha que ir até o fim.

Ela digitou o número e um homem atendeu. Ela não conseguiu pensar em nada para dizer, por isso desligou rapidamente. Vamos, Holly, ela disse a si mesma, não pode ser tão difícil, diga apenas que uma amiga está interessada em cantar.

Holly se preparou e teclou REDIAL.

A mesma pessoa atendeu. — Club Diva.

— Olá, gostaria de saber se vocês fazem noites de karaokê.

— Sim, fazemos, às... — ela escutou o homem folhear algumas páginas — ... às quintas.

— Quintas?

— Não, desculpe, um minuto... — Ele voltou a mexer em alguns papéis. — Não, às terças.

— Tem certeza?

— Sim, sem dúvida são às terças.

— Certo, bem, eu estava pensando se... bem... — Holly respirou profundamente e começou a frase de novo. — Uma amiga minha pode estar interessada em cantar e queria saber o que tem que fazer.

Fez-se longa pausa do outro lado.

— Alô? — Aquela pessoa era idiota?

— Oi, peço desculpas, mas é que não organizo as noites de karaokê, então...

— Tudo bem. — Holly estava perdendo a paciência. Ela havia precisado reunir muita coragem para conseguir fazer a ligação e um tolo qualquer sem conhecimento não ia arruinar tudo. — Bem, alguém daí pode me dar informações?

— Não, não tem ninguém, o clube não abriu ainda, é muito cedo — foi a resposta sarcástica.

— Bem, muito obrigada, você me ajudou demais — disse ela, com o mesmo tom sarcástico.

— Olha, se tiver mais um pouco de paciência, vou tentar conseguir mais informações para você. — Holly ficou esperando e foi obrigada a escutar "Greensleeves" por cinco minutos.

— Alô? Você ainda está aí?

— Quase desligando — disse ela, com raiva.

— Bem, sinto muito pela demora, mas eu acabei de fazer um telefonema.

Qual é o nome de sua amiga?

Holly ficou paralisada, pois não havia se preparado para aquilo. Bem, talvez ela pudesse dar o próprio nome e pedir para a "amiga" telefonar e cancelar, se mudasse de ideia.

— Bem, o nome dela é Holly Kennedy.

— Certo, tudo bem, as noites de terça são reservadas para as competições de karaokê. Dura um mês e todas as semanas duas entre dez pessoas são escolhidas até a última semana do mês, quando as seis pessoas cantam de novo na final.

Holly se assustou. Não queria fazer aquilo.

— Mas infelizmente — continuou ele —, os nomes foram dados com alguns meses de antecedência, por isso diga a sua amiga Holly que ela pode tentar de novo no Natal. É quando acontecerá a próxima competição.

— Ah, tudo bem.

— A propósito, o nome Holly Kennedy não me é estranho. Ela seria a irmã de Declan Kennedy?

— É, sim, por quê? Você a conhece? — perguntou Holly, chocada.

— Não diria que a conheço, apenas a conheci rapidamente certa noite, quando ela estava aqui com o irmão.

Será que Declan andava apresentando garotas como se fossem sua irmã? Que menino maluco e... Não, não podia ser.

— O Declan fez um show no Club Diva?

— Não, não — ele riu —, ele tocou com a banda dele no porão, aqui embaixo.

Holly rapidamente tentou assimilar a informação até finalmente entender.

— O Club Diva fica no Hogan?

Ele riu de novo. — Sim, fica no andar de cima. Talvez eu deva fazer mais propaganda!

— É o Daniel que está falando? — Holly perguntou sem pensar e então se arrependeu ao perceber a estupidez.

— É, sim, eu conheço você?

— Não! Não conhece. É que a Holly citou você em uma conversa, só isso. — E então percebeu a impressão que havia passado. — Muito brevemente — acrescentou. — Ela disse que você deu um banquinho a ela.

Holly começou a bater a cabeça na parede.

Daniel riu de novo.

— Ah, sim, diga a ela que se quiser cantar no karaokê no Natal, posso incluir o nome dela. É inacreditável a quantidade de pessoas que querem se inscrever.

— É mesmo? — disse ela. Sentia-se uma tola.

— Ah, a propósito, com quem estou falando?

Holly caminhou pelo quarto.

— Com Sharon. Você está falando com Sharon.

— Certo, Sharon. Estou com o seu número no identificador de chamadas, por isso vou ligar se alguém desistir.

— Certo, muito obrigada.

E ele desligou.

E Holly pulou na cama, jogando o cobertor em cima da cabeça, sentindo as bochechas esquentarem de vergonha. Escondeu-se embaixo das cobertas, xingando a si mesma por ser tão tola. Ignorando o toque do telefone, tentou convencer a si mesma de que não tinha feito papel de idiota. Por fim, depois de se convencer de que podia mostrar a cara ao mundo de novo (demorou bastante), ela saiu da cama e apertou o botão da secretária eletrônica.

"Oi, Sharon, você deve ter acabado de sair. É o Daniel, aqui do Club Diva". Ele fez uma pausa e então, rindo, disse: "Aqui do Hogan. Bem, eu estava analisando a lista de nomes na agenda e parece que alguém já inscreveu a Holly há alguns meses, na verdade, é um dos primeiros nomes. A menos que exista outra Holly Kennedy...". Ele titubeou. "Bem, ligue para mim quando puder, para podermos ver o que aconteceu. Obrigado."

Holly sentou-se em choque na beirada da cama, sem conseguir se mexer por muito tempo.

Capítulo 12

Sharon, Denise e Holly se sentaram perto da janela, no Café Bewley, olhando para a Grafton Street. Elas costumavam se encontrar ali para ver a vida passar; Sharon dizia que aquela era a melhor maneira de ver vitrines, pois conseguia ficar de olho em todas as suas lojas preferidas.

— Não acredito que Gerry organizou isto tudo! — disse Denise quando soube dos acontecimentos. Jogou os cabelos para trás dos ombros e seus olhos azuis e entusiasmados brilharam para Holly.

— Vai ser um pouco divertido, não é? — comentou Sharon com animação.

— Ai, Deus. — Holly ficava ansiosa só de pensar no que aconteceria. — Eu continuo não querendo fazer isso de jeito nenhum, nenhum, *nenhum*, mas sinto que preciso terminar o que Gerry começou.

— É assim que se fala, Hol! — disse Denise. — E vamos todos torcer por você!

— Ei, espere aí, Denise — disse Holly, mudando o tom. — Quero só você e a Sharon lá, ninguém mais. Não quero que isso vire uma coisa enorme. Quero que fique entre nós.

— Mas Holly! — protestou Sharon. — É uma coisa grande! Ninguém pensou que você teria coragem de pisar em um karaokê depois da última vez...

— Sharon! — disse Holly, em tom de alerta. — Não devemos falar dessas coisas. Aquela experiência deixou muitos traumas.

— Bem, acho bobagem não superar isso — resmungou Sharon.

— E então, quando será a grande noite? — Denise mudou de assunto, sentindo o clima pesado.

— Terça-feira da semana que vem — disse Holly, inclinando-se para frente e batendo a cabeça na mesa de maneira brincalhona.

Os clientes ao redor olharam para ela com curiosidade.

— Ela está meio fora de si — anunciou Sharon a todos, apontando para Holly.

— Não se preocupe, Holly; você tem sete dias para se transformar na Mariah Carey.

— Problema nenhum — disse Denise, sorrindo para Sharon.

— Ai, gente, seria mais fácil ensinar Lennox Lewis a dançar balé — disse Sharon.

Holly olhou para frente. — Muito obrigada pelo incentivo, Sharon.

— Oh, mas imaginem Lennox Lewis com calça de bailarino, com aquele bumbum dele... — Denise começou a sonhar acordada.

Holly e Sharon pararam de falar e olharam para a amiga.

— Você perdeu o fio da meada, Denise.

— O quê? — perguntou Denise, saindo de seus sonhos para se defender. — Imaginem aquelas coxas musculosas...

— Que quebrariam seu pescoço se você se aproximasse dele — Sharon concluiu para ela.

— *Pois é!* — disse Holly, arregalando os olhos. — Consigo imaginar tudo — disse ela, olhando para frente. — No caderno policial, estaria escrito: "Denise Hennessey foi tragicamente morta por enormes coxas depois de chegar à porta do céu...".

— Gostei — concordou Denise. — Nossa! Que maneira boa de morrer! Quero um pedaço desse paraíso!

— Certo — Sharon interrompeu, apontando para Denise —, você deve guardar as suas sórdidas fantasias, por favor. E você — disse, apontando para Holly —, pare de tentar mudar de assunto.

— Ah, você está com inveja, Sharon, porque o seu marido não conseguiria quebrar nem um palito de dente com aquelas coxinhas finas dele — Denise provocou.

— Com licença, mas as coxas do John são perfeitamente normais, queria que as minhas fossem como as dele — Sharon completou.

— Agora você! — Denise apontou para Sharon. — Guarde suas fantasias sórdidas.

— Meninas, meninas! — Holly estalou os dedos no ar. — Vamos nos concentrar em mim agora, em mim. — Ela fez um movimento gracioso com as mãos, levando-as na direção do peito.

— Certo, Sra. Egoísta, o que está pensando em cantar?

— Não faço a mínima ideia, por isso convoquei esta reunião de emergência.

— Não, não foi por esse motivo; você me disse que queria fazer compras

— disse Sharon.

— Ah, é? — disse Denise, olhando para Sharon e erguendo uma sobrancelha. — Pensei que vocês duas tivessem vindo me visitar no meu horário de almoço.

— Vocês duas estão certas — disse Holly. — Estou comprando ideias e preciso de vocês.

— Ha-ha! Boa resposta — as duas concordaram, pelo menos uma vez.

— OK! OK! — exclamou Sharon, animada. — Acho que tive uma ideia. Qual foi aquela música que passamos cantando durante duas semanas na Espanha, que não saía de nossa cabeça e que nos deixou até irritadas?

Holly deu de ombros. Se a canção as havia irritado, então dificilmente seria uma boa escolha.

— Não sei, não fui convidada para essas férias — resmungou Denise.

— Você sabe qual é, Holly!

— Não me lembro.

— Tem que se lembrar!

— Sharon, acho que ela não vai conseguir se lembrar — disse Denise de modo frustrado para Sharon.

— Nossa! Qual era? — Sharon cobriu o rosto com as mãos, irritada. Holly deu de ombros mais uma vez. — Ai, eu lembrei! — anunciou feliz e começou a cantar alto no café. — *"Sun, sea, sex, sand, come on boy give me your hand."*

Holly arregalou os olhos e corou de vergonha quando as pessoas de mesas ao redor se viraram para olhar para elas. Ela olhou para Denise na tentativa de conseguir ajuda para calar Sharon.

— *"Ooh ooh ooh so sexy, so sexy!"* — Denise se uniu a Sharon. Algumas pessoas continuaram olhando para elas, rindo, mas a maioria com raiva, enquanto Denise e Sharon continuavam cantando a grudenta música *dance* europeia que havia feito muito sucesso alguns verões atrás. Quando elas estavam prestes a cantar o refrão pela quarta vez (nenhuma delas conseguia se lembrar dos versos), Holly as calou.

— Meninas, não sei cantar essa música. Além disso, os versos são cantados por um rapper!

— Bom, pelo menos você não teria que cantar muito — disse Denise, rindo.

— Nem pensar! Não vou cantar rap em uma competição de karaokê!

— Tudo bem — concordou Sharon.

— Bem, que CD você anda ouvindo? — Denise ficou séria de novo.

— Westlife? — Ela olhou para as amigas com esperança.

— Então, cante uma música do Westlife — Sharon a incentivou. — Assim, pelo menos você saberá a letra.

Sharon e Denise começaram a rir descontroladamente.

— Pode ser que você desafine — Sharon disse enquanto ria muito.

— Mas, pelo menos, vai saber a letra! — Denise conseguiu terminar a frase, mas logo as duas voltaram a gargalhar.

Primeiro, Holly ficou brava, mas ao ver as duas inclinadas sobre a mesa, com a mão na barriga e gargalhando, ela também riu. Elas tinham razão, Holly era totalmente desafinada e não tinha noção nenhuma de música. Encontrar uma música que ela conseguisse cantar seria impossível. Por fim, quando as meninas se acalmaram de novo, Denise olhou para o relógio e resmungou por ter que voltar a trabalhar. Elas deixaram o Bewley (para a alegria dos clientes).

— Os miseráveis provavelmente lançarão fogos de artifício agora — Sharon murmurou, passando pelas mesas.

As três moças deram-se os braços e desceram a Grafton Street, em direção à loja de roupas onde Denise trabalhava como gerente. O dia estava ensolarado, com apenas um pouco de vento frio; a Grafton Street estava cheia como sempre, com pessoas apressando-se na hora do almoço enquanto os lojistas subiam a rua lentamente, aproveitando que não estava chovendo. Em todos os cantos, havia um músico de rua tentando chamar a atenção das pessoas, e Denise e Sharon dançaram uma música irlandesa ao passarem por um homem que tocava a rabeca, deixando Holly envergonhada. Ele piscou para elas, que jogaram um pouco de dinheiro dentro do chapéu dele que estava no chão.

— Certo, moças divertidas, preciso voltar ao trabalho — disse Denise, abrindo a porta de sua loja. Assim que os funcionários a viram, pararam de conversar no balcão e imediatamente começaram a organizar as araras de roupas. Holly e Sharon tentaram não rir. Elas se despediram e foram em direção à Stephen's Green para pegarem seus carros.

— *"Sun, sea, sex, sand..."* — Holly cantarolou baixinho. — Que droga, Sharon! Agora estou com essa música idiota na cabeça — ela reclamou.

— Olha aí você de novo com essa história de "droga Sharon". Que negativa, Holly. — Sharon começou a cantarolar a música.

— Cale-se! — Holly riu, dando um tapa no braço da amiga.

Capítulo 13

E RAM 4 HORAS DA TARDE quando Holly deixou a cidade e começou a dirigir-se para casa, para a Swords. A malvada Sharon conseguiu convencer Holly a sair às compras, e ela acabou comprando uma blusinha ridícula que já não tinha idade para usar. A partir de agora, precisava controlar seus gastos; suas economias estavam acabando, e sem uma renda fixa, ela já previa períodos tensos no futuro. Precisava começar a pensar em conseguir um emprego, mas já era difícil sair da cama de manhã e ter um emprego deprimente, de período integral, não seria muito bom. Mas ajudaria a pagar as contas. Holly suspirou alto, pensando em tudo o que tinha que fazer sozinha. Pensar nisso a deixava triste e o problema era que ela passava tempo demais sozinha pensando nessas coisas. Precisava de pessoas ao seu redor, como naquele dia, com Denise e Sharon, porque as amigas sempre conseguiam fazer com que ela pensasse em outras coisas. Telefonou para sua mãe e perguntou se podia ir até a casa dela.

— Claro que pode, amor, você é sempre bem-vinda aqui. — E então, começou a sussurrar. — Mas saiba que Richard está aqui. — Credo! O que ele queria com todas aquelas visitinhas repentinas?

Holly pensou em mudar os planos e ir para casa, mas convenceu-se de que seria bobagem. Ele era seu irmão e por mais irritante que fosse, não poderia evitá-lo para sempre.

Ela entrou na casa dos pais ouvindo muitos barulhos e de repente parecia estar no passado, nos velhos tempos em que escutava conversas vindas de todos os cômodos. Sua mãe estava arrumando um lugar a mais na mesa quando ela entrou na cozinha.

— Ai, mãe, você deveria ter me dito que estava fazendo o jantar — disse Holly, beijando e abraçando a mãe.

— Por quê? Você já comeu?

— Não, na verdade estou morrendo de fome, mas espero não ter dado muito trabalho.

— Trabalho nenhum, querida, a única coisa é que o coitado do Declan vai ter que ficar sem comida o dia todo, só isso — disse ela, provocando o filho que estava se sentando. Ele fez uma careta para ela.

O clima estava muito mais tranquilo dessa vez, ou talvez Holly estivesse irritada demais no último jantar da família.

— E então, Sr. Trabalhador, por que não está na faculdade hoje? — perguntou ela de modo sarcástico.

— Passei a manhã toda na faculdade — respondeu ele, fazendo uma careta —, e vou voltar às 8 horas, na verdade.

— É muito tarde — disse o pai, colocando molho no prato. Ele sempre acabava com mais molho do que comida.

— Sim, mas foi o único horário em que consegui reserva na sala de edição.

— Só tem uma sala de edição na faculdade, Declan? — intrometeu-se Richard.

— Isso — foi a resposta do rapaz, sempre muito falante.

— E quanto alunos são?

— É uma sala pequena, somos em doze.

— Eles não têm dinheiro para aumentar?

— O quê? O número de alunos? — Declan brincou.

— Não, para construir mais uma sala de edição.

— Não, é uma faculdade pequena, Richard.

— Acho que as universidades maiores seriam mais bem preparadas para coisas assim, porque são melhores de modo geral.

E ali estava o comentário inconveniente que todos já esperavam.

— Não, eu não diria isso, as instalações são de primeira qualidade, mas menos pessoas estudam ali e, assim, há menos equipamentos. E os professores não são inferiores aos professores de universidades, há uma vantagem no fato de eles trabalharem no mercado, além de darem aulas. Ou seja, eles praticam o que ensinam. Não é só teoria.

Isso aí, Declan, Holly pensou e piscou para ele do outro lado da mesa.

— Acho que eles não devem ganhar muito bem, por isso provavelmente precisam lecionar também.

— Richard, fazer um filme é um emprego muito bom; você está falando de pessoas que passaram anos na faculdade estudando para se tornarem mestres e doutores...

— Ah, você vai ter curso superior? — Richard estava surpreso. — Pensei que fosse apenas um cursinho qualquer que você estivesse fazendo.

Declan parou de comer e olhou para Holly, chocado. Era engraçado ver que a ignorância de Richard ainda surpreendia a todos.

— Quem você acha que produz todos aqueles programas de jardinagem que você assiste, Richard? — perguntou Holly.

— Eles não são apenas um grupo de pessoas que fizeram um cursinho qualquer. — Estava claro que ele não acreditava que as pessoas tinham domínio de um conhecimento específico. — São ótimos programas — disse ele.

— Sobre o que é o seu projeto, Declan? — perguntou Frank.

Declan terminou de mastigar para responder:

— É um pouco confuso explicar, mas, basicamente, é sobre a vida nas discotecas de Dublin.

— Uau, vamos aparecer? — Ciara quebrou seu silêncio e perguntou com animação.

— Sim, pode ser que eu mostre sua nuca, ou coisa assim — respondeu ele de modo brincalhão.

— Estou muito ansiosa para ver — disse Holly de modo incentivador.

— Obrigado. — Declan soltou o garfo e a faca e começou a rir. — Ei, que história é essa que eu soube de que você vai cantar em uma competição de karaokê na semana que vem?

— O quê? — Ciara perguntou com os olhos muito arregalados.

Holly fingiu não saber do que ele estava falando.

— Pare com isso, Holly — insistiu ele. — O Danny me disse! — Ele se virou para as outras pessoas na mesa e explicou: — O Danny é o dono do lugar onde fiz meu show uma noite dessas e ele me disse que a Holly foi inscrita em uma competição de karaokê no clube dele.

Todos se surpreenderam e comentaram que seria muito legal. Holly se recusou a confessar.

— Declan, o Danny está de brincadeira com você. Todo mundo sabe que eu não sei cantar! Pare com isso. — Ela se dirigiu aos outros. — É sério, se eu fosse cantar em uma competição de karaokê, *acho* que diria a todos vocês. — Ela riu como se a ideia fosse absurda. Na verdade, a ideia *era* muito absurda.

— Holly! — Ele riu. — Eu vi o seu nome na lista! Não minta!

Holly soltou o garfo e a faca, pois repentinamente perdera a fome.

— Holly, por que não contou que cantaria em uma competição? — perguntou sua mãe.

— Porque não sei cantar!

— Então por que vai fazer isso? — perguntou Ciara, rindo.

Ela devia contar o motivo; caso contrário, Declan riria ainda mais dela e também porque não gostava de mentir para seus pais. Pena que Richard também ficaria sabendo.

— Bem, é uma história muito complicada, mas, basicamente, o Gerry me inscreveu há alguns meses, porque ele queria muito que eu fizesse isso, por mais que eu *não quisesse*, mas agora acho que preciso fazer. É idiota, eu sei.

Ciara parou de rir de repente.

Holly sentiu-se paranoica com sua família toda olhando para ela e, com nervosismo, prendeu o cabelo atrás da orelha.

— Bem, acho que essa ideia é incrível — disse seu pai.

— Sim — concordou a mãe —, e nós estaremos presentes para incentivá-la.

— Não, mamãe, vocês não precisam ir, não é nada de mais.

— De jeito nenhum vou deixar de ver minha irmã em uma competição — declarou Ciara.

— Pronto, pronto — disse Richard. — Vamos todos. Nunca fui a um karaokê, deve ser... — ele procurou por uma boa palavra — divertido.

Holly resmungou e fechou os olhos, arrependida por não ter ido direto para casa. Declan ria com histeria.

— Sim, Holly, vai ser... hmm — disse ele, coçando o queixo — ... divertido!

— Quando será? — perguntou Richard, pegando sua agenda.

— É... no sábado! — mentiu Holly, e Richard começou a anotar.

— Não é! — disse Declan. — Vai ser na próxima terça-feira, sua mentirosa!

— Merda! — disse Richard, surpreendendo a todos. — Alguém tem corretivo?

Holly não conseguia parar de ir ao banheiro. Estava nervosa e praticamente não conseguira dormir nada na noite anterior. E sua aparência estava péssima. Seus olhos estavam muito vermelhos e os lábios, marcados por mordidas.

O grande dia havia chegado, seu pior pesadelo, cantar em público. Holly não costumava cantar nem mesmo durante o banho, com medo de trincar os espelhos. Mas estava passando tempo demais no banheiro naquele dia. Não havia laxante melhor do que o medo, e Holly tinha a impressão de que havia emagrecido 5 quilos em apenas um dia. Seus amigos e familiares estavam sendo muito incentivadores, enviando cartões de boa sorte. Sharon e John chegaram até a enviar a ela um buquê de flores, que ela havia colocado em cima da mesa de canto sem corrente de ar, ao lado da orquídea meio morta. Denise havia "feito a gracinha" de enviar a ela um cartão de condolência.

Holly vestiu a roupa que Gerry a instruíra a comprar em abril e o xingou o tempo todo.

Havia mais coisas com que se preocupar naquele momento do que com detalhezinhos irrelevantes, como sua aparência. Deixou o cabelo solto para poder esconder o rosto o máximo possível e usou muito rímel à prova d'água, como se ele pudesse impedir seu choro. Previa que a noite terminaria em lágrimas. Ela costumava ter poderes psíquicos no que dizia respeito a enfrentar os piores dias de sua vida.

John e Sharon buscaram Holly de táxi e ela se recusou a conversar com eles, xingando a todos por ser obrigada a fazer aquilo. Sentia-se mal fisicamente e não conseguia parar quieta. Todas as vezes que o táxi parava em um farol vermelho, ela pensava na possibilidade de abrir a porta e fugir, mas quando reunia coragem para isso, o farol abria. Suas mãos se remexiam com nervosismo e ela não parava de abrir e fechar a bolsa, fingindo para Sharon que estava procurando algo, apenas para se manter ocupada.

— Relaxe, Holly — disse Sharon com delicadeza —, tudo vai ficar bem.

— Vá se danar — respondeu ela.

Elas permaneceram em silêncio até o fim do trajeto, e até mesmo o taxista se calou. Finalmente chegaram ao Hogan, e John e Sharon tiveram dificuldade para fazer com que ela parasse de reclamar (ela dizia que preferia pular no rio Liffey), tentando convencê-la a entrar. Para seu horror, o local estava totalmente lotado, e ela precisou se espremer entre as pessoas para abrir espaço até chegar a sua família, que havia reservado uma mesa (bem ao lado do banheiro, como ela pedira).

Richard estava sentado de modo esquisito em um banquinho, deslocado com seu terno.

— Conte-me sobre as regras, pai, o que a Holly vai ter que fazer? — O pai de Holly explicou as "regras" do karaokê para Richard e ela começou a ficar ainda mais nervosa.

— Puxa! Que ótimo — disse Richard, olhando surpreso ao redor. Holly acreditava que ele nunca tinha ido a uma casa noturna.

Holly ficou aterrorizada ao ver o palco; era muito maior do que ela havia esperado e havia uma tela enorme na parede, para a plateia ver as letras das músicas. Jack estava sentado abraçando Abbey pelo ombro; os dois sorriram de modo incentivador. Holly fez uma careta para eles e desviou o olhar.

— Holly, aconteceu algo muito engraçado mais cedo — disse Jack, rindo. — Você se lembra daquele Daniel que conhecemos semana passada?

Holly ficou olhando para ele, observando seus lábios em movimento, sem se importar com nada do que ele dizia.

— Bem, a Abbey e eu chegamos aqui primeiro para separar uma mesa.

Nós estávamos nos beijando e o cara se aproximou e cochichou em meu ouvido que você estaria aqui hoje. Ele achou que nós dois estávamos saindo e que eu estava traindo você! — Jack e Abbey riram histericamente.

— Credo, que nojo — disse Holly e se virou.

— Não — Jack tentou explicar. — Ele não sabia que somos irmãos. Eu tive que explicar...

Jack parou de falar quando Sharon lançou a ele um olhar de alerta para silenciá-lo.

— Oi, Holly — disse Daniel, aproximando-se dela com uma prancheta na mão. — Certo, a ordem de hoje é: primeiro, uma moça chamada Margaret, depois um cara chamado Keith e então você, depois dele. Entendeu?

— Então, sou a terceira.

— Sim, depois...

— Só preciso saber isso — Holly rebateu com grosseria. Só queria acabar com aquilo e sair daquele lugar idiota, queria que as pessoas parassem de irritá-la e a deixassem em paz para desejar coisas ruins a todos eles. Também queria que o chão se abrisse e a engolisse, que um desastre natural ocorresse e todo mundo evacuasse o local. Seria uma boa ideia; olhou ao redor à procura de um botão que acionasse o alarme de incêndio, mas Daniel continuava falando com ela.

— Oi, Holly, sinto muito por perturbá-la de novo, mas pode me dizer qual das suas amigas é a Sharon? — Ele parecia temer que ela arrancasse sua cabeça. Ainda bem que ele está com medo, ela pensou, estreitando os olhos.

— É ela ali. — Holly apontou para Sharon. — Mas espere um minuto: por que quer saber?

— Ah, eu só queria pedir desculpas pela última vez em que conversamos. — Ele começou a caminhar em direção a Sharon.

— Por quê? — perguntou Holly com pânico, e ele se virou de novo.

— É que tivemos uma discussãozinha ao telefone na semana passada. — Ele olhou para Holly um pouco confuso, sem saber por que ela queria uma explicação.

— Olha, você não precisa fazer isso, ela provavelmente já se esqueceu completamente do ocorrido — gaguejou Holly. Aquilo era a última coisa de que ela precisava naquele momento.

— Sim, mas ainda assim prefiro pedir desculpas. — E caminhou em direção à Sharon. Holly levantou-se.

— Sharon, oi, sou o Daniel. Só queria pedir desculpas a respeito da confusão ao telefone na semana passada.

Sharon olhou para ele sem entender nada.

— Que confusão?

— Ao telefone, está lembrada?

John abraçou Sharon pela cintura, de modo a protegê-la.

— Telefone?

— É... ao telefone... — ele concordou.

— Qual é mesmo o seu nome?

— É... é Daniel.

— E nós conversamos ao telefone? — perguntou Sharon esboçando um sorriso.

Holly balançou os braços atrás de Daniel, que pigarreou com nervosismo.

— Sim, você telefonou para cá na semana passada e eu atendi, não se lembra?

— Não, querido, está falando com a pessoa errada — disse Sharon com educação.

John olhou para Sharon, insatisfeito por ela ter chamado o rapaz de "querido"; se dependesse dele, ele diria muito bem aonde Daniel deveria ir. Daniel passou as mãos pelos cabelos e pareceu mais confuso do que todos e começou a se virar para olhar para Holly.

Holly assentia sem parar para Sharon.

— Ah... — disse Sharon, fingindo ter se lembrado, finalmente. — Ah, Daniel! — gritou ela, com um pouco de exagero. — Nossa! Sinto muito, meus neurônios parecem estar meio falhos. — Ela riu como uma maluca. — Deve ser isto em excesso — disse, erguendo seu copo.

Daniel demonstrou alívio.

— Ótimo, por um minuto, pensei que estivesse enlouquecendo. Certo, então você se lembra de que conversamos ao telefone?

— Sim, *aquela* conversa ao telefone. Olha, não precisa se preocupar — disse ela, balançando a mão para que ele esquecesse tudo.

— É que eu assumi a direção do local há poucas semanas e não tinha muita certeza do que estava reservado para esta noite.

— Não se preocupe... todos precisamos de tempo... para nos ajustar... às coisas... sabe? — Sharon olhou para Holly para ver se havia dito a coisa certa.

— Tudo bem, então, é um prazer conhecê-la pessoalmente — Daniel riu. — Quer um banquinho ou algo assim? — perguntou ele, tentando ser engraçado.

Sharon e John se sentaram e olharam para ele em silêncio, sem saber o que dizer àquele desconhecido.

John, desconfiado, observou Daniel se afastar.

— O que foi isso? — Sharon perguntou a Holly assim que ela se afastou.

— Ah, eu explico mais tarde — disse Holly ao se virar de frente para o palco.

O apresentador do karaokê daquela noite estava subindo ao palco.

— Boa noite, senhoras e senhores! — ele anunciou.

— Boa noite! — gritou Richard, animado. Holly rolou os olhos.

— Teremos uma noite cheia de emoção... — Ele falou sem parar com sua voz de DJ enquanto Holly se apoiava em um pé e depois no outro, nervosa. Precisava ir ao banheiro de novo desesperadamente.

— Então, a primeira pessoa da noite será Margaret, de Tallaght, que vai cantar o tema de *Titanic*, "My Heart Will Go On", de Celine Dion. Por favor, vamos aplaudir a linda Margaret! — A multidão ficou em polvorosa. Holly sentiu o coração acelerar. A canção mais difícil do mundo, claro.

Quando Margaret começou a cantar, o local ficou em silêncio absoluto; seria possível escutar se uma agulha caísse no chão.

Holly olhou ao redor, observando o rosto de todos, que olhavam para Margaret maravilhados, incluindo a família de Holly, traidores. Margaret estava de olhos fechados e cantava com tanta intensidade, que parecia viver todas as frases da canção. Holly passou a detestá-la e pensou até em derrubá-la no chão quando ela estivesse voltando para sua cadeira.

— Não foi incrível? — perguntou o DJ. A multidão aplaudiu de novo, e Holly se preparou para não ouvir aquilo tudo depois de se apresentar. — A seguir, temos Keith, vocês devem se lembrar dele, pois foi o vencedor do ano passado, e vai cantar "America", de Neil Diamond. Vamos receber Keith!

Holly não precisava ouvir mais nada, e correu para o banheiro. Caminhou de um lado a outro no banheiro e tentou manter a calma, mas seus joelhos tremiam, seu estômago estava revirado e ela começava a sentir vontade de vomitar. Olhou para seu reflexo no espelho e tentou respirar profundamente. Não adiantou, porque ela só se sentiu mais e mais zonza. A multidão aplaudiu do lado de fora e Holly ficou paralisada. Seria a próxima.

— Keith foi maravilhoso, senhoras e senhores!

Muitos aplausos de novo.

— Talvez o Keith quebre um recorde de vencer dois anos consecutivos, porque não tem como ficar melhor!

As coisas estavam prestes a ficar bem piores.

— Agora, temos uma novata na competição. Seu nome é Holly e ela vai cantar...

Holly correu para o cubículo e se trancou ali. Ninguém no mundo conseguiria tirá-la dali por nada.

— Então, senhoras e senhores, vamos aplaudir Holly!

Ela ouviu muitos aplausos.

Capítulo 14

Já fazia três anos desde que Holly havia subido a um palco para sua estreia no karaokê. Coincidentemente, fazia três anos que ela não subia a um palco para cantar em um karaokê.

Um grupo enorme de amigos havia ido a um bar da região, em Swords, para comemorar o 30º aniversário de um dos rapazes. Holly estava extremamente cansada, pois havia feito hora extra nas duas semanas anteriores. Não estava a fim de sair para badalar. Só queria ir para casa, tomar um belo banho, colocar um pijama nada sensual, comer um monte de chocolate e se aconchegar em frente à televisão com Gerry.

Depois de ficar presa dentro do trem, desde Blackrock até a Sutton Station, Holly certamente não estava interessada em enfrentar mais multidões dentro de um bar lotado. No trem, ela havia ficado presa entre a janela e o corpo suado de um homem malcheiroso. Atrás dela, um homem com bafo de cerveja respirava perto de sua nuca. Para piorar, sempre que o trem se movia, ele "sem querer" pressionava a grande barriga de cerveja nas costas dela. Ela já tinha passado por sofrimento demais para ir trabalhar e voltar, durante duas semanas, e já não aguentava mais. Queria seu pijama.

Finalmente, ela chegou à Sutton Station e as pessoas dali, muito espertas, acharam uma boa ideia entrar no trem *ao mesmo tempo* em que os outros tentavam sair. Ela demorou tanto para tentar se livrar da multidão para *sair* que quando chegou à plataforma, viu seu ônibus partir, repleto de pessoas sorridentes. E como já passava das 6 horas da tarde, a cafeteria já estava fechada e ela ficou em pé no frio, esperando mais meia hora pela chegada de outro ônibus. Aquela experiência apenas aumentou sua vontade de ficar deitada diante da televisão.

Mas não seria daquela vez que ela teria uma boa noite de descanso em casa. Seu querido marido tinha outros planos. Ela chegou em casa cansada e extremamente irritada e encontrou a casa lotada e música alta. Pessoas que ela sequer conhecia estavam andando por sua sala de estar segurando latas de cerveja, sentadas no sofá onde ela pretendia ficar nas horas seguintes. Gerry estava ao lado do som, agindo como um DJ e tentando dar um de bacana. Naquele momento, ela o considerou a pessoa mais sem graça do mundo.

— O que você tem? — Gerry perguntou após vê-la subir as escadas correndo em direção ao quarto.

— Gerry, estou cansada, estou irritada, não estou a fim de sair hoje, e você nem me perguntou se podia convidar todas essas pessoas. E, a propósito, *quem são elas?* — gritou.

— São amigos do Conor e, até onde eu sei, *esta é minha casa também!* — ele gritou em resposta.

Holly pressionou os dedos contra as têmporas e começou a massageá-las; a dor de cabeça estava muito forte e a música a estava enlouquecendo.

— Gerry — disse ela baixinho, tentando se acalmar. — Não estou dizendo que você não pode convidar pessoas para virem aqui. Mas seria legal se você tivesse planejado isso com antecedência e me avisado. *Assim,* eu não me importaria, mas justamente hoje, no dia em que estou tão cansada? — Sua voz ficou cada vez mais fraca a cada palavra. — Eu só queria poder relaxar na minha casa.

— Ah, mas todos os dias é a mesma coisa — disse ele. — Você nunca quer fazer mais nada. Sempre diz a mesma coisa todas as noites. Volta pra casa de mau humor e briga comigo por tudo!

Holly ficou boquiaberta.

— Desculpa, mas tenho trabalhado muito!

— Eu também, mas você não me vê querendo arrancar sua cabeça sempre que você não faz as coisas que quero.

— Gerry, não estou querendo que as coisas sejam do meu jeito, estou apenas reclamando por você ter convidado a rua toda para vir à nossa c...

— É *sexta-feira!* — ele gritou e ela se calou. — *Fim de semana!* Quando você saiu pela última vez? Deixe o seu trabalho de lado e relaxe um pouco, para variar. Pare de agir como uma *vovó*!

E ele saiu do quarto e bateu a porta.

Depois de passar um bom tempo no quarto, detestando Gerry e sonhando com o divórcio, ela conseguiu se acalmar e pensar racionalmente a respeito do que ele dissera. E estava certo. Certo, não estava certo na maneira de se expressar, mas ela realmente andava muito reclamona o mês todo, admitia.

Holly era o tipo de pessoa que parava de trabalhar às 5 da tarde, já com o computador desligado, as luzes apagadas, a mesa organizada, e saía correndo para pegar o trem às 5h01, independentemente de seus chefes gostarem disso ou não. Nunca levava trabalho para casa e nunca se estressava a respeito do futuro dos negócios porque, para dizer a verdade, não se importava, e telefonava para o trabalho alegando estar doente muitas manhãs de segunda-feira sem correr o risco de ser despedida. Mas devido a um lapso momentâneo de concentração enquanto procurava um emprego novo, acabou aceitando um emprego em um escritório que a forçava a levar papelada para casa, a concordar em trabalhar até tarde e a se preocupar com as coisas, algo que não a deixava nem um pouco feliz. Ninguém sabia como ela havia conseguido passar um mês ali, mas, mesmo assim, Gerry tinha razão. Puxa! Doía só de lembrar. Havia semanas que ela não saía com os amigos e adormecia assim que se deitava todas as noites. Pensando bem, aquele provavelmente era o maior problema para Gerry, além do mau humor.

Mas aquela noite seria diferente. Ela pretendia mostrar aos amigos que abandonara e também a seu marido, que ela continuava sendo a Holly irresponsável, divertida e frívola que sabia beber com eles e ainda assim voltar em linha reta para casa. Tal demonstração começou quando ela decidiu preparar bebidas em casa. Só Deus sabia o que havia dentro delas, mas funcionaram perfeitamente e às 11 da noite, todos foram ao bar mais próximo, onde estava rolando um karaokê.

Holly exigiu ser a primeira e perturbou o apresentador do karaokê até conseguir o que queria. O local estava lotado e naquela noite havia um grupo barulhento competindo. Era como se uma equipe de filmagem tivesse chegado ao bar horas antes e tivesse preparado o ambiente para um desastre. O trabalho não poderia ter sido melhor.

O DJ exaltou muito Holly por ter acreditado nas mentiras que ela contou, de que era cantora profissional. Gerry perdeu a fala e a capacidade de observá-la porque ria como um louco, mas ela estava determinada a mostrar a ele que ainda sabia se divertir. Ele ainda não precisaria planejar o divórcio. Holly decidiu cantar "Like a Virgin" e dedicá-la ao homem que se casaria no dia seguinte. Assim que começou a cantar, escutou todas as vaias do mundo. Mas estava tão bêbada que não se importou e continuou cantando para o marido, que parecia ser o único a se divertir.

Por fim, quando as pessoas começaram a lançar objetos ao palco e o próprio apresentador do karaokê as incentivou a vaiar mais alto, Holly sentiu que seu trabalho ali estava cumprido. Quando ela devolveu o microfone a ele, os gritos já estavam tão altos que as pessoas do bar ao lado entraram correndo para espiar. Foram mais pessoas para ver Holly tropeçar nos degraus com seus sapatos de salto e cair de cara no chão. Todos viram sua saia subir e revelar a calcinha velha que já tinha sido branca, mas agora estava cinza, e que ela não havia trocado ao chegar em casa do trabalho.

Holly foi levada ao hospital para cuidar do nariz quebrado.

Gerry não conseguia falar de tanto rir e Denise e Sharon ajudaram a piorar as coisas tirando fotos da cena do crime, que foram usadas no convite da festa de Natal de Denise, com a frase: "Vamos nos acabar!".

Holly jurou que *nunca mais* participaria de um karaokê.

Capítulo 15

— HOLLY KENNEDY? VOCÊ ESTÁ AÍ? — a voz do apresentador do karaokê reverberou. Os aplausos das pessoas diminuíram para dar espaço a uma conversa baixa, enquanto todos olhavam ao redor à procura de Holly. Bom, eles passariam muito tempo procurando, pensou ela ao descer a tampa do vaso sanitário e sentar-se para esperar o burburinho diminuir, para que eles pudessem passar para a próxima vítima. Ela fechou os olhos, apoiou a cabeça nas mãos e rezou para que aquele momento passasse logo. Queria abrir os olhos e estar em casa, em segurança, uma semana no futuro. Contou até dez, rezando por um milagre, e então abriu os olhos de novo, lentamente.

Continuava sentada no vaso sanitário. Por que ela não podia, pelo menos uma vez na vida, ter poderes mágicos? Sempre acontecia com as meninas americanas nos filmes, então não era justo...

Holly sabia que isso aconteceria; desde o momento em que abrira aquele envelope e lera a terceira carta de Gerry, ela previu lágrimas e humilhação. Seu pesadelo havia se tornado realidade.

Do lado de fora, o clube parecia quieto e ela sentiu uma grande calma ao perceber que eles estavam chamando o cantor seguinte. Ela relaxou os ombros e abriu as mãos, com a mandíbula relaxada e o ar entrando de modo mais fácil em seus pulmões. O pânico havia terminado, mas ela decidiu esperar até o cantor seguinte começar a cantar para fugir. Não podia nem mesmo sair pela janela, porque não estava no térreo, bem, a não ser que ela quisesse pular e morrer. Outra coisa que não acontecia nos filmes.

Dentro do banheiro, ela escutou a porta se abrir e fechar numa batida. Ah, não, eles a estavam procurando. Independentemente de quem fossem *eles*.

— Holly?

Era Sharon.

— Holly, sei que você está aí dentro, apenas me escute, tudo bem?

Holly tentou controlar as lágrimas que começavam a se formar.

— Certo, sei que isto é um pesadelo para você e sei que você tem fobia desse tipo de coisa, mas precisa relaxar, entendeu?

A voz de Sharon era tão confortante, que Holly soltou os ombros mais uma vez.

— Holly, eu detesto ratos, você sabe.

Holly franziu o cenho, tentando entender no que daria aquele papo incentivador.

— E meu pior pesadelo seria entrar em um ambiente repleto de ratos. Consegue me imaginar?

Holly sorriu ao pensar nisso e se lembrou de quando Sharon passou duas semanas na casa dela e de Gerry depois de encontrar um rato em sua casa. John, claro, teve direito a visitas íntimas.

— Pois é, eu estaria bem aí, onde você está agora, e nada neste mundo conseguiria me fazer sair.

Ela parou.

— O quê? — o DJ perguntou e então começou a rir, e continuou: — Senhoras e senhores, parece que nossa cantora está no banheiro. — Todo mundo começou a rir.

— Sharon! — Holly gritou com medo. Teve a impressão de que a multidão enfurecida derrubaria a porta, arrancaria suas roupas e a carregaria até o palco, para sua execução. O pânico tomou conta de seu corpo pela terceira vez. Sharon apressou-se em continuar.

— Bem, Holly, só quero dizer que você não precisa cantar se não quiser. Ninguém aqui vai obrigá-la...

— Senhoras e senhores, vamos avisar a Holly de que ela será a próxima! — gritou o DJ. — Vamos lá!

Todos começaram a bater os pés e gritar o nome dela.

— Certo, eu quis dizer que pelo menos ninguém que se importa com você a está obrigando a cantar — Sharon gaguejou, agora sob pressão da multidão que se aproximava. — Mas se não cantar, sei que você nunca vai conseguir se perdoar. O Gerry queria que você fizesse isso por um motivo.

— HOLLY! HOLLY! HOLLY!

— Ah, Sharon! — Holly repetiu, em pânico. De repente, as paredes do banheiro pareciam estar se estreitando. Ela estava suando. Precisava sair dali. Ela disparou porta afora, e Sharon arregalou os olhos ao ver a amiga desesperada, que parecia ter visto um fantasma. Seus olhos estavam vermelhos e inchados com borrões de rímel escorrendo por seu rosto (aquela porcaria à prova d'água nunca funcionava) e suas lágrimas tinham retirado toda a maquiagem.

— Não se preocupe com eles, Holly — Sharon disse com frieza. — Eles não podem obrigá-la a nada.

O lábio inferior de Holly começou a tremer.

— Não! — disse Sharon, segurando-a pelos ombros e olhando em seus olhos. — Nem pense nisso!

O lábio de Holly parou de tremer, mas não o resto de seu corpo. Por fim, ela quebrou o silêncio. — Não sei cantar, Sharon — sussurrou ela, com os olhos arregalados de medo.

— Eu sei disso! — disse Sharon, rindo. — E a sua família sabe disso! E que se danem os outros! Você nunca mais vai ver nenhum desses feiosos na vida! Quem se importa com o que eles pensam? Eu não me importo, e você?

Holly pensou por um momento. — Não — sussurrou.

— Não escutei, o que você disse? Você se importa com o que eles pensam?

— Não — disse ela, um pouco mais forte.

— Mais alto! — Sharon a chacoalhou pelos ombros.

— Não! — ela gritou.

— Mais alto!

— NÃÃÃÃOOOO! EU NÃO ME IMPORTO COM O QUE ELES PENSAM! — Holly gritou tanto que a multidão começou a se calar do lado de fora. Sharon parecia um pouco abalada, provavelmente estava um pouco ensurdecida, e ficou parada onde estava. As duas sorriram uma para a outra e então começaram a rir com aquela tolice.

— Faça com que hoje seja mais um dia tolo para podermos rir dele daqui a alguns meses — Sharon pediu.

Holly se olhou pela última vez no espelho, limpou a maquiagem borrada, suspirou profundamente e partiu em direção à porta como uma mulher em uma missão. Abriu a porta e viu os fãs entusiasmados, que olharam para ela e entoaram seu nome. Todos começaram a gritar, por isso ela se curvou em uma reverência extremamente teatral e se dirigiu ao palco ao som de palmas, risos e o grito de Sharon:

— Que eles se danem!

Agora, Holly tinha a atenção de todos, querendo ou não. Se não tivesse corrido para o banheiro, as pessoas que estavam no fundo do clube conversando provavelmente não a teriam notado cantando, mas agora ela havia atraído ainda mais atenção.

Ela subiu ao palco e se posicionou de braços cruzados. A música começou sem que ela percebesse, perdendo as primeiras frases da canção. O DJ parou a música e voltou para o começo.

O silêncio era total. Holly pigarreou e o som ecoou pelo local. Ela olhou para Denise e Sharon à procura de ajuda e todos à mesa fizeram sinal de positivo com os dedos. Normalmente, Holly teria rido da cara de bobo deles, mas naquele momento, vê-los foi estranhamente reconfortante. A música começou e Holly segurou o microfone bem forte com as duas mãos e se preparou para cantar. Com a voz extremamente trêmula e tímida, ela cantou:

— *"What would you do if I sang out of tune? Would you stand up and walk out on me?"*

Denise e Sharon riram alto pela escolha maravilhosa e gritaram. Holly se esforçou para continuar, cantando com medo e dando a impressão de que estava prestes a chorar. Quando ela pensou que escutaria vaias de novo, sua família e os amigos se uniram no refrão:

— *"Ooh, I'll get by with a little help from my friends; yes, I'll get by with a little help from my friends."*

A multidão se virou para a mesa de seus familiares e amigos e riu, e o clima ficou mais caloroso. Holly se preparou para a nota alta e gritou a plenos pulmões:

— *"Do you neeeed anybody?"* — Ela conseguiu até ousar cantando mais alto e algumas pessoas a ajudaram: — *"I need somebody to love. Do you neeeed anybody?"* — ela repetiu e mostrou o microfone para as pessoas, incentivando--as a cantar, e todos ajudaram. — *"I need somebody to love."* — E aplaudiram a si mesmos. Holly se sentiu menos nervosa e seguiu até o fim da música.

As pessoas do fundo continuaram conversando, os funcionários do bar continuaram servindo as bebidas e quebrando copos, até Holly perceber que ela era a única que estava escutando o que cantava. Quando finalmente terminou de cantar, poucas mesas com pessoas educadas na frente e a mesa de seus amigos, à direita, foram as únicas a aplaudi-la. O DJ pegou o microfone da mão dela e conseguiu dizer, rindo:

— Por favor, vamos aplaudir Holly Kennedy, incrivelmente corajosa!

Dessa vez, seus familiares e amigos foram as únicas pessoas a reagir. Denise e Sharon se aproximaram com o rosto molhado de lágrimas por rirem muito.

— Estou muito orgulhosa de você — disse Sharon, abraçando Holly. — Foi horrível!

— Obrigada por me ajudar, Sharon — disse ela, abraçando a amiga. Jack e Abbey comemoraram e Jack gritou:

— Terrível! Totalmente terrível!

A mãe de Holly sorriu para incentivá-la, sabendo que seu talento especial para cantar havia sido passado para a filha, e seu pai mal conseguiu olhar em seus olhos, pois estava rindo muito. Ciara só repetia: — Eu não sabia que alguém podia ser tão ruim.

Declan acenou para ela do outro lado do salão, segurando uma câmera, e fez sinal de negativo. Holly se escondeu no canto da mesa e bebericou sua água enquanto escutava as pessoas a cumprimentarem por ser tão ruim. Holly não se lembrava da última vez em que se sentira tão orgulhosa.

John se aproximou de Holly e se recostou na parede ao lado dela, onde observou o cantor seguinte no palco, em silêncio. Por fim, ele reuniu a coragem para falar e disse:

— O Gerry provavelmente está aqui, sabia? — E olhou para ela com os olhos marejados.

Coitado do John, ele também sentia saudade do melhor amigo. Ela sorriu para ele de modo incentivador e olhou ao redor. Ele tinha razão. Ela *conseguia* sentir a presença de Gerry. Sentia os braços dele ao redor de seu corpo, dando-lhe um daqueles abraços de que ela tanto sentia falta.

Depois de uma hora, os cantores terminaram as apresentações e Daniel e o DJ foram contabilizar os votos. Todos os presentes tinham recebido uma cédula de votação na entrada, e Holly não conseguiu marcar o próprio nome, por isso entregou sua cédula a Sharon. Já estava bem claro que ela não ia ganhar, mas não era sua intenção, mesmo. E se um milagre acontecesse e ela vencesse, estremeceu ao pensar que teria de voltar em duas semanas para repetir a experiência toda. Não havia aprendido nada naquela noite, além de que detestava karaokês ainda mais. O vencedor do ano anterior, Keith, havia levado consigo pelo menos 30 amigos, o que significava que ele venceria com certeza, e Holly duvidava muito de que seus "fãs fervorosos" votariam nela.

O DJ tocou um CD ridículo com rufar de tambores um pouco antes de os vencedores serem anunciados. Daniel subiu ao palco mais uma vez, com sua roupa de sempre, uma jaqueta de couro preta e calça preta e foi recebido por muitos assovios e gritos das meninas. O mais preocupante foi ver que Ciara era uma das que mais gritavam. Richard parecia animado e cruzou os dedos para Holly. Um gesto muito meigo, mas incrivelmente ingênuo, ela pensou; ele obviamente não entendia "as regras" direito. As pessoas ficaram um pouco sem graça quando o rufar dos tambores começou a falhar, e o DJ se aproximou de seu equipamento para desligar o som. Os vencedores foram anunciados sem rodeios, no silêncio:

— Certo, eu quero agradecer a todos por terem participado da competição desta noite, vocês fizeram com que nos divertíssemos muito. — Esta última parte havia sido direcionada a Holly e ela escorregou na cadeira na tentativa de se esconder. — Bem, as duas pessoas que irão para a final são... — Daniel fez uma pausa para criar suspense. — Keith e Samantha!

Holly pulou de alegria e fez uma dancinha com Denise e Sharon. Nunca sentira tamanho alívio na vida. Richard olhou para ela parecendo muito confuso, e os outros familiares de Holly a parabenizaram por sua perda vitoriosa.

— Eu votei na loira — disse Declan com decepção.

— Só porque ela é peituda. — Holly riu.

— Bem, cada um de nós tem um talento — Declan concordou.

Holly ficou tentando imaginar qual era seu talento quando se recostou na cadeira. Devia ser maravilhoso vencer em alguma coisa, saber que você tem um talento. Ela nunca havia ganhado nada na vida; não praticava nenhum esporte, não sabia tocar um instrumento, e pensando bem, não tinha *nenhum* hobby nem interesses especiais. O que ela incluiria em seu currículo quando fosse procurar um emprego? "Gosto de beber e fazer compras" não cairia muito bem. Ela bebericou seu drinque pensativa. Holly havia passado a vida interessada apenas em Gerry; na verdade, tudo o que ela fazia girava ao redor dele. De certo modo, ela era boa em ser esposa; só sabia ser uma parceira. E o que tinha agora? Não tinha emprego, nem marido e sequer sabia cantar em uma competição de karaokê direito, muito menos vencer.

Sharon e John pareciam envolvidos em uma discussão acalorada, Abbey e Jack olhavam um para o outro como dois adolescentes apaixonados, como sempre, Ciara se aproximava de Daniel e Denise, que estava... onde Denise estava? Holly olhou ao redor e a encontrou sentada no palco, balançando as pernas e fazendo uma pose muito provocante para o apresentador do karaokê. Os pais de Holly haviam partido de mãos dadas assim que seu nome não foi anunciado como vencedora, e sobrou... Richard. Ele estava sentado no meio de Ciara e Daniel, olhando ao redor como um cãozinho perdido e bebericando seu drinque de poucos em poucos minutos, de modo paranoico. Holly percebeu que devia estar parecida com ele... uma perdedora completa. Mas pelo menos aquele perdedor tinha uma esposa e dois filhos a quem voltaria quando saísse dali, diferentemente de Holly, que tinha um encontro marcado com uma refeição congelada quando chegasse em casa.

Holly se levantou e se sentou no banco diante de Richard e puxou assunto.

— Você está se divertindo?

Ele desviou o olhar de sua bebida, assustado por alguém conversar com ele.

— Sim, obrigado, estou me divertindo, Holly.

Se ele ficava daquele jeito quando se divertia, dava medo de pensar como ficava quando estava entediado.

— Fiquei surpresa por você ter vindo, na verdade, não pensei que aqui fosse a sua praia.

— Ah, sabe como é... temos que apoiar a nossa família. — Ele remexeu sua bebida.

— Onde está a Meredith?

— Emily e Timothy — disse ele, como se aquilo explicasse tudo.

— Vai trabalhar amanhã?

— Sim — disse ele, pousando a bebida sobre a mesa —, por isso é melhor eu ir. Você soube levar tudo na esportiva, Holly, parabéns. — Ele olhou para seus familiares, decidindo se deveria interrompê-los para se despedir ou não, e acabou saindo sem falar com ninguém. Assentiu para Holly e se foi, abrindo caminho pela multidão.

Holly, mais uma vez, ficou sozinha. Por mais que quisesse pegar a bolsa e correr para casa, sabia que precisava ficar. Ficaria sozinha diversas vezes mais no futuro, a única solteira na companhia de casais, e precisava se adaptar. Mas sentia-se muito mal e irritada com os outros por não darem atenção a ela. E repreendeu-se por ser tão infantil, porque seus amigos e familiares eram muito incentivadores. Pensou que talvez aquela podia ter sido a intenção de Gerry. Será que acreditava que ela precisava de uma situação como aquela? Acreditava que aquilo a ajudaria? Talvez estivesse certo, porque certamente estava sendo testada. Ela estava sendo forçada a se tornar mais corajosa de outras maneiras. Havia subido a um palco para cantar para centenas de pessoas e agora estava presa em uma situação na qual se via cercada por casais. Todos estavam a seu redor. Independentemente do plano dele, ela estava sendo obrigada a ser mais corajosa sem ele. Fique sentada aí, ela disse a si mesma.

Holly sorriu ao ver a irmã se aproximando mais de Daniel. Ciara não tinha nada a ver com ela, pois era muito livre e confiante, nunca parecia se preocupar com nada. Até onde Holly se lembrava, Ciara nunca havia conseguido segurar um emprego nem um namorado, porque sua mente estava sempre em outro lugar, perdida em sonhos de conhecer mais um país distante. Holly queria ser como ela, mas era muito caseira e não conseguia se imaginar afastada da família e dos amigos, deixando a vida que havia construído para si. Bem, não conseguiria deixar a vida que tivera.

Olhou para Jack, que ainda estava distraído em um mundo à parte com Abbey. Ela queria ser até como ele; ele amava seu trabalho como professor de Ensino Médio. Era o professor bacana de inglês a quem todos os adolescentes respeitavam, e toda vez que Holly e Jack encontravam um aluno por acaso, este sempre cumprimentava seu professor com um grande sorriso e um "E aí, professor?". Todas as meninas eram apaixonadas por ele e todos os meninos queriam ser como ele quando ficassem mais velhos. Holly suspirou alto e terminou sua bebida. Agora estava entediada.

Daniel olhou para ela.

— Holly, posso pagar uma bebida a você?

— Ah, não, Daniel, não precisa. Vou para casa daqui a pouco.

— Ai, Hol! — Ciara protestou. — Não pode ir para casa tão cedo! É a sua noite!

Holly não sentia que aquela era a sua noite. Era como se tivesse entrado de intrusa em uma festa e não conhecesse ninguém ali.

— Não, estou bem, obrigada — disse ela a Daniel mais uma vez.

— Não, você vai ficar — insistiu Ciara. — Pegue para ela uma vodca com Coca-Cola e vou tomar a mesma coisa de novo — ela pediu a Daniel.

— Ciara! — exclamou Holly, envergonhada com a grosseria da irmã.

— Não tem problema! — disse Daniel. — Eu ofereci. — E partiu em direção ao bar.

— Ciara, você foi grosseira — disse Holly.

— Por quê? Ele não precisa pagar, é o dono do lugar! — disse ela, justificando-se.

— Ainda assim, isso não lhe dá o direito de ficar dando ordens...

— Cadê o Richard? — Ciara interrompeu.

— Foi para casa.

— Que droga! Há quanto tempo? — Ela se levantou em pânico.

— Não sei, há cerca de cinco ou dez minutos. Por quê?

— Ele ia me levar para casa! — Ela jogou os casacos das pessoas no chão enquanto procurava sua bolsa.

— Ciara, você não vai conseguir alcançá-lo, ele deve estar longe.

— Vou alcançá-lo, sim. Ele estacionou longe pra caramba e vai ter que passar por esta rua para voltar para casa. Vou alcançá-lo quando ele passar. — Ela conseguiu encontrar a bolsa e partiu gritando: — Tchau, Holly! Muito bem, você foi péssima! — E desapareceu porta afora.

Holly se viu sozinha mais uma vez. Que ótimo, pensou, ao ver Daniel levando as bebidas para a mesa, agora teria que conversar com ele.

— Aonde a Ciara foi? — perguntou ele, colocando as bebidas sobre a mesa e sentando-se diante de Holly.

— Ah, ela pediu desculpas, mas precisou sair correndo atrás do meu irmão para não perder a carona. — Holly mordeu o lábio com culpa, sabendo bem que Ciara não havia dado a mínima para Daniel quando saiu correndo. — Sinto muito por ter sido tão mal-educada com você no começo da noite. — Ela começou a rir.

— Meu Deus, você deve achar que somos a família mais sem educação do mundo. A Ciara é meio desbocada; não pensa antes de falar, na maioria das vezes.

— E você pensou antes de dizer o que disse? — Ele sorriu.

— Naquele momento, sim. — Ela riu de novo.

— Olha, tudo bem, tem mais bebida pra você — disse ele, passando o copo para ela, do outro lado da mesa.

— Credo, o que é isto? — Holly franziu o nariz ao sentir o cheiro.

Daniel desviou o olhar e pigarreou.

— Não me lembro.

— Ah, pare com isso! — Holly riu. — Você acabou de pegar! A mulher tem o direito de saber o que está bebendo, sabia?

Daniel sorriu para ela. — Chama-se BJ. Você devia ter visto a cara do barman quando pedi. Acho que ele não sabia que era uma bebida!

— Ai, meu Deus! — disse Holly. — Onde Ciara está com a cabeça para beber uma coisa destas? Tem um cheiro péssimo!

— Ela disse que achou fácil de engolir. — Ele começou a rir de novo.

— Sinto muito, Daniel, ela é muito ridícula às vezes. — Holly balançou a cabeça pensando na irmã.

Daniel olhou por cima da cabeça de Holly e sorriu. — Olha, parece que sua amiga está se divertindo.

Holly se virou e viu Denise e o DJ se pegando ao lado do palco. As poses provocantes tinham funcionado.

— Ah, não, não com o DJ terrível que me forçou a sair do banheiro — Holly gemeu.

— É o Tom O'Connor, da Dublin FM — disse Daniel. — Ele é meu amigo. — Holly cobriu o rosto com vergonha. — Está trabalhando aqui esta noite porque o karaokê foi transmitido ao vivo na rádio — disse ele com seriedade.

— *O quê?* — Holly quase teve um ataque do coração pela vigésima vez naquela noite.

Daniel sorriu. — Brincadeira; só queria ver sua cara de assustada.

— Ai, meu Deus do céu, não faz isso comigo — disse Holly, levando a mão ao coração. — Cantar para as pessoas aqui já foi muito ruim, imagine se a cidade toda tivesse escutado. — Ela esperou até seu coração se acalmar e Daniel olhou para ela divertindo-se.

— Se não se importa em responder, se detesta tanto cantar em um karaokê, por que se inscreveu? — perguntou ele.

— Ah, é que meu marido, super-hilário, achou que seria engraçado inscrever a mulher desafinada em uma competição de karaokê.

Daniel riu. — Você não foi *tão* ruim assim! Seu marido está aqui? — perguntou ele, olhando ao redor. — Não quero que ele pense que estou tentando envenenar a esposa dele com esta bebida horrível. — Ele fez um meneio de cabeça em direção ao copo.

Holly olhou ao redor e sorriu.

— Sim, ele está aqui com certeza... em algum lugar.

Capítulo 16

Holly prendeu o lençol com o pregador no varal e pensou sobre como havia sobrevivido ao fim de maio tentando dar um pouco de ordem à sua vida. Alguns dias, ela se sentia muito feliz, satisfeita e *confiante* de que sua vida ficaria bem, e com a mesma rapidez a sensação desaparecia, e ela voltava a sentir tristeza. Tentou estabelecer uma rotina com a qual se adequasse bem, para poder sentir que tinha o controle sobre seu corpo e sobre sua vida, em vez de vagar como um zumbi observando todo mundo seguir com suas vidas enquanto ela esperava a sua terminar. Infelizmente, a rotina não se tornou o que ela esperava. Passava horas na sala de estar sem se mexer, revivendo todas as lembranças que ela tinha de sua vida com Gerry. Infelizmente, ela passava a maior parte do tempo pensando em todas as discussões que eles tiveram, desejando poder voltar no tempo e mudar tudo, querendo retirar todas as palavras terríveis que dissera a ele. Torcia para que Gerry soubesse que suas palavras tinham sido ditas apenas por raiva e que elas não refletiam seus verdadeiros sentimentos. Ela se torturou pelas vezes em que agira de modo egoísta, saindo com os amigos nas noites das discussões em vez de ficar em casa com ele. Repreendia-se por ter se afastado de Gerry quando deveria ter ficado perto, pelas vezes em que passou dias de cara virada em vez de perdoá-lo, pelas noites em que dormiu em vez de fazer amor com ele. Queria voltar no tempo e corrigir todos os momentos em que sabia que ele se irritara e a detestara. Queria que todas as lembranças fossem de coisas boas, mas as coisas ruins sempre voltavam para assombrá-la e todas foram uma grande perda de tempo.

Ninguém havia dito que eles tinham pouco tempo juntos. Aqueles tinham sido seus dias felizes, quando ela vivia bem, como em um sonho, sempre sorrindo, e quando se pegava rindo ao descer a rua e pensar em uma brincadeira feita por eles. Aquela era a sua rotina. Ela caía em uma depressão forte e finalmente reunia a coragem para ser positiva e sair daquele estado triste por mais alguns dias. Mas as coisas mais simples e menores faziam as lágrimas rolarem de novo. Era um processo cansativo, e na maioria das vezes ela não procurava lutar contra sua mente, que era muito mais forte do que qualquer músculo de seu corpo.

Os amigos e familiares se aproximavam e se afastavam, às vezes ajudavam-na enquanto ela chorava, às vezes faziam-na rir. Mas mesmo em seu riso, faltava alguma coisa. Ela nunca parecia totalmente feliz; parecia apenas estar deixando o tempo passar enquanto esperava por outra coisa. Estava cansada de apenas existir; queria viver. Mas para que viver se não existia vida na existência? Essas perguntas tomavam sua mente o tempo todo, até ela chegar ao ponto de não querer despertar de seus sonhos — eles eram o mais próximo da realidade.

No fundo, ela sabia que era normal se sentir daquele modo, não acreditava estar louca. Ela sabia que as pessoas diziam que um dia ela seria feliz de novo e que aquela sensação seria apenas uma lembrança distante. O mais difícil era chegar a esse dia.

Ela leu e releu a carta original de Gerry, analisando cada palavra e cada frase, e todos os dias conseguia encontrar um novo sentido. Mas podia ficar ali, tentando entender as entrelinhas e descobrir as mensagens ocultas o quanto quisesse. A verdade era que ela *nunca* saberia *exatamente* o que ele quisera dizer com aquilo, porque *nunca mais* falaria com ele. Era com isso que ela tinha mais dificuldade de lidar, o fato que acabava com ela.

Agora, maio havia passado e junho chegado, trazendo noites com sol e belas manhãs. E juntamente com os dias ensolarados, junho trazia clareza. Ela não mais se escondia quando escurecia e não dormia até o começo da tarde. Era como se a Irlanda toda tivesse saído do período de hibernação, se espreguiçado, bocejado e de repente começado a viver de novo. Estava na hora de abrir todas as janelas e deixar o ar entrar na casa, para livrá-la dos fantasmas do inverno e dos dias sombrios; estava na hora de acordar cedo com o canto dos pássaros e sair para andar, olhar nos olhos das pessoas, sorrir e dizer oi em vez de se esconder sob camadas de roupas, olhando para o chão enquanto corria de um lado a outro e ignorava o mundo. Estava na hora de parar de se esconder no escuro e erguer a cabeça e enfrentar a verdade.

Junho também trazia mais uma carta de Gerry.

Holly se sentou ao sol, aproveitando a claridade de vida, e com nervosismo e excitação, leu a quarta carta. Adorava sentir o papel e as ondulações da caligrafia de Gerry sob seus dedos, que corriam sobre a tinta seca. Do lado de dentro, a letra bonita havia relacionado os itens que pertenciam a ele e que permaneciam na casa, e ao lado de cada um de seus pertences, ele explicava o que queria que Holly fizesse com eles e para onde queria que eles fossem mandados. No final, estava escrito:

P.S. Eu te amo, Holly, e sei que você me ama. Você não precisa de minhas coisas para se lembrar de mim, não precisa guardá-las como prova de que eu existi ou de que ainda existo em sua mente. Não precisa vestir as minhas blusas para me sentir perto; já estou aí... sempre abraçando você.

Foi difícil para Holly aceitar aquilo. Ela quase desejou que ele pedisse a ela para cantar no karaokê de novo. Ela teria saltado de um avião por ele; corrido mil quilômetros, *qualquer coisa*, menos esvaziar o guarda-roupa e se livrar da presença dele na casa. Mas ele tinha razão, e ela sabia. Não poderia manter os pertences dele para sempre. Não podia fingir para si mesma que ele voltaria para pegar tudo. O corpo de Gerry não existia mais; ele não precisava de roupas.

Foi uma experiência emocionalmente desgastante. Ela demorou dias para realizá-la. Reviveu milhões de lembranças com cada peça de roupa e pedaço de papel que encontrou. Abraçou cada item antes de dizer adeus. Sempre que deixava de lado um objeto, era como se estivesse dizendo adeus a uma parte de Gerry tudo de novo. Foi difícil; muito difícil e às vezes difícil demais.

Ela informou à família e aos amigos o que estava prestes a fazer, e apesar de todos terem oferecido ajuda, Holly sabia que precisava fazer aquilo sozinha. Precisava ir com calma. E se despedir direito, porque não reaveria nenhum pertence. Assim como não reaveria Gerry, não podia reaver os objetos dele. Apesar de querer ficar sozinha, Jack havia telefonado algumas vezes oferecendo ajuda e Holly agradecera. Cada objeto tinha uma história e eles conversavam e riam a respeito das lembranças envolvidas. Ele a ajudou quando ela chorou e quando finalmente bateu as mãos uma na outra, afastando de sua pele a poeira que restara. Foi uma tarefa difícil, mas que teve que ser feita, e que foi facilitada pela ajuda de Gerry. Holly não teve que se preocupar em tomar todas as grandes decisões, pois Gerry já as havia tomado por ela. Ele a estava ajudando, e, pela primeira vez, Holly sentiu que também o estava ajudando.

Ela riu ao encontrar as fitas cassete empoeiradas de sua banda de rock preferida dos tempos de escola. Pelo menos uma vez por ano, Gerry encontrava a velha caixa de sapato durante seus esforços para controlar a bagunça que crescia dentro do armário. Ele colocava o *heavy metal* para tocar em todos os rádios da casa para atormentar Holly com as guitarras gritantes e a má qualidade do som mal produzido. Ela sempre dizia que queria o fim daquelas fitas. O alívio não tomou conta dela como pensara que aconteceria.

Ela viu uma peça jogada no canto de trás do guarda-roupa: a camisa de futebol da sorte de Gerry. Ainda estava suja de grama e lama, graças a seu último dia vitorioso em campo. Holly segurou a camisa perto de si e inspirou profundamente; o cheiro de cerveja e suor estava fraco, mas ainda estava ali. Ela a separou para que fosse lavada e entregue a John.

Tantos objetos, tantas lembranças. Cada uma delas estava sendo etiquetada e guardada em sacolas, como em sua mente. Para serem arquivadas naquela área que às vezes seria aberta para ensinar e ajudar no futuro. Objetos que já foram tão cheios de vida e importância, mas que agora estavam jogados ao chão. Sem ele, aquelas eram apenas *coisas*.

O terno de casamento de Gerry, seus blazers, camisas e gravatas que ele reclamava por ter de usar todas as manhãs antes de ir trabalhar. As tendências do passado, os ternos brilhantes dos anos 1980 e moletons dobrados. Um snorkel da primeira vez em que eles foram mergulhar, uma concha que ele pegara na areia dez anos antes, sua coleção de porta-copo de todos os bares de todos os países que eles tinham visitado. Cartas e cartões de aniversário enviados por amigos e familiares ao longo dos anos. Cartões de Dia dos Namorados enviados por Holly. Ursinhos de pelúcia e brinquedos separados para serem enviados aos pais dele. Registros de contas, os tacos de golfe para John, os livros para Sharon, lembranças, lágrimas e riso para Holly.

A vida toda dele amontoada em 20 sacos de lixo.

As lembranças dele e dela guardadas na mente de Holly.

Cada item guardava poeira, lágrimas, risos e lembranças. Ela guardou todos, limpou a poeira, secou os olhos e arquivou as lembranças.

O celular de Holly começou a tocar e ela deixou a cesta de roupas na grama, sob o varal, e correu porta adentro para atender.

— Alô?

— Vou transformar você em uma estrela! — a voz de Declan soou do outro lado da linha, histérica, e ele começou a rir sem se controlar.

Holly esperou até que ele se acalmasse, enquanto pensava e tentava entender sobre o que ele podia estar falando.

— Declan, você está bêbado?

— Acho que só um pouco, mas isso é totalmente irrelevante. — Ele soluçou.

— Declan, são dez da manhã! — Holly riu. — Você já dormiu?

— Não. — Ele soluçou de novo. — Estou no trem indo para casa e vou dormir dentro de três horas.

— Três horas! Onde você está? — Holly riu de novo. Ela estava se divertindo com aquilo, pois se lembrou de que costumava telefonar para Jack a qualquer hora da manhã, de todos os lugares, depois de passar a noite fora aprontando todas.

— Estou em Galway. Os prêmios foram entregues ontem à noite — disse ele, como se ela tivesse a obrigação de saber.

— Ah, perdoe a minha ignorância, mas de que prêmios está falando?

— Eu contei para você!

— Não contou, não.

— Eu pedi ao Jack para contar a você, aquele idiota... — Ele se confundiu com as palavras.

— Pois é, mas ele não contou — ela o interrompeu —, então, pode me contar.

— Os prêmios para estudantes de mídias foram entregues ontem à noite e eu venci! — ele gritou, e Holly escutou um barulho que dava a impressão de que o vagão todo comemorava com ele. Ficou muito feliz por ele.

— E o prêmio vai ser transmitido no Channel 4 na próxima semana! Você acredita? — Mais gritos dessa vez, e Holly mal conseguia entender o que ele estava dizendo. — Você vai ser famosa, mana! — Foi a última coisa que ela escutou antes de a ligação cair. O que era aquela sensação que ela detectou tomando conta de seu corpo? Seria... não, não podia ser felicidade!

Ela telefonou para sua família para contar a novidade, mas soube que eles também tinham recebido um telefonema parecido. Ciara passou muito tempo ao telefone, falando como uma menininha animada, dizendo que eles apareceriam na televisão e sua história terminou com seu casamento com Denzel Washington. Ficou decidido que a família se reuniria no bar do Hogan na quarta-feira seguinte para assistir ao documentário que seria transmitido. Daniel teve a gentileza de oferecer o Club Diva como o local onde eles pudessem assistir a tudo do telão. Holly estava muito feliz pelo irmão e telefonou para Sharon e Denise para contar as boas novas.

— Nossa! Isso é maravilhoso, Holly! — sussurrou Sharon com animação.

— Por que você está sussurrando? — perguntou Holly, sussurrando também.

— Ah, a cara enrugada aqui decidiu que seria uma ótima ideia nos proibir de atender telefonemas pessoais — resmungou Sharon, referindo-se a sua chefe. — Ela disse que passamos mais tempo conversando ao telefone com amigos do que trabalhando, por isso está patrulhando nossas mesas a manhã toda. Juro que parece que voltei para a escola, com uma bruxa velha de olho no nosso comportamento. — De repente, ela falou mais alto e com tom profissional. — Pode me passar seus dados, por favor?

Holly riu. — Ela está aí?

— Sim, claro — continuou Sharon.

— Certo, então não vou demorar. Os dados são que vamos todos nos encontrar no Hogan na quarta-feira à noite para assistir ao documentário, e você está convidada.

— Excelente... certo. — Sharon fingiu fazer anotações.

— Beleza, vamos nos divertir. Sharon, o que vou vestir?

— Humm... novo ou usado?

— Não, não posso comprar nada novo, apesar de você ter me forçado a comprar aquela blusa há algumas semanas, estou me recusando a usá-la por não ter mais 18 anos. Então, provavelmente algo usado.

— Certo... vermelho.

— A blusa vermelha que usei no seu aniversário?

— Sim, exatamente.

— É, pode ser.

— Qual é sua condição profissional no momento?

— Para falar a verdade, ainda não comecei a procurar emprego. — Holly mordiscou a parte de dentro da boca e franziu o cenho.

— E data de nascimento?

— Ha-ha, cale-se, sua vaca. — Holly riu.

— Sinto muito, mas só fazemos seguros de automóvel para pessoas de 24 anos para cima. A senhorita é muito jovem, receio dizer.

— Quem me dera. Certo, falamos mais tarde.

— Obrigada por telefonar.

Holly ficou sentada à mesa da cozinha, pensando no que podia vestir na semana seguinte; queria algo novo. Queria parecer sexy e estar bonita, para variar, e já estava cansada de todas as suas roupas velhas. Talvez Denise tivesse algo em sua loja. Estava prestes a fazer o telefonema quando recebeu uma mensagem de texto de Sharon.

BRUXA NO MEU PÉ
ATÉ + TARDE BJO

Holly pegou o telefone e ligou para Denise no trabalho.

— Alô, "Casuals" — Denise atendeu com muita educação.

— Oi, Casuals, aqui é a Holly. Sei que não devo telefonar para você no trabalho, mas queria dizer que o documentário de Declan ganhou um prêmio estudantil ou algo assim e será transmitido na quarta-feira à noite.

— Uau! Que legal, Holly! Vamos aparecer nele? — perguntou ela com animação.

— Sim, acho que sim. Vamos nos encontrar no Hogan para assistir na quarta. Está a fim?

— Aaah, claro que sim. Também posso levar meu novo namorado. — Ela riu.

— Que novo namorado?

— O Tom!

— O cara do karaokê? — perguntou Holly, chocada.

— Sim, ele mesmo! Ai, Holly, estou tão apaixonada! — Ela riu como uma criança de novo.

— Apaixonada? Mas você o conheceu há poucas semanas!

— Não me importo; só é preciso um minuto... como diz o ditado.

— Nossa, Denise! Nem sei o que dizer!

— Diga que é o máximo!

— Sim... nossa... quero dizer... é claro, são notícias maravilhosas.

— Ah, procure não exagerar no entusiasmo, Holly — disse ela de modo sarcástico.

— Bem, quero muito que você o conheça, vai adorá-lo. Não tanto quanto eu, mas certamente vai gostar *muito* dele. — Ela continuou dizendo que ele era o máximo.

— Denise, você se esqueceu de que eu já o conheci? — Holly interrompeu a amiga no meio da história em que Tom salvou uma criança que se afogava.

— Sim, sei que você o conheceu, mas prefiro que você converse com ele quando não estiver agindo como uma louca, escondendo-se no banheiro e gritando ao microfone.

— Espere e verá, então...

— Isso, vai ser muito bom! Nunca estive na minha própria estreia! — disse ela com animação.

Holly rolou os olhos pelo drama da amiga e se despediu.

Holly praticamente não fez nenhum serviço doméstico naquela manhã, pois passou a maior parte do tempo ao telefone. Seu celular estava quente e sua cabeça doía. Estremeceu de medo com o que pensou. Sempre que sua cabeça doía, ela se lembrava de Gerry. Detestava quando seus entes queridos reclamavam de dor de cabeça e enxaquecas, pois ela imediatamente se preocupava, alertando-os acerca dos perigos e dizendo que deviam levar aquela dor mais a sério e consultar o médico. Acabava assustando a todos com suas histórias e eles pararam de contar a ela quando se sentiam mal.

Ela suspirou fundo; estava se transformando em uma hipocondríaca, e sua médica já estava cansada de vê-la. Holly a procurava em pânico por qualquer coisinha, se sentisse uma dor na perna ou uma cólica. Na semana anterior, ela estava certa de que havia algo de errado com seus pés; os dedos não pareciam muito bem. A médica os examinou com cara séria e imediatamente começou a escrever em seu bloco de receitas, enquanto Holly observava aterrorizada. Por fim, ela entregou o papel a ela e com aquela caligrafia bagunçada própria dos médicos, estava escrito: "Compre sapatos maiores". Pode ter sido engraçado, mas aquela consulta custou 40 euros.

Holly havia passado os últimos minutos ao telefone, escutando Jack reclamar de Richard, que também havia feito uma visitinha a sua casa. Holly tentou entender se ele queria mesmo se aproximar dos irmãos depois de anos de isolamento. Bem, ao que parecia, era meio tarde para a maioria deles. Certamente era muito difícil tentar manter uma conversa com alguém que não dominava a arte da educação. Ah, pare, pare, pare!, ela repreendeu a si mesma em silêncio. Precisava parar de se preocupar, parar de pensar, parar de sobrecarregar sua mente, e também tinha que parar de falar sozinha. Estava enlouquecendo.

Terminou de pendurar as roupas no varal mais de duas horas depois e encheu a máquina de novo, colocando-a para funcionar. Ligou o rádio na cozinha, a televisão na sala de estar e voltou ao trabalho. Talvez aquele barulho todo escondesse aquela vozinha irritante em sua mente.

Capítulo 17

HOLLY CHEGOU AO HOGAN e abriu caminho entre os caras mais velhos no bar para subir ao Club Diva. A banda tradicional estava se apresentando e as pessoas cantavam todas as músicas irlandesas favoritas. Ainda eram 7h30, por isso o Club Diva não estava oficialmente aberto. Ao olhar para o local vazio, Holly viu um estabelecimento totalmente diferente daquele que temera tanto algumas semanas antes. Foi a primeira a chegar e se sentou a uma mesa bem na frente do telão, para poder ter uma visão perfeita do documentário do irmão, ainda que o local não ficasse lotado a ponto de alguém ficar na sua frente.

Alguém quebrou um copo no bar e ela se sobressaltou e virou-se para ver quem havia entrado ali. Daniel surgiu de trás do bar com um espanador e uma vassoura nas mãos.

— Ah, oi, Holly, não sabia que já tinha alguém aqui. — Ele olhou para ela, surpreso.

— Sou eu, decidi vir mais cedo, para variar um pouco. — Ela caminhou até o bar para cumprimentá-lo. Ele estava diferente, ela pensou, observando-o.

— Nossa! Você chegou muito cedo — disse ele, olhando para o relógio. — Os outros só chegarão aqui dentro de uma hora, mais ou menos.

Holly pareceu confusa e olhou para seu relógio.

— Mas já são 7h30, o programa começa às 8, não é?

— Não, me disseram que começaria às 9, mas posso estar enganado... — Ele pegou o jornal do dia e procurou a programação da TV. — É, às 9 horas, no Channel 4.

Holly rolou os olhos.

— Puxa! Sinto muito, vou dar uma volta na cidade e voltar mais tarde, então — disse ela, levantando-se.

— Pare com isso. — Ele abriu um sorriso de dentes brancos. — As lojas estão todas fechadas agora e, assim, você pode me fazer companhia, se não se importa.

— Bem, não me importo se você não se importar...

— Eu não me importo — disse ele com firmeza.

— Então, vou ficar — disse ela, sentando-se de novo.

Daniel se recostou no balcão em uma pose comum de barman.

— Bem, agora que resolvemos isso, o que quer beber? — perguntou, sorrindo.

— Puxa, que ótimo! Não vou ter que enfrentar fila nem gritar meu pedido — disse ela, brincando. — Quero uma água com gás, por favor.

— Nada mais forte? — perguntou ele, erguendo as sobrancelhas. O sorriso dele era contagiante. Parecia ir de orelha a orelha.

— Não, melhor não, ou vou estar bêbada quando todo mundo chegar aqui.

— Tem razão — ele concordou e se esticou para pegar a água dentro da geladeira.

Holly percebeu o que havia de diferente nele; Daniel não estava usando as roupas pretas de sempre. Vestia uma calça jeans desbotada e uma camisa azul-clara aberta com uma camiseta branca por baixo que deixava seus olhos azuis mais brilhantes do que o normal. As mangas da camisa estavam enroladas até o cotovelo. Holly conseguiu ver os músculos por baixo do tecido fino. Rapidamente desviou o olhar quando ele colocou um copo a sua frente.

— Quer alguma coisa? — perguntou ela.

— Não, obrigado, eu me viro.

— Não, por favor — insistiu Holly. — Você já me deu várias bebidas, agora é a minha vez.

— Está bem, então quero uma Budweiser, obrigado. — Ele se recostou no bar e continuou olhando para ela.

— O quê? Quer que eu pegue? — Holly riu, deixando seu assento, e foi para trás do bar. Daniel deu um passo para trás e observou, divertindo-se.

— Sempre quis trabalhar em um bar quando era criança — disse ela, pegando um copo e colocando-o sobre o balcão. Estava se divertindo.

— Bem, tenho uma vaga se quiser — disse ele, observando-a com mais atenção.

— Não, obrigada, acho que me dou melhor do lado de fora do bar — respondeu ela rindo, enchendo o copo.

— Bom, se um dia quiser um emprego, sabe que pode vir para cá — disse ele, depois de beber um gole da cerveja. — Você fez um bom trabalho.

— Bom, não é uma coisa muito difícil. — Holly sorriu, voltando para seu assento.

Ela pegou a bolsa e entregou o dinheiro a ele.

— Fique com o troco. — Ela riu.

— Obrigado. — Daniel sorriu, virando-se para o caixa, e ela se repreendeu por olhar para o traseiro dele. Era bonito, firme, mas não como o de Gerry, ela concluiu.

— Seu marido a abandonou de novo esta noite? — ele brincou, saindo de trás do bar e aproximando-se dela.

Holly mordeu o lábio e tentou pensar em uma maneira de responder. Aquele não era o momento para falar sobre algo tão triste com alguém em uma conversa informal, mas ela não queria que o coitado do rapaz ficasse perguntando sobre o marido dela sempre que a visse. Ele perceberia a verdade, o que causaria ainda mais desconforto.

— Daniel — disse ela, delicadamente. — Não quero deixá-lo sem graça, mas meu marido faleceu.

Daniel ficou paralisado e corou levemente. — Nossa! Holly, sinto muito, eu não sabia — disse ele com sinceridade.

— Tudo bem, eu sei que você não sabia. — Ela sorriu para mostrar a ele que não havia problema algum.

— Bem, eu não o vi naquela noite, mas se alguém tivesse me dito, eu teria ido ao velório em respeito a você. — Ele se sentou ao lado dela no bar.

— Não, o Gerry morreu em fevereiro, Daniel, ele não estava aqui naquela noite.

Daniel mostrou-se confuso.

— Mas você me disse que ele estava aqui... — hesitou, acreditando ter entendido errado.

— Ah, sim — Holly olhou para os pés com vergonha. — Bem, ele não estava — disse ela, olhando ao redor —, mas ele está aqui — continuou, levando a mão ao coração.

— Ah, entendo — disse ele, compreendendo. — Bem, então você foi ainda mais corajosa naquela noite, levando em consideração as circunstâncias — disse ele. Holly ficou surpresa com a tranquilidade dele. Geralmente, as pessoas gaguejavam e até mudavam de assunto. Ela se sentia relaxada com ele, como se pudesse conversar abertamente sem medo de chorar. Holly sorriu, balançou a cabeça e explicou brevemente a história da lista.

— E foi por isso que saí correndo depois do show de Declan daquela vez. — Holly riu.

— Por acaso não foi porque eles são muito ruins? — perguntou Daniel brincando, e de repente pareceu perdido em seus pensamentos. — Ah, sim, tem razão, era 30 de abril.

— Sim, eu mal podia esperar para ler a carta.

— Hum... quando deve abrir mais uma?

— Em julho — respondeu ela, animada.

— Então, não vou vê-la no dia 30 de junho — disse ele.

— Você está entendendo como funciona. — Ela riu.

— Cheguei! — anunciou Denise para o salão vazio ao entrar, toda arrumada, com o vestido que havia usado no baile do ano anterior. Tom caminhava logo atrás, rindo e sem desviar os olhos dela.

— Meu Deus! Você *está* toda chique — Holly comentou, olhando para a amiga de cima a baixo. Holly havia decidido usar apenas uma calça jeans, botas pretas e uma blusa preta bem simples. Não estava a fim de se arrumar toda, principalmente porque só sua família estaria no local, mas Denise não havia entendido o espírito da coisa.

— Bem, não é todo dia que consigo ir à minha própria estreia, não é? — disse ela de modo brincalhão.

Tom e Daniel se cumprimentaram com abraços.

— Querida, este é o Daniel, meu melhor amigo — disse Tom, apresentando Denise a Daniel. Holly e Daniel ergueram as sobrancelhas um ao outro e sorriram, atentos ao uso da palavra "querida".

— Oi, Tom. — Holly apertou a mão dele quando Denise os apresentou e ele deu um beijo em seu rosto. — Desculpe-me pela primeira vez em que nos vimos, eu não estava me sentindo muito bem naquela noite. — Holly corou ao se lembrar do karaokê.

— Ah, sem problemas. — Tom sorriu de modo gentil. — Se você não tivesse se inscrito na competição, eu não teria conhecido a Denise, então sou grato — disse ele, olhando para Denise. Daniel e Holly trocaram um olhar de satisfação pelos amigos, e Holly se sentou sentindo-se muito à vontade com aqueles dois novos homens.

Depois de um tempo, Holly percebeu que estava se divertindo; não estava apenas fingindo rir, de fato, estava feliz. Assim, ela ficou ainda mais contente também por saber que Denise havia, finalmente, encontrado alguém de quem realmente gostava.

Um pouco depois, o restante da família Kennedy chegou, com Sharon e John. Holly correu para receber os amigos.

— Oi, linda — disse Sharon, abraçando-a. — Você chegou faz tempo?

Holly começou a rir. — Pensei que o programa começasse às 8, por isso cheguei às 7h30.

— Ai, jura? — Sharon parecia preocupada.

— Ah, sem problemas, foi bom. O Daniel me fez companhia — disse ela, apontando para ele.

— Ele? — perguntou John com raiva. — Cuidado com ele, Holly, porque não bate muito bem da cabeça. Você devia ter escutado o que ele estava dizendo a Sharon aquele dia.

Holly riu e rapidamente se afastou para ficar com sua família.

— A Meredith não veio hoje? — Holly reuniu coragem para perguntar a Richard.

— Não, não veio — respondeu ele com grosseria e foi para o bar.

— Por que ele vem para participar dessas coisas? — ela resmungou para Jack quando ele a abraçou e acariciou seus cabelos, consolando-a de modo brincalhão.

— Oi, pessoal! — Declan ficou em pé em um banco e disse: — Como a Ciara não conseguiu decidir o que vestir esta noite, estamos atrasados e o *meu* documentário já vai começar. Por isso, se puderem fechar a boca e se sentar, seria ótimo.

— Credo, Declan! — a mãe de Holly o repreendeu pela grosseria.

Holly olhou ao redor, à procura de Ciara e a viu grudada ao lado de Daniel no bar. Ela riu e se sentou para assistir ao documentário. Assim que começou, todos se animaram, mas rapidamente foram silenciados por Declan que não queria perder nada.

As palavras "As Mulheres e a Cidade" apareceram em uma bela cena noturna da cidade de Dublin, e Holly ficou nervosa. As palavras "As Mulheres" apareceram em uma tela escura e, em seguida, surgiu a imagem de Sharon, Denise, Abbey e Ciara apertadas, uma do lado da outra, no banco de trás de um táxi. Sharon dizia:

"Oi! Sou a Sharon, e estas são Abbey, Denise e Ciara."

Todas as moças posaram para o *close* ao serem apresentadas.

"E estamos indo para a casa de nossa melhor amiga, Holly, porque é aniversário dela..."

A cena mudou e as meninas apareceram surpreendendo Holly com gritos de "Feliz Aniversário" em sua casa. Sharon apareceu de novo no táxi.

"Esta noite, seremos só nós, mulheres, SEM homens..."

A cena mudou e Holly apareceu abrindo os presentes e mostrando o vibrador para a câmera, dizendo: "Bem, definitivamente vou precisar disto!". Em seguida, a cena do táxi voltou e Sharon dizia:

"Vamos beber *muito, demais...*"

Agora, Holly abria a champanhe, e as meninas bebiam, e por fim Holly apareceu com a tiara torta na cabeça, bebendo champanhe da garrafa com um canudinho.

"Vamos dançar..."

Apareceu uma imagem das meninas, na Boudoir, fazendo movimentos muito embaraçosos na pista de dança. Sharon apareceu em seguida, dizendo:

"Mas nada muito drástico! Seremos boas meninas esta noite!"

Na cena seguinte, as meninas protestavam muito ao serem retiradas da discoteca por três seguranças.

Holly ficou boquiaberta e olhou para Sharon, chocada. A amiga estava igualmente surpresa. Os homens riam sem parar e davam tapinhas nas costas de Declan, parabenizando-o por expor suas namoradas. Holly, Sharon, Denise, Abbey e até Ciara se encolheram, envergonhadas.

O que Declan havia feito?

Capítulo 18

O BAR FICOU TOTALMENTE EM SILÊNCIO enquanto todos olhavam fixamente para o telão, ansiosos. Holly prendeu a respiração; estava nervosa, pensando no que apareceria em seguida. Talvez as meninas lembrariam o que tinham conseguido esquecer, de modo muito conveniente, a respeito daquela noite. A verdade a aterrorizava. Afinal, elas deviam estar muito bêbadas para terem se esquecido dos acontecimentos daquela noite. A menos que alguém tivesse mentido e, nesse caso, elas deveriam estar ainda mais apreensivas. Holly olhou para as amigas. Todas roíam as unhas. Ela cruzou os dedos.

Um novo título apareceu na tela: "Os Presentes". "Abra o meu primeiro!", gritou Ciara, entregando o embrulho a Holly, derrubando Sharon do sofá com um empurrão. Todos riram quando viram Abbey tentando levantar Sharon. Ciara saiu de perto de Daniel e foi, na ponta dos dedos, para perto das meninas, para se proteger. Todos reagiam com *ah!* e *oh!* conforme os presentes de Holly iam sendo abertos. Holly sentiu um nó na garganta quando Declan deu zoom em duas fotos sobre o mantel, enquanto Sharon fazia um brinde.

Mais uma vez, um novo título apareceu na tela: "O Trajeto até a Cidade", e as meninas apareceram se empurrando para entrar no táxi de sete lugares. Estava claro que já estavam muito embriagadas. Holly ficou chocada; ela havia pensado que ainda estava sóbria naquele momento.

"Ai, John", Holly gemeu com voz de bêbada ao taxista, sentada no banco do passageiro. "Estou completando 30 anos hoje, acredita?"

John, o taxista, que não dava a mínima para a idade dela, olhou para Holly e riu: "Você ainda é novinha, Holly". A voz dele era baixa e séria. A câmera deu um *zoom* no rosto de Holly e ela se retraiu ao se ver. Estava tão bêbada, *deprimente*.

— Mas o que vou fazer, John? — choramingou ela. — Trinta anos! Não tenho emprego, nem marido, nem filhos, e tenho 30 anos! Eu já disse isso? — perguntou, inclinando-se para ele.

Atrás dela, Sharon riu. Holly a repreendeu com o olhar.

Ao fundo, dava para escutar as meninas conversando animadas umas com as outras. Na verdade, parecia que elas falavam umas *por cima* das outras; era difícil entender o que diziam.

— Divirta-se esta noite, Holly. Não se prenda a emoções tolas em seu aniversário. Preocupe-se com essas coisas amanhã, querida. — John parecia muito carinhoso, e Holly pensou que deveria telefonar para ele para agradecer.

A câmera continuou parada no rosto de Holly, que recostou a cabeça na janela e permaneceu em silêncio, perdida em pensamentos pelo resto do trajeto. Holly se assustou por parecer tão solitária, não gostou do que viu. Olhou ao redor, envergonhada e seu olhar encontrou o de Daniel. Ele piscou para ela para incentivá-la. Bem, se ele acreditava que ela precisava de incentivo, então todos deveriam estar pensando a mesma coisa. Ela deu um sorriso amarelo e se virou para o telão a tempo de ver a si mesma gritando para as meninas na O'Connell Street.

"Certo, meninas, vamos à Boudoir hoje e *ninguém* vai nos impedir de entrar, *muito menos* os seguranças *idiotas* que *se consideram* os donos do pedaço." Ela saiu andando toda torta. As meninas festejaram e a seguiram.

A cena seguinte foi a dos dois seguranças do lado de fora da Boudoir balançando a cabeça. "Esta noite, não, meninas, desculpem."

Os familiares de Holly gargalharam.

"Mas vocês não entendem", Denise disse com calma aos seguranças. "Vocês sabem quem somos?"

"Não", os dois disseram e olharam por cima delas, ignorando-as.

"Nossa!" Denise levou as mãos à cintura e em seguida apontou para Holly. "Esta é a extremamente famosa... Princesa Holly da família real da... Finlândia." Na imagem, Holly franziu o cenho para Denise.

A família dela deu mais gargalhadas. — Não teria como escrever um roteiro melhor do que esse — disse Declan, rindo.

"Ah, então ela é da realeza, certo?", perguntou o segurança de bigode.

"Sim, ela é", respondeu Denise com seriedade.

"A Finlândia tem uma família real, Paul?", o Homem do Bigode perguntou a Paul.

"Acho que não, chefe", foi a resposta.

Holly ajeitou a tiara torta na cabeça e acenou para eles como acenam pessoas da realeza.

"Viram?", disse Denise, satisfeita. "Vocês passarão vergonha se não a deixarem entrar."

"Supondo que nós a deixemos entrar, você terá que ficar do lado de fora", disse o Homem do Bigode e fez um sinal para que as pessoas que estavam atrás delas na fila passarem e entrarem na discoteca. Holly acenou para as pessoas também.

"Ah, não, não, não...", Denise riu. "Vocês não entenderam. Eu sou a... aia dela, por isso devo acompanhá-la o tempo todo."

"Bem, então você não vai se importar de esperá-la quando ela sair" disse Paul.

Tom, Jack e John começaram a rir e Denise escorregou ainda mais para baixo em seu assento.

Por fim, Holly disse: "Oh, é *preciso* que bebamos algo. Estamos *terrivelmente sedentas*".

Paul e o Homem do Bigode acharam graça e tentaram manter a seriedade enquanto continuavam a olhar por cima delas.

"Não, estou falando sério, meninas, esta noite, não, é preciso ser sócio."

"Mas sou membro da família real!", disse Holly com seriedade. "Corto a cabeça de vocês!", disse ela, apontando para os dois.

Denise rapidamente baixou o braço de Holly. "Falando sério, a princesa e eu não precisamos nos estressar, apenas nos deixem entrar para beber um pouco", ela pediu.

O Homem do Bigode olhou para as duas e então para o céu. "Tudo bem, entrem", disse ele, dando um passo para o lado.

"Deus lhe abençoe", disse Holly, fazendo o sinal da cruz para os homens enquanto passava por eles.

"O que ela é? Uma princesa ou um padre?", Paul riu enquanto ela entrava.

"É uma maluca", o Homem do Bigode riu. "Mas foi a melhor desculpa que escutei desde que comecei a trabalhar aqui", e os dois riram e se recompuseram quando Ciara e seu grupo se aproximaram da porta.

"Tudo bem se minha equipe de filmagem me acompanhar?", perguntou Ciara de modo confiante, com um ótimo sotaque australiano.

"Espere um pouco, vou confirmar com o gerente." Paul se virou e falou ao *walkie-talkie*. "Sem problema, podem ir", disse ele, abrindo a porta para ela.

"Essa é aquela cantora australiana, não é?", o Homem do Bigode perguntou a Paul.

"Sim, tem boas músicas."

"Diga aos caras de dentro para cuidarem da princesa e da aia", disse o Homem do Bigode. "Não queremos que elas perturbem aquela cantora de cabelo cor-de-rosa."

O pai de Holly engasgou com a bebida porque começou a rir, e Elizabeth passou as mãos nas costas dele enquanto também ria.

Enquanto Holly observava, a imagem de dentro da Boudoir na tela fez com que ela se lembrasse da decepção que teve com a discoteca. Sempre teve muita curiosidade para saber como a "Boudoir" era. As meninas tinham lido que havia uma espécie de fonte dentro da qual Madonna havia pulado, certa noite. Holly havia imaginado uma enorme queda d'água descendo pela parede do clube e que seguia fluindo em pequenas extensões borbulhantes por todo o local, e todas as pessoas glamorosas se sentavam ao redor e às vezes enfiavam suas taças ali para enchê-las com mais champanhe. Mas em vez da cascata de champanhe, Holly viu um tanque de tamanho exagerado no meio do bar circular. Ela não via conexão daquilo com mais nada. Seus sonhos foram desfeitos. A sala não era tão grande quanto Holly imaginara que seria, e era decorada com muitos toques vermelhos e dourados. Do lado mais distante da sala, havia uma enorme cortina dourada que servia como separação, que estava bloqueada por outro segurança de aparência ameaçadora.

Na parte de cima do salão, a atração principal era uma enorme cama *king size*, que ficava inclinada sobre uma plataforma, virada para o resto do clube. Em cima dos lençóis dourados de seda, havia duas modelos magricelas usando apenas tinta dourada no corpo e minúsculas calcinhas da mesma cor. Era tudo meio cafona.

"Olha o tamanho daquelas tangas!", disse Denise, enojada. "O band-aid do meu dedo mínimo é maior do que elas."

Ao lado dela, no Club Diva, Tom riu e começou a morder o dedo mínimo de Denise. Holly desviou o olhar para a tela de novo.

"Boa noite e bem-vindo ao jornal da meia-noite. Sou Sharon McCarthy", Sharon estava diante da câmera com uma garrafa como microfone, e Declan havia virado a câmera de modo que pudesse filmar as famosas jornalistas irlandesas.

"Hoje, no 30º aniversário da princesa Holly da Finlândia, sua pessoa real e sua aia finalmente conseguiram acesso ao famoso clube das celebridades, a Boudoir. Também presente, esta noite, está a cantora de rock australiano, Ciara, e sua equipe de filmagem e..." Ela levou a mão à orelha como se estivesse recebendo mais informações. "Pelo que acabamos de saber, parece que o jornalista favorito da Irlanda, Tony Walsh, foi visto sorrindo momentos atrás. Aqui, ao meu lado, tenho uma testemunha do fato. Bem-vinda, Denise." Denise posou de modo sedutor para a câmera. "Denise, conte-me, onde você estava quando esse fato ocorreu?"

"Bem, eu estava logo ali, ao lado da mesa dele, quando presenciei o ocorrido." Denise chupou as bochechas para dentro e sorriu para a câmera.

"Pode nos contar o que aconteceu?"

"Bem, eu estava ali, cuidando da minha vida, quando o Sr. Walsh bebericou sua bebida e logo em seguida, sorriu."

"Minha nossa, Denise, que notícia maravilhosa. Tem certeza de que foi um sorriso?"

"Bem, pode ter sido uma rajada de vento fazendo com que ele fizesse uma careta, mas outras pessoas próximas a mim também acreditam que foi um sorriso."

"Então, outras pessoas também testemunharam o momento?"

"Sim, a Princesa Holly estava ao meu lado e viu tudo."

A câmera mostrou Holly bebendo uma garrafa de champanhe com um canudinho. "E então, Holly, pode nos dizer se foi o vento ou de fato um sorriso?"

Holly pareceu confusa e rolou os olhos. "Ah, vento, sinto muito, acho que o champanhe está me confundindo."

Todos no Club Diva começaram a rir. Jack, como sempre, riu mais alto. Holly escondeu o rosto com vergonha.

"Certo...", disse Sharon, tentando não rir. "Então, vocês ficaram sabendo aqui em primeira mão. A noite em que o apresentador mais sério da Irlanda foi visto sorrindo. Voltamos com vocês no estúdio."

O sorriso de Sharon desapareceu quando ela viu Tony Walsh ao lado dela, sem sorrir, o que já era de se esperar. Sharon se assustou e disse "Boa noite", e a câmera foi desligada.

Todo mundo no salão estava rindo, incluindo as meninas. Holly estava achando tudo tão ridículo que teve que rir.

A câmera foi ligada de novo e, dessa vez, filmava o espelho do banheiro feminino. Declan estava filmando de fora por meio de uma abertura na porta e o reflexo de Denise e de Sharon estava claramente visível.

"Eu estava só brincando", disse Sharon, reforçando o batom.

"Não se preocupe com esse maluco, Sharon, ele só não quer a câmera na cara dele a noite toda, principalmente em sua noite de folga. Consigo entender isso."

"Ah, você está do lado dele, pelo que estou vendo", Sharon disse com mau humor.

"Ah, cale-se, sua vaca reclamona", rebateu Denise.

"Cadê a Holly?", perguntou Sharon, mudando de assunto.

"Não sei, da última vez em que a vi, ela estava dançando animada na pista de dança", disse Denise. As duas trocaram um olhar e riram.

"Ah... coitadinha da nossa Disco Diva", disse Sharon com tristeza. "Espero que ela encontre alguém lindo esta noite e aproveite".

"Sim", concordou Denise. "Bem, venha, vamos procurar um homem para ela", disse ela, guardando a maquiagem na bolsa de novo.

Quando as meninas saíram do banheiro, alguém apertou a descarga dentro do cubículo. A porta se abriu e Holly saiu dali. Seu sorrisão desapareceu rapidamente ao ver seu rosto na tela.

Pela fresta da porta, era possível ver o reflexo de Holly no espelho, os olhos vermelhos de chorar. Assoou o nariz e olhou para si mesma no espelho por um tempo. Respirou profundamente, abriu a porta e desceu a escada para se unir às amigas. Holly não se lembrava de ter chorado naquela noite; na verdade, acreditava ter passado por ela com sucesso. Esfregou as mãos no rosto, preocupada com o que poderia vir em seguida de que ela não conseguisse se lembrar.

Finalmente, a cena mudou e as palavras "Operação Cortina Dourada" surgiram.

Denise gritou: — Meu Deus, Declan, seu cachorro! — E correu para o banheiro para se esconder. Com certeza ela havia se lembrado de algo.

Declan riu e acendeu um cigarro.

"Certo, meninas", Denise anunciava. "Agora, é a hora da Operação Cortina Dourada."

"Oi?", Sharon e Holly perguntaram meio grogues do sofá onde tinham se jogado.

"A Operação Cortina Dourada!", Denise exclamou com animação, tentando colocar as amigas em pé. "Está na hora de nos infiltrarmos no bar VIP!".

"Quer dizer que este não é o VIP?", perguntou Sharon com sarcasmo, olhando ao redor.

— Não! Estou me referindo ao bar aonde as celebridades de verdade vão!", disse Denise, apontando para a cortina dourada, que estava bloqueada por um homem que devia ser o maior e mais alto do mundo.

"Não estou nem aí para onde as celebridades estão, para dizer a verdade, Denise", disse Holly. "Estou bem aqui, onde estou", e ela se acomodou no sofá confortável.

Denise resmungou e rolou os olhos. "Meninas! Abbey e Ciara estão lá, por que não estamos?"

Jack olhou com curiosidade para a namorada. Abbey deu de ombros sem muita força e levou as mãos ao rosto. Ninguém estava se lembrando de nada diferente, exceto Denise, e ela havia fugido do salão. Jack de repente parou de sorrir e escorregou na cadeira, cruzando os braços. Obviamente, sua irmã podia agir como uma tola, mas sua namorada era outro departamento. Ele apoiou as pernas na cadeira à sua frente e se calou pelo restante do documentário.

Quando Sharon e Holly souberam que Abbey e Ciara estavam no salão, elas se ajeitaram no sofá e prestaram atenção ao plano de Denise.

"Certo, meninas, fiquem sabendo o que faremos!"

Holly desviou o olhar da tela e cutucou Sharon. Não conseguia se lembrar de ter feito ou dito aquelas coisas; estava começando a achar que Declan havia contratado atrizes parecidas com elas para fazer aquela brincadeira sem graça. Sharon estava com os olhos arregalados e deu de ombros. Não, ela também não estava ali naquela noite. A câmera seguiu as três quando elas se aproximaram sorrateiramente da cortina dourada e ficaram ali como idiotas. Por fim, Sharon reuniu a coragem necessária para dar um tapinha no ombro do gigante, e ele se virou e, assim, Denise teve tempo de escapar por baixo da cortina. Ela se colocou de quatro e espiou o bar VIP, com o traseiro e as pernas do outro lado da cortina.

Holly deu-lhe um chute na bunda para apressá-la.

"Estou conseguindo vê-las", disse Denise. "Ai, meu Deus! Elas estão conversando com aquele ator de Hollywood!". Ela voltou para trás e olhou para Holly com animação.

Infelizmente, Sharon já não tinha mais o que dizer ao enorme segurança e ele virou a cabeça a tempo de ver Denise.

"Não, não, não, não, não!", disse Denise com calma. "Você não entendeu. Esta é a Princesa Holly da Suécia!"

"Finlândia", Sharon a corrigiu.

"Sim, Finlândia", disse Denise, ainda de quatro. "E estou fazendo uma reverência a ela. Faça você também!"

Sharon rapidamente se ajoelhou e as duas começaram a adorar os pés de Holly, que olhou ao redor, sem saber o que fazer, e todas as pessoas próximas começaram a olhar e ela, mais uma vez, fez o aceno real. Ninguém se impressionou.

— Ai, Holly! — disse sua mãe, tentando recuperar o fôlego depois de rir tanto.

O grande segurança deu as costas a elas e falou ao *walkie-talkie*.

"Rapazes, estou tendo problemas com a princesa e a aia."

Denise olhou para as duas amigas, em pânico e disse, sem emitir som: "Escondam-se!". As duas ficaram em pé e fugiram. A câmera tentou acompanhá-las entre as pessoas, mas não conseguiu.

De onde estava sentada no Club Diva, Holly gemeu alto e cobriu o rosto com as mãos quando finalmente percebeu o que estava prestes a acontecer.

Capítulo 19

Paul e o Homem do Bigode correram para o andar de cima da discoteca e se reuniram diante da cortina dourada com o grandalhão.

"O que está acontecendo?", perguntou o Homem do Bigode.

"Aquelas moças nas quais você me mandou ficar de olho tentaram passar para o outro lado", disse o grandalhão com seriedade. Dava para perceber, pela cara dele, que em seu emprego anterior, ele matava pessoas que tentavam engatinhar para o outro lado. Ele estava considerando aquela falha da segurança algo muito grave.

"Onde elas estão?", perguntou o Homem do Bigode.

O grandalhão pigarreou e desviou o olhar. "Elas estão se escondendo, chefe."

O Homem do Bigode rolou os olhos. "Elas estão se escondendo?"

"Sim, chefe."

"Onde? Aqui dentro do clube?"

"Acho que sim, chefe."

"Você acha que sim?"

"Bem, elas não passaram por nós quando entramos, então ainda devem estar aqui", intrometeu-se Paul.

"Certo", o Homem do Bigode suspirou. "Bem, vamos começar a procurar, deixe alguém de olho na cortina."

A câmera secretamente seguiu os três seguranças enquanto eles caminhavam pela discoteca procurando atrás de sofás, embaixo de mesas e atrás de cortinas; pediram a outro que procurasse no banheiro. Os familiares de Holly riam histericamente diante da cena que era transmitida.

Ocorreu certa confusão na parte de cima da discoteca e os seguranças seguiram na direção do barulho para verem o que era. Um grupo grande de pessoas começava a se aglomerar e as duas dançarinas magricelas, com o corpo pintado de dourado, tinham parado de dançar e olhavam assustadas para a cama. A câmera se voltou para a cama *king size* que ficava inclinada à exposição. Sob os lençóis dourados de seda, parecia haver três porcos brigando. Sharon, Denise e Holly rolavam de um lado a outro gritando, tentando deitar, para que ninguém percebesse sua presença. Mais pessoas se aproximaram e, logo em seguida, a música parou. As três embaixo dos lençóis pararam de se remexer e de repente ficaram paralisadas, sem saber o que estava ocorrendo do lado de fora.

Os seguranças contaram até três e puxaram o lençol. As três moças muito assustadas parecendo bichos acuados e flagradas sob os holofotes olharam para os seguranças e continuaram deitadas de barriga para cima com os braços esticados ao lado do corpo.

"Era preciso descansar por um momento antes da partida", disse Holly, com seu sotaque real e as outras meninas começaram a rir.

"Vamos, princesa, a brincadeira terminou", disse Paul. Os três homens acompanharam as meninas para fora, dizendo que elas nunca mais poderiam entrar ali.

"Posso dizer às minhas amigas que estamos saindo?", perguntou Sharon. Os homens desviaram o olhar. "Ei, estou falando sozinha? Perguntei se posso voltar e dizer às minhas amigas que tivemos de sair."

"Olha, parem de brincar, meninas", disse o Homem de Bigode, irritado. "Suas amigas não estão aí dentro. Agora vocês sairão e irão para casa."

"Espere um pouco", respondeu Sharon, irritada. "Tenho duas amigas no bar VIP; uma delas tem cabelo cor-de-rosa e a outra..."

"Meninas!", ele aumentou o tom de voz. "Ela não quer que ninguém a perturbe. Ela não é amiga de vocês, nem aqui nem na China. Agora, vocês devem partir antes de criarem mais problemas."

Todo mundo no salão gargalhou.

A cena mudou para "A Longa Viagem para Casa" e todas as meninas estavam dentro do táxi. Abbey estava sentada como um cachorro, com a cabeça para fora da janela aberta, seguindo ordens do taxista. "Você não vai vomitar dentro do meu carro. Coloque a sua cabeça para fora da janela ou vai para casa andando."

O rosto de Abbey estava quase roxo e ela batia os dentes, mas não queria ir andando até sua casa. Ciara estava sentada com os braços cruzados e emburrada, irritada com as amigas por terem forçado sua saída da discoteca tão cedo, mas principalmente por elas terem revelado que ela não era uma famosa cantora de rock. Sharon e Denise tinham adormecido com a cabeça recostada uma na da outra. A câmera se virou e focalizou Holly, sentada no banco do passageiro mais uma vez. Mas, agora, ela não estava falando sem parar com o taxista; estava apenas recostada no assento e olhava diretamente para fora. Holly sabia em que estava pensando naquele momento. Pensava que era hora de voltar para a casa vazia, sozinha mais uma vez.

"Feliz aniversário, Holly", disse Abbey de modo hesitante.

Holly se virou para sorrir para ela e ficou de frente para a câmera. "Você *ainda* está filmando com essa coisa? Desligue-a!", e tirou a câmera da mão de Declan. Fim.

Quando Daniel se virou para acender as luzes, Holly se afastou rapidamente do grupo e escapou pela porta mais próxima. Precisava colocar a cabeça no lugar antes que todos começassem a falar sobre o que viram. Entrou em uma pequena sala de estoque, cercada por esfregões, baldes e barris vazios. Que lugar mais idiota para se esconder, pensou ela. Sentou-se em cima de um barril e pensou no que tinha visto. Estava chocada. Sentia-se confusa e irritada com Declan; ele dissera que estava fazendo um documentário a respeito da vida noturna. Ela se lembrava muito bem que ele não havia mencionado nada a respeito de fazer um filme dela e de suas amigas. E ele as havia exposto. Se tivesse pedido com educação a permissão para fazer aquilo, teria sido diferente.

Ainda que ela não permitisse.

Mas a última coisa que queria fazer naquele momento era gritar com Declan na frente de todos. Apesar de o documentário ter sido humilhante para ela, Declan havia filmado e editado tudo muito bem. Se outra pessoa tivesse sido filmada, Holly consideraria o prêmio muito merecido. Mas a pessoa *era ela*, por isso, ele não merecia ganhar...

Partes do documentário tinham sido engraçadas, sim, e ela não se importava tanto com as bobagens feitas por ela e suas amigas, mas, sim, com as partes em que sua tristeza ficava explícita. Lágrimas pesadas desciam por seu rosto e ela envolveu o corpo com os braços para se consolar. No telão, ela havia visto como realmente se sentia. Perdida e sozinha. Chorou por Gerry, chorou por si mesma com soluços fortes que faziam suas costelas doerem sempre que tentava recuperar o fôlego. Não queria mais ficar sozinha e não queria que sua família visse a solidão que ela tentava esconder de todos. Só queria Gerry de volta e não se importava com mais nada. Não se importaria se ele voltasse e eles discutissem todos os dias, não se importaria se eles não tivessem dinheiro e nem casa. Só queria ele. Escutou a porta se abrindo atrás dela e sentiu braços grandes e fortes ao redor de seu corpo magro. Chorou como se meses de angústia acumulada estivessem se desfazendo de uma vez.

— O que houve? Ela não gostou? — ela escutou Declan perguntar com preocupação.

— Deixe-a sozinha, filho — a mãe aconselhou com delicadeza, e a porta se fechou de novo enquanto Daniel acariciava seus cabelos e a embalava com carinho.

Por fim, depois de chorar muito, Holly parou e se afastou de Daniel.

— Me desculpa. — Ela fungou e secou o rosto nas mangas da blusa.

— Não precisa pedir desculpa — disse ele, delicadamente tirando a mão dela do rosto e entregando-lhe um lenço.

Ela ficou sentada em silêncio enquanto tentava se recompor.

— Se você ficou chateada com o documentário, não precisa ficar — disse ele, sentando-se em uma caixa de copos diante dela.

— Ah, claro — disse ela com sarcasmo, secando as lágrimas mais uma vez.

— É sério — disse com sinceridade. — Achei aquilo muito engraçado. Vocês todas pareciam estar se divertindo pra valer. — Ele sorriu para ela.

— Pena que eu não estava me sentindo feliz — disse ela.

— Talvez não estivesse feliz, mas a câmera não capta sentimentos, Holly.

— Não precisa tentar fazer com que eu me sinta melhor. — Holly estava envergonhada por ser consolada por um desconhecido.

— Não estou *tentando* fazer com que você se sinta melhor, estou apenas dizendo o que quero dizer. Ninguém além de você percebeu o que a deixava triste. Eu não vi nada, então como os outros podem ter visto?

Holly se sentiu um pouco melhor. — Tem certeza?

— Certeza absoluta — disse ele, rindo. — Agora, você precisa parar de se esconder em todos os cantos do meu clube, porque posso levar isso para o lado pessoal — disse ele, rindo.

— As meninas estão bem? — perguntou Holly, torcendo para que só ela estivesse sendo tola.

As pessoas riam alto do lado de fora.

— Elas estão bem, como você pode ouvir — disse ele, fazendo um meneio de cabeça em direção à porta. — Ciara está feliz, acreditando que todos pensarão que ela é famosa, Denise finalmente saiu do banheiro e Sharon não consegue parar de rir. Só Jack está bravo com Abbey por ter vomitado na volta para casa.

Holly riu.

— Viu? Ninguém percebeu o que você viu.

— Obrigada, Daniel. — Ela respirou fundo e sorriu para ele.

— Está pronta para sair e encarar seu público? — perguntou ele.

— Acho que sim. — Holly saiu em meio às risadas. As luzes estavam acesas e todos estavam sentados às mesas, contando piadas e histórias. Holly se sentou ao lado da mãe. Elizabeth abraçou a filha e deu-lhe um beijo no rosto.

— Eu achei o máximo — disse Jack com entusiasmo. — Se Declan saísse com as meninas todas as vezes, saberíamos o que elas aprontam, não é, John? — Ele piscou para o marido de Sharon.

— Bem, posso garantir que o que vocês viram não é o que sempre acontece quando saímos — disse Abbey.

Os rapazes não acreditaram naquela declaração.

— Então, tudo bem? — Declan perguntou a Holly, temendo chatear a irmã. Holly olhou para ele com cara de poucos amigos.

— Pensei que você fosse gostar, Hol — disse ele com preocupação.

— Talvez eu tivesse gostado se *soubesse* o que você estava fazendo — rebateu ela.

— Mas eu queria que fosse surpresa — disse ele com sinceridade.

— Odeio surpresas — disse ela, esfregando os olhos que ardiam.

— Que isso sirva de lição para você, filho — Frank alertou o rapaz. — Você não pode sair por aí filmando as pessoas sem que elas saibam o que está fazendo. É ilegal.

— Aposto que quem avaliou seu trabalho, não sabia que foi sem o consentimento delas — disse Elizabeth.

— Você não vai contar a eles, não é, Holly? — Declan parecia preocupado.

— Não se você for bonzinho comigo pelos próximos meses — disse Holly, enrolando uma mecha de cabelos no dedo. Declan fez uma careta; estava preso e sabia.

— Está bem, como quiser — disse ele, fazendo um gesto com a mão.

— Para dizer a verdade, Holly, tenho que admitir que achei muito engraçado — Sharon riu. — Você e sua Operação Cortina Dourada. — Ela deu um tapinha na perna de Denise, de modo brincalhão.

Denise rolou os olhos.

— Posso dizer uma coisa: *nunca mais* vou beber.

Todos riram e Tom abraçou a namorada.

— O que foi? — perguntou ela com ar inocente. — Estou falando sério.

— Por falar em beber, alguém quer alguma coisa? — Daniel ficou em pé.

— Jack?

— Sim, uma Budweiser, valeu.

— Abbey?

— Hum... um vinho branco, por favor — ela pediu com educação.

— Frank?

— Uma Guinness, Daniel. Obrigado.

— Vou beber a mesma coisa — disse John.

— Sharon?

— Uma Coca-Cola, por favor. Holly, quer a mesma coisa? — perguntou ela, olhando para a amiga. Holly assentiu.

— Tom?

— JD e Coca, por favor, Dan.

— Eu também — disse Declan.

— Denise? — Daniel tentou disfarçar seu sorriso.

— Hum... vou beber... gin e tônica, por favor.

— Ha! — todos disseram.

— O que foi? — Ela deu de ombros como se não se importasse. — Uma bebida não vai me matar...

Holly estava em pé perto da pia com as mangas enroladas até os cotovelos, esfregando as panelas, quando ouviu aquela voz familiar.

— Oi, amor.

Ela olhou para cima e o viu diante das portas abertas da varanda.

— Oi. — Ela sorriu.

— Está sentindo a minha falta?

— Claro que sim.

— Já encontrou um novo marido?

— Claro que sim, ele está dormindo lá em cima. — Ela riu, secando as mãos.

Gerry balançou a cabeça e disse: — Posso subir e matá-lo sufocado?

— Ah, espere mais uma hora, mais ou menos — ela brincou, olhando para o relógio —, ele precisa descansar.

Ele parecia feliz, na opinião dela, com a aparência boa e lindo como sempre. Estava usando a camiseta azul de que ela mais gostava, que havia dado a ele, em um Natal. Ele olhou para ela com aqueles grandes olhos castanhos de cílios compridos.

— Vai entrar? — perguntou Holly, sorrindo.

— Não, só passei para ver como você está. Tudo indo bem? — Ele se recostou no batente da porta com as mãos nos bolsos.

— Mais ou menos — disse ela, erguendo as mãos. — Poderia estar melhor.

— Fiquei sabendo que você é uma estrela da TV agora. — Ele sorriu.

— Com muita relutância. — Holly riu.

— Vai chover homem na sua horta — disse Gerry.

— Pode até ser — concordou. — Mas sinto sua falta, Gerry.

— Não fui muito longe — disse ele com delicadeza.

— Vai me deixar de novo?

— Por enquanto.

— Até mais — disse ela.

Ele piscou para ela e desapareceu.

Holly acordou sorrindo e com a sensação de que havia dormido por muitos dias.

— Bom dia, Gerry — disse ela, olhando para o teto.

O telefone tocou.

— Alô?

— Minha nossa, Holly! Dá uma olhada no jornal do fim de semana — disse Sharon, em pânico.

Capítulo 20

Holly imediatamente saiu da cama, vestiu um moletom e se dirigiu até a banca de jornal mais próxima. Chegou a uma loja de conveniência e começou a folhear os cadernos em busca do que Sharon havia falado. O homem atrás do balcão tossiu alto e Holly olhou para ele.

— Isto aqui não é uma biblioteca, jovem, vai ter que comprar o que quer ler — disse ele, indicando o jornal que ela segurava.

— Eu sei disso — respondeu ela, irritada pela grosseria. Como uma pessoa saberia qual jornal comprar se não soubesse em qual deles havia o que procurava? Acabou pegando todos os jornais expostos e os colocou em cima do balcão, sorrindo docemente para ele. O homem ficou assustado e começou a passar todos eles pelo scanner, um a um. Uma fila começou a se formar atrás dela.

Ela olhou por muito tempo para as barras de chocolate expostas e olhou ao redor para ver se alguém a observava. *Todo mundo* estava olhando. Rapidamente, ela se virou para o balcão. Por fim, ergueu o braço e pegou duas barras de chocolate tamanho família que estavam mais próximas dela na prateleira, na parte de baixo da pilha. Uma a uma, as outras barras de chocolate começaram a escorregar para o chão. O adolescente que estava atrás dela riu e desviou o olhar e Holly se abaixou, corada, e começou a pegar todos os chocolates. Muitos caíram, e ela demorou para pegar todos. A loja ficou em silêncio, exceto por algumas tossidas de pessoas impacientes na fila atrás dela. Rapidamente, ela incluiu alguns outros doces em sua pilha de compras.

— Para as crianças — disse em voz alta para o vendedor, na esperança de que todos ali também ouvissem.

Ele resmungou alguma coisa e continuou escaneando os itens. Então, ela se lembrou de que precisava de um pouco de leite e saiu correndo da fila até o fundo da loja para pegar uma garrafa de leite de dentro da geladeira. Algumas mulheres resmungaram enquanto ela voltava para a frente da fila, e colocou o leite sobre o balcão. O caixa parou de escanear e olhou para ela; ela retribuiu o olhar, inexpressiva.

— Mark — ele gritou.

Um adolescente cheio de espinhas apareceu em um dos corredores da loja segurando uma máquina de etiquetar.

— Sim? — respondeu ele com mau humor.

— Abra o outro caixa, filho, porque acho que vamos demorar um pouco aqui. — Ele olhou para Holly, que fez uma careta para ele.

Mark se arrastou até o segundo caixa, olhando fixamente para Holly o tempo todo.

O que foi?, ela pensou de modo defensivo; não me culpe por ter que trabalhar. Ele abriu o caixa e a fila toda que estava atrás de Holly foi para o outro lado. Feliz por não ter mais ninguém olhando, ela aproveitou para pegar alguns pacotes de salgadinho da parte de baixo da prateleira e os colocou ao lado de suas compras.

— Festa de aniversário — ela murmurou.

Na fila ao lado, o adolescente pediu um maço de cigarro em tom baixo.

— Tem identidade? — Mark perguntou em tom alto.

O adolescente olhou ao redor, envergonhado, com o rosto vermelho. Holly riu e desviou o olhar.

— Mais alguma coisa? — o vendedor perguntou com sarcasmo.

— Não, obrigada, é só isso, mesmo — disse ela com raiva. Entregou o dinheiro a ele e atrapalhou-se com a bolsa, tentando guardar o troco ali.

— Próximo — o vendedor assentiu para o cliente seguinte.

— Oi, quero um maço de cigarro e...

— Com licença — Holly interrompeu o homem. — Pode me dar uma sacola, por favor? — ela pediu com educação, olhando para a pilha enorme de produtos diante dela.

— Só um momento — disse ele de modo grosseiro. — Vou atender este senhor antes. Sim, o senhor quer cigarros?

— Por favor — disse o cliente, olhando para Holly como quem pede desculpas.

— Bem, em que posso ajudá-la? — perguntou ele.

— Quero uma sacola. — Sua mandíbula estava tensa.

— São 20 centavos, por favor.

Holly suspirou alto e procurou em sua bolsa, procurando na bagunça para encontrar o dinheiro de novo. Outra fila se formou atrás dela.

— Mark, atenda a fila de novo, sim? — pediu com mau humor.

Holly pegou a moeda de sua bolsa e a colocou com raiva em cima do balcão e começou a encher a sacola com suas compras.

— Próximo — repetiu o homem, olhando por cima dela. Holly sentiu-se pressionada a sair da frente e começou a enfiar tudo na bolsa, em pânico.

— Vou esperar a moça terminar — disse o cliente com educação.

Holly sorriu para ele para agradecer e se virou para sair da loja. Caminhou desajeitada até Mark, o rapaz atrás do balcão, assustá-la gritando:

— Ei, eu conheço você! É a moça da televisão!

Holly se virou, surpresa, e a alça de plástico estourou devido a todo o peso dos jornais. Tudo caiu no chão e seus chocolates, doces e salgadinhos saíram rolando por todos os lados.

O cliente simpático se pôs de joelhos para ajudá-la a pegar suas coisas, enquanto o restante das pessoas da loja observavam, divertindo-se, tentando identificar quem era a moça da televisão.

— É você, não é? — O menino riu.

Holly deu um sorriso amarelo para ele, na porta da loja.

— Eu sabia! — Ele uniu as mãos, animado. — Você é legal!

Sim, ela se sentia muito legal de joelhos na porta de uma loja procurando as barras de chocolate. O rosto de Holly ficou corado e ela pigarreou com nervosismo.

— É... com licença, pode me dar mais uma sacola, por favor?

— Custa...

— Aqui está — o cliente simpático interrompeu o atendente, colocando a moeda em cima do balcão. O atendente mostrou-se surpreso e continuou atendendo os clientes.

— Sou o Rob — disse ele, ajudando-a a colocar os chocolates dentro da bolsa, e estendeu a mão.

— Sou a Holly — disse ela, um pouco envergonhada com o excesso de simpatia ao apertar a mão dele. — E sou chocólatra.

Ele riu.

— Obrigada por ajudar — Holly agradeceu, levantando-se.

— De nada. — Ele segurou a porta aberta para ela. Ele era bonito, na opinião dela, alguns anos mais velho, e tinha olhos de uma cor diferente, um tom meio cinza-esverdeado. Ela estreitou os olhos e analisou com mais atenção.

Ele pigarreou.

Ela corou, percebendo, de repente, que estava olhando para ele como uma tola. Caminhou até o carro e colocou a sacola cheia no banco de trás. Rob a seguiu. Ela sentiu o coração acelerado.

— Oi de novo — disse ele. — Bem... queria saber se quer beber alguma coisa. — E então ele riu, olhando para o relógio. — Na verdade, ainda está um pouco cedo pra isso. Que tal um café?

Ele era um homem muito confiante e se apoiou no carro ao lado do de Holly, com as mãos nos bolsos da calça jeans, deixando os polegares para fora, e manteve aqueles olhos diferentes voltados para ela. No entanto, ela não se sentiu incomodada; na verdade, ele estava agindo de modo muito relaxado, como se convidar uma desconhecida para um café fosse a coisa mais natural do mundo. Era assim que as pessoas agiam agora?

— É... — Holly pensou no convite. Que mal haveria em tomar um café com um homem que tinha sido tão educado com ela? O fato de ele ser totalmente lindo também ajudou. Mas independentemente de sua beleza, Holly precisava de companhia e ele parecia um homem muito bacana e decente com quem conversar.

Sharon e Denise estavam trabalhando e Holly não podia ficar telefonando para a casa da mãe, porque Elizabeth também tinha coisas para fazer. Ela precisava muito começar a conhecer pessoas novas. Muitos dos outros amigos de Gerry e Holly eram pessoas do trabalho de Gerry e de diversos outros lugares, mas depois da morte dele, todos esses "amigos" não estavam mais por perto. Pelo menos ela sabia quem eram seus amigos de verdade.

Estava prestes a aceitar o convite quando ele olhou para a mão dela e parou de sorrir.

— Ah, me desculpe, não percebi... — Ele se afastou sem jeito, como se ela tivesse uma doença grave. — Preciso correr, mesmo. — Ele sorriu rapidamente e partiu rua abaixo.

Holly ficou olhando para ele, confusa. Será que ela havia dito algo errado? Será que havia demorado demais para responder? Havia infringido as regras não expressadas daquele novo jogo de conhecer pessoas? Ela olhou para a mão que causara o afastamento do homem e viu sua aliança brilhando. Suspirou alto e esfregou o rosto, cansada.

Naquele instante, o adolescente da loja passou com um grupo de amigos e um cigarro na boca e riu para ela.

Não havia como escapar.

Holly bateu a porta do carro e olhou ao redor. Não estava a fim de ir para casa, estava cansada de passar o dia olhando para as paredes e falando sozinha. Ainda eram 10 da manhã e o dia estava ensolarado e quente. Do outro lado da rua, o café da região, o Greasy Spoon, estava colocando as mesas e cadeiras para fora. Seu estômago roncou. Ela precisava de um belo café da manhã irlandês. Pegou os óculos escuros do porta-luvas do carro, pegou os jornais com as duas mãos e atravessou a rua.

Uma senhora rechonchuda limpava as mesas. Mantinha os cabelos presos em um coque grande e vestia um avental xadrez vermelho e branco por cima do vestido florido. Holly teve a sensação de entrar em uma cozinha do campo.

— Já faz um tempo que estas mesas não veem a luz do sol — disse ela com alegria para Holly quando se aproximou.

— O dia está lindo, não é? — comentou Holly e as duas olharam para o céu azul. Era engraçado, mas o bom tempo na Irlanda sempre acabava sendo o assunto do dia entre as pessoas. Era tão raro ter dias como aqueles, que todos se sentiam abençoados quando eles finalmente aconteciam.

— Quer se sentar aqui fora, querida?

— Sim, para aproveitar, porque o sol provavelmente vai sumir daqui a pouco. — Holly riu, sentando-se.

— Temos que pensar de modo positivo, querida. — Ela começou a se mover. — Bem, vou pegar o cardápio — disse ela, virando-se para se afastar.

— Não precisa — disse Holly. — Já sei o que quero. Vou tomar um café da manhã irlandês.

— Tudo bem, flor. — Ela sorriu e seus olhos se arregalaram quando viu a pilha de jornais sobre a mesa. — Está pensando em abrir uma banca de jornal? — perguntou ela, rindo.

Holly olhou para os jornais e riu ao ver o *Arab Leader* por cima. Pegara todos os jornais sem se importar em conferir quais eram. Duvidava que o *Arab Leader* tivesse publicado matérias sobre o documentário.

— Bem, para ser sincera, querida — disse a mulher, limpando a mesa ao lado dela —, você estaria nos fazendo um favor se acabasse com o negócio daquele velho idiota. — Ela olhou para o outro lado da rua, para a loja de conveniência. Holly riu quando a mulher voltou para dentro do café.

Holly ficou sentada ali por um tempo, observando o dia passar. Adorava pegar partes das conversas dos outros enquanto estes passavam; assim, podia ter uma ideia do que acontecia na vida alheia. Adorava adivinhar a profissão das pessoas, para onde elas estavam indo quando passavam, onde viviam, se eram casadas ou solteiras... Holly e Sharon adoravam ir ao café Bewley, que dava vista para a Grafton Street, pois era o melhor lugar para ver pessoas. Elas criavam situações imaginárias para fazer o tempo passar, mas Holly parecia estar fazendo aquilo com muita frequência ultimamente. Apenas mais uma demonstração de como pensava na vida dos outros em vez de se concentrar no próprio dia a dia. Por exemplo, a nova história que ela estava criando era sobre o homem que vinha descendo a rua de mão dada com a esposa. Holly definiu que ele era gay não assumido e que o homem que caminhava na direção deles era seu amante. Ela observou o rosto deles quando se aproximaram um do outro, tentando imaginar se eles se olhariam nos olhos. Eles fizeram melhor do que o esperado e Holly conteve o riso quando os três pararam quase em frente a sua mesa.

— Por favor, você sabe que horas são? — perguntou o amante ao gay enrustido com a esposa.

— Sim, são 10h15 — respondeu o gay não assumido, olhando para seu relógio.

— Muito obrigado — respondeu o amante, tocando o braço dele, e continuou andando.

Aquilo deixou claro para Holly que eles tinham marcado um encontro para mais tarde, em código. Continuou observando as pessoas por um tempo até ficar entediada e decidir viver a própria vida, para variar um pouco.

Virou as páginas dos tabloides e encontrou uma pequena matéria na seção de críticas que chamou sua atenção.

"As Mulheres e a Cidade", um sucesso de crítica
por Tracey Coleman

Quem teve o azar de perder o documentário de TV extremamente engraçado, chamado "As Mulheres e a Cidade", na última quarta-feira, não precisa se desesperar, pois ele será transmitido de novo em breve.

O documentário certeiro e hilário, dirigido pelo irlandês Declan Kennedy, mostra cinco moças de Dublin saindo para se divertir na cidade certa noite. Elas desvendam o mistério do mundo das celebridades na famosa casa noturna Boudoir e nos oferecem 30 minutos de risos e mais risos.

O programa foi um sucesso em sua primeira transmissão, no Channel 4, na noite de quarta-feira, e os índices de audiência indicaram que quatro milhões de espectadores assistiram à produção no Reino Unido. O documentário será reprisado na noite de domingo, às 23h, no Channel 4. É imperdível!

Holly tentou manter a calma enquanto lia a matéria. Certamente a notícia era maravilhosa para Declan, mas desastrosa para ela. O fato de o documentário ter sido transmitido uma vez já era ruim e seria pior ainda quando fosse reprisado. Precisava conversar seriamente com Declan sobre aquilo. No dia anterior, ela havia decidido pegar leve porque ele estava muito animado e Holly não queria criar uma confusão, mas já tinha muitos problemas e não precisava de novos.

Ela folheou o resto dos jornais e viu sobre o que Sharon estava se referindo. Todos os tabloides traziam uma matéria a respeito do documentário e um deles tinha até publicado uma fotografia de Denise, Sharon e Holly de alguns anos antes. Ela não fazia ideia de como eles tinham conseguido acesso àquilo. Felizmente, havia fatos reais na matéria, caso contrário Holly se preocuparia com o mundo. Mas não ficou muito contente ao ver termos como "moças malucas", "mulheres bêbadas", e a explicação de um dos jornais, dizendo que elas "estavam a fim de tudo". Como assim?

O pedido de Holly chegou e ela olhou para o prato em choque, tentando imaginar como conseguiria comer tudo aquilo.

— Isto vai engordar, querida — disse a mulher rechonchuda, colocando tudo em cima da mesa. — Você precisa de um pouco de corpo, está magra demais — disse ela, afastando-se de novo. Holly ficou contente com o elogio. No prato, havia salsichas, bacon, ovos, bolinhos, pudim de leite, feijões cozidos, batata frita, cogumelos, tomate e cinco fatias de torrada. Holly olhou ao redor com embaraço, torcendo para que ninguém pensasse que ela era uma porca comilona. Ela viu aquele adolescente irritante seguindo em sua direção com os amigos mais uma vez, então pegou o prato e correu para dentro do estabelecimento. Não andava sentindo muita fome nos últimos tempos, mas finalmente se sentia pronta para comer, e não permitiria que um adolescente cheio de espinhas e bobalhão arruinasse aquele momento.

Holly deve ter ficado no Greasy Spoon por muito mais tempo do que pensou, porque quando chegou à casa dos pais, em Portmarnock, já eram quase 2 horas da tarde. Contrariando sua previsão, o tempo não havia mudado, e o sol ainda estava alto no céu límpido. Ela olhou para a praia cheia na frente da casa e não sabia dizer muito bem onde o céu terminava e o mar começava. Ônibus cheios paravam ali para deixar as pessoas na frente da praia, e havia um cheiro gostoso de loção de bronzear no ar. Havia grupos de adolescentes no gramado com aparelhos de som tocando os maiores sucessos no último volume. O som e o cheiro trouxeram de volta todas as lembranças felizes da infância de Holly.

Ela apertou a campainha pela quarta vez e ninguém atendeu. Sabia que alguém devia estar em casa, porque as janelas do quarto do andar de cima estavam abertas. Seus pais nunca deixavam as janelas abertas quando saíam de casa, principalmente por saberem que havia muitos desconhecidos perto dali. Ela atravessou o jardim e aproximou o rosto da janela da sala de estar para tentar localizar algum sinal de vida. Estava prestes a desistir e ir para a praia quando escutou os gritos de Declan e Ciara.

— Ciara, atenda a maldita porta!

— Eu disse não! Eu... estou... ocupada! — respondeu ela.

— Eu também estou!

Holly tocou a campainha de novo só para colocar lenha na fogueira.

— Declan! — Ai, aquele grito tinha sido forte.

— Atenda você, sua vaca preguiçosa!

— *Eu* sou preguiçosa?

Holly pegou o telefone celular e ligou para a casa.

— Ciara, atenda o telefone!

— Não!

— Ah, pelo amor de Deus! — disse Holly e desligou o telefone. Ligou para o número de Declan.

— Alô?

— Declan, abra a merda da porta agora, ou vou derrubá-la com um chute — gritou Holly.

— Ah, sinto muito, Holly, pensei que a Ciara tivesse aberto — ele mentiu.

Apareceu à porta vestindo um short e Holly entrou rapidamente.

— Deus do céu! Espero que vocês dois não resolvam fazer isso *sempre* que tocarem a campainha.

Ele deu de ombros.

— A mãe e o pai saíram — disse ele lentamente e subiu a escada.

— Ei, aonde você vai?

— Voltar para a cama.

— Não vai, não — disse Holly com calma. — Você vai se sentar aqui comigo. — E deu um tapinha no sofá. — Vamos ter uma boa e longa conversa a respeito do "As Mulheres e a Cidade".

— Não — resmungou ele. — Precisa ser agora? Estou muito, muito cansado. — Ele esfregou os olhos.

Holly não sentiu pena dele.

— Declan, são 2 da tarde. Como você ainda consegue estar cansado?

— Porque cheguei em casa há poucas horas — disse ele, piscando para ela. Realmente, ela não sentia pena, só inveja pura.

— Sente-se! — disse ela, apontando para o sofá.

Ele gemeu de novo e arrastou-se até o sofá, onde caiu e se espreguiçou, sem deixar espaço para Holly, que rolou os olhos e puxou a poltrona do pai para perto do irmão.

— Parece que estou no divã de um psicólogo. — Ele riu, cruzando os braços atrás da cabeça e olhando para ela.

— Ótimo, porque vou abrir sua cabeça.

Declan resmungou.

— Ai, Holly, precisamos mesmo dessa conversa? Nós já falamos sobre isso dia desses.

— Você acha mesmo que eu só tinha aquilo a dizer? "Sinto muito, Declan, mas não gostei de como você humilhou a mim e a minhas amigas publicamente, até mais?"

— Claro que não.

— Olha, Declan — disse ela, suavizando o tom. — Só quero entender por que você achou que seria uma ótima ideia não me contar que iria filmar minhas amigas e eu.

— Você *sabia* que eu ia filmar — disse ele na defensiva.

— Para um documentário a respeito da *vida noturna*! — Holly aumentou a voz, frustrada com o irmão mais novo.

— E *foi* a respeito da vida noturna. — Declan riu.

— Puxa! Você se acha muito esperto — disse, e ele parou de rir. Holly contou até dez e respirou lentamente para não atacá-lo.

— Vamos, Declan — disse baixinho. — Você não acha que eu já estou enfrentando coisas demais e que não preciso de mais problemas? E sem pedir minha permissão? Não consigo, de jeito nenhum, entender por que você faria algo assim!

Declan se sentou no sofá e ficou sério.

— Eu sei, Holly, sei que você tem sofrido demais, mas pensei que aquilo fosse alegrá-la. Não estava mentindo quando disse que filmaria a discoteca, porque era o que eu pretendia fazer. Mas quando levei as gravações para a faculdade para começar a edição, todo mundo achou muito engraçado e diziam que eu *tinha que* mostrar aquilo às pessoas.

— Sim, mas não colocar na televisão, Declan.

— Eu não sabia que o prêmio seria esse, juro — disse ele, com os olhos arregalados. — Ninguém sabia, nem mesmo meus professores! Eu não podia dizer não quando ganhei!

Holly desistiu e correu os dedos pelos cabelos.

— Acreditei de verdade que você ia gostar. Cheguei a mostrar o vídeo para Ciara e *até ela* disse que você ia gostar. Sinto muito se eu chateei você — disse ele.

Ela continuou balançando a cabeça enquanto ele se explicava, entendendo que suas intenções tinham sido boas, apesar de inconsequentes. De repente, ela parou. O que ele havia acabado de dizer? Endireitou-se na poltrona.

— Declan, você disse que a Ciara sabia sobre a fita?

Declan ficou paralisado no sofá e tentou pensar em uma maneira de sair daquela enrascada. Sem conseguir dizer nada, ele se recostou no sofá e cobriu a cabeça com uma almofada, sabendo que havia dado início à Terceira Guerra Mundial.

— Por favor, Holly, não diga nada, ela vai me matar! — ele pediu.

Holly levantou-se e partiu escada acima, correndo, batendo os pés a cada passo para mostrar a Ciara que estava *muito* brava. Gritou ameaças enquanto subia e bateu à porta do quarto da irmã.

— Não entre! — Ciara gritou do lado de dentro.

— Você está muito ferrada, Ciara! — Holly vociferou. Ela abriu a porta e entrou correndo, fazendo a cara mais assustadora.

— Eu disse para não entrar! — Ciara gritou. Holly estava prestes a começar a gritar todos os tipos de ofensas à irmã, mas se conteve ao vê-la sentada no chão com o que parecia ser um álbum de fotografias no colo, com lágrimas rolando por seu rosto.

Capítulo 21

— CIARA, O QUE ACONTECEU? — perguntou Holly, acalmando a irmã mais nova. Ficou preocupada. Não se lembrava da última vez em que a vira chorar. Na verdade, não sabia que Ciara *sabia* chorar. Algo muito sério devia ter acontecido para que ela chegasse àquele ponto.

— Não aconteceu nada — disse Ciara, fechando o álbum de fotos e guardando-o embaixo da cama. Parecia envergonhada por ter sido flagrada chorando e secou o rosto de qualquer modo, tentando dar a impressão de que não se importava.

No sofá, do andar de baixo, Declan espiou por trás da almofada. Não ouvia barulho nenhum vindo do andar de cima; torceu para que elas não tivessem feito nada de idiota uma com a outra. Subiu a escada na ponta dos pés e ficou escutando atrás da porta.

— Tem *alguma coisa* errada — disse Holly, atravessando o quarto para se sentar ao lado da irmã no chão. Não sabia muito bem como lidar com Ciara naquela situação. Os papéis estavam se invertendo; desde a infância, era sempre Holly quem chorava. Ciara sempre bancava a forte.

— Estou bem — respondeu Ciara.

— Tudo bem — disse Holly, olhando ao redor —, mas se tiver alguma coisa incomodando você, saiba que pode conversar comigo.

Ciara se recusou a olhar para a irmã e apenas assentiu. Holly começou a se levantar para deixar a irmã em paz quando, de repente, Ciara começou a chorar. Rapidamente, Holly voltou a se sentar e abraçou-a de modo protetor. Acariciou seus cabelos sedosos e cor-de-rosa enquanto ela chorava baixinho.

— Quer me dizer o que aconteceu? — perguntou com delicadeza.

Ciara resmungou uma resposta e se ajeitou para puxar o álbum de fotos que havia empurrado para baixo da cama. Abriu-o com as mãos trêmulas e virou algumas páginas.

— É ele — disse ela com tristeza, apontando para uma foto dela com um cara que Holly não reconheceu. Ciara também estava quase irreconhecível. Estava diferente e era muito mais jovem. A fotografia havia sido tirada em um belo dia de sol em um barco dando vista para a Opera House, de Sydney.

Ciara sorria, sentada no colo do rapaz, abraçando-o pelo pescoço, ele olhava para ela com um enorme sorriso. Holly se surpreendeu com a aparência da irmã. Seus cabelos estavam loiros, um tom que nunca vira Ciara usar, e também exibia um lindo sorriso. Seu rosto estava muito mais delicado e ela não dava a impressão de que mataria alguém a qualquer momento.

— É o seu namorado? — perguntou Holly com cuidado.

— Era — Ciara fungou, e uma lágrima caiu na página.

— Foi por isso que você voltou para casa? — perguntou, secando uma lágrima do rosto da irmã.

Ciara assentiu.

— Quer me dizer o que aconteceu?

Ciara respirou fundo.

— Nós brigamos.

— Ele... — Holly escolheu bem as palavras. — Ele não machucou você, certo?

Ciara negou com a cabeça. — Não. Foi por uma coisa bem idiota e eu disse que iria embora e ele disse que ficaria feliz se eu fosse... — Ela parou de falar e começou a soluçar de novo. — Ele sequer foi ao aeroporto para se despedir de mim.

Holly acariciou as costas de Ciara para confortá-la, como se fosse um bebê que tivesse acabado de mamar. Esperava que a irmã não vomitasse em cima dela. — Ele telefonou para você depois disso?

— Não, e já voltei há dois meses, Holly — ela choramingou. Olhou para a irmã mais velha com tanta tristeza, que Holly quase sentiu vontade de chorar também. Já não gostava daquele cara por ter magoado sua irmã. Sorriu de modo incentivador para Ciara.

— Então, não acha que ele pode não ser o cara certo para você?

Ciara começou a chorar de novo.

— Mas eu amo o Mathew, Holly, e foi só uma briguinha idiota. Só marquei o voo porque estava brava, não pensei que ele fosse me deixar partir... — Ela olhou para a fotografia por muito tempo.

As janelas do quarto estavam abertas e Holly ouvia o som familiar das ondas e das risadas que vinham da praia. Holly e Ciara dividiam aquele quarto na infância, e ela sentiu-se bem com o mesmo cheiro e os mesmos sons de antes.

Ciara começou a se acalmar ao lado dela.

— Me desculpa, Hol.

— Olha, você não precisa pedir desculpa de nada — disse, apertando a mão da irmã. — Deveria ter me contado tudo isso quando chegou em casa, em vez de guardar tudo para si.

— Mas isso é pequeno comparado ao que aconteceu com você. Eu me sinto uma idiota chorando por isso.

Ela secou as lágrimas, irritada consigo mesma.

Holly ficou chocada.

— Ciara, isso *é* importante. Perder alguém que amamos é sempre difícil, não importa se a pessoa está viva ou... — Não conseguiu terminar a frase. — Claro que pode me contar qualquer coisa.

— É que você tem sido tão corajosa, Holly, não sei como consegue. E estou aqui chorando por um namorado com quem passei apenas alguns meses.

— Eu? Corajosa? — Holly riu. — Quem me dera.

— Sim, você — Ciara insistiu. — É o que todo mundo diz. Você foi muito forte o tempo todo. Se eu fosse você, estaria morta em algum lugar.

— Pare de me dar ideia, Ciara. — Holly sorriu para ela, tentando imaginar quem a havia chamado de corajosa.

— Mas você está bem, não é? — perguntou Ciara com preocupação, olhando para ela.

Holly olhou para as mãos e moveu a aliança para cima e para baixo no dedo. Pensou naquele pergunta por um tempo e as duas moças ficaram perdidas nos próprios pensamentos. Ciara, repentinamente calma como nunca, esperou pacientemente pela resposta.

— Eu estou bem? — Holly repetiu a pergunta a si mesma. Olhou para a frente, para a coleção de ursinhos e bonecas que seus pais tinham se recusado a doar. — Estou um monte de coisas, Ciara — Holly explicou, continuando a mexer na aliança. — Estou me sentindo sozinha, cansada, triste, feliz, sortuda, azarada; sou mil coisas diferentes todos os dias da semana. Mas acho que bem é uma delas. — Ela olhou para a irmã e deu um sorriso triste.

— E é corajosa — disse Ciara. — E calma e controlada. E organizada.

Holly balançou a cabeça lentamente.

— Não, Ciara, não sou corajosa. Você é a corajosa aqui. Sempre foi a mais corajosa. E quanto a ser controlada, não sei o que fazer de um dia para o outro.

Ciara enrugou a testa e balançou a cabeça.

— Não, estou longe de ser corajosa, Holly.

— Sim, você é — insistiu. — Todas essas coisas que você faz, como saltar de aviões e descer montanhas cobertas de neve... — Holly parou enquanto pensava em mais coisas malucas que a irmã fazia.

Ciara balançou a cabeça, protestando.

— Não, minha querida irmã. Isso não é ser corajosa, é ser *tola*. Qualquer um pode saltar de uma ponte. Você poderia fazer isso. — Ciara deu um cutucão em Holly, que arregalou os olhos, assustada com a ideia, e negou. — Ah, você faria essas coisas *se tivesse que fazer*, Holly. Pode apostar, não há nada de corajoso nisso.

Holly olhou para a irmã e disse com a mesma delicadeza:

— Sim, e se seu marido morresse, você enfrentaria a situação *se tivesse que enfrentar*. Não há nada de corajoso nisso também. Não há escolha.

As duas se olharam, reconhecendo as lutas uma da outra. Ciara foi a primeira a falar.

— Bem, acho que você e eu somos mais parecidas do que pensamos. — Ela sorriu e Holly abraçou seu corpo pequeno com força.

— Pois é, quem poderia imaginar?

Holly pensou que a irmã mais parecia uma criança com os grandes olhos azuis inocentes. Era como se as duas tivessem voltado a ser crianças, sentadas no chão onde costumavam brincar juntas na infância e onde fofocavam na adolescência.

Elas ficaram em silêncio escutando os sons que vinham de fora.

— O que você estava gritando quando subiu? — perguntou Ciara, baixinho, com uma voz ainda mais infantil. Holly riu da irmã por tentar se safar.

— Não, esqueça, não era nada — respondeu Holly, olhando para o céu azul.

Do lado de fora, Declan passou a mão na testa e respirou aliviado; a barra estava limpa. Caminhou na ponta dos pés para seu quarto e deitou-se. Ele devia uma àquele Mathew, mesmo sem conhecê-lo. O telefone tocou, indicando a chegada de uma mensagem, e ele franziu o cenho ao ler o texto. Quem era Sandra? E então sorriu ao se lembrar da noite anterior.

Capítulo 22

Eram 8 da noite quando Holly finalmente entrou em casa, e ainda estava claro.

Ela sorriu, o mundo não parecia tão deprimente durante o dia. Ela passara o dia com Ciara, conversando sobre as aventuras da irmã na Austrália. Ciara havia mudado de opinião cerca de vinte vezes ao pensar se deveria telefonar para Mathew ou não. Quando Holly partiu, Ciara afirmou que nunca mais falaria com ele, o que provavelmente significava que ela já tinha feito o telefonema.

Ela caminhou até a porta da frente e olhou para o jardim com curiosidade. Seria sua imaginação ou ele estava um pouco mais limpo? Ainda continuava muito descuidado, com ervas daninhas e arbustos sem corte em todas as partes, mas algo nele estava diferente. O barulho de um cortador de grama começou e Holly se virou para seu vizinho, que estava do lado de fora cuidando de seu jardim. Ela acenou para agradecer, imaginando que ele a havia ajudado, e ele ergueu a mão em resposta.

Gerry sempre tinha sido o responsável pelo jardim. Ele não era um jardineiro talentoso, mas a questão era que Holly não levava nenhum jeito com plantas, por isso alguém tinha que fazer o trabalho pesado. Eles tinham estabelecido que não havia a menor possibilidade de Holly passar o dia mexendo na terra. Assim, o jardim deles era simples; apenas uma pequena área de grama cercada por alguns arbustos e flores. Como Gerry sabia muito pouco sobre jardinagem — costumava plantar flores na estação errada e as colocava em lugares inadequados — elas acabavam morrendo. Mas até mesmo a pequena área de grama e os poucos arbustos pareciam apenas um gramado crescido. Quando Gerry morreu, o jardim morreu com ele.

Pensar nisso fez Holly se lembrar da orquídea dentro de casa. Correu para dentro e encheu uma jarra de água e despejou em cima da plantinha seca. Ela não parecia muito bem e Holly prometeu que não permitiria que ela morresse sob seus cuidados. Colocou um frango com molho curry no micro-ondas e sentou-se à mesa da cozinha, para esperar. Ela ainda ouvia o barulho das crianças brincando lá fora. Ela sempre adorava a chegada das noites com sol; os pais permitiam que os filhos brincassem fora de casa por mais tempo, isso significava que ela podia dormir mais tarde do que o normal, o que ela e seus irmãos adoravam. Holly lembrou de sua infância e concluiu que tinha sido uma época feliz, à exceção de um incidente isolado...

Ela olhou para os anéis no dedo anular e sentiu-se culpada no mesmo instante. Quando aquele homem se afastou dela, Holly sentiu-se péssima. Ele havia olhado para ela com aquele olhar de quem está prestes a começar uma paquera, mas, na verdade, aquilo era a última coisa que ela faria no mundo. Sentiu-se culpada por sequer *pensar* em aceitar o convite que ele fez para um café.

Se Holly tivesse se separado do marido por não mais conseguir suportá-lo, conseguiria entender que, em determinado momento, acabaria sentindo atração por outra pessoa. Mas seu marido havia morrido quando os dois ainda se amavam muito, e ela não podia de repente esquecer esse amor só porque ele não estava mais por perto. Ainda *se sentia* casada e beber um café com aquele homem seria como uma traição a seu marido. Ela se sentiu enojada só de pensar. Seu coração, sua alma e mente ainda pertenciam a Gerry.

Ela continuou girando os anéis no dedo. Quando deveria tirar a aliança de casamento? Gerry havia morrido quase cinco meses atrás, então quando seria o momento certo de tirar a aliança e dizer a si mesma que não era mais casada? O que ditaria um livro de regras para viúvas em relação a isso? E quando resolvesse tirar a aliança, onde a colocaria, onde *deveria* deixá-la? No lixo? Ao lado da cama, para continuar se lembrando dele todos os dias? Ela se torturou com muitas perguntas. Não, ainda não estava pronta para abrir mão de Gerry; até onde sabia, ele ainda vivia.

O forno micro-ondas apitou para sinalizar que seu jantar estava pronto. Tirou o prato dali e o jogou diretamente dentro do cesto de lixo. Havia perdido o apetite.

Mais tarde, Denise telefonou em polvorosa:

— Sintonize a Switch Dublin FM, rápido!

Holly correu para o rádio e ligou.

"Sou Tom O'Connor e você está ouvindo a Dublin FM. Se acabou de sintonizar, estamos falando sobre seguranças de casas noturnas, ou leões de chácara. Como tem sido muito comentada a insistência das meninas do "As Mulheres e a Cidade" para entrarem na discoteca Boudoir, queremos saber o que você acha a respeito dos seguranças desses estabelecimentos. Você gosta deles? Não gosta? Concorda ou entende a maneira como agem? Ou são muito rígidos? O nosso telefone é..."

Holly pegou o telefone de novo, lembrando-se de que Denise ainda estava do outro lado.

— E então? — perguntou Denise, rindo.

— Que diabos criamos, Denise?

— Nossa, nem me fale. — Ela riu de novo. Ficou claro que estava amando cada minuto daquilo. — Você viu os jornais hoje?

— Sim, tudo meio tolo, na verdade. Concordo que foi um bom documentário, mas as coisas que eles escreveram são idiotas — disse Holly.

— Ai, querida, eu adorei! E adorei ainda mais porque estou envolvida! — Ela riu.

— Aposto que sim — respondeu Holly.

As duas permaneceram em silêncio enquanto escutavam o que era dito no rádio. Um cara estava falando sobre os seguranças com muita raiva e Tom tentava acalmá-lo.

— Ai, olha só o meu amor — disse Denise. — Ele não tem uma voz sensual?

— É... tem... — disse Holly. — Pelo visto, vocês continuam juntos.

— Claro. — Denise parecia ofendida. — Por que não estaríamos?

— Bem, já faz um tempo, só isso. — Holly se apressou a tentar explicar para não magoar a amiga. — Você sempre disse que não conseguia ficar com um homem por mais de uma semana! Sempre disse que detesta ficar presa a uma pessoa.

— Sim, eu disse que não *conseguia* ficar com um homem por mais de uma semana, mas nunca disse que não *ficaria*. O Tom é diferente, Holly — disse Denise, suspirando.

Holly ficou surpresa ao ouvir aquilo sendo dito por Denise, a moça que queria ficar solteira para sempre.

— Então, o que Tom tem de diferente? — Holly apoiou o telefone entre a orelha e o ombro e se sentou na cadeira para analisar as unhas.

— Ah, temos uma *conexão*. Ele parece a minha alma gêmea. É tão carinhoso, sempre me surpreende com presentinhos, me leva para jantar e me mima. Ele me faz rir *o tempo todo*, e adoro ficar com ele. Não enjoei dele como enjoava dos outros. *Além disso*, ele é bonito.

Holly conteve um bocejo; Denise costumava dizer aquilo depois de uma semana saindo com alguém, mas logo mudava de ideia. Mas talvez fosse sério agora; afinal, eles estavam juntos havia várias semanas.

— Fico muito feliz por você — disse Holly com sinceridade.

As duas começaram a escutar um segurança falando na rádio com Tom.

"Bem, em primeiro lugar, quero dizer que nas últimas noites, perdemos a conta de quantas princesas e aias apareceram à porta. Desde que aquele maldito programa foi ao ar, as pessoas começaram a achar que poderão entrar se forem da família real! Quero dizer às meninas que não vai funcionar de novo, então não tentem!"

Tom ria sem parar e tentava se controlar. Holly desligou o rádio.

— Denise — disse com seriedade —, o mundo está enlouquecendo.

No dia seguinte, Holly arrastou-se para fora de casa para dar uma volta no parque. Precisava fazer exercícios físicos, caso contrário se tornaria uma preguiçosa, e também tinha que começar a pensar em procurar emprego. Tentava se imaginar trabalhando em todos os lugares aonde ia. Já havia descartado as lojas de roupa (a possibilidade de ter uma chefe como Denise a incentivara a fazer isso), restaurantes, hotéis e bares, e com certeza não queria mais um emprego em tempo integral, o que não deixava nada além dessas opções. Holly decidiu que queria ser como a mulher do filme ao qual assistira na noite anterior; queria trabalhar no FBI para poder resolver crimes e interrogar pessoas e, por fim, apaixonar-se por seu parceiro, a quem ela detestava antes. Mas como ela não vivia nos Estados Unidos nem tinha treinamento como policial, as chances de uma coisa daquelas acontecer não eram muito grandes.

Talvez encontrasse um circo ao qual pudesse se unir...

Sentou-se em um banco na frente do parquinho e escutou os gritos das crianças. Queria poder brincar no escorregador e no balanço, em vez de só ficar observando. Por que as pessoas tinham que crescer? Holly percebeu que estava pensando em voltar a ser criança o fim de semana todo.

Queria ser irresponsável, queria receber cuidados, ter alguém para dizer que ela não precisava se preocupar com nada, porque outra pessoa cuidaria de tudo. A vida seria muito fácil sem os problemas de gente grande com os quais se preocupar. E então, poderia crescer de novo, conhecer Gerry de novo e convencê-lo a ir ao médico meses antes, e então se sentaria naquele banco ao lado de Gerry para ver as crianças brincando. E se, e se, e se...

Ela se lembrou sobre o comentário ácido de Richard a respeito de não ter que se preocupar com as bobagens dos filhos. Ela sentia raiva só de lembrar. Desejou poder estar se preocupando com todas aquelas *bobagens*. Gostaria de ter um pequeno Gerry correndo pelo parquinho, e que pudesse gritar para que ele tomasse cuidado e fazer outras coisas de mãe, como limpar seu rosto sujo de barro com um lenço umedecido com saliva.

Holly e Gerry tinham começado a falar sobre ter filhos alguns meses antes de ele receber a notícia da doença. Os dois andavam muito animados com a possibilidade e passavam horas deitados na cama, tentando decidir nomes e criando situações imaginárias de como seriam como pais. Holly sorriu ao pensar em Gerry como pai; ele teria sido maravilhoso. Ela conseguia imaginá-lo totalmente paciente, ajudando a criança com a lição de casa à mesa da cozinha. Imaginava que ele seria um pai superprotetor se a filha deles levasse o namorado para conhecê-los. Imagine se... imagine se... imagine se... Holly precisava parar de viver de sonhos, precisava parar de se lembrar de coisas antigas e de alimentar sonhos impossíveis. Isso não a levaria a lugar algum.

Pois é só falar no diabo, que ele aparece, Holly pensou ao ver Richard sair do parquinho com Emily e Timmy. Ele parecia muito relaxado, Holly percebeu, observando-o correr atrás dos filhos. Eles pareciam estar se divertindo, o que não era muito comum. Ela se endireitou no banco e se preparou para uma conversa difícil.

— Oi, Holly — disse ele com alegria ao vê-la, atravessando o jardim até ela.

— Oi! — respondeu Holly, cumprimentando as crianças que correram até ela e a abraçaram. Foi bom receber o carinho deles, para variar. — Vocês estão longe de casa — disse ela a Richard. — Por que vieram aqui?

— Trouxe as crianças para ver os avós, não foi? — disse ele, acariciando os cabelos de Timmy.

— *E* comemos lanche do McDonald's — disse Timmy, animado, e Emily comemorou.

— Que delícia! — disse Holly, lambendo os lábios. — Que sortudos. O pai de vocês não é o melhor? — perguntou, rindo. Richard parecia feliz. — *Junk food*? — perguntou ao irmão.

— Ah. — Ele balançou a mão e se sentou ao lado dela. — Tudo com moderação, certo, Emily?

A menininha de 5 anos assentiu como se tivesse entendido completamente o que seu pai dissera. Ela arregalou os grandes olhos verdes inocentes e ao balançar a cabeça, seus cachos ruivos balançaram. Ela era a cara da mãe e Holly precisou desviar o olhar. Mas sentiu-se culpada e voltou a olhar para a sobrinha e sorrir... e desviou os olhos mais uma vez. Alguma coisa naqueles olhos e cabelos a assustavam.

— Sim, um lanche do McDonald's não vai matá-los — Holly concordou com o irmão.

Timmy levou as mãos à garganta e fingiu estar sufocado. Seu rosto ficou vermelho enquanto fazia barulhos parecidos com engasgos e caiu na grama, onde ficou parado. Richard e Holly riram. Emily parecia querer chorar.

— Minha nossa — disse Richard de modo brincalhão. — Acho que nos enganamos, Holly, o lanche do McDonald's matou o Timmy.

Holly olhou para o irmão, chocada, pois ele havia chamado o filho de Timmy, mas decidiu não comentar, pois com certeza tinha sido sem querer. Richard se levantou e colocou Timmy em seu ombro.

— Bem, acho melhor nós o enterrarmos e organizarmos o velório. — Timmy riu ao ficar de cabeça para baixo no ombro do pai.

— Puxa! Ele está vivo! — Richard riu.

— Não, estou morto. — Timmy deu uma gargalhada.

Holly olhou com animação para eles. Já fazia um tempo desde que teste-munhara algo assim. Nenhum de seus amigos tinha filhos e Holly raramente via crianças brincando com seus pais. Devia haver algo de muito grave com ela por admirar os filhos de Richard. E não seria muito inteligente de sua parte tornar-se sensível a assuntos relacionados a crianças, já que não tinha um homem em sua vida.

— Certo, é melhor irmos. — Richard riu. — Tchau, Holly.

— Tchau, Holly — as crianças repetiram, e Holly observou o irmão se afastar com Timmy em seu ombro direito, enquanto a pequena Emily saltitava e dançava ao lado do pai, segurando sua mão.

Holly observou sorrindo o desconhecido que caminhava com duas crianças. Quem era aquele homem que dizia ser seu irmão? Com certeza ela nunca tinha visto *aquela pessoa*.

Capítulo 23

BARBARA TERMINOU DE SERVIR SEUS CLIENTES, e assim que eles saíram do estabelecimento, ela correu para a sala dos funcionários e acendeu um cigarro. A agente de turismo havia passado o dia totalmente ocupada, tendo até que trabalhar durante o horário de almoço. Melissa, sua colega de trabalho, havia telefonado para avisar que estava doente, apesar de Barbara saber muito bem que a moça havia ido a uma festa na noite anterior e qualquer mal-estar que estivesse sentindo era sua própria culpa. Por isso, ela estava presa naquele trabalho chato o dia todo. E claro que foi o dia mais corrido dos últimos tempos. Assim que novembro chegara, com as noites escuras e depressivas e as manhãs também escuras e com ventos fortes e chuva constante, todo mundo chegava para comprar pacotes de viagem para belos países quentes. Barbara estremeceu ao ouvir o vento balançar as janelas e pensou que deveria ficar de olho nas promoções de pacotes para as férias.

Quando seu chefe saiu para resolver algumas tarefas, Barbara estava ansiosa para fumar. É claro que, para sua sorte, a campainha da porta tocou naquele exato momento e Barbara amaldiçoou o cliente que entrava ali e a perturbava no intervalo. Soltou a fumaça do cigarro com fúria, reaplicou o batom vermelho e espirrou perfume na sala para que seu chefe não notasse a fumaça. Deixou a sala dos funcionários esperando encontrar o cliente sentado à mesa, mas o senhor ainda estava caminhando lentamente até o balcão. Procurou não olhar para ele fixamente e começou a apertar alguns botões no teclado.

— Com licença? — Ela escutou a voz fraca do homem.

— Olá, senhor, em que posso ajudá-lo? — disse ela pela centésima vez no dia. Não pretendia ser grosseira olhando demais, mas ficou surpresa ao ver que ele era jovem. De longe, aquela figura encolhida parecia um idoso. Seu corpo era curvado e a bengala que segurava parecia ser a única coisa que o mantinha em pé. Sua pele era muito clara e pálida, como se não visse o sol há anos, mas ele tinha grandes olhos castanhos que pareciam sorrir para ela, que retribuiu o sorriso.

— Gostaria de comprar um pacote — disse ele, com a voz baixa —, mas queria saber se você pode me ajudar a escolher um lugar.

Normalmente, Barbara xingava o cliente, secretamente, por jogar para ela uma tarefa tão impossível. A maioria de seus clientes era tão chata que ela podia passar horas mostrando folhetos e tentando convencê-los a ir para um determinado lugar sendo que, na verdade, não se importava nem um pouco com o destino da viagem. Mas aquele homem parecia agradável, por isso ela ficou feliz em poder ajudar. Sentiu-se surpresa.

— Sem problemas, senhor, sente-se aqui e vamos analisar os folhetos. — Ela apontou para a cadeira a sua frente e desviou o olhar de novo para não ter que ver a dificuldade com que ele se sentava.

— Pronto — disse ela, sorrindo. — O senhor tem interesse por algum país em particular?

— É... a Espanha... Lanzarote, creio eu.

Barbara ficou contente; aquilo seria muito mais fácil do que pensou.

— E o senhor quer uma viagem de verão?

Ele assentiu vagarosamente.

Eles observaram os folhetos e, por fim, o homem encontrou um lugar de que gostou.

Barbara ficou feliz por ele ter levado sua opinião em consideração, diferentemente de alguns clientes, que simplesmente ignoravam todas as informações que ela passava. Ela devia saber o que era melhor para eles, afinal, era sua profissão.

— Algum mês em especial? — perguntou ela, vendo os preços.

— Agosto? — perguntou ele, e aqueles grandes olhos castanhos olharam tão profundamente para a alma de Barbara, que ela sentiu vontade de abraçá-lo.

— Agosto é um bom mês — ela concordou. — Quer com vista para o mar ou para a piscina? Com vista para o mar, fica 30 euros mais caro — acrescentou rapidamente.

Ele olhou para frente com um sorriso, como se já conhecesse o lugar.

— Vista para o mar, por favor.

— Boa escolha. Pode me dar seu nome e endereço, por favor?

— Ah... na verdade, não é para mim... é uma surpresa para a minha esposa e para as amigas dela.

Os olhos castanhos dele pareciam tristes.

Barbara pigarreou com nervosismo.

— Bem, é uma atitude muito carinhosa de sua parte, senhor — ela sentiu que precisava comentar. — Pode me passar os nomes delas, então?

Ela terminou de reunir todos os detalhes e fechou a conta. Começou a imprimir os detalhes do computador para entregar a ele.

— Será que posso deixar os detalhes com você aqui? Quero fazer uma surpresa para a minha esposa e teria receio de deixar papéis espalhados pela casa, porque ela pode encontrá-los.

Barbara sorriu; a esposa dele tinha muita sorte.

— Só contarei a ela em julho; você acha que podemos manter tudo em segredo até lá?

— Sem problemas, senhor, normalmente os horários dos voos só são confirmados algumas semanas antes da viagem, por isso não telefonaremos para ela até lá. Darei essas instruções aos outros funcionários.

— Obrigado pela ajuda, Barbara — disse ele, sorrindo com tristeza com aqueles olhos doces.

— Foi um prazer, Sr... Clarke?

— É Gerry. — Ele sorriu de novo.

— Bem, foi um prazer, Gerry, tenho certeza de que sua esposa vai se divertir muito. Minha amiga foi para lá no ano passado e adorou. — Barbara sentiu a necessidade de garantir a ele que a esposa seria bem atendida.

— Bem, melhor eu voltar para casa antes que eles pensem que fui sequestrado. Eu não deveria nem ter saído da cama, sabe? — Ele riu de novo e Barbara sentiu um nó na garganta.

Barbara ficou em pé e correu para o outro lado do balcão para abrir a porta para ele, que sorriu de modo agradecido ao passar por ela e entrou lentamente no táxi que esperava por ele do lado de fora. Quando Barbara estava fechando a porta, seu chefe entrou e a porta bateu em sua cabeça. Ela olhou para Gerry, que ainda estava esperando o táxi partir e ele riu e fez sinal de positivo para ela.

O chefe olhou para ela com cara feia por ter deixado o balcão vazio e entrou na sala dos funcionários.

— Barbara — gritou ele —, você andou fumando aqui dentro de novo?

— Ela rolou os olhos e se virou para ele. — Meu Deus, qual é o seu problema? Você parece estar prestes a chorar.

Era 1º de julho e Barbara estava sentada, de mau humor, atrás do balcão da Swords Travel Agents. Todos os dias em que trabalhara naquele verão tinham sido ensolarados e em seus dois últimos dias de folga, havia chovido. Naquele dia, como não podia deixar de ser, fazia calor, o dia mais quente do ano, e todos os clientes se gabavam do bom tempo quando entravam ali, vestindo shorts e camisetas, enchendo a sala com o cheiro de loção de bronzear. Barbara se remexeu na cadeira, vestindo o uniforme desconfortável e incrivelmente irritante. Sentia-se na escola de novo. Deu um tapa no ventilador mais uma vez, pois ele havia parado de repente.

— Deixa pra lá, Barbara — resmungou Melissa. — Isso só vai fazê-lo piorar.

— Como se fosse possível — disse ela, e se virou na cadeira para ficar de frente para o computador e mexeu no teclado.

— O que você tem hoje? — perguntou Melissa, rindo.

— Ah, nada de mais — disse Barbara, irritada. — Só que estamos no dia mais quente do ano e estamos presas neste *trabalho terrível* nesta sala *abafada* sem *ar-condicionado* e ainda por cima tendo de vestir estes *uniformes que pinicam*. — Ela gritou a frase toda olhando para a sala do chefe, esperando que ele ouvisse. — Só isso.

Melissa riu.

— Olha, por que não sai um pouco para tomar um ar e eu atendo o próximo cliente? — perguntou ela, fazendo um meneio de cabeça na direção da mulher que entrava.

— Obrigada, Mel — disse Barbara, aliviada por finalmente poder sair. Pegou seu maço de cigarros. — Certo, vou tomar um pouco de ar.

Melissa olhou para a mão de Barbara e rolou os olhos.

— Olá, como posso ajudá-la? — Ela sorriu para a mulher.

— Oi, a Barbara ainda trabalha aqui?

Barbara ficou paralisada ao se aproximar da porta e pensou se deveria correr para fora ou voltar ao trabalho. Resmungou e voltou a sua cadeira. Olhou para a mulher atrás do balcão. Era bonita, mas seus olhos estavam arregalados, olhando para as duas atendentes.

— Sim, sou a Barbara.

— Ah, que bom! — A mulher parecia aliviada e sentou-se no banquinho em frente ao balcão. — Fiquei com medo de não encontrá-la mais aqui.

— Bem que ela queria — murmurou Melissa e recebeu uma cotovelada de Barbara.

— Posso ajudá-la?

— Nossa! Espero que sim — disse a mulher com certa histeria e procurou algo dentro da bolsa.

Barbara ergueu as sobrancelhas para Melissa e as duas tentaram conter o riso.

— Certo — disse ela, puxando um envelope amassado da bolsa. — Recebi isto hoje de meu marido e pensei que talvez você pudesse explicar do que se trata.

Barbara franziu o cenho ao olhar para o papel amassado sobre o balcão. Uma página havia sido retirada de um folheto de turismo com as palavras: "Swords Travel Agents. Atendente: Barbara". Ela ficou curiosa e analisou a página com mais atenção.

— Uma amiga minha foi para esse lugar há dois anos, em férias, mas, tirando isso, não significa nada para mim. A senhora teria mais informações?

A moça balançou a cabeça, negando.

— Bem, não pode pedir mais informações a seu marido? — Barbara estava confusa.

— Não, ele não está mais aqui — disse ela com tristeza, e seus olhos ficaram marejados. Barbara entrou em pânico; se seu chefe a flagrasse fazendo alguém chorar, ela seria demitida. Seu emprego já estava por um fio.

— Certo, pode me dizer seu nome? Talvez eu encontre algo no computador.

— É Holly Kennedy. — Sua voz estava trêmula.

— Holly Kennedy, Holly Kennedy — Melissa repetiu o nome depois de escutar a conversa —, esse nome não me é estranho. Ei, espere, eu ia telefonar para a senhora esta semana! Que estranho! Barbara me deu a orientação de não entrar em contato antes de julho... por algum motivo.

— Ah! — Barbara interrompeu a amiga, entendendo, finalmente, o que estava acontecendo. — A senhora é a esposa de Gerry? — perguntou ela.

— Sim! — Holly levou as mãos ao rosto, chocada. — Ele veio aqui?

— Sim, veio. — Barbara sorriu de modo incentivador. — Ele era um homem adorável. — E tocou a mão de Holly sobre o balcão.

Melissa olhou para as duas, sem saber o que estava acontecendo. Barbara se compadeceu da mulher à sua frente, pois ela era muito jovem e devia estar passando por um momento muito difícil. Ficou contente por poder lhe dar boas notícias.

— Melissa, pode pegar alguns lenços para a Holly, por favor, enquanto explico a ela por que seu marido esteve aqui? — Ela sorriu para Holly.

Soltou a mão dela para procurar algo no computador e Melissa voltou com uma caixa de lenços.

— Certo, Holly — disse ela suavemente. — Gerry comprou um pacote para você, Sharon McCarthy e Denise Hennessey irem a Lanzarote para passar uma semana, chegando no dia 28 de julho e voltando no dia 3 de agosto.

Holly cobriu o rosto com as mãos de novo e lágrimas escorreram de seus olhos.

— Ele fez questão de encontrar o lugar perfeito para você — Barbara continuou, feliz com sua função. Sentia-se como uma daquelas apresentadoras de TV que surpreendem seus convidados.

— É para onde você vai — disse ela, dando um tapinha na página amassada a sua frente. — Você vai se divertir muito, pode acreditar, como eu disse, minha amiga foi para lá há dois anos e adorou. Há muitos restaurantes e bares por lá e... — Ela parou de falar, percebendo que Holly provavelmente não queria saber se a amiga de Barbara havia se divertido ou não.

— Quando ele veio? — perguntou Holly, ainda em choque.

Barbara procurou no computador. — A reserva foi feita no dia 28 de novembro.

— Novembro? Ele não devia ter saído da cama! Estava sozinho?

— Sim, mas um táxi esperava por ele do lado de fora.

— Você se lembra do horário? — perguntou Holly com rapidez.

— Sinto muito, mas não me lembro. Já faz bastante tempo...

— Sim, claro, me desculpe.

Barbara compreendia a mulher totalmente. Era seu marido, e se um dia conhecesse alguém digno de se tornar seu marido, também desejaria saber todos os detalhes.

Barbara contou o que conseguia se lembrar, até Holly não ter mais o que perguntar.

— Muito obrigada, Barbara, obrigada de verdade. — Holly se inclinou sobre o balcão e abraçou a moça.

— De nada. — Ela retribuiu o abraço, sentindo-se satisfeita com a boa ação do dia. — Volte para nos contar como foi. Aqui estão os detalhes. — Ela entregou um envelope grosso a Holly e observou quando ela saiu da loja. Ela suspirou, pensando que o trabalho ruim não era tão ruim assim.

— O que foi isso? — Melissa estava morrendo de curiosidade. Barbara começou a explicar a história.

— Certo, meninas, vou almoçar agora. Barbara, nada de fumar na sala dos funcionários. — O chefe fechou e trancou a porta de seu escritório e se virou para elas. — Deus do céu, por que *as duas* estão chorando agora?

Capítulo 24

Holly finalmente chegou em casa e acenou para Sharon e Denise, que estavam sentadas no muro de seu jardim, tomando sol. Elas saíram dali assim que a viram e correram para cumprimentá-la.

— Caramba, vocês chegaram aqui depressa — disse ela, tentando animar a voz. Sentia-se totalmente esgotada e não estava a fim de explicar tudo para as amigas naquele momento. Mas teria que explicar.

— A Sharon saiu do trabalho assim que você ligou e ela me pegou no centro da cidade — explicou Denise, analisando o rosto de Holly e tentando perceber a gravidade da situação.

— Ah, vocês não precisavam fazer isso — disse Holly sem ânimo, ao colocar a chave na porta.

— Ei, você tem cuidado do jardim? — perguntou Sharon, olhando ao redor e tentando deixar o clima mais leve.

— Não, meus vizinhos têm feito isso, acho. — Holly puxou a chave da porta e procurou, no molho, a correta.

— Você acha? — Denise tentou manter a conversa enquanto Holly experimentava encaixar outra chave na fechadura.

— Bom... são os meus vizinhos ou um duende vive em meu jardim — disse ela, irritando-se com as chaves. Denise e Sharon trocaram olhares e tentaram pensar no que fazer. Fizeram sinais, uma para a outra, para que se mantivessem caladas, pois Holly estava claramente nervosa e com dificuldade para se lembrar de qual chave abria sua casa.

— Ai, que merda! — ela gritou e jogou as chaves no chão. Denise deu um salto para trás, para evitar que o molho pesado de chaves batesse em seu tornozelo.

Sharon pegou as chaves.

— Ei, querida, não se preocupe com isso — disse ela, calmamente. — Acontece comigo o tempo todo. Juro que as chaves se acumulam no chaveiro para me irritar, de propósito.

Holly deu um sorriso amarelo, grata por alguém assumir um pouco o controle. Sharon analisou as chaves lentamente, falando com a amiga do jeito com que falaria com uma criança. A porta finalmente se abriu e Holly correu para desligar o alarme. Felizmente, lembrou-se do código, o ano em que ela e Gerry tinham se conhecido e o ano em que se casaram.

— Certo, podem ficar à vontade na sala de estar e logo, logo apareço. — Sharon e Denise obedeceram e Holly foi ao banheiro para lavar o rosto com água fria. Precisava sair daquele torpor, assumir controle de seu corpo e ficar tão animada com aquelas férias como Gerry queria que ficasse. Quando sentiu-se um pouco melhor, foi para a sala de estar.

Puxou o descanso de pés para perto do sofá e sentou-se diante das amigas.

— Bem, vou direto ao assunto. Abri o envelope de julho hoje e vejam o que ele escreveu. — Dentro da bolsa, ela procurou o pequeno cartão, que havia sido grampeado ao folheto, e o entregou às moças. Estava escrito:

Bom dia, Holly!
P.S. Eu te amo...

— Só isso? — Denise franziu o nariz, sem se impressionar. Sharon deu-lhe uma cotovelada nas costelas. — Ai!

— Olha, Holly, acho que é um bilhete adorável — Sharon mentiu. — Muito carinhoso e... um jeito muito legal de usar as palavras.

Holly riu. Sabia que Sharon estava mentindo porque suas narinas sempre se abriam quando ela não dizia a verdade.

— Não, sua boba! — disse ela, batendo na cabeça de Sharon com uma almofada.

Sharon começou a rir. — Ai, que bom, estava começando a ficar preocupada.

— Sharon, você é sempre tão incentivadora, que me irrita às vezes! — exclamou Holly. — Isto também estava dentro do envelope. — Ela entregou o folheto amassado que tinha sido rasgado.

Ela observou, divertindo-se, enquanto as amigas tentavam entender a letra de Gerry, e Denise levou a mão aos lábios, de repente.

— Ai, meu Deus do céu! — gritou ela, endireitando-se.

— O que foi? — Sharon perguntou e inclinou-se para a frente, animada.
— Gerry comprou um pacote de férias para você?

— Não — respondeu Holly, séria, balançando a cabeça.

— Ah. — As duas se recostaram no sofá, decepcionadas.

Holly fez uma pausa desconfortável antes de voltar a falar.

— Meninas — disse ela, começando a sorrir —, ele comprou um pacote de férias *para nós!*

As meninas abriram uma garrafa de vinho.

— Nossa! Isso é incrível! — disse Denise depois de assimilar a novidade.
— O Gerry é um amor.

Holly assentiu, sentindo orgulho do marido, que mais uma vez havia conseguido surpreender a todos.

— Então você procurou essa tal de Barbara? — perguntou Sharon.

— Sim, e ela foi muito gentil. — Holly sorriu. — Ela me explicou tudo por muito tempo, contando sobre a conversa que os dois tiveram naquele dia.

— Que bacana. — Denise bebericou o vinho. — Quando foi mesmo?

— Ele comprou no fim de novembro.

— Novembro? — Sharon pensou. — Foi depois da segunda operação.
Holly assentiu.

— A moça disse que ele estava muito fraco quando chegou lá.

— Não é engraçado que nenhum de nós tenha percebido? — perguntou Sharon, ainda surpresa com tudo.

Todas assentiram em silêncio.

— Bem, parece que vamos a Lanzarote! — Denise comemorou e ergueu a taça. — Ao Gerry!

— Ao Gerry! — Holly e Sharon repetiram.

— Vocês têm certeza de que o Tom e o John não vão se importar? — perguntou Holly, percebendo, de repente, que as amigas tinham que dar satisfação aos parceiros.

— É claro que o John não vai se importar! — Sharon riu. — Ele provavelmente vai ficar feliz por se livrar de mim por uma semana!

— Sim, e eu e Tom podemos viajar por uma semana em outra ocasião, o que, na verdade, é bom para mim — concordou Denise. — Assim, não ficamos grudados por duas semanas nas nossas primeiras férias juntos. — Ela riu.

— Lógico, vocês dois praticamente já moram juntos! — disse Sharon, cutucando-a. Denise sorriu, mas não respondeu, e as duas mudaram de assunto. Aquilo irritava Holly, porque as amigas viviam fazendo isso. Queria saber como estavam seus relacionamentos, mas parecia que ninguém queria contar os detalhes, com receio de magoá-la. As pessoas pareciam ter medo de dizer a ela que estavam felizes com as boas novas de suas vidas. E também se recusavam a reclamar sobre as coisas ruins. Então, em vez de saber o que de fato estava acontecendo com as amigas, ela ficava presa naquelas amenidades idiotas... nada, na verdade, o que já a estava incomodando. Não poderia ser protegida da felicidade dos outros para sempre, pois que bem isso lhe faria?

— Tenho que admitir que aquele duende está mesmo fazendo um ótimo trabalho em seu jardim, Holly — Denise interrompeu seus pensamentos ao olhar pela janela e comentar.

Holly corou.

— Eu sei. Sinto muito por ter me irritado antes, Denise — ela se desculpou. — Acho que devo ir à casa do vizinho para agradecer direito.

Quando Denise e Sharon foram embora, Holly pegou uma garrafa de vinho embaixo da escada e a levou à casa ao lado. Tocou a campainha e esperou.

— Oi, Holly — disse Derek, abrindo a porta. — Entre, entre.

Holly olhou para dentro da casa, na cozinha, e viu a família reunida à mesa, jantando. Deu um passo para trás.

— Não quero perturbá-los, só vim para lhe dar isto — ela entregou a ele a garrafa de vinho — ... como agradecimento.

— Puxa, Holly, é muita gentileza sua — disse ele, lendo o rótulo. Em seguida, olhou para ela demonstrando confusão. — Mas quer me agradecer pelo quê?

— Ah, por cuidar de meu jardim — disse ela, corando. — Tenho certeza de que o condomínio todo estava me xingando por deixar a rua feia. — Ela riu.

— Holly, seu jardim não é problema para ninguém, todos compreendemos, mas eu não tenho feito nada ali, sinto muito em dizer.

— Ah. — Holly pigarreou, sentindo-se muito envergonhada. — Pensei que tivesse...

— Não, não. — Ele balançou a cabeça.

— E por acaso não sabe quem está cuidando dele? — Ela riu como uma tola.

— Não, nem faço ideia — disse ele. — Para ser sincero, pensei que fosse você. Que esquisito.

Holly não soube o que dizer.

— Então, talvez você queira pegar isto de volta — disse ele, sem jeito, mostrando a garrafa de vinho para ela.

— Não, tudo bem — ela riu mais uma vez —, pode ficar com ela como forma de agradecimento por... não ser um vizinho infernal. Bem, vou deixar você jantar em paz.

Voltou correndo para casa, com o rosto queimando de vergonha. Tinha que ser muito tola para não saber quem andava cuidando de seu jardim.

Bateu em algumas outras portas na vizinhança e se envergonhou ainda mais, porque ninguém sabia do que ela estava falando. Todos pareciam estar cuidando de seus trabalhos e vida e não passavam os dias dando atenção para seu jardim.

Ela voltou para casa ainda mais confusa. Ao entrar, o telefone estava tocando e ela correu para atender.

— Alô? — respondeu ofegante.

— O que estava fazendo, participando de uma maratona?

— Não, estava procurando duendes — Holly explicou.

— Que legal! — O mais estranho foi que Ciara não perguntou mais nada. — Meu aniversário é daqui a duas semanas.

Holly havia se esquecido totalmente.

— Sim, eu sei — disse ela, como se realmente soubesse.

— Então, o pai e a mãe querem que a família saia para jantar... — Holly resmungou alto. — Pois é — e gritou, afastando o telefone da boca: — Pai, a Holly disse a mesma coisa que eu.

Holly riu ao escutar o pai xingando e reclamando ao fundo.

Ciara voltou ao telefone e disse alto para o pai ouvir:

— Então, a minha ideia é fazer um jantar de família, mas convidar amigos também, para que se torne uma noite agradável. O que acha?

— Acho legal — Holly concordou.

Ciara afastou o telefone de novo.

— Pai, a Holly gostou da minha ideia.

— Que bom! — Holly escutou o pai gritar. — Mas não vou pagar para todos comerem.

— Ele tem razão — disse Holly. — Olha só, por que não organizamos um churrasco? Assim, o pai pode ficar à vontade e não será tão caro.

— Ideia muito boa! — Ciara afastou o telefone mais uma vez. — Pai, o que acha de fazermos um churrasco?

Silêncio.

— Ele está adorando a ideia — Ciara riu. — O Sr. Super Chef vai cozinhar para o povo de novo.

Holly riu. O pai ficava muito animado quando eles faziam um churrasco; levava tudo tão a sério e ficava perto da churrasqueira observando suas criações maravilhosas. Gerry também era assim. Por que os homens gostavam tanto de churrasco? Talvez fosse a única coisa que os dois sabiam fazer para comer, ou então eram piromaníacos.

— Certo, então pode convidar Sharon e John, Denise e o cara DJ, e o Daniel? Ele é uma delícia! — Ela riu de modo histérico.

— Ciara, mal conheço o cara. Peça ao Declan para convidá-lo, eles se encontram sempre.

— Não, porque quero que você diga a ele, sutilmente, que eu o amo e quero ter filhos com ele. E algo me diz que o Declan não ficaria muito à vontade fazendo isso.

Holly resmungou.

— Ah, para com isso — Ciara pediu. — Ele é meu presente de aniversário!

— Está bem — disse ela —, mas por que quer os meus amigos no seu aniversário? E os seus amigos?

— Holly, perdi contato com todos os meus amigos, porque passei muito tempo fora. E todos os meus outros amigos vivem na Austrália e os idiotas sequer quiseram telefonar para mim.

Holly sabia a quem ela estava se referindo.

— Mas você não acha que esta seria uma ótima oportunidade para retomar contato com seus amigos? Sabe como é, convidá-los para um churrasco com uma atmosfera bacana, relaxada.

— Claro, o que eu poderia dizer quando eles começassem a fazer perguntas: está trabalhando? É... não. Está namorando? É... não. Onde você mora? É... na verdade, ainda moro com meus pais. Não seria ridículo?

Holly desistiu.

— Tudo bem, como quiser... bem, vou telefonar para os outros e...

Ciara já tinha desligado.

Holly decidiu fazer o telefonema mais esquisito primeiro para ficar livre e ligou para o Hogan.

— Alô. Hogan.

— Gostaria de falar com Daniel Connelly, por favor.

— Sim, só um minuto. — O telefone entrou na espera e ela ouviu "Greensleeves" tocando.

— Alô?

— Oi, Daniel?

— Isso, quem é?

— É Holly Kennedy. — Ela se remexeu com nervosismo pelo quarto, torcendo para que ele se lembrasse do nome.

— Quem? — ele gritou quando o barulho ao fundo ficou mais alto.

Holly deitou-se na cama, envergonhada. — Holly Kennedy. A irmã de Declan.

— Oi, Holly, e aí? Espere um minuto, vou para um lugar menos barulhento.

Holly ficou esperando e escutando "Greensleves" de novo e dançou pelo quarto e começou a cantar junto.

— Desculpa, Holly — disse Daniel, atendendo o telefone e rindo. — Você gosta de "Greensleeves"?

Holly corou e deu um tapa na própria testa. — É... não, não muito. — Não soube o que responder, e então se lembrou por que havia telefonado para ele. — Liguei para convidá-lo para um churrasco.

— Ah, que legal, vou adorar.

— É aniversário da Ciara na sexta-feira que vem; você conhece a minha irmã, a Ciara?

— É... sim, a de cabelo cor-de-rosa.

Holly riu.

— Sim, que pergunta idiota, todo mundo conhece a Ciara. Bem, ela me pediu para convidar você para o churrasco e para dizer, sutilmente, que quer se casar com você e ter filhos.

Daniel começou a rir.

— Sim... muito sutilmente, claro.

Holly tentou imaginar se ele estava interessado em Ciara, se ela fazia seu tipo.

— Ela vai fazer 25 anos — Holly achou que precisava acrescentar, por algum motivo.

— Ah... tá.

— Bom, a Denise e seu amigo Tom também vão, e Declan estará lá com a banda dele, claro, então você vai encontrar muitos conhecidos.

— Você vai?

— Claro!

— Legal, mais uma pessoa conhecida, então, certo?

— Que legal, ela vai adorar ver você lá!

— Bem, eu seria grosseiro se não aceitasse um convite feito por uma princesa.

A princípio, Holly pensou que ele a estivesse paquerando, mas então percebeu que ele se referia ao documentário, então resmungou uma resposta qualquer. Ele estava prestes a desligar quando ela se lembrou de algo.

— Ah, só mais uma coisa.

— Pode falar — disse ele.

— Aquela vaga para trabalhar no bar já foi preenchida?

Capítulo 25

FELIZMENTE O DIA ESTAVA LINDO, Holly pensou ao trancar o carro e dar a volta até o fundo da casa dos pais. O clima havia mudado drasticamente naquela semana e chovera sem parar. Ciara, histérica, dizia que teria problemas com o churrasco e seu humor ficou péssimo a semana toda. Para a alegria de todos, o tempo havia voltado a melhorar. Holly já estava bronzeada por ficar exposta ao sol o mês todo, uma das vantagens de não ter um emprego, e sentiu vontade de exibir a pele morena vestindo uma saia jeans curta que havia comprado na liquidação de verão e uma regata lisa e branca que destacava ainda mais sua cor.

Holly estava animada com o presente que havia comprado a Ciara e sabia que a irmã o adoraria. Era um piercing de umbigo de borboleta com um pequeno cristal cor-de-rosa em cada asa. Ela o havia escolhido para combinar com a nova tatuagem de borboleta e com seus cabelos cor-de-rosa, claro. Seguiu as risadas e ficou feliz ao ver o jardim repleto de amigos e familiares.

Denise já tinha chegado com Tom e Daniel, e todos se sentaram na grama. Sharon chegara sem John e estava sentada conversando com a mãe de Holly, sem dúvida discutindo o progresso de Holly. Bem, ela estava fora de casa, certo? Isso, por si só, já era um milagre.

Holly franziu o cenho ao perceber que Jack, mais uma vez, não estava ali. Desde que ele a ajudara a esvaziar o guarda-roupa de Gerry, andava muito distante, o que não era comum. Desde a infância, Jack sempre tinha sido muito bom para entender as necessidades e os sentimentos de Holly sem que ela precisasse expressá-los, mas quando dissera a ele que queria um pouco de espaço depois da morte de Gerry, não queria ser *totalmente* ignorada e se manter afastada. Era muito estranho ele não entrar em contato por tanto tempo. Holly sentiu um certo nervosismo e torceu para que tudo estivesse bem com ele.

Ciara estava em pé no meio do jardim, gritando com todo mundo e adorando ser o centro das atenções. Vestia a parte de cima de um biquíni para combinar com os cabelos cor-de-rosa e um short jeans.

Holly se aproximou dela com o presente, que foi imediatamente arrancado de suas mãos e aberto. Ela não devia ter se preocupado em embrulhá-lo tão bem.

— Nossa, Holly, adorei! — exclamou Ciara e abriu os braços para agarrar a irmã.

— Imaginei que você ia gostar — disse Holly, feliz por ter escolhido o presente certo, sabendo que a irmã deixaria bem claro se não tivesse gostado.

— Vou começar a usá-lo agora, na verdade — disse Ciara, retirando o piercing atual para colocar o de borboleta.

— Credo! Eu poderia muito bem ficar sem ver isso, muito obrigada.

O cheiro de churrasco se espalhou pelo ar e Holly salivou. Não ficou surpresa ao ver todos os homens ao redor da grelha com o pai no lugar de honra. Os caçadores tinham que conseguir o alimento para as mulheres.

Holly viu Richard e se aproximou. Deixando de lado as amenidades, foi direto ao assunto.

— Richard, você cuidou de meu jardim?

Richard desviou o olhar da grelha demonstrando confusão.

— Como? Se eu fiz o quê?

Os outros homens pararam de conversar e observaram.

— Você mexeu no meu jardim? — ela repetiu, com as mãos na cintura. Não sabia por que estava tão brava com ele, talvez fosse apenas força do hábito, porque se ele tivesse limpado o jardim, teria feito um enorme favor. Era irritante chegar em casa e encontrar mais uma parte do jardim limpa, sem saber quem era o responsável.

— Quando? — Richard olhou para os outros, como se tivesse sido acusado de assassinato.

— Ah, não sei quando — rebateu ela. — Durante o dia, nas últimas semanas.

— Não, Holly — respondeu ele. — Algumas pessoas trabalham, sabia?

Holly arregalou os olhos para ele e seu pai se intrometeu.

— O que foi, querida, alguém está cuidando de seu jardim?

— Sim, mas não sei quem — disse ela, passando a mão na testa e tentando pensar com clareza. — Foi você, pai?

Frank balançou a cabeça rapidamente, torcendo para a filha não ter enlouquecido.

— Foi você, Declan?

— Ah... olha bem pra minha cara, Holly — disse ele com sarcasmo.

— Foi você? — Ela se virou ao desconhecido que estava ao lado do pai.

— Hum... não, acabei de chegar a Dublin... para... passar o fim de semana — respondeu ele com nervosismo e um sotaque inglês.

Ciara começou a rir.

— Vou ajudar você, Holly. *Alguém aqui está cuidando do jardim da Holly?* — ela gritou para que todos escutassem. As pessoas pararam o que estavam fazendo e balançaram a cabeça, inexpressivos.

— Viu? Não foi muito mais fácil? — perguntou Ciara, rindo.

Holly balançou a cabeça, sem acreditar na atitude da irmã e se aproximou de Denise, Tom e Daniel, do outro lado do jardim.

— Oi, Daniel. — Holly se inclinou para cumprimentar Daniel com um beijo no rosto.

— Oi, Holly, há quanto tempo. — Ele entregou a ela uma lata de cerveja.

— Ainda não encontrou o duende? — perguntou Denise, rindo.

— Não — disse Holly, esticando as pernas e apoiando-se nos cotovelos. — Mas é *muito* esquisito! — Ela explicou a história a Tom e Daniel.

— Você acha que seu marido pode ter providenciado isso? — perguntou Tom, e Daniel lançou um olhar para o amigo.

— Não — disse Holly, desviando o olhar, irritada por ver que um desconhecido sabia sobre assuntos íntimos de sua vida. — Não faz parte daquilo. — Ela olhou para Denise com cara feia por ter contado a Tom.

Denise ergueu as mãos e deu de ombros.

— Obrigada por ter vindo, Daniel. — Holly se virou para ele, ignorando os outros dois.

— De nada, fiquei feliz com o convite.

Era estranho vê-lo sem as roupas de frio de sempre; vestia uma camiseta regata azul-marinho e short azul que descia até os joelhos, com tênis azul-marinho.

Ela observou seus bíceps quando ele pegou a lata de cerveja. Ela não fazia ideia de que ele era tão malhado.

— Você é muito bronzeado — ela comentou, tentando encontrar uma desculpa por ter sido flagrada olhando para seus braços.

— E você também — disse ele, olhando para suas pernas de propósito.

Holly riu e encolheu as pernas.

— Resultado do desemprego. Qual é a sua desculpa?

— Passei um tempo em Miami no mês passado.

— Olha, que sortudo. Estava bom?

— Eu me diverti muito — ele assentiu, sorrindo. — Já esteve lá?

Ela balançou a cabeça, negando.

— Mas pelo menos, nós, eu e as meninas, vamos para a Espanha semana que vem. Mal posso esperar. — Ela esfregou as mãos, animada.

— Sim, fiquei sabendo. Foi uma boa surpresa para vocês. — Ele sorriu para ela, franzindo os cantos dos olhos.

— Nem me fala. — Holly balançou a cabeça, ainda sem acreditar direito.

Eles conversaram por um tempo sobre a viagem dele e sobre coisas da vida de modo geral e Holly desistiu de comer um hambúrguer na frente dele, porque não tinha como comer com ketchup e maionese escorrendo em seus lábios sempre que era a sua vez de falar.

— Espero que você não tenha ido para Miami com outra mulher, caso contrário, coitadinha da Ciara... — disse ela, em tom brincalhão, e então se arrependeu por ser tão intrometida.

— Não, não fui — disse ele, com seriedade. — Terminamos o relacionamento há alguns meses.

— Ah, sinto muito — disse Holly com sinceridade. — Vocês passaram muito tempo juntos?

— Sete anos.

— Nossa! Muito tempo.

— É. — Ele desviou o olhar e Holly percebeu que ele não se sentia à vontade para falar sobre aquilo, então mudou de assunto rapidamente.

— A propósito, Daniel — Holly começou a falar mais baixo e Daniel se aproximou. — Queria agradecer por cuidar de mim como fez naquele dia depois do documentário. A maioria dos homens foge quando vê uma mulher chorar; você não, então eu agradeço muito. — Holly sorriu com gratidão.

— Sem problemas, Holly, não gosto de vê-la chateada. — Daniel sorriu.

— Você é um bom amigo — disse Holly, pensando alto. Daniel pareceu gostar.

— Por que não combinamos uma saída com o pessoal para bebermos alguma coisa antes da viagem?

— Talvez eu consiga saber mais sobre você, assim como você já sabe sobre mim. — Holly riu. — Acho que você já conhece toda a minha história.

— Sim, eu adoraria — Daniel concordou, e eles combinaram um dia para se encontrar.

— Ah, você deu aquele presente de aniversário para a Ciara? — perguntou Holly, animada.

— Não. — Ele riu. — Ela está meio... ocupada.

Holly se virou para olhar para a irmã e a viu paquerando um dos amigos de Declan, e o irmão parecia irritado. Holly riu para a irmã. Parecia que ela já não queria mais ter filhos com Daniel.

— Vou chamá-la aqui, está bem?

— Tudo bem — disse Daniel.

— Ciara! — Holly gritou. — Tem mais presente pra você!

— Oba! — gritou Ciara, animada, e deixou o jovem com quem conversava muito desapontado ao se afastar.

— O que é? — Ela se deitou na grama ao lado deles.

Holly fez um meneio de cabeça na direção de Daniel.

— É dele.

Ciara olhou para Daniel, empolgada.

— Queria saber se você gostaria de trabalhar no bar do Club Diva?

Ciara levou as mãos ao rosto.

— Poxa, Daniel! Seria o máximo!

— Você já trabalhou em um bar?

— Sim, um monte de vezes. — Ela balançou a mão.

Daniel ergueu as sobrancelhas; queria um pouco mais de informação do que aquilo.

— Ah, já trabalhei em bares em praticamente todos os países onde estive, de verdade!

Daniel sorriu.

— Então você acha que vai se dar bem?

— Pra caramba! — ela deu um grito e o abraçou.

Ela aproveitava para abraçá-lo por qualquer motivo, Holly pensou, ao ver a irmã praticamente estrangulando Daniel. O rosto dele começou a ficar vermelho e ele fez sinais de "socorro" para Holly.

— Certo, certo, já basta, Ciara. — Ela riu, puxando Daniel. — Você não vai querer matar seu novo chefe.

— Ai, desculpa — disse Ciara, afastando-se. — Isso é muito legal. Eu tenho um *emprego*, Holly! — ela voltou a gritar.

— Sim, fiquei sabendo — disse Holly.

De repente, o jardim ficou em silêncio e Holly olhou ao redor para ver o que estava acontecendo.

Todos olhavam para a cozinha e os pais de Holly apareceram à porta com um grande bolo de aniversário, cantando "Parabéns". Todo mundo se uniu para cantar e Ciara ficou em pé, adorando toda aquela atenção. Quando seus pais saíram no quintal, Holly viu alguém atrás deles com um enorme buquê de flores. Os pais dela caminharam na direção de Ciara e colocaram o bolo sobre a mesa, diante dela, e o desconhecido atrás deles lentamente tirou o buquê da frente do rosto!

— Mathew! — exclamou Ciara.

Holly segurou a mão da irmã quando esta ficou pálida.

— Sinto muito por ter sido tão tolo, Ciara. — O sotaque australiano de Mathew ecoou pelo jardim.

Alguns dos amigos de Declan riram, obviamente sentindo-se desconfortáveis com aquela demonstração de sentimento. Na verdade, ele parecia interpretar uma cena de novela australiana, mas o drama sempre parecia funcionar com Ciara.

— Eu amo você! Por favor, me aceite de volta! — disse ele, e todos se viraram para Ciara para ver qual seria sua reação. Seu lábio inferior começou a tremer e ela correu na direção de Mathew, pulando em seu colo, enrolando o corpo dele com as pernas, abraçando-o com força.

Holly ficou emocionada e lágrimas marejaram seus olhos ao ver a irmã reconciliando-se com o homem que amava. Declan pegou a câmera e começou a filmar.

Daniel abraçou Holly pelo ombro e apertou seu braço.

— Sinto muito, Daniel — disse Holly, secando os olhos —, mas acho que você acabou de ser descartado.

— Não tem problema. — Ele riu. — É melhor não misturar trabalho e diversão. — Ele parecia aliviado.

Holly continuou a observar enquanto Mathew rodava Ciara.

— Ah, vão para o quarto! — gritou Declan, com nojo, e todos riram.

Holly sorriu para a banda de jazz ao passar e procurou Denise pelo bar. Eles tinham combinado de se encontrar no bar preferido das moças, o Juicy, conhecido por seu cardápio grande de bebidas e pela música relaxante. Holly não tinha a menor intenção de se embriagar, porque queria aproveitar a viagem da melhor maneira no dia seguinte. Pretendia estar animada e atenta durante sua semana de relaxamento, patrocinada por Gerry. Viu Denise agarrada a Tom em um grande sofá de couro, confortável, em um espaço que dava vista para o rio Liffey. Dublin estava iluminada e todas as cores refletiam na água. Daniel estava sentado à frente de Denise e Tom, bebendo um daiquiri de morango, atento à movimentação ao seu redor.

Bom saber que Tom e Denise estavam ignorando todo mundo de novo.

— Desculpa, pessoal, estou atrasada — disse Holly ao se aproximar dos amigos. — Quis terminar de fazer a mala antes de sair.

— Você está perdoada — disse Daniel baixinho em seu ouvido quando ela lhe deu um beijo e um abraço.

Denise olhou para Holly e sorriu, Tom acenou rapidamente e os dois voltaram a se concentrar um no outro.

— Não sei por que eles convidam outras pessoas para sair, se ficam olhando para a cara um do outro e ignoram tudo ao redor. E nem conversam entre eles! E ainda nos sentimos uns intrusos se puxamos conversa. Acho que eles conversam por telepatia, só pode ser — disse Daniel, sentando-se de novo e bebendo mais um pouco do drinque. Ele fez uma careta por causa do gosto doce. — Preciso urgentemente de uma cerveja.

Holly riu.

— Puxa! Parece que você está se divertindo demais.

— Me desculpa, mas parece que faz séculos que não converso com outro ser humano. Perdi os bons modos.

Holly riu.

— Olha, vim salvar você. — Ela pegou o cardápio e analisou as opções. Escolheu uma bebida com o menor teor de álcool e se acomodou na poltrona confortável. — Dá pra dormir aqui — comentou.

Daniel ergueu as sobrancelhas.

— Posso levar isso para o lado pessoal.

— Não se preocupe, não vou dormir — disse ela. — E aí, Sr. Connelly, você já sabe absolutamente *tudo* sobre mim. Esta noite, estou em missão para saber mais sobre você, por isso, prepare-se para um interrogatório.

Daniel sorriu.

— Tudo bem, estou pronto.

Holly pensou na primeira pergunta.

— De onde você é?

— Nasci e fui criado em Dublin. — Ele bebeu o drinque vermelho e fez mais uma careta. — E se alguma pessoa que conheço há tempos me visse bebendo esta coisa e escutando jazz, eu estaria perdido. — Holly riu. — Quando terminei os estudos, entrei para o exército — ele continuou.

Holly arregalou os olhos, surpresa.

— Por que decidiu fazer isso?

Ele não hesitou.

— Porque não fazia ideia do que queria da vida, e eles pagavam bem.

— Nem aí para salvar vidas inocentes. — Holly riu.

— Passei poucos anos no exército.

— Por que saiu? — Holly bebericou sua bebida de limão.

— Porque percebi que tinha vontade de beber e escutar jazz e eles não me deixavam fazer isso no quartel — ele explicou.

Holly riu.

— Fala sério, Daniel.

Ele sorriu e disse:

— É sério, não servia para mim. Meus pais tinham se mudado para Galway para gerenciarem um bar e essa ideia me fascinou. Então, eu me mudei para Galway para trabalhar e meus pais se aposentaram, e assumi a gerência do bar, mas decidi, há alguns anos, que queria ter meu pub, então trabalhei muito, guardei dinheiro, fiz o maior financiamento do mundo e voltei para Dublin, onde comprei o Hogan. E estou aqui, falando com você.

— Uma história muito legal, Daniel.

— Nada de especial, mas ainda assim, uma vida. — Ele sorriu.

— E onde a sua ex-namorada entra nisso tudo? — perguntou Holly.

— Ela fica entre a minha época em Galway e minha volta a Dublin.

— Ah, entendi — Holly assentiu. Terminou sua bebida e pegou o cardápio de novo. — Acho que vou de Sex on the Beach.

— Quando? Nas férias? — Daniel provocou.

Holly deu um tapa em seu braço, de modo brincalhão. Nunca.

Capítulo 26

— E STAMOS SAINDO PARA AS FÉRIAS DE VERÃO! — as meninas cantaram dentro do carro a caminho do aeroporto. John havia se oferecido para levá-las, mas logo se arrependeu. Elas estavam se comportando como se nunca tivessem saído do país.

Holly não conseguia se lembrar da última vez em que se sentira tão animada. Parecia que tinha voltado a ser estudante e estava em uma excursão escolar. Sua bolsa estava repleta de doces, chocolates e revistas, e elas não paravam de cantar musiquinhas bobas no banco de trás do carro. O voo seria às 9 da noite, por isso elas só chegariam ao hotel na manhã seguinte.

Chegaram ao aeroporto e saíram do carro, e John tirou a bagagem delas do porta-malas. Denise atravessou a rua correndo para chegar ao saguão como se, com isso, conseguisse apressar a viagem, mas Holly se afastou do carro e esperou Sharon, que estava se despedindo do marido.

— Você vai tomar cuidado, certo? — perguntou ele, com preocupação. — Não faça nada idiota por lá.

— John, é claro que vou tomar cuidado.

John não estava escutando nada do que ela dizia.

— Porque uma coisa é fazer bobagens aqui, mas não se pode agir da mesma maneira em outro país, sabe como é.

— John — disse Sharon, abraçando-o. — Só vou fazer uma viagem relaxante; não precisa se preocupar comigo.

Ele sussurrou algo no ouvido dela, que assentiu.

— Eu sei, eu sei.

Os dois se beijaram longamente na despedida e Holly observou os amigos de longa data. No bolso da frente da bolsa, havia guardado a carta de Gerry para o mês de agosto. Poderia abri-la em poucos dias, na praia. Que mordomia. Sol, areia, mar e Gerry, tudo em um único dia.

— Holly, tome conta da minha esposa maravilhosa para mim, tá? — John pediu, interrompendo os pensamentos de Holly.

— Pode deixar, John. É só uma semana, sabia? — Holly riu e abraçou o amigo.

— Eu sei, mas depois de ver o que vocês aprontam quando saem, fiquei um pouco preocupado. — Ele sorriu. — Divirta-se, Holly, você merece esse descanso.

John observou as duas arrastarem a bagagem pela rua, para dentro do saguão. Holly parou quando entrou e suspirou fundo. Adorava aeroportos. Adorava o cheiro, o barulho, toda a atmosfera das pessoas caminhando felizes com suas malas, ansiosas para as férias ou para voltarem para casa. Adorava ver as pessoas chegando e sendo recepcionadas com muita alegria por seus familiares, e adorava ver a troca de abraços emocionados. Era um lugar perfeito para ver pessoas. Aeroportos sempre causavam nela uma sensação de ansiedade, como se estivesse prestes a fazer algo especial e maravilhoso. Na fila do portão de embarque, ela se sentia como se esperasse para andar em uma montanha-russa de um parque de diversão, como uma criança empolgada.

Holly seguiu Sharon e elas se uniram a Denise no meio da fila extremamente longa do *check-in*.

— Eu disse que deveríamos ter chegado mais cedo — Denise resmungou.

— Bem, teríamos ficado esperando o mesmo tempo no portão de embarque — disse Holly.

— Sim, mas pelo menos tem um bar ali — explicou Denise —, e é o único lugar neste prédio idiota onde nós, fumantes malucos, podemos fumar.

— Que bom — Holly pensou alto.

— Olha, agora posso dizer algo a vocês duas antes de partirmos. Não vou beber feito uma doida e viver noites malucas. Só quero descansar na piscina ou ir à praia com meu livro, aproveitar as refeições dos restaurantes e dormir cedo — disse Sharon com seriedade.

Denise olhou para Holly, chocada.

— É tarde demais para convidar outra pessoa, Hol? O que acha? As malas de Sharon ainda estão aqui e John não deve estar muito longe.

Holly riu.

— Olha, vou ter que concordar com a Sharon dessa vez. Eu também só quero relaxar e não fazer nada estressante.

Denise fez um bico, como uma criança mimada.

— Ah, não se preocupe, querida — disse Sharon com delicadeza. — Com certeza você vai encontrar uma amiguinha da sua idade pra brincar.

Denise mostrou o dedo do meio para ela.

— Bom, se eles me perguntarem se eu tenho algo a dizer quando chegarmos lá, vou contar pra todo mundo que minhas duas amigas não são de nada.

Sharon e Holly riram.

Depois de 30 minutos na fila, elas finalmente conseguiram fazer o *check--in* e Denise correu para uma loja como uma maluca e comprou um estoque enorme de cigarro.

— Por que aquela moça está olhando para mim? — perguntou Denise cerrando os dentes, olhando para uma mulher no fundo do bar.

— Provavelmente porque você está olhando para ela — respondeu Sharon, olhando para o relógio. — Só mais quinze minutos.

— Não, é sério, gente. — Denise se virou de novo para olhar para as amigas. — Não estou sendo paranoica, ela está *mesmo* olhando para cá.

— Bom, então por que você não vai até ela e pergunta se ela quer resolver isso lá fora? — disse Holly em tom brincalhão, e Sharon riu.

— Olha lá, ela está vindo — disse Denise, dando as costas para a mulher.

Holly olhou para trás e viu uma menina magricela, de cabelos loiros e grandes seios siliconados caminhando na direção delas.

— Melhor você pegar as armas, Denise, ela parece perigosa — Holly provocou e Sharon engasgou com a água.

— Oi! — disse a moça com a voz aguda.

— Olá — respondeu Sharon, controlando o riso.

— Não quis ser mal-educada e ficar olhando, mas precisei vir até aqui pra ver se vocês são quem eu estou achando que são.

— Sou eu, sim — disse Sharon, com sarcasmo. — Em carne e osso.

— Ah, eu *sabia*! — A moça deu um gritinho e vários pulinhos de alegria. Não surpreendeu o fato de seus seios não se mexerem. — Minhas amigas ficaram dizendo que eu estava enganada, mas eu *sabia* que eram vocês. Elas estão ali. — Ela se virou e apontou para o fundo do bar, e as outras quatro *spice girls* apontaram de volta. — Eu me chamo Cindy...

Sharon engasgou com a água de novo.

— ... E sou a maior fã de vocês! — exclamou, animada. — Adoro aquele programa no qual vocês aparecem, já assisti dezenas de vezes! Você interpreta a Princesa Holly, não é? — perguntou, apontando o dedo de unha pintada no rosto de Holly, que abriu a boca para falar, mas Cindy não deu chance. — E você interpreta a aia dela! — Apontou para Denise. — E *você* — gritou ainda mais alto, para Sharon —, é amiga daquela roqueira australiana!

As meninas se entreolharam com preocupação quando Cindy puxou uma cadeira e se sentou à mesa delas.

— Olha, eu sou atriz também...

Denise rolou os olhos.

— ... E adoraria fazer um programa como o de vocês. Quando será o próximo?

Holly abriu a boca para tentar explicar que elas não eram atrizes de verdade, mas Denise falou primeiro.

— Ah, estamos em negociações no momento para decidirmos qual será o novo projeto — mentiu.

— Que maravilha! — Cindy bateu palmas. — Como vai ser?

— Olha, ainda não podemos dizer, mas temos que ir a Hollywood para as gravações.

Cindy parecia estar prestes a ter um ataque do coração. — Ai, meu Deus! Quem é o agente de vocês?

— Frankie — Sharon interrompeu Denise —, então Frankie e nós vamos para Hollywood.

Holly não conseguiu segurar o riso.

— Ah, não liga pra ela, Cindy, porque ela está animadíssima — explicou Denise.

— Nossa! E não é pra menos! — Cindy olhou para o cartão de embarque de Denise sobre a mesa e quase teve um infarto. — Caramba! Vocês também estão indo para Lanzarote?

Denise pegou o cartão de embarque e o enfiou na bolsa, como se aquilo fosse mudar alguma coisa.

— Estou indo para lá com as minhas amigas. Elas estão ali. — Ela se virou *de novo*, acenou *de novo* para as amigas que, *de novo*, acenaram de volta. — Vamos nos hospedar em um hotel chamado Costa Palma Palace. E vocês?

Holly ficou decepcionada.

— Ih, não consigo me lembrar do nome, meninas, e vocês? — Ela olhou para Sharon e para Denise, arregalando os olhos.

As duas balançaram a cabeça com exagero, negando.

— Bom, não tem problema. — Ela deu de ombros com alegria. — Vou vê-las quando pousarmos, mesmo! Vou embarcar, não quero que o avião decole sem mim! — Ela gritou tão alto que todas as pessoas das mesas ao redor se viraram para olhar. Abraçou as três e voltou saltitante para onde as amigas estavam.

— Parece que precisávamos de umas armas, mesmo — disse Holly com desânimo.

— Ah, não importa — disse Sharon, sempre otimista. — Podemos simplesmente ignorá-la.

Elas se levantaram e caminharam em direção ao portão de embarque. Dentro do avião, Holly se sentiu desanimada de novo e logo se sentou na poltrona mais distante do corredor. Sharon se sentou ao lado dela e foi engraçado ver a cara de Denise quando viu ao lado de quem teria que se sentar.

— Ah, que maravilha! Você vai se sentar ao meu lado! — Cindy exclamou para Denise, que olhou com raiva para Sharon e Holly e jogou o corpo no assento.

— Viu? Eu disse que você encontraria uma amiguinha pra brincar — Sharon sussurrou para Denise. Holly e Sharon começaram a rir.

Capítulo 27

Quatro horas depois, o avião sobrevoou o mar e aterrissou no aeroporto de Lanzarote, fazendo todos comemorarem aplaudindo. Não havia ninguém mais aliviado do que Denise dentro da aeronave.

— Minha cabeça está estourando! — ela reclamou para as amigas enquanto caminhavam até a esteira de bagagem. — Aquela menina não parou de falar nem um minuto. — Massageou as têmporas e fechou os olhos, aliviada por estar livre.

Sharon e Holly viram Cindy e suas amigas se aproximando delas e se enfiaram entre as pessoas, deixando Denise sozinha para trás, com os olhos fechados. Passaram pelas pessoas para poderem ficar de olho na esteira. Todos achavam ótimo ficar do lado da esteira de bagagem, inclinando-se para que ninguém mais pudesse ver as malas. Elas permaneceram ali durante quase meia hora até que a esteira fosse acionada e depois de mais meia hora, continuavam em pé, esperando as malas, enquanto a maioria das pessoas já tinha deixado o saguão.

— Suas vacas — disse Denise, com raiva, aproximando-se das duas, arrastando sua bagagem. — Vocês ainda estão esperando as malas?

— Não, só acho superconfortável ficar em pé aqui vendo as mesmas malas girando, girando, girando. Por que não vai indo na frente para eu poder ficar aqui mais um tempo me divertindo? — perguntou Sharon com sarcasmo.

— Bom, espero que tenha perdido a sua mala — Denise rebateu. — Ou, melhor ainda, espero que a sua mala rasgue e todas suas calçolas e sutiãs enormes se espalhem pela esteira para todo mundo ver.

Holly olhou para Denise divertindo-se.

— Está se sentindo melhor?

— Vou me sentir melhor quando fumar — respondeu ela, mas ainda assim conseguiu sorrir.

— Olha lá, a minha mala — disse Sharon com alegria e se aproximou da esteira, chutando a canela de Holly.

— Ai!

— Desculpa, mas preciso salvar minhas roupas.

— Se eles tiverem perdido minhas roupas, vou processá-los — disse Holly, irritada. Todos já tinham se afastado e elas eram as únicas pessoas que ainda esperavam do lado de dentro. — Por que eu sou sempre a última pessoa a pegar as malas? — perguntou às amigas.

— Lei de Murphy — Sharon explicou. — Ah, aqui está. — Ela pegou a mala que acertou a canela de Holly de novo.

— *Ai! Ai! Ai!* — Holly gritou, esfregando as pernas. — Pode, pelo menos, levar essa droga para o outro lado?

— Desculpa. Só consigo puxar para um lado, querida.

As três partiram para encontrar o guia da agência de turismo.

— Para, Gary! Me deixa! — elas ouviram alguém gritando. Seguiram o som e viram uma jovem vestindo um uniforme da agência sendo atacada por um jovem vestido com um uniforme da mesma agência. As moças se aproximaram e ela se endireitou.

— Kennedy, McCarthy e Hennessey? — perguntou com um carregado sotaque londrino. Elas assentiram. — Oi, meu nome é Victoria e acompanharei vocês ao longo desta semana. — Ela abriu um sorriso forçado. — Sigam-me, vou levá-las ao ônibus. — Ela piscou de modo brincalhão para Gary e levou as meninas para fora.

Eram 2 horas da manhã e, apesar disso, uma brisa quente as recebeu quando saíram do aeroporto.

Holly sorriu para as amigas, que também perceberam; finalmente estavam de férias. Quando entraram no ônibus, todos festejaram e Holly xingou todo mundo em silêncio, torcendo para que aquela viagem não fosse do tipo "vamos fazer amizades".

— Woo-hoo! — Cindy cantarolou para eles. Estava em pé, acenando. — Guardei lugar para vocês todas aqui atrás!

Denise bufou alto por cima do ombro de Holly e as meninas caminharam até o fundo do ônibus. Holly teve a sorte de se sentar do lado da janela, onde pôde ignorar todo mundo. Esperava que Cindy compreendesse que ela queria ficar em paz, e o sinal mais claro disso tinha sido o fato de Holly tê-la ignorado desde o momento em que a viu.

Quarenta e cinco minutos mais tarde, chegaram ao Costa Palma Palace e, mais uma vez, Holly sentiu animação. Havia um longo caminho até a entrada do hotel, pontuado por palmeiras. Uma fonte grande estava iluminada por luzes azuis do lado de fora, e para sua irritação, todo mundo dentro do ônibus comemorou *de novo* quando o ônibus parou. As meninas tinham a reserva de um apartamento que era de bom tamanho, com um quarto com camas de solteiro, uma cozinha pequena e a sala de estar com um sofá-cama, um banheiro, claro, e a varanda.

Holly foi à varanda e olhou para o mar. Apesar de ainda estar escuro demais para ver qualquer coisa, ela escutou as ondas baterem delicadamente na praia. Fechou os olhos e ficou escutando o som.

— Fumar, fumar, preciso fumar — Denise se aproximou, abrindo o maço de cigarro e tragando profundamente. — Ah, bem melhor; não sinto mais vontade de matar alguém.

Holly riu; estava animada para passar um tempo com as amigas.

— Hol, você se importa se eu dormir no sofá-cama? Assim, posso fumar...

— Só se você deixar a porta aberta, Denise — Sharon gritou de dentro do quarto. — Não quero acordar de manhã e sentir cheiro de cigarro.

— Obrigada — respondeu Denise, satisfeita.

Às 9 da manhã, Holly acordou com Sharon sussurrando, dizendo que ia para a piscina reservar umas cadeiras ao sol. Quinze minutos depois, Sharon voltou ao quarto.

— Os alemães pegaram todas as cadeiras — disse ela, irritada. — Estarei na praia, se precisar de mim. — Holly murmurou uma resposta e voltou a dormir. Às 10, Denise pulou em cima dela na cama e elas decidiram se unir à Sharon na praia.

A areia estava quente, por isso elas tiveram que andar sem parar para não queimarem a sola dos pés. Por mais orgulhosa que Holly estivesse de seu bronzeado, na Irlanda, era óbvio que elas tinham acabado de chegar à ilha, porque eram as pessoas mais brancas ali. Avistaram Sharon sentada à sombra de um guarda-sol, lendo um livro.

— Nossa! Que lindo, não é? — Denise sorriu, olhando ao redor.

Sharon olhou para frente e sorriu.

— É o paraíso.

Holly olhou ao redor para ver se Gerry havia ido ao mesmo paraíso. Não, nem sinal dele. Por todos os lados, ela viu casais, casais passando bronzeador um no corpo do outro, casais caminhando de mãos dadas pela praia, casais jogando tênis na praia e bem de frente para sua cadeira, um casal estava abraçado, tomando sol juntos. Holly não teve tempo para se sentir deprimida, pois Denise havia tirado a saída de praia e dava pulinhos na areia quente vestindo nada além de uma tanguinha com estampa de onça.

— Pode passar bronzeador em mim?

Sharon deixou o livro de lado e olhou para ela por cima dos óculos de leitura.

— Tudo bem, mas pode passar bronzeador nos peitos e no traseiro sozinha.

— Droga — disse Denise, em tom de brincadeira. — Deixa pra lá, vou pedir pra outra pessoa, então. — Denise se sentou na ponta da cadeira de Sharon enquanto esta passava o bronzeador. — Sabe de uma coisa, Sharon?

— O quê?

— Você vai ficar com uma marca horrorosa se continuar com essa saia.

Sharon olhou para o próprio corpo e puxou a saia curta mais para baixo.

— Que marca? Nunca fico bronzeada. Tenho pele de irlandesa, Denise. Você não sabia que branco-escritório é o novo moreno?

Holly e Denise riram. Por mais que Sharon tentasse se bronzear, só conseguia ficar vermelha e descascar. Já tinha desistido de tentar ficar bronzeada e aceitado o fato de que sua pele tinha que ser branca.

— Além disso, estou tão balofa que não quero assustar ninguém.

Holly olhou para a amiga, irritada por ela chamar a si mesma de balofa. Havia engordado um pouco, mas estava longe de ser gorda.

— Então por que não vai até a piscina para assustar todos aqueles alemães? — perguntou Denise, rindo.

— Sim, meninas, precisamos acordar cedo amanhã para conseguirmos um lugar perto da piscina. A praia cansa em pouco tempo. Vamos desbancar aqueles alemães! — ela brincou.

As meninas relaxaram na praia pelo resto do dia e às vezes entravam no mar para se refrescar. Almoçaram no bar da praia e, de modo geral, tiveram um dia tranquilo, exatamente como o planejado. Aos poucos, Holly foi sentindo o estresse e a tensão deixarem seus músculos e por algumas horas, ela se sentiu livre.

Naquela noite, elas conseguiram fugir do Grupo das Barbies e jantaram em um dos muitos restaurantes que pontuavam a rua movimentada, não muito distante do complexo.

— Não acredito que são 10 da noite e já estamos voltando para o quarto — disse Denise, olhando com desejo para os muitos bares ao redor.

As pessoas lotavam os estabelecimentos e as ruas, e a música tocava em todos os lugares, unindo-se e formando um som eclético incomum. Holly praticamente sentiu o chão pulsando a seus pés. Elas pararam de conversar enquanto assimilavam o que viam, ouviam e sentiam ao redor. Havia risadas altas, copos batendo uns nos outros e pessoas cantando em todas as direções. As luzes de néon brilhavam, todas tentando atrair clientes. Na rua, os donos de bares concorriam na tentativa de chamar os turistas para dentro, entregando folhetos, bebidas gratuitas e descontos.

Jovens sarados e bronzeados em grandes grupos se reuniam ao redor das mesas do lado de fora e caminhavam com confiança pelas ruas, e o cheiro de bronzeador tomava o ar. Ao perceber a idade média da clientela, Holly sentiu-se um pouco deslocada.

— Bem, podemos ir a um bar beber um pouco, se vocês quiserem — disse Holly um pouco incerta, observando os jovens dançando nas ruas.

Denise parou de andar e analisou os bares para escolher um.

— Oi, bonita. — Um homem muito atraente parou e sorriu, mostrando os dentes brancos para Denise. Tinha sotaque inglês. — Vai entrar comigo?

Denise olhou para o jovem por um momento, perdida em pensamentos. Sharon e Holly riram e se entreolharam, sabendo que Denise não dormiria cedo. Na verdade, talvez ela nem dormisse, conhecendo-a como a conheciam.

Por fim, Denise saiu de seu transe e se endireitou.

— Não, obrigada, tenho um namorado e eu o amo! — anunciou com orgulho. — Vamos, meninas! — disse ela e partiu na direção do hotel.

Holly e Sharon permaneceram na rua, boquiabertas, chocadas. Não estavam acreditando. Precisaram correr para alcançá-la.

— Por que estão tão assustadas? — Denise sorriu.

— Por sua causa — disse Sharon, ainda surpresa. — Quem é você e o que fez com minha amiga devoradora de homens?

— Certo. — Denise ergueu as mãos e sorriu. — Talvez ser solteira não seja tão legal quanto dizem.

Holly olhou para baixo e chutou uma pedra pelo caminho enquanto elas voltavam para o hotel. Com certeza não era.

— Puxa! Fico feliz por você, Denise — disse Sharon, feliz, abraçando a amiga pela cintura e apertando levemente.

Fez-se silêncio e Holly percebeu a música desaparecer lentamente, deixando apenas o som mais forte dos instrumentos ao longe.

— Aquela rua fez com que eu me sentisse tão esquisita — disse Sharon, de repente.

— A mim também! — Denise arregalou os olhos. — Desde quando as pessoas começaram a sair ainda tão jovens?

Sharon começou a rir.

— Denise, as pessoas não estão ficando mais jovens, somos nós que estamos envelhecendo, receio dizer.

Denise pensou um pouco naquele comentário.

— Bem, ainda não estamos velhas *velhas*, pelo amor de Deus! Ainda não é hora de pendurarmos os sapatos de dança e andarmos de cajado. Poderíamos passar a noite toda acordadas se quiséssemos, mas estamos... apenas cansadas. Tivemos um longo dia... ai, meu Deus, eu estou falando como uma velha — Denise tagarelou, mas Sharon estava ocupada observando Holly, de cabeça baixa, chutando uma pedra pelo caminho.

— Holly, você está bem? Está calada há algum tempo. — Sharon mostrou-se preocupada.

— É que eu estava pensando — disse Holly, mantendo a cabeça baixa.

— Pensando em quê? — perguntou Sharon, delicadamente.

Holly olhou para frente.

— No Gerry. — Olhou para as amigas. — Estava pensando no Gerry.

— Vamos para a praia — Denise sugeriu, e elas tiraram os sapatos e ficaram descalças na areia fria.

O céu estava bem preto com milhões de pequenas estrelas brilhando; era como se alguém tivesse jogado glitter para cima. A lua cheia estava baixa no horizonte, emitindo seu brilho e mostrando onde o céu encontrava o mar. As meninas se sentaram na praia. A água com seu ritmo avançava diante delas, acalmando-as, relaxando-as. O ar estava quente, mas uma brisa suave passou por Holly, fazendo seus cabelos roçarem sua pele. Ela fechou os olhos, respirou profundamente e encheu os pulmões com ar fresco.

— Foi por isso que ele trouxe você aqui, sabe — disse Sharon, observando a amiga relaxar.

Os olhos de Holly permaneceram fechados e ela sorriu.

— Você não fala muito dele, Holly — disse Denise de modo casual, fazendo desenhos na areia com os dedos.

Holly abriu os olhos devagar. A voz soou baixa, mas calorosa e tranquila.

— Eu sei.

Denise olhou para ela.

— Por que não?

Holly parou por um minuto e olhou para o mar negro.

— Não sei como falar sobre ele. — Ela pensou por um instante. — Não sei se devo dizer "Gerry era" ou "Gerry é". Não sei se devo ficar feliz ou triste ao falar dele para outras pessoas. Parece que, se eu me mostrar feliz ao falar dele, certas pessoas me julgarão, por esperarem que eu chore até morrer. Se eu me mostrar triste, as pessoas se sentem desconfortáveis. — Olhou para o mar brilhando ao fundo e voltou a falar mais baixo. — Não consigo brincar como antes porque parece *errado*. Não consigo falar sobre coisas que ele me contou porque não quero divulgar seus segredos, porque são segredos *dele*. Simplesmente não sei muito bem *como* falar dele nas conversas. Não quer dizer que eu não me lembre dele aqui. — Ela levou as mãos à cabeça.

As três se sentaram com as pernas cruzadas na areia fofa.

— John e eu falamos sobre o Gerry o tempo todo. — Sharon olhou para Holly com os olhos brilhando. — Falamos sobre como ele nos fazia rir, e *muito*. — As moças riram ao se lembrar. — Falamos até das vezes em que discutimos. Coisas que adorávamos nele, coisas que ele fazia que nos deixavam *fulos da vida*.

Holly ergueu as sobrancelhas.

Sharon continuou:

— Porque, para nós, é assim que Gerry era. Ele não era legal o tempo todo. Lembramos de *tudo* sobre ele, e não há absolutamente *nada* de errado nisso.

Fez-se um longo silêncio.

Denise foi a primeira a quebrá-lo.

— Gostaria que o Tom tivesse conhecido o Gerry. — Sua voz estava um pouco trêmula.

Holly olhou para ela, surpresa.

— Gerry também era meu amigo — disse ela, com os olhos marejados. — E Tom nunca nem o viu. Então, tento dizer coisas sobre o Gerry o tempo todo para que ele saiba que, até pouco tempo, um dos caras mais bacanas do mundo foi *meu* amigo e acho que *todo mundo* deveria tê-lo conhecido. — Seu lábio tremeu e ela o mordiscou. — Mas não acredito que alguém a quem amo tanto não conhece um amigo que eu amei por dez anos.

Uma lágrima rolou pelo rosto de Holly e ela abraçou a amiga.

— Então, Denise, vamos ter que falar mais do Gerry para o Tom, certo?

Elas não se preocuparam em procurar a guia da agência no dia seguinte, pois não tinham a menor intenção de fazer passeios nem de participarem de campeonatos tolos de esportes. Elas levantaram cedo e participaram da dança das cadeiras de praia, correndo para tentarem colocar suas toalhas nas cadeiras e reservar o lugar para passarem o dia. Infelizmente, ainda não tinham conseguido acordar cedo o suficiente.

— Será que esses benditos alemães não dormem? — Sharon comentou.

Finalmente, quando Sharon, de modo sorrateiro, tirou algumas toalhas de três cadeiras vazias, elas conseguiram ficar juntas. Quando Holly começou a cochilar, escutou gritos estridentes e viu um monte de pessoas passar correndo. Por algum motivo, Gary, um dos guias, achou que seria uma ideia muito legal vestir-se de *drag queen* e ser perseguido por Victoria ao redor da piscina. Todos ao redor da piscina gritaram, incentivando-os, e as meninas rolaram os olhos. Por fim, Victoria pegou Gary e os dois caíram dentro da piscina.

Todos aplaudiram.

Minutos mais tarde, enquanto Holly nadava tranquilamente, uma mulher anunciou, com um microfone preso à cabeça, que ia começar a aula de aeróbica aquática na piscina dentro de cinco minutos. Victoria e Gary, auxiliados pelo Grupo das Barbies, correram pelas cadeiras, puxando todo mundo e forçando-os a participar.

— Ah, faça o favor de se ferrar! — Holly escutou Sharon gritando com um dos membros do Grupo das Barbies enquanto era arrastada para dentro da piscina. Holly logo foi forçada a sair da piscina pelo bando de hipopótamos que estava prestes a entrar para a aula de ginástica.

Elas ficaram sentadas, durante 30 minutos irritantes, aguentando os gritos da instrutora. Quando terminou, eles anunciaram que uma competição de polo aquático aconteceria em seguida, por isso as meninas se levantaram e foram em direção à praia, onde poderiam ficar em paz e no silêncio.

— Tem notícias dos pais de Gerry, Holly? — perguntou Sharon quando ela e Holly se deitaram na boia no mar.

— Sim, eles enviam um cartão-postal de poucas em poucas semanas dizendo onde e como estão.

— Então, eles ainda estão naquele cruzeiro?

— Sim.

— Você sente saudade deles?

— Para ser sincera, acho que eles não se sentem mais parte da minha vida. O filho deles morreu e não têm netos, então acho que eles não acreditam haver uma ligação entre nós.

— Isso é bobagem, Holly. Você foi casada com o filho deles e, com isso, tornou-se um pouco filha deles, também. É uma ligação muito forte.

— Ah, não sei — disse ela, suspirando. — Acho que isso não basta para eles.

— Eles são meio esquisitos, não são?

— Sim, *muito*. Eles detestavam saber que eu e Gerry "vivíamos em pecado", como diziam. Não aguentavam mais esperar pelo casamento. E ficaram piores ainda quando nos casamos! Não entendiam por que eu não quis mudar meu nome.

— Sim, eu me lembro disso — disse Sharon. — A mãe dele me encheu a paciência no casamento. Disse que era obrigação da mulher mudar o nome como sinal de respeito ao marido. Já pensou? Que absurdo!

Holly riu.

— Ah, sim, você está melhor sem eles por perto — Sharon garantiu a ela.

— Oi, meninas. — Denise se aproximou com outra boia.

— Oi, onde estava? — perguntou Holly.

— Ah, eu estava batendo papo com um cara de Miami. Bem legal.

— Miami? Foi lá que o Daniel passou as férias — disse ela, passando os dedos pela água azul.

— Hum... o Daniel é um cara bacana, não é? — perguntou Sharon.

— Sim, ele é muito legal — ela concordou. — É uma pessoa muito simpática.

— O Tom me disse que ele tem passado por momentos difíceis — disse Denise, virando-se para se deitar de costas.

Sharon se animou ao perceber a iminência de uma fofoca.

— Por quê?

— Ah, ele estava noivo, com casamento marcado com uma moça e descobriu que ela estava saindo com outro. Foi por isso que ele se mudou para Dublin e comprou o pub, para se afastar dela.

— Eu sei, um horror, não? — disse Holly, com tristeza.

— Nossa! Onde ele vivia antes? — perguntou Sharon.

— Em Galway. Ele gerenciava um bar lá — Holly explicou.

— Ah — Sharon mostrou-se surpresa. — Ele não tem sotaque de Galway.

— Bem, ele cresceu em Dublin e entrou para o exército, depois saiu e mudou-se para Galway, onde a família dele tinha um bar, e então conheceu Laura, eles passaram sete anos juntos, noivaram, mas ela o traiu e eles terminaram e, por isso, ele voltou para Dublin e comprou o Hogan. — Holly respirou para recuperar o fôlego.

— Você sabe pouco sobre ele, não é? — Denise provocou.

— Bem, se você e o Tom tivessem prestado um pouco de atenção em nós naquela noite no pub, talvez eu não soubesse tanto sobre ele agora — respondeu Holly em tom de brincadeira.

Denise suspirou.

— Nossa! Que saudade do Tom — disse com tristeza.

— Você disse isso ao cara de Miami? — perguntou Sharon, rindo.

— Não, eu estava só conversando com ele — disse Denise tentando se defender. — Pra dizer a verdade, ninguém mais me interessa. É muito esquisito, é como se eu não conseguisse *enxergar* nenhum outro homem, e quero dizer que nem os *percebo*. E como no momento estamos cercadas por homens seminus, acho que isso quer dizer muita coisa.

— Eu acho que chamam isso de amor, Denise. — Sharon sorriu para a amiga.

— Bem, seja o que for, nunca me senti assim.

— É bom sentir-se assim — Holly disse baixinho.

Elas passaram um tempo em silêncio, com seus próprios pensamentos, deixando o movimento suave das ondas acalmá-las.

— Caramba! — Denise gritou de repente, sobressaltando as outras duas. — Olha o quanto nos afastamos!

Holly se sentou no mesmo instante e olhou ao redor. Elas estavam tão longe que as pessoas na praia pareciam formiguinhas.

— Ai, droga! — Sharon entrou em pânico e Holly percebeu que elas estavam em apuros.

— Comecem a nadar, depressa! — Denise gritou, e elas se deitaram de bruços nas boias e começaram a bater pernas e braços com toda a força. Depois de alguns minutos, elas desistiram, sem fôlego. Horrorizadas, viram que estavam mais longe ainda. Não havia como reagirem, porque as ondas recuavam muito depressa, com muita força.

Capítulo 28

— SOCORRO! — DENISE GRITOU A PLENOS PULMÕES e acenou os braços sem parar.

— Acho que eles não conseguem nos ouvir — Holly disse com os olhos marejados.

— Nossa! Como fomos idiotas! — disse Sharon e continuou a reclamar a respeito dos perigos de estar no meio do mar com uma boia.

— Ah, esqueça isso, Sharon — disse Denise. — Estamos aqui agora, então vamos todas gritar juntas e pode ser que eles nos escutem.

As três pigarrearam e se ajeitaram na boia, tomando o cuidado de não caírem na água.

— Certo, um, dois, três... SOCORRO! — elas gritaram, e balançaram os braços sem parar.

Depois de um tempo, elas pararam de gritar e olharam em silêncio para os pontos na praia, tentando ver se tinham chamado atenção. Tudo continuava igual.

— Por favor, digam que não tem nenhum tubarão aqui — Denise resmungou.

— Ai, Denise, por favor — disse Sharon —, essa é a última coisa em que queremos pensar no momento.

Holly ficou com medo e olhou para a água, que, antes azul-clara, havia escurecido. Saiu da boia para ver a profundidade e, sem conseguir encostar o pé no fundo, sentiu o coração acelerar ainda mais.

A situação em que estavam era ruim. Sharon e Holly tentaram nadar levando as boias, enquanto Denise continuou gritando.

— Pelo amor de Deus, Denise — disse Sharon, ofegante —, a única coisa que vai conseguir com isso é chamar a atenção dos golfinhos.

— Olha, por que vocês não param de nadar? Estão tentando há alguns minutos e ainda estão bem do meu lado.

Holly parou de nadar e olhou para frente. Denise a encarava.

— Ai. — Holly tentou controlar as lágrimas. — Sharon, é melhor pararmos para poupar energia.

Sharon parou de nadar e as três se uniram com as boias e choraram.

Não havia mesmo mais nada que pudessem fazer, Holly pensou, começando a sentir ainda mais pânico.

Elas haviam tentado gritar por socorro, mas o vento estava levando suas vozes na outra direção; tentaram nadar, o que não resolvera, pois a maré estava forte demais. Estava começando a esfriar e o mar parecia escuro e feio. Que situação mais absurda. Apesar de todo o medo e preocupação, Holly ainda conseguia se sentir totalmente humilhada. Não sabia se devia rir ou chorar e começou a emitir um som estranho, como se tentasse fazer as duas coisas ao mesmo tempo, e Sharon e Denise pararam de chorar e ficaram olhando para a amiga como se esta tivesse dez cabeças.

— Pelo menos uma coisa boa conseguimos tirar de tudo isso — disse Holly, meio chorando, meio rindo.

— Tem uma coisa boa nisso? — disse Sharon, secando os olhos.

— Bem, nós três sempre falamos sobre ir à África — ela riu como uma maluca —, e pelo que parece, eu diria que já estamos na metade do caminho. As moças olharam para o mar, para onde estavam indo. — E também é um meio mais barato de chegar lá.

Sharon começou a rir com Holly. Denise olhou para as duas como se elas fossem malucas, e as outras duas, ao olharem para Denise, no meio do mar, seminua, com apenas uma tanga de estampa de oncinha e os lábios azuis, riram mais ainda.

— O que foi? — Denise olhou para elas com os olhos arregalados.

— Eu diria que estamos com um grande problema. — Sharon riu.

— É — Holly concordou —, estamos à deriva.

Elas ficaram rindo e chorando por mais alguns minutos até escutarem o barulho de um barco a motor. Denise endireitou-se e começou a balançar os braços freneticamente. Holly e Sharon riram ainda mais ao verem os peitos de Denise subindo e descendo enquanto ela acenava para os salva-vidas que se aproximavam.

— É igualzinho a uma noite na balada. — Sharon riu, observando Denise sendo arrastada, seminua, para dentro do barco, por um salva-vidas musculoso.

— Acho que elas estão em estado de choque — um salva-vidas disse ao outro enquanto colocavam as moças histéricas dentro do barco.

— Rápido, salvem as boias! — Holly conseguiu falar entre risos.

— As boias! — Sharon gritou.

Os salva-vidas se entreolharam preocupados ao cobrir as moças com cobertores quentes e partir de volta à praia.

Quando eles se aproximaram da areia, muitas pessoas haviam se reunido para observar. As meninas trocaram olhares de novo e riram ainda mais. Ao serem tiradas do barco, todos aplaudiram. Denise virou-se e fez uma reverência a todos eles.

— Eles estão nos aplaudindo agora, mas onde estavam quando precisamos deles? — Sharon resmungou.

— Traidores. — Holly riu.

— Ali estão elas! — Escutaram um grito familiar e viram Cindy e o Grupo das Barbies passando entre as pessoas. — Ai, meu Deus! — ela gritou. — Eu vi tudo com meus binóculos e chamei os salva-vidas. Vocês estão bem? — Ela olhou para as três, assustada.

— Ah, estamos bem — disse Sharon com seriedade. — Tivemos sorte. As pobres boias nem tiveram chance. — Com isso, Sharon e Holly começaram a rir e foram encaminhadas a um médico para serem examinadas.

Naquela noite, as três se deram conta da gravidade do que havia acontecido e ficaram muito retraídas, caladas durante o jantar, pensando na sorte que tiveram ao serem resgatadas, arrependidas do ato descuidado. Denise se remexeu na cadeira e Holly percebeu que ela não estava comendo.

— O que você tem? — perguntou Sharon, puxando um fio de macarrão, o que fez o molho espirrar em seu rosto.

— Nada — respondeu Denise, enchendo o copo de água.

Elas permaneceram sentadas por mais um tempo.

— Com licença, vou ao banheiro. — Denise ficou em pé e caminhou desengonçada em direção ao toalete feminino.

Sharon e Holly se entreolharam sem entender.

— O que você acha que ela tem? — perguntou Holly.

Sharon deu de ombros.

— Olha, ela bebeu cerca de dez litros de água ao longo do jantar, por isso não para de ir ao banheiro — disse ela, exagerando.

— Será que ela está irritada conosco por termos ficado rindo hoje?

Sharon demonstrou não saber e elas continuaram a comer em silêncio. Holly havia agido de modo anormal na água, e era incômodo pensar no motivo que a levara a agir daquele jeito. Depois do pânico inicial por pensar que morreria, Holly ficou contente ao perceber que se de fato morresse, sabia que encontraria Gerry. Ficou irritada por concluir que não importava viver ou morrer. Eram pensamentos egoístas. Precisava mudar o modo como via a vida.

Denise fez uma careta quando se sentou.

— Denise, o que aconteceu? — perguntou Holly.

— Não posso contar, porque vocês ficarão rindo — disse ela, de modo infantil.

— Ah, pare com isso, somos suas amigas, não vamos rir — disse Holly, tentando esconder um sorriso.

— Eu disse não. — Ela colocou mais água dentro do copo.

— Vamos, Denise, você sabe que pode nos contar tudo. Prometemos que não vamos rir. — Sharon disse aquilo com tanta seriedade, que Holly sentiu-se mal por sorrir.

Denise olhou para as duas, tentando decidir se podia confiar nelas.

— Está bem. — Ela suspirou alto e murmurou algo bem baixinho.

— O quê? — perguntou Holly, aproximando-se.

— Querida, não escutamos, você falou muito baixo — disse Sharon, puxando a cadeira para mais perto da amiga.

Denise olhou ao redor para ter certeza de que ninguém escutava a conversa e inclinou-se para frente.

— Eu disse que por ter passado muito tempo no mar, meu traseiro está assado.

— Ah — disse Sharon, recostando-se na cadeira.

Holly olhou para o outro lado para evitar o olhar de Sharon e contou os pães no cesto para esquecer o que Denise havia acabado de dizer.

Fez-se um longo silêncio.

— Viram? Eu disse que vocês começariam a rir — disse Denise.

— Ei, não estamos rindo — disse Sharon, tremendo.

Mais silêncio.

Holly não conseguiu se controlar.

— Procure apenas passar bastante creme na região para não descascar. — E as duas não mais se controlaram e começaram a rir sem parar.

Denise apenas balançou a cabeça e esperou que elas parassem de rir. Precisou esperar muito tempo. Na verdade, horas mais tarde, deitada no sofá-cama, continuou esperando. A última coisa que escutou antes de dormir foi um comentário engraçadinho de Holly:

— Procure deitar-se de frente, Denise. — E elas riram mais e mais.

— Ei, Holly — Sharon sussurrou quando elas conseguiram se acalmar. — Está animada para amanhã?

— Por quê? — perguntou Holly, bocejando.

— A carta! — respondeu Sharon, surpresa por Holly não ter se lembrado logo de cara. — Não me diga que esqueceu.

Holly enfiou a mão embaixo do travesseiro para conferir se o envelope continuava ali. Dentro de uma hora, ela conseguiria ler a sexta carta de Gerry. É claro que não havia se esquecido.

Na manhã seguinte, Holly acordou e escutou Sharon vomitando no banheiro. Aproximou-se da amiga e passou a mão nas costas dela, segurando seu cabelo para trás.

— Você está bem? — perguntou com preocupação quando Sharon parou de vomitar.

— Sim, foi só um pesadelo infernal que tive a noite toda. Sonhei que estava em um barco, essas coisas. Acho que fiquei enjoada.

— Também tive sonhos assim. Ontem foi assustador, certo?

Sharon assentiu.

— Nunca mais pretendo entrar no mar — disse, esboçando um sorriso.

Denise chegou ao banheiro já vestindo o biquíni. Havia pegado emprestado uma das saídas de praia de Sharon para cobrir o traseiro queimado e Holly precisou se controlar para não provocá-la, já que a amiga provavelmente estava sentindo muita dor.

Quando chegaram à piscina, Denise e Sharon se uniram ao Grupo das Barbies. Bem, era o mínimo que podiam fazer, já que aquelas meninas tinham pedido ajuda. Holly não conseguiu acreditar que havia adormecido antes da meia-noite na noite anterior. Planejara levantar-se sem acordar as amigas, sentar-se na varanda e ler a carta. Não fazia ideia de como havia conseguido dormir com toda aquela ansiedade, mas não tolerava mais o grupo das Barbies. Antes de ser forçada a conversar com alguém, fez um sinal para Sharon para dizer que se afastaria, e Sharon piscou para ela de modo incentivador, sabendo por que a amiga estava se afastando. Holly vestiu a saída de praia e levou a pequena bolsa, dentro da qual carregava a carta tão importante.

Afastou-se de todos os gritos de animação das crianças e dos adultos que brincavam e do rádio tocando as músicas mais populares do momento. Encontrou um canto tranquilo e sentou-se sobre a toalha de praia para evitar mais contato com a areia quente. As ondas iam e vinham. As águias gorjeavam umas para as outras no céu azul, sobrevoavam o local, mergulhavam na água para pegar o café da manhã. O sol já estava quente àquela hora da manhã.

Holly tirou a carta da bolsa com cuidado, como se fosse a coisa mais delicada do mundo, e passou os dedos pela palavra muito bem escrita: "Agosto".

Assimilando todos os sons e cheiros do mundo ao seu redor, abriu o selo com delicadeza e leu a sexta mensagem de Gerry.

Oi, Holly,

Espero que a viagem esteja sendo maravilhosa. Você está linda com esse biquíni, diga-se de passagem! Espero ter escolhido o lugar certo para você, é o lugar onde você e eu quase passamos a nossa lua de mel, lembra? Que bom que você pôde conhecê-lo... Parece que se você ficar de pé no fim da praia, perto das rochas à frente de seu hotel e olhar à esquerda, verá um farol. Eu soube que é onde os golfinhos se reúnem... poucas pessoas sabem disso. E eu sei que você ama golfinhos... diga oi a eles.

P.S. Eu te amo, Holly...

Com as mãos trêmulas, Holly recolocou o cartão dentro do envelope e o guardou com cuidado em uma das divisórias da bolsa. Sentiu o olhar de Gerry ao ficar em pé e rapidamente enrolou a toalha de praia. Sentia a presença dele. Correu até a ponta da praia, que terminava em um monte. Ela calçou os tênis e começou a subir nas pedras para poder ver do outro lado.

E lá estava.

Exatamente onde Gerry havia descrito, o farol ficava no topo de um monte, branco, como se fosse uma tocha para o céu. Holly subiu cuidadosamente as rochas e contornou uma pequena caverna. Estava sozinha. Aquele local era totalmente isolado. E então, ouviu o som. Os golfinhos emitiam seus sons brincando perto da costa, longe da vista de todos os turistas nas praias ao lado. Holly deitou-se na areia para observá-los brincando e escutá-los "conversando".

Gerry se sentou ao lado dela.

Pode até ter segurado sua mão.

Holly sentiu-se feliz ao voltar para Dublin, relaxada e bronzeada. O que o médico recomendava. Ainda assim, ela resmungou quando o avião aterrissou no Aeroporto de Dublin sob forte chuva. Dessa vez, os passageiros não aplaudiram nem comemoraram, e o aeroporto parecia um lugar diferente do qual havia partido na semana anterior. Mais uma vez, Holly foi a última pessoa a pegar as malas, e uma hora depois, elas caminharam tristes em direção a John, que esperava por elas dentro do carro.

— Olha, parece que o duende não mexeu mais no seu jardim durante sua ausência — disse Denise, olhando para o jardim enquanto John se aproximava da casa de Holly.

Holly se despediu das amigas com um abraço forte e um beijo e entrou em sua casa vazia e silenciosa. Havia um cheiro forte de bolor ali dentro e ela se aproximou das portas da cozinha para deixar o ar fresco circular.

Parou quando virou a chave na porta e olhou para fora. O quintal havia sido totalmente mudado. A grama estava cortada. As ervas daninhas foram retiradas. A mobília do jardim fora polida e envernizada. Uma camada de tinta nova fazia os muros do jardim brilhar. Novas flores tinham sido plantadas e, no canto, sob a sombra do grande carvalho, havia um banco de madeira. Holly olhou ao redor chocada. Quem podia estar fazendo aquilo?

Capítulo 29

Nos dias seguintes a seu retorno de Lanzarote, Holly manteve-se retraída. Holly, Denise e Sharon estavam dispostas a passar alguns dias separadas umas das outras. Não era algo que elas haviam discutido, mas depois de passarem uma semana toda juntas, Holly tinha certeza de que seria saudável passar um tempo separadas. Foi impossível encontrar Ciara, pois ou ela estava trabalhando no clube do Daniel ou estava com Mathew. Jack estava passando suas últimas preciosas semanas de liberdade no verão em Cork, na casa dos pais de Abbey, antes de ter que voltar a dar aulas, e Declan estava... ah, ninguém sabia onde Declan estava.

Agora que estava de volta, não se sentia exatamente entediada com a vida, tampouco muito feliz. Não havia nada de diferente, tudo parecia sem sentido. Antes, ela tinha a viagem com que se distrair, mas agora não sentia ter motivos para sair da cama de manhã. E como estava dando um tempo para as amigas, não tinha ninguém com quem conversar. E não tinha muito o que falar com os pais. Comparado ao calor escaldante em Lanzarote, Dublin estava úmida e feia, e, por isso, ela não nem podia tentar manter seu belo bronzeado ou aproveitar o novo jardim dos fundos.

Em alguns dias, ela nem saía da cama, apenas assistia à televisão e esperava... esperava pelo envelope de Gerry do mês seguinte, tentando imaginar qual seria a próxima surpresa dele. Ela sabia que os amigos desaprovariam aquela espera, principalmente depois de ter passado férias tão boas, mas quando Gerry era vivo, ela vivia por ele e, agora que ele estava morto, ela vivia pelas mensagens que ele havia deixado. Tudo girava ao redor dele. Ela realmente acreditara que seu propósito na vida tinha sido conhecê-lo e aproveitar com ele todos os dias de sua vida, até o fim. Qual seria seu propósito agora? Com certeza tinha algum, ou talvez houvesse ocorrido um erro na administração do céu.

Algo que sentia precisar fazer era encontrar o duende do jardim. Depois de questionar mais alguns vizinhos, continuava sem saber nada a respeito do jardineiro secreto, e estava começando a achar que tudo não passava de um terrível engano. Por fim, começou a pensar que um jardineiro havia cometido o grande erro de cuidar do jardim errado, por isso conferia as correspondências todos os dias à procura de uma conta que se recusaria a pagar. Mas não recebeu conta alguma, não de jardinagem, pelo menos. Muitas outras chegavam e seu dinheiro estava acabando depressa. Tinha muitas responsabilidades, contas de consumo, de telefone, de seguro, só recebia contas e mais contas, e não fazia a menor ideia de como continuaria pagando todas elas. Mas não se importava; havia se tornado alheia a todos esses problemas irrelevantes da vida.

Ela mantinha sonhos impossíveis.

Um dia, Holly percebeu por que o duende não havia retornado. Seu jardim só era limpo quando ela não estava em casa. Então, saiu de casa cedo, certa manhã, e deixou o carro na esquina de sua rua. Voltou para casa caminhando e se sentou na cama à espera do jardineiro misterioso.

Depois de passar três dias fazendo a mesma coisa, a chuva finalmente parou e o sol apareceu de novo. Holly estava prestes a desistir de resolver o mistério quando ouviu alguém se aproximar do jardim. Saiu da cama em pânico, despreparada em relação ao que fazer, apesar de ter planejado ao longo de dias. Olhou pela janela e viu um garoto, que aparentava ter 12 anos, descendo sua rua, levando com ele um cortador de grama. Ela vestiu o roupão grande de Gerry e desceu a escada correndo, não se importando com sua aparência.

Abriu a porta, assustando o garoto. Ele estava com o dedo diante da campainha, prestes a apertá-la. Ficou boquiaberto ao ver a mulher diante dele.

— Ah há! — Holly gritou, triunfante. — Acho que peguei meu duende-zinho!

Ele ficou parado, com a boca aberta; não sabia o que dizer. Por fim, fez uma careta como se estivesse prestes a chorar e gritou:

— Pai!

Holly olhou de um lado a outro da rua, à procura do pai do garoto, e decidiu obter o máximo de informações antes de um adulto chegar.

— Então, é você que tem cuidado do meu jardim. — Ela cruzou os braços diante do peito.

Ele balançou a cabeça, negando, assustado.

— Não precisa negar — disse ela, com delicadeza. — Eu já sei. — Ela fez um meneio de cabeça em direção ao cortador de grama.

Ele se virou e olhou para o equipamento e voltou a gritar.

— Pai!

O pai do garoto fechou a porta de uma van e se aproximou da casa.

— O que foi, filho? — Ele passou o braço pelos ombros do garoto e olhou para Holly, como se pedisse uma explicação.

Holly não se deixou enganar.

— Eu estava conversando com seu filho aqui, tentando entender essa brincadeira.

— Que brincadeira? — Ele parecia irritado.

— A brincadeira de cuidar de meu jardim sem a minha permissão e depois vir me cobrar. Já vi coisas desse tipo. — Ela levou as mãos à cintura e tentou fazer cara de valente.

O homem parecia confuso.

— Sinto muito, não sei do que a senhora está falando. Nunca mexemos em seu jardim. — Ele olhou para o jardim dela, pensando que ela devia ser maluca.

— Não neste jardim, mas, sim, no de trás. — Ela sorriu e ergueu as sobrancelhas, pensando tê-lo pegado dessa vez.

Ele riu como resposta.

— Cuidamos de seu jardim? A senhora está maluca? Cortamos grama, só isso. Está vendo isto? É um cortador de grama, só isso. Ele só corta a maldita grama.

Holly tirou as mãos da cintura e lentamente as colocou dentro do bolso do roupão. Talvez eles estivessem dizendo a verdade.

— Tem certeza de que não andaram mexendo em meu jardim? — Ela semicerrou os olhos.

— Senhora, nunca trabalhei nesta rua, muito menos em seu jardim, e posso garantir que nunca cortarei a sua grama.

Holly ficou envergonhada.

— Mas eu pensei...

— Não me importa o que a senhora pensou — ele a interrompeu. — Da próxima vez, tente se inteirar dos fatos antes de assustar meu filho.

Holly olhou para o garoto e viu seus olhos marejados. Ela levou a mão diante da boca, envergonhada.

— Meu Deus, sinto muito — ela se desculpou. — Esperem um minuto.

Ela correu para dentro da casa para pegar sua bolsa e colocou 5 dólares na mão do garoto rechonchudo. Ele ficou feliz.

— Certo, vamos embora — disse o pai, virando o filho de costas e levando-o em direção à rua.

— Pai, não quero mais fazer esse trabalho — o menino resmungou para o pai enquanto seguiam para a casa seguinte.

— Ah, não se preocupe, filho, nem todo mundo é doido como ela.

Holly fechou a porta e analisou seu reflexo no espelho. Ele tinha razão; ela havia enlouquecido. Agora, só precisava de uma casa cheia de gatos. O som do telefone tocando fez com que ela parasse de se olhar.

— Alô? — disse Holly, ao atender.

— Oi, como você está? — perguntou Denise, animada.

— Ah, feliz da vida — respondeu Holly, com sarcasmo.

— Ai, eu também! — a amiga gritou.

— É mesmo? Por que está tão feliz?

— Ah, nada de mais, só a vida de modo geral. — E voltou a rir.

Claro, só a vida. A linda, maravilhosa e encantadora vida. Que pergunta tola.

— E aí? O que me conta de novo?

— Estou ligando para convidar você para jantar amanhã à noite. Sei que está meio em cima da hora, mas avise se estiver muito ocupada... cancele o que tiver marcado!

— Espere um minuto, vou conferir minha agenda — disse Holly, sarcástica mais uma vez.

— Tudo bem — disse Denise, séria, e ficou em silêncio enquanto esperava. Holly rolou os olhos.

— Uau, olha só, quem diria. Parece que estou livre amanhã à noite.

— Oba! — disse Denise, animada. — Vamos todos nos reunir no restaurante Chang, às 8 horas.

— Nós, quem?

— Sharon e John vão e alguns dos amigos de Tom também. Não saímos juntos há muito tempo, por isso será divertido!

— Combinado, até amanhã. — Holly desligou sentindo-se irritada. Será que Denise não conseguia se lembrar de que ela ainda era uma viúva em luto e que a vida não tinha mais graça nenhuma para ela? Subiu a escada correndo e abriu seu guarda-roupa. Que roupa velha e nojenta vestiria na noite seguinte, e com que dinheiro pagaria uma refeição cara? Mal conseguia pagar o combustível de seu carro. Pegou todas as roupas do guarda-roupa e as jogou pelo quarto, gritando até se sentir normal de novo.

Talvez, no dia seguinte, compraria uns gatos.

Capítulo 30

HOLLY CHEGOU AO RESTAURANTE às 8h20, pois passara horas vestindo e tirando as roupas. Por fim, acabou escolhendo a roupa que Gerry a instruíra a usar no dia do karaokê, para poder se sentir mais próxima a ele. Ela não estava lidando muito bem com as coisas na última semana; os baixos tinham sido mais constantes do que os altos, e ela estava encontrando dificuldades para se colocar de pé de novo.

Enquanto caminhava em direção à mesa do restaurante, ficou decepcionada: Encontro de Casais.

Ela parou no meio do caminho e rapidamente deu um passo para o lado, escondendo-se atrás de uma parede. Não sabia se conseguiria seguir adiante. Não tinha mais forças para lidar com as emoções. Olhou ao redor para encontrar a maneira mais fácil de escapar; certamente não podia sair pela mesma entrada ou alguém a veria. Viu a saída de emergência ao lado da porta da cozinha, que havia sido aberta para deixar a fumaça sair. Assim que saiu do restaurante, sentiu-se livre de novo. Atravessou o estacionamento, tentando inventar uma desculpa para dar a Denise e Sharon.

— Oi, Holly.

Ela parou e se virou lentamente, percebendo que havia sido flagrada. Viu Daniel recostado em seu carro, fumando um cigarro.

— Oi, Daniel. — Ela caminhou em direção a ele. — Não sabia que você fumava.

— Só quando estou estressado.

— Está estressado? — Os dois se cumprimentaram com um abraço.

— Eu estava tentando decidir se deveria me unir ao grupo Casais Felizes Unidos ali dentro. — Daniel fez um meneio de cabeça em direção ao restaurante.

Holly sorriu.

— Você também?

Ele riu.

— Bem, não vou dizer a eles que vi você, se é isso o que quer.

— Então você vai entrar?

— Preciso encarar a realidade — disse ele, amassando o cigarro com o pé.

Holly pensou no que ele disse.

— Acho que você está certo.

— Você não precisa entrar se não quiser. Não quero que se sinta péssima por minha causa hoje.

— Pelo contrário, seria bacana ter um outro solitário como companhia. Existem poucos de nossa raça.

Daniel riu e esticou o braço.

— Vamos?

Holly segurou em seu braço e eles entraram lentamente no restaurante. Era confortante saber que outra pessoa também se sentia como ela.

— A propósito, vou embora assim que terminarmos de comer — disse ele, rindo.

— Traidor — respondeu ela, dando-lhe um tapa no braço. — Bem, tenho que ir embora cedo, sim, para pegar o último ônibus para voltar para casa. — Ela não tivera dinheiro para encher o tanque do carro nos últimos dias.

— Ótimo, a desculpa perfeita. Direi que temos que ir embora cedo porque vou lhe dar uma carona e você precisa estar em casa... que horário?

— Onze e meia? — À meia-noite, ela pretendia abrir o envelope de setembro.

— Horário perfeito. — Ele sorriu e entraram no local sentindo-se um pouco melhor com a companhia um do outro.

— Lá estão eles! — Denise anunciou ao vê-los se aproximando da mesa.

Holly sentou-se ao lado de Daniel, grudando em seu álibi.

— Peço desculpas pelo atraso — disse ela.

— Holly, estes são Catherine e Thomas, Peter e Sue, Joanne e Paul, Tracey e Bryan, John e Sharon você conhece, Geoffrey e Samantha e, finalmente, Des e Simon.

Holly sorriu e acenou para todos eles.

— Oi, somos Daniel e Holly — disse Daniel de modo brincalhão, e Holly sorriu.

— Tivemos que fazer o pedido, espero que não se incomodem — Denise explicou. — Mas pedimos um monte de pratos diferentes, então podemos dividi-los. Tudo bem?

Holly e Daniel assentiram.

A mulher ao lado de Holly, cujo nome ela não se lembrava, virou-se para ela e perguntou em voz alta:

— E então, Holly, o que você faz?

Daniel ergueu as sobrancelhas para Holly.

— Desculpe, não entendi o que quer saber — respondeu ela com serie-dade. Detestava pessoas intrometidas. Detestava conversas a respeito de como as pessoas ganhavam a vida, principalmente quando essas pessoas eram totalmente desconhecidas recém-apresentadas. Ela percebeu que Daniel ria a seu lado.

— Com o que trabalha? — a mulher insistiu.

Holly pretendera responder de modo engraçado, porém levemente gros-seiro, mas mudou de ideia quando todos pararam de conversar e olharam para ela, que olhou ao redor com embaraço e pigarreou com nervosismo.

— É... bem, estou à procura de um emprego no momento.

Sua voz falhou.

Os lábios da mulher tremeram e ela tirou um pedaço de pão dos dentes, de modo mal-educado.

— E o que você faz? — perguntou Daniel em voz alta, quebrando o silêncio.

— Ah, o Geoffrey é empresário — disse ela, virando-se com orgulho para o marido.

— Ah, sim, mas o que *você* faz? — Daniel repetiu.

A senhora pareceu desconcertada ao ver que sua resposta não tinha sido suficiente para ele.

— Bem, eu me mantenho ocupada o dia todo, faço várias coisas. Querido, por que não conta a ele sobre a empresa? — Ela virou-se para o marido de novo para tirar a atenção de si.

Seu marido inclinou-se na cadeira.

— É só uma pequena empresa. — Ele mordeu seu pão, mastigou devagar, e todos esperaram que ele engolisse para poder continuar.

— Pequena, mas bem-sucedida — a esposa acrescentou.

Geoffrey finalmente terminou de comer.

— Nós fabricamos para-brisas e vendemos a lojas.

— Nossa! Que interessante! — disse Daniel, de modo seco.

— E o que você faz, Dermot? — perguntou ela, virando-se para olhar para Daniel.

— Desculpe, mas eu me chamo Daniel. Sou dono de um bar.

— Certo — ela assentiu e desviou o olhar. — O tempo está péssimo, não é? — disse, para todos.

Todos começaram a conversar e Daniel se virou para Holly.

— Você aproveitou suas férias?

— Ah, sim, eu me diverti demais. Relaxamos todos os dias, não fizemos nada de estranho ou maluco.

— Exatamente o que você precisava. — Ele sorriu. — Fiquei sabendo de sua experiência de quase morte.

Holly rolou os olhos.

— Aposto que foi a Denise que contou.

Ele assentiu e riu.

— Bem, aposto que ela deu a versão exagerada dos fatos.

— Não, na verdade ela só me contou que vocês ficaram cercadas por tubarões e tiveram que ser tiradas do mar por um helicóptero.

— Não acredito!

— Não, estou brincando. — Ele riu. — Ainda assim, vocês deviam estar conversando sem parar e não perceberam que estavam sendo levadas para dentro do mar!

Holly corou um pouco ao se lembrar de que elas estavam conversando sobre ele no momento do problema.

— Pessoal, prestem atenção! — disse Denise. — Vocês provavelmente estão querendo saber por que Tom e eu convidamos todos aqui esta noite.

— Nem imaginamos — murmurou Daniel, e Holly riu.

— Bem, temos uma notícia para dar. — Ela olhou ao redor, para todos, e sorriu.

Holly arregalou os olhos.

— Eu e Tom vamos nos casar! — Denise gritou e Holly levou as mãos ao rosto, chocada. Não *sabia* que isso ia acontecer tão depressa.

— Ai, Denise! — disse ela, e contornou a mesa para abraçá-los. — Que notícia maravilhosa! Parabéns!

Ela olhou para Daniel, que estava pálido.

Eles abriram uma garrafa de champanhe e todos ergueram as taças, como Jemima e Jim ou Samantha e Sam ou quem quer que fosse.

— Esperem! Esperem! — Denise interrompeu antes de eles começarem. — Sharon, não pegou uma taça?

Todos olharam para Sharon, que segurava um copo de suco de laranja.

— Aqui está — disse Tom, enchendo uma taça.

— Não, não, não! Pra mim, não, obrigada — disse ela.

— Por que não? — perguntou Denise, chateada por ver que a amiga não queria comemorar com ela.

John e Sharon se entreolharam e sorriram.

— Bem, eu não queria dizer nada, porque esta é a noite especial de Denise e Tom...

Todos insistiram para que ela falasse.

— É que... estou grávida! John e eu teremos um bebê!

Os olhos de John ficaram marejados e Holly ficou paralisada em sua cadeira, em choque. Também *não sabia* daquela novidade. Tinha lágrimas nos olhos quando se aproximou de Sharon e John para cumprimentá-los. Em seguida, sentou-se e respirou profundamente. Aquilo era demais.

— Então, vamos fazer um brinde ao noivado de Tom e Denise e ao bebê de Sharon e John!

Todos brindaram e Holly fez sua refeição em silêncio, sem sentir o gosto de nada.

— Quer ir embora às 11? — perguntou Daniel discretamente, e ela assentiu, concordando.

Depois do jantar, Holly e Daniel se despediram e ninguém insistiu para que ficassem.

— Quanto devo deixar para a conta? — Holly perguntou a Denise.

— Ah, não se preocupe com isso. — Ela balançou a mão, em um gesto para que Holly esquecesse o assunto.

— Não seja tola, não posso permitir que pague. Estou falando sério, quanto devo deixar?

A mulher sentada ao lado dela, pegou o cardápio e começou a somar os preços de todos os pratos que eles tinham pedido, que eram muitos e Holly havia evitado até pedir uma entrada para poder pagar sua parte.

— Bem, serão cerca de 50 dólares para cada, incluindo o vinho e as garrafas de champanhe.

Holly engoliu em seco e olhou para os 30 dólares que segurava. Daniel segurou sua mão e a colocou de pé.

— Vamos, Holly.

Ela estava prestes a se desculpar por não ter trazido aquela quantia, mas quando abriu a mão e olhou para o dinheiro, viu 20 dólares a mais.

Ela sorriu para Daniel de modo grato e os dois saíram em direção ao carro.

Ficaram sentados dentro do automóvel em silêncio, pensando no que havia acontecido naquela noite. Holly queria sentir alegria pelas amigas, de verdade, mas não conseguia se livrar da sensação ruim de ter sido deixada de lado. A vida de todos estava caminhando, menos a dela.

Daniel estacionou diante de sua casa.

— Quer entrar para beber um chá, um café ou coisa assim?

Ela tinha certeza de que ele diria não e ficou surpresa quando ele soltou o cinto e aceitou o convite. Ela gostava muito de Daniel, ele era muito atencioso e divertido, mas naquele momento, queria ficar sozinha.

— A noite foi meio maluca, não foi? — perguntou ele, bebendo um gole de café. Holly apenas balançou a cabeça, indignada.

— Daniel, conheço essas meninas praticamente desde que nasci, e *não sabia* de nada disso.

— Olha, se isso faz você se sentir melhor, conheço Tom há anos e ele também não me disse nada.

— Sharon não bebeu durante nossa viagem — ela não tinha escutado o que Daniel dissera —, e vomitou em algumas manhãs, mas ela disse que era só enjoo por causa do mar... — Ela parou de falar e muitas coisas em sua mente se misturaram, e começaram a fazer sentido depois de um tempo.

— Enjoo por causa do mar? — perguntou ele, confuso.

— Depois de nossa experiência de quase morte.

— Ah, sim.

Dessa vez, nenhum dos dois riu.

— Que engraçado — disse ele, sentando-se no sofá. Ai, não, Holly pensou; ele não vai mais sair daqui.

— Os caras sempre disseram que eu e Laura seríamos os primeiros a casar — continuou. — Só não pensei que Laura fosse se casar antes de mim.

— Ela vai se casar? — perguntou Holly, com cuidado.

Ele assentiu e desviou o olhar.

— Ele também era amigo meu. — E riu com amargura.

— Com certeza não é mais.

— Não. Claro que não.

— Sinto muito — disse ela com sinceridade.

— Ah, tudo bem, todos nós merecemos uma maré de azar de vez em quando. Você sabe disso melhor do que ninguém.

— Pois é. Merci.

— Eu sei que não foi merecida, mas não se preocupe, a sorte virá também.

— Você acha?

— Espero que venha.

Eles ficaram sentados em silêncio durante mais um tempo e Holly olhou para o relógio. Já era 0h05. Precisava tirar Daniel dali para poder abrir o envelope. Ele leu sua mente.

— Como estão as mensagens do além?

Holly se inclinou e colocou a xícara em cima da mesa.

— Bem, tenho mais uma para abrir esta noite. Então... — Ela olhou para ele.

— Entendi — disse ele, levantando-se. Colocou a xícara rapidamente sobre a mesa. — Melhor eu deixar você em paz.

Holly mordeu o lábio, sentindo-se culpada por mandá-lo embora tão depressa, mas sentiu-se aliviada por ele estar de saída.

— Muito, muito obrigada pela carona, Daniel — disse ela, acompanhando-o até a porta.

— De nada. — Ele pegou o casaco do corrimão da escada e caminhou em direção à porta.

Os dois se abraçaram rapidamente.

— Até mais — disse ela, julgando-se muito mal-educada, e observou enquanto ele corria na chuva até o carro. Ela acenou e a culpa desapareceu imediatamente assim que fechou a porta. — Certo, Gerry — disse e caminhou em direção à cozinha e pegou o envelope em cima da mesa.

— O que você reservou para mim este mês?

Capítulo 31

Holly segurou o pequeno envelope com força nas mãos e olhou para o relógio na parede da cozinha. Era 0h15. Normalmente, Sharon e Denise já teriam telefonado, animadas para saber o que estava escrito na carta. Mas, até aquele momento, não haviam telefonado. Aparentemente, o noivado e a gravidez eram mais interessantes do que as mensagens de Gerry. Holly repreendeu a si mesma por ser tão amarga; queria sentir-se feliz pelas amigas, queria estar no restaurante comemorando as boas notícias com elas, como a antiga Holly teria feito. Mas não conseguia nem mesmo sorrir. Sentia inveja delas e da sorte que tiveram. E sentia raiva por elas terem continuado a viver sem ela. Holly, mesmo na companhia de amigos, se sentia sozinha; em uma sala com mil pessoas, ela se sentiria sozinha. Mas principalmente quando estava em sua casa silenciosa, sentia mais solidão. Não se lembrava da última vez em que se sentira verdadeiramente feliz, quando alguém ou algo havia causado nela uma vontade de rir muito, a ponto de sentir a barriga doendo e a mandíbula estalando. Sentia falta de ir para cama à noite sem pensar em nada, sentia falta de gostar de comer em vez de alimentar-se apenas para continuar viva, detestava a ansiedade que sentia sempre que pensava em Gerry. Sentia falta de *divertir-se* com seus programas de TV preferidos em vez de apenas olhar para a televisão para que as horas passassem depressa. Detestava sentir que não tinha motivos para se levantar; detestava o que sentia quando saía da cama. Odiava não sentir animação nem ter expectativas. Sentia saudade de ser amada, de saber que Gerry a observava enquanto assistia à televisão ou jantava. Sentia saudade de sentir o olhar dele sobre ela quando chegava em algum lugar; sentia falta de seus toques, abraços, conselhos, palavras de amor. Odiava ter que contar os dias para ler outra de suas mensagens, porque elas eram tudo o que havia restado dele, e depois daquela, haveria apenas mais três. E odiava pensar em como seria sua vida quando não tivesse mais nada de Gerry. Era bom ter lembranças, mas elas não podiam ser tocadas, não tinham cheiro nem forma. Elas nunca eram exatamente como no momento em que aconteciam, e desapareciam com o tempo.

Então, queria que Sharon e Denise se danassem, podiam seguir com suas vidas felizes, mas, pelos próximos meses, Holly só teria Gerry. Ela secou uma lágrima, mais uma de todas que tinham se tornado um traço permanente de seu rosto nos últimos meses, e abriu lentamente o sétimo envelope.

Mire seu salto para a lua, e se não acertá-la, aterrissará entre as estrelas.
Prometa para mim que vai encontrar um emprego que vai amar desta vez!

P.S. Eu te amo...

Holly leu e releu a mensagem, tentando descobrir como se sentia. Há muito tempo adiava voltar a trabalhar, acreditando que não estivesse pronta para isso, que ainda era muito cedo. Mas agora, sabia que não tinha escolha. Estava na hora. E se Gerry dizia que era a hora, então era mesmo. Holly abriu um sorriso.

— Prometo, Gerry — disse ela, com alegria. Bem, não era uma viagem a Lanzarote, mas pelo menos era um passo a mais para colocar a vida de volta aos trilhos.

Analisou as frases por muito tempo, como sempre fazia, e ao sentir-se satisfeita por ter analisado todas as palavras, correu até a gaveta da cozinha, pegou um caderno e uma caneta e começou a fazer uma lista de possíveis empregos.

LISTA DE POSSÍVEIS EMPREGOS

1. Agente do FBI? — Não sou norte-americana. Não quero morar nos Estados Unidos. Não tenho experiência na polícia.

2. Advogada — Detesto escola. Detesto estudar. Não quero passar dez milhões de anos na faculdade.

3. Médica — Creeedo.

4. Enfermeira — Os uniformes são feios.

5. Garçonete — Comeria toda a comida.

6. Caça-talentos — Boa ideia, mas ninguém me contrataria.

7. Esteticista — Roo as unhas e me depilo raramente. Não quero ver as partes íntimas dos outros.

8. Cabeleireira — Não gostaria de ter um chefe como Leo.

9. Vendedora de loja — Não gostaria de ter uma chefe como Denise.

10. Secretária — NUNCA MAIS.

11. Jornalista — Já conto notícias o suficiente. Haha, seria engraçado.

12. Comediante — Reler a piadinha acima. Não teve graça.

13. Atriz — Provavelmente nunca conseguiria me superar depois da atuação em "As mulheres e a cidade".

14. Modelo — Baixa demais, gorda demais, velha demais.

15. Cantora — Repensar a ideia de comediante (número 12).

16. Empresária em controle da própria vida — Hum... preciso fazer uma pesquisa amanhã...

Holly finalmente caiu na cama às 3 da manhã e sonhou que era uma publicitária de sucesso fazendo uma apresentação diante de uma enorme mesa de reuniões no andar mais alto de um arranha-céu com vista para a Grafton Street. Bem, ele disse que ela deveria mirar para a lua... Ela acordou cedo naquela manhã feliz com seu sonho de sucesso, tomou um banho rápido, embelezou-se e desceu para a biblioteca da região para procurar empregos na internet.

Suas botas faziam barulho no chão de madeira quando ela atravessou a sala para chegar à mesa da bibliotecária, o que fez com que diversas pessoas desviassem o olhar de suas leituras e olhassem para ela. Holly continuou caminhando pela sala enorme e corou ao perceber que todos a observavam. Começou a caminhar lentamente no mesmo momento, na ponta dos pés, para não mais chamar atenção. Sentia-se como um dos personagens dos desenhos da TV que exageravam ao caminhar na ponta dos pés, e ficou ainda mais corada ao perceber que devia estar fazendo papel de tola. Dois garotos com uniforme de escola que estavam, obviamente, passando o dia todo na frente do computador jogando *video game*, riram quando ela passou pela mesa deles. Holly parou de caminhar entre a porta e a mesa da bibliotecária e tentou decidir o que fazer em seguida.

— Shhh! — A bibliotecária fez uma cara brava para os meninos. Mais pessoas interromperam suas pesquisas para olhar para a mulher em pé no meio da sala. Ela decidiu continuar andando e apertou o passo. Os saltos batiam fazendo barulho no chão, que ecoava pela sala e o som ficou cada vez mais rápido quando ela correu até a mesa para acabar com aquela humilhação.

A bibliotecária olhou para frente e sorriu, tentando parecer surpresa ao ver alguém em pé diante do balcão. Como se não tivesse percebido a presença de Holly antes.

— Oi — Holly sussurrou. — Gostaria de usar a internet.

— Como disse? — A biblioteca falava normalmente e inclinou-se para poder escutar.

— Ah — Holly pigarreou, tentando entender por que as pessoas não sussurravam mais em bibliotecas. — Gostaria de usar a internet.

— Claro, é logo ali. — Ela sorriu, direcionando Holly para a fileira de computadores do outro lado do salão. — São 5 euros por 20 minutos de acesso.

Holly entregou a ela a última nota de 10 euros. Era tudo o que ela havia conseguido sacar de sua conta naquela manhã. A fila atrás dela só aumentava, enquanto ela foi baixando os valores das tentativas de saque de 100 euros para 10, e a máquina emitia um som sempre que a solicitação de saque era maior do que o saldo existente, o que a deixou muito envergonhada. Não conseguia acreditar que só tinha aquela quantia, mas foi motivo mais do que suficiente para colocá-la à procura de um emprego imediatamente.

— Não, não — disse a bibliotecária, devolvendo o dinheiro. — Pode pagar quando terminar.

Holly olhou para os computadores do outro lado. Teria que fazer mais barulho só para chegar lá. Respirou fundo e correu, passando por filas e mais filas de mesas. Holly quase riu ao olhar para todos; pareciam peças de dominó enquanto ela caminhava, pois todos levantavam a cabeça para olhar. Por fim, chegou aos computadores e viu que não havia nenhum desocupado. Teve a sensação de que havia perdido na dança das cadeiras e de que todos riam dela. Aquilo estava ficando ridículo. Ela ergueu as mãos, irritada, como se dissesse: "Por que estão olhando?", e todos voltaram os olhos para seus livros.

Holly ficou parada entre as fileiras de mesas e computadores, tamborilou os dedos na bolsa e olhou ao redor. Seus olhos quase saltaram das órbitas ao ver Richard digitando em um dos computadores. Ela caminhou na ponta dos pés até ele e tocou seu ombro. Ele se sobressaltou e se virou na cadeira.

— Oiê — murmurou Holly.

— Ah, olá, Holly, o que está fazendo aqui? — perguntou ele pouco à vontade, como se ela o tivesse flagrado fazendo algo errado.

— Estou esperando um computador. Finalmente resolvi procurar um emprego — disse ela, com orgulho.

Dizer aquilo fez com que ela se sentisse um zero à esquerda.

— Ah, sim. — Ele se virou para o computador e fechou o navegador. — Pode usar este, então.

— Ah, não, não precisa se apressar por minha causa! — disse ela rapidamente.

— Não tem problema, eu só estava fazendo umas pesquisas para o trabalho. — Ele se levantou da cadeira para que ela se sentasse.

— Aqui, tão longe? Não há computadores em Blackrock? — perguntou ela, brincando. Ela não sabia muito bem com o que Richard trabalhava, e seria grosseiro perguntar, pois ele já trabalhava no mesmo lugar havia mais de dez anos. Ela sabia que ele usava um avental branco, ficava em um laboratório e despejava substâncias coloridas em tubos de ensaio. Jack e ela sempre faziam piada, dizendo que ele estava criando uma poção mágica para acabar com toda a felicidade do mundo. Agora, ela se sentia mal por ter dito coisas daquele tipo. Ainda que não conseguisse se imaginar próxima de Richard, e ainda que ele sempre a irritasse, ela havia começado a perceber que ele tinha qualidades. Como oferecer a ela seu computador na biblioteca, por exemplo.

— Meu trabalho me leva a diversos lugares — disse ele de modo estranho.

— Shhh! — a bibliotecária pediu silêncio. A plateia de Holly voltou a olhar para ela. Ah, então *agora* tinha que sussurrar, pensou ela, com raiva.

Richard despediu-se depressa, caminhou até a mesa para pagar e saiu discretamente do local.

Holly se sentou diante do computador e o homem a seu lado sorriu de modo estranho. Ela retribuiu e olhou, curiosa, para a tela diante dele. Desviou o olhar rapidamente e quase engasgou ao ver imagens pornográficas. Ele continuou olhando para ela com um sorriso assustador e Holly o ignorou e se concentrou em sua busca por emprego. Quarenta minutos depois, fechou o navegador satisfeita, caminhou em direção à bibliotecária e colocou os 10 euros sobre o balcão. A mulher estava digitando e ignorou o dinheiro.

— São 15 euros, por favor.

Holly se assustou ao olhar para a nota.

— Mas pensei que a senhora tivesse dito que eram 5 euros a cada 20 minutos.

— Sim, isso mesmo — disse a mulher, sorrindo.

— Mas usei a internet por 40 minutos.

— Na verdade, você ficou on-line por 44 minutos, o que acabou entrando no outro período de 20 minutos — disse ela, consultando o computador.

Holly riu.

— Mas são apenas alguns minutos a mais. Não chega a 5 euros.

A bibliotecária continuou sorrindo para ela.

— Então, quer que eu pague? — perguntou Holly, surpresa.

— Bem, esse é o valor.

Holly começou a falar mais baixo e se aproximou da mulher.

— Olha, isso é muito vergonhoso, mas tenho apenas 10 euros aqui. Posso voltar com o restante mais tarde?

A bibliotecária balançou a cabeça.

— Sinto muito, mas não podemos permitir. Você precisa pagar tudo.

— Mas não *tenho* tudo — Holly protestou.

A mulher olhou para ela de modo inexpressivo.

— Tudo bem — Holly bufou, pegando o telefone celular.

— Sinto muito, mas não pode usar o telefone aqui dentro. — Ela apontou para a placa de PROIBIDO USAR O TELEFONE acima do balcão.

Holly olhou para ela e contou até cinco, mentalmente.

— Se você *não* permitir que eu use o telefone, *não* poderei pedir ajuda a alguém. E se eu *não* puder pedir ajuda, *ninguém* poderá vir aqui para me dar um pouco de dinheiro. Se *ninguém* puder vir com dinheiro, então *não* terei como pagar. Então, acho que temos um probleminha aqui, não é? — Ela aumentou o tom de voz.

A senhora se remexeu com nervosismo.

— Posso sair para usar o telefone?

A mulher pensou no impasse.

— Bem, normalmente não permitimos que as pessoas saiam do local sem pagar, mas acho que posso abrir uma exceção. — Ela sorriu e acrescentou rapidamente: — Desde que você possa ficar em pé, ali, na entrada.

— Onde você possa me ver? — perguntou Holly com sarcasmo.

A mulher remexeu os papéis sob o balcão e fingiu voltar a trabalhar.

Holly foi para o lado de fora e pensou nas pessoas para quem poderia telefonar. Não podia telefonar para Denise e Sharon. Apesar de saber que elas podiam ajudá--la, não queria contar a elas os fracassos de sua vida, agora que as duas estavam tão felizes. Não podia telefonar para Ciara, porque ela estava trabalhando durante o dia no bar do Hogan, e como já devia 20 euros a Daniel, não achou que seria muito bom tirar a irmã do trabalho por causa de 5 euros. Jack havia voltado a lecionar na escola, Abbey também, Declan estava na faculdade e Richard não era uma opção.

Lágrimas rolaram por seu rosto ao analisar a lista de nomes em sua agenda de telefones. A maioria das pessoas entre seus contatos não tinham sequer telefonado desde a morte de Gerry e, assim, ela não tinha mais a quem recorrer. Deu as costas para a bibliotecária, para que esta não visse sua tristeza. O que faria? Sua situação era muito embaraçosa: ter que telefonar para alguém para pedir 5 euros. Era ainda mais humilhante não ter a quem telefonar. Mas precisava dar um jeito ou provavelmente a funcionária da biblioteca acabaria chamando a polícia. Teclou o primeiro número que lhe veio à mente.

"Oi, aqui é o Gerry. Deixe seu recado após o sinal e ligarei de volta assim que puder."

— Gerry. — Ela começou a chorar. — Eu preciso de você...

Holly ficou do lado de fora da biblioteca, esperando. A bibliotecária ficou de olho nela, para o caso de fuga. Holly fez uma careta e deu as costas para ela.

— Vaca idiota — resmungou.

Finalmente, o carro de sua mãe parou na frente do local e Holly tentou parecer o mais normal que conseguiu. Ao ver a mãe, com o rosto contente, entrando com o carro no estacionamento trouxe à tona boas lembranças. Sua mãe costumava buscá-la na escola todos os dias quando era mais nova e ela se sentia sempre muito aliviada ao ver o carro familiar chegar para buscá-la depois de um dia infernal na escola.

Holly sempre detestara a escola, pelo menos até conhecer Gerry. Depois disso, ela ficava ansiosa para ir à aula, para que os dois pudessem se sentar juntos e flertar no fundo da sala.

Os olhos de Holly ficaram marejados de novo e Elizabeth se aproximou para abraçar a filha.

— Ah, minha filhinha querida, o que aconteceu, amor? — perguntou ela, acariciando o cabelo de Holly e lançando um olhar de raiva para a bibliotecária enquanto tomava conhecimento do ocorrido.

— Certo, querida. Vá para o carro e eu cuido disso. — Holly obedeceu e entrou no carro, e ficou mexendo no rádio enquanto a mãe confrontava a valentona da bibliotecária.

— Vaca imbecil — ela resmungou ao voltar para o carro. Olhou para a filha, que parecia perdida. — Vamos para casa relaxar um pouco?

Holly sorriu de modo agradecido e uma lágrima escorreu por seu rosto. Casa. Gostou de ouvir aquilo.

Holly se aconchegou com a mãe no sofá, em Portmarnock. Sentiu-se como uma adolescente de novo. Ela e a mãe sempre se aconchegavam no sofá para contar as novidades da vida uma para a outra. Queria poder ter as mesmas conversas animadas de antes. A mãe interrompeu seus pensamentos.

— Telefonei para você ontem à noite, na sua casa, você saiu? — Ela tomou um gole de chá.

Ah, as maravilhas do chá mágico. A solução para todos os probleminhas da vida. Se tem uma fofoca, prepara um chá, se é despedido, prepara um chá, se seu marido conta que tem um tumor no cérebro, você toma um chá...

— Sim, saí para jantar com as meninas e cerca de outras cem pessoas que eu não conhecia.

Holly esfregou os olhos, cansada.

— Como estão as meninas? — perguntou Elizabeth, com carinho. Ela sempre havia se dado muito bem com as amigas de Holly, bem diferente do que ocorria com as amigas de Ciara, que a assustavam.

Holly bebericou seu chá.

— A Sharon está grávida e a Denise está noiva — disse ela, ainda com o olhar perdido.

— Oh! — exclamou sua mãe, sem saber como reagir diante da filha claramente incomodada. — Como se sente em relação a isso? — perguntou suavemente, afastando os cabelos do rosto da filha.

Holly olhou para as mãos e tentou se recompor. Não conseguiu. Os ombros começaram a tremer e ela tentou esconder o rosto com os cabelos.

— Ai, Holly — disse Elizabeth com tristeza, pousando a xícara na mesa e aproximando-se da filha. — É perfeitamente normal sentir-se assim.

Holly não conseguiu dizer nada.

A porta da frente foi aberta e Ciara anunciou:

— Chegaaaamos!

— Que ótimo — Holly fungou, recostando a cabeça no peito da mãe.

— Onde está *todo mundo*? — Ciara gritou, batendo portas pela casa.

— Só um minuto, querida! — Elizabeth gritou, irritada por ver arruinado seu momento com Holly.

— Tenho *boas notícias*! — Ciara aumentou o tom de voz ao se aproximar da sala de estar. Mathew abriu a porta carregando Ciara nos braços. — Eu e Mathew vamos voltar para a Austrália! — anunciou, feliz. Parou ao ver a irmã triste no colo da mãe. Rapidamente saiu do colo de Mathew, tirou-o da sala e fechou a porta.

— E agora a Ciara também vai embora, mãe. — Holly chorou ainda mais, e Elizabeth se emocionou com a filha.

Holly ficou até tarde, naquela noite, conversando com a mãe sobre todas as coisas que estavam fervilhando dentro dela nos últimos meses. E apesar de a mãe oferecer muitas palavras de consolo, Holly se sentia tão presa quanto antes. Passou a noite no quarto de hóspedes e, quando acordou, a casa parecia um manicômio. Holly sorriu ao escutar os sons familiares de seus irmãos correndo pela casa, dizendo que estavam atrasados para a aula e para o trabalho, seguidos por seu pai pedindo aos dois que se apressassem, e completados com os apelos gentis da mãe para que todos se calassem para não acordar Holly.

O mundo continuava girando normalmente e não havia uma bolha grande o suficiente para protegê-la. Na hora do almoço, o pai de Holly a deixou em casa e colocou um cheque de 5 mil euros em sua mão.

— Ah, pai, não posso aceitar — disse ela, emocionada.

— Aceite — disse ele, empurrando sua mão com delicadeza. — Deixe-nos ajudar você, querida.

— Vou devolver cada centavo — disse ela, abraçando o pai com força.

Holly ficou parada à porta e acenou quando o carro desceu a rua. Olhou para o cheque que segurava e imediatamente sentiu um peso sair de suas costas. Conseguiu pensar em mil coisas que poderia fazer com o dinheiro e, dessa vez, comprar roupas não era uma delas. Ao entrar na cozinha, ela viu a luz vermelha da secretária eletrônica piscando sobre a mesinha do corredor. Sentou-se em um degrau do fim da escada e apertou o botão.

Eram cinco mensagens.

Uma delas era de Sharon, perguntando se ela estava bem porque ficara sem notícias o dia todo. A segunda era de Denise, perguntando se ela estava bem porque ficara sem notícias o dia todo. Era óbvio que as duas amigas tinham conversado. A terceira era de Sharon, a quarta, de Denise, e a quinta era de alguém que havia desligado sem nada dizer. Holly apertou o botão para apagar as mensagens e correu escada acima para trocar de roupa. Ainda não estava preparada para conversar com Sharon e Denise; precisava colocar a vida em ordem primeiro para poder oferecer apoio.

Sentou-se diante do computador no quarto extra e começou a digitar um currículo. Já era especialista naquela tarefa, afinal, trocava de emprego com muita frequência. Já fazia um tempo que não se preocupava com entrevistas e se conseguisse uma, quem desejaria contratar alguém que havia passado um ano todo sem trabalhar?

Ela demorou duas horas para, finalmente, imprimir algo que acreditava ser um pouco decente. Na verdade, sentiu muito orgulho do resultado final, pois conseguira passar para o papel a imagem de uma pessoa inteligente e experiente. Riu alto no quarto, torcendo para conseguir enganar os futuros empregadores, de modo que eles pensassem que ela era qualificada. Ao reler o currículo, concluiu que até ela mesma a contrataria. Vestiu uma roupa bonita e dirigiu até o centro, pois finalmente havia conseguido encher o tanque do carro. Estacionou na frente da agência de empregos e passou batom olhando no espelho retrovisor. Não havia mais tempo a perder. Se Gerry queria que ela conseguisse um emprego, ela conseguiria um emprego.

Capítulo 32

ALGUNS DIAS DEPOIS, Holly estava sentada em sua nova mobília de jardim, nos fundos da casa, bebendo uma taça de vinho tinto e escutando o som dos carrilhões de vento emitindo sua música. Ela olhou ao redor, para os contornos de seu jardim recém-remodelado e concluiu que quem estava cuidando do jardim devia ser profissional. Respirou fundo e deixou o aroma adocicado das flores entrar em suas narinas. Já eram 8 da noite e começava a escurecer. As noites com sol já não aconteciam, e todos se preparavam de novo para a hibernação dos meses de inverno.

Ela pensou na mensagem que havia recebido em sua secretária eletrônica naquele dia. Era da agência de empregos e ela ficou surpresa por receber uma resposta deles em tão pouco tempo. A representante da agência dissera que seu currículo recebera muita atenção e que Holly já tinha duas entrevistas agendadas. Ela estava ansiosa. Nunca tinha sido muito boa para fazer entrevistas de emprego, mas ela nunca havia se interessado muito pelos empregos para os quais era entrevistada. Dessa vez, sentia-se diferente; estava ansiosa para poder voltar ao trabalho e tentar algo novo. A primeira entrevista era para um emprego de vendedora de espaço publicitário de uma revista distribuída em Dublin. Era algo em que ela não tinha qualquer experiência, mas estava disposta a aprender, porque parecia um trabalho muito mais interessante do que qualquer um de seus empregos anteriores, que envolviam, na maior parte do tempo, atender telefone, anotar mensagens e preencher formulários. Qualquer coisa que não envolvesse nenhuma dessas tarefas era um passo adiante.

A segunda entrevista seria com uma empresa irlandesa de propaganda, líder de mercado, e ela não tinha qualquer esperança de ser contratada. Mas Gerry pedira para ela mirar a lua...

Holly também pensou no telefonema que havia acabado de receber de Denise. A moça estava tão animada ao telefone que nem parecia incomodada pelo fato de Holly não tê-la procurado mais desde aquele jantar. Na verdade, sua amiga não parecia ter notado que Holly não havia retornado a ligação. Denise falou sem parar dos preparativos para o casamento e passou quase uma hora tagarelando sobre o sapato que usaria, as flores que escolheria, o local da festa. Começava frases e então se esquecia de continuá-las, e pulava de um assunto a outro. Holly só precisava emitir alguns sons para mostrar que estava ouvindo... mas não estava. A única informação que absorvera era a de que Denise estava planejando se casar na véspera de Ano-Novo, e pelo que dava para perceber, Tom não daria opinião a respeito de como seria o dia especial de Denise. Holly ficou surpresa ao ver que eles tinham estabelecido uma data tão cedo, pois pensou que o noivado seria daqueles que demoram anos para levar ao casamento de fato, ainda mais porque Tom e Denise estavam juntos havia quatro meses. Mas a Holly de antigamente não teria se surpreendido com isso. Agora, era adepta da filosofia "encontre amor e mantenha-o para sempre". Denise e Tom estavam certos de não perder tempo preocupando-se com o que as pessoas achavam, se sentissem, no fundo, que aquela era a decisão correta.

Sharon não telefonara para Holly desde o dia seguinte ao anúncio da gravidez, e Holly sabia que precisaria telefonar para a amiga antes que os dias passassem depressa e fosse tarde demais. Sharon estava passando por um momento importante e Holly deveria estar ao seu lado, mas não conseguia. Estava sendo invejosa, amarga e totalmente egoísta, sabia disso, mas precisava ser egoísta para conseguir sobreviver. Ainda estava tentando aceitar o fato de que Sharon e John estavam conseguindo ter tudo o que as pessoas sempre pensaram que Holly e Gerry teriam primeiro. Sharon sempre dissera detestar crianças, Holly pensou com raiva. Telefonaria para ela quando estivesse bem e pronta.

Começou a esfriar e Holly levou a taça de vinho para dentro, onde voltou a enchê-la. Durante os próximos dias, só podia esperar pelas entrevistas e torcer para que tudo desse certo. Ela foi para a sala de estar, colocou o disco preferido de canções de amor que ela e Gerry tinham e se acomodou no sofá com a taça de vinho, fechou os olhos e os imaginou dançando ali.

No dia seguinte, ela acordou com o barulho de um carro estacionando diante de sua casa. Saiu da cama, vestiu o roupão de Gerry, imaginando que fosse seu carro sendo trazido da oficina. Espiou pelas cortinas e se sobressaltou ao ver Richard saindo do carro. Torceu para que ele não a tivesse visto, porque não estava a fim de recebê-lo. Caminhou de um lado a outro do quarto, sentindo-se culpada enquanto ignorava o segundo toque da campainha. Sabia que estava sendo horrível, mas não conseguia tolerar a ideia de ficar diante dele, para mais uma conversa desconfortável. Não tinha nada sobre o que conversar, nada havia mudado em sua vida, não tinha nenhuma novidade interessante, nem mesmo coisas comuns para dizer a *qualquer pessoa*, muito menos para Richard.

Suspirou aliviada ao escutá-lo se afastar e bater a porta do carro. Entrou no banho e deixou a água quente escorrer em seu rosto e mais uma vez perdeu-se em seu mundo. Vinte minutos depois, desceu a escada com os chinelos Disco Diva. Parou ao escutar um barulho de algo sendo raspado do lado de fora. Prestou atenção para ouvir mais, tentando identificar o som. E aconteceu de novo. Um barulho de algo, como uma pá, como se alguém estivesse em seu jardim... Holly arregalou os olhos ao perceber que o duende estava do lado de fora, cuidando de seu quintal. Ficou parada, sem saber o que fazer em seguida.

Entrou na sala de estar bem devagar, pensando, como uma tola, que a pessoa do lado de fora poderia ouvi-la em sua casa, e ajoelhou-se. Olhando por uma fresta da janela, ela se surpreendeu ao ver o carro de Richard ainda estacionado diante de sua casa. O mais surpreendente foi ver o irmão ajoelhado com uma pequena pá na mão, cavando a terra e plantando novas flores. Ela se afastou da janela e sentou-se no carpete, chocada, sem saber como reagir. Escutou seu carro parando na frente da casa e começou a pensar mil coisas, tentando decidir se deveria atender o mecânico ou não. Por algum estranho motivo, Richard não queria que Holly soubesse que ele andava cuidando de seu jardim, então ela decidiu que respeitaria sua vontade... por enquanto.

Ela se escondeu atrás do sofá ao ver o mecânico se aproximar da porta e riu pela situação ridícula na qual se encontrava. Não fez barulho quando a campainha tocou e se escondeu ainda mais quando o mecânico se aproximou da janela e olhou para ela. Seu coração bateu acelerado, como se ela estivesse fazendo algo errado. Cobriu a boca e tentou controlar o riso. Sentia-se uma criança de novo. Sempre se dava mal quando brincava de esconde-esconde, pois sempre que a criança que estava procurando as outras se aproximava, ela começava a ter um ataque de risos e seu esconderijo era descoberto. Depois, pelo resto do dia, tinha que procurar os outros, e não ria com essa função, porque todo mundo sabia que "bater cara" era a parte mais chata e sempre ficava a cargo da criança menor. Mas estava compensando seus erros do passado, porque havia conseguido enganar Richard e seu mecânico, e rolou no carpete rindo de si mesma quando escutou o homem colocar a chave do carro na caixa de correspondências e se afastar da porta.

Alguns minutos mais tarde, ela espiou pelo canto do sofá para saber se podia sair do esconderijo. Ficou em pé e bateu a poeira da roupa, dizendo a si mesma que era velha demais para aquela brincadeira tola. Espiou pela cortina e viu Richard guardando suas ferramentas de jardinagem. Pensando bem, aquela brincadeira tola era bem divertida, e ela não tinha mais o que fazer. Tirou os chinelos e calçou os tênis. Assim que viu Richard descer a rua, correu para fora e entrou no carro. Pretendia perseguir seu duende.

Ela conseguiu se manter três carros atrás dele o tempo todo, como as pessoas faziam nos filmes, e diminuiu a velocidade ao vê-lo parar o carro mais à frente. Saiu do veículo, foi até a banca de revistas e voltou segurando um jornal. Holly colocou os óculos de sol, ajustou o boné e olhou por cima do *Arab Leader*, com que cobria o rosto. Riu sozinha ao se olhar no espelho. Parecia a pessoa mais suspeita do mundo. Observou Richard atravessar a rua e entrar no Greasy Spoon. Ficou um pouco decepcionada; esperava uma aventura muito mais interessante do que aquela.

Ficou sentada dentro do carro por alguns minutos tentando criar um novo plano e se sobressaltou quando um guarda de trânsito bateu em sua janela.

— Não pode estacionar aqui — disse ele, apontando na direção do estacionamento. Holly sorriu de modo doce e rolou os olhos ao procurar uma vaga. Com certeza as pessoas dos filmes não passavam por problemas assim.

Por fim, sua criança interior se acalmou e Holly tirou o boné e os óculos e os jogou no assento do passageiro, sentindo-se infantil. A brincadeira havia terminado. A vida real recomeçava.

Atravessou a rua e olhou para dentro do café, para seu irmão. Ela o viu sentado de costas, curvado sobre o jornal e bebendo uma xícara de chá. Aproximou-se com alegria, sorrindo.

— Caramba, Richard. Você não trabalha? — perguntou em voz alta, e seu irmão se assustou. Ela estava prestes a dizer mais coisas, mas parou quando ele olhou para ela com lágrimas nos olhos e seus ombros começaram a tremer.

Capítulo 33

Holly olhou ao redor para ver se mais alguém no café havia percebido a situação e lentamente puxou uma cadeira e se sentou ao lado de Richard. Será que ela tinha dito alguma coisa errada? Olhou para o rosto do irmão, chocada, sem saber o que fazer ou dizer. Poderia dizer com segurança que nunca se vira em uma situação como aquela. Lágrimas rolaram de seu rosto e ele tentou impedi-las com todas as forças.

— Richard, o que houve? — perguntou ela, confusa, e segurou no braço dele, sem jeito.

Richard continuou a chorar tremendo.

A mulher rechonchuda, vestindo agora um avental amarelo-ouro, deu a volta no balcão e colocou uma caixa de lenços sobre a mesa, ao lado de Holly.

— Tome — disse ela, entregando um lenço a Richard. Ele secou os olhos e assoou o nariz fazendo barulho, como um idoso, e Holly tentou disfarçar um sorriso.

— Sinto muito por estar chorando — disse Richard, envergonhado, evitando olhar para ela.

— Ei — ela disse com delicadeza, colocando a mão em seu braço com menos vergonha. — Não há nada de errado em chorar. Tem sido meu passatempo favorito nesses últimos tempos, então não se preocupe.

Ele sorriu discretamente.

— Parece que tudo está sendo destruído, Holly — disse ele com tristeza, secando uma lágrima com um lenço antes que ela pingasse de seu queixo.

— Como assim? — perguntou ela, preocupada por ver o irmão transformado em alguém que ela não conhecia. Pensando bem, ela nunca tivera a chance de conhecer o verdadeiro Richard. Nos últimos meses, tinha visto tantas facetas dele, que estava surpresa.

Richard respirou fundo e bebeu seu chá. Holly olhou para a mulher atrás do balcão e pediu mais uma jarra.

— Richard, aprendi, recentemente, que conversar sobre as coisas ajuda — disse Holly com delicadeza. — E, se estou dizendo isso, pode acreditar, porque eu costumava ficar calada pensando que era uma supermulher, capaz de esconder todos os meus sentimentos. — Ela sorriu para ele de modo incentivador. — Por que não conversa comigo?

Ele parecia desconfiado.

— Não vou rir, não direi nada se não quiser. Não contarei a ninguém o que me contar, prometo que só vou ouvir — ela garantiu a ele.

Ele desviou o olhar dela e concentrou-se no saleiro no meio da mesa, e falou baixinho:

— Perdi meu emprego.

Holly permaneceu calada e esperou que ele continuasse. Depois de um tempo sem dizer nada, Richard olhou para ela.

— Isso não é tão ruim, Richard — disse baixinho, sorrindo. — Sei que você adorava seu trabalho, mas vai encontrar outro. Se quer se sentir melhor, eu costumava ser despedida o tempo todo...

— Fui despedido em abril, Holly — ele interrompeu. E voltou a falar com raiva: — Estamos em setembro. Não há nada para mim... nada em minha área... — Ele desviou o olhar.

— Ah. — Holly não soube o que dizer. Depois de um longo silêncio, voltou a falar: — Mas, pelo menos, a Meredith ainda está trabalhando, então ainda há uma renda constante. Vá com calma para encontrar um emprego bom... sei que parece impossível agora, mas...

— A Meredith me largou no mês passado — ele voltou a interrompê-la, dessa vez com a voz mais fraca.

Holly levou a mão à boca. Coitado do Richard. Ela nunca gostou daquela bruxa, mas Richard a adorava.

— E as crianças? — perguntou.

— Estão morando com ela — disse ele com a voz rouca.

— Ai, Richard, sinto muito. — E remexeu as mãos, sem saber onde colocá-las. Deveria abraçá-lo ou se afastar?

— Também sinto muito — disse ele, triste, e continuou olhando para o saleiro.

— Não foi sua culpa, Richard, então não se culpe — Holly protestou.

— Não foi? — perguntou com a voz começando a tremer. — Ela disse que sou um homem patético que não consegue nem cuidar da própria família. — Ele começou a chorar de novo.

— Ah, não ligue para aquela vaca idiota — disse Holly, irritada. — Você é um pai excelente e um marido fiel — disse, percebendo que estava sendo sincera em tudo o que dizia. — O Timmy e a Emily amam você porque é fantástico com eles, por isso não ligue para o que aquela imbecil diz de você.

Ela abraçou o irmão, que chorava. Estava tão irritada que queria encontrar Meredith para lhe dar um soco na cara. Na verdade, sempre quisera fazer isso, mas agora tinha uma desculpa.

As lágrimas de Richard finalmente secaram e ele se afastou de Holly e pegou mais um lenço. Ela sentiu pena dele; ele sempre se esforçara para ser perfeito e para criar a vida perfeita, assim como uma família para si e as coisas não tinham saído conforme o planejado. Ele parecia estar muito chocado.

— Onde você está morando? — perguntou ela, percebendo, de repente, que ele estava sem casa havia algumas semanas.

— Em uma pensão nesta rua. É um bom lugar, com pessoas simpáticas — disse ele, servindo-se de mais uma xícara de chá.

Sua esposa termina o casamento e você bebe uma xícara de chá...

— Richard, não pode ficar lá — ela protestou. — Por que não contou isso a nós?

— Porque pensei que pudesse resolver tudo sozinho, mas não posso... ela se decidiu.

Por mais que Holly quisesse convidá-lo a ficar em sua casa, simplesmente não conseguiu. Tinha muito com o que lidar sozinha, e tinha certeza de que Richard entenderia sua situação.

— E o pai e a mãe? — perguntou ela. — Eles adorariam poder ajudá-lo.

Richard balançou a cabeça.

— Não, Ciara já está lá e Declan também, eu não quero dar mais trabalho para eles. Sou um adulto.

— Ah, Richard, não seja tolo. — Ela fez uma careta. — Tem o quarto extra, que é seu antigo quarto. Com certeza você seria bem recebido. — Ela tentou convencê-lo. — Eu mesma dormi lá algumas noites atrás.

Ele olhou para frente.

— Não há nada de errado em voltar para a casa dos pais de vez em quando. Faz bem para a alma. — Ela sorriu para ele, que parecia em dúvida.

— Bem... não acho que é uma ideia muito boa, Holly.

— Se você está preocupado com a Ciara, não se preocupe. Ela vai voltar

para a Austrália em algumas semanas com o namorado, então a casa ficará...
menos maluca.

Ele se mostrou mais tranquilo.

Holly sorriu.

— E então, o que acha? Vamos, é uma ótima ideia e, dessa maneira, você
não vai jogar seu dinheiro fora em uma pensão qualquer. E não me importo se
os donos do local são bacanas ou não.

Richard sorriu, mas logo voltou a ficar sério.

— Não conseguiria pedir ao pai e à mãe, Holly, eu... não saberia o que
dizer.

— Eu vou com você — ela prometeu. — E conversarei com eles por você.
Sinceramente, Richard, eles vão adorar poder ajudar. Você é filho deles, e eles
amam você. Todos nós amamos. — E segurou a mão dele.

— Certo — ele acabou concordando, e ela cruzou o braço com o dele
quando saíram em direção aos carros.

— Ah, a propósito, Richard, obrigada por cuidar de meu jardim. — Holly
sorriu para ele, e então se inclinou para beijar seu rosto.

— Você sabia? — perguntou ele, surpreso.

Ela assentiu.

— Você tem um grande talento, e vou pagar cada centavo que você merece
assim que encontrar um trabalho.

O irmão abriu um sorriso tímido.

Eles entraram no carro e dirigiram de volta a Portmarnock, para a casa de
seus pais.

Dois dias depois, Holly olhou para si no espelho do banheiro do prédio
de escritórios onde sua primeira entrevista de emprego aconteceria. Havia
perdido tanto peso desde a última vez em que vestira seu terninho que precisou
sair para comprar outro, que favoreceu seu corpo mais enxuto. O blazer era
comprido, ia até um pouco antes dos joelhos, e era preso, justo, com um botão
na cintura. A calça tinha o corte ideal e caía perfeitamente bem com as botas.
A roupa era preta com leves linhas cor-de-rosa e combinou bem com uma
camisa rosa-clara que ela vestiu por baixo.

Ela se sentiu como uma publicitária de sucesso em controle da própria
vida, e agora, só precisava falar como se fosse de fato a tal mulher de sucesso.
Aplicou mais uma camada de brilho labial cor-de-rosa e passou os dedos pelos
cabelos, que havia decidido deixar soltos. Respirou profundamente e voltou
para a sala de espera.

Sentou-se e analisou todos os outros candidatos à vaga. Eles pareciam bem mais jovens do que Holly e todos pareciam segurar uma pasta grossa no colo. Ela olhou ao redor e começou a entrar em pânico... com certeza todo mundo tinha uma pasta daquela. Levantou-se e caminhou em direção à secretária.

— Com licença — disse ela, tentando chamar a atenção da moça.

A mulher olhou para frente e sorriu.

— Pois não?

— Eu estava no toalete e acho que devo ter perdido a distribuição de pastas. — Holly sorriu educadamente.

A mulher franziu o cenho e mostrou-se confusa.

— Desculpe, mas de quais pastas você está falando?

Holly se virou e apontou para as pastas no colo dos outros candidatos e voltou a sorrir.

A moça sorriu e fez um movimento com o dedo para que ela se aproximasse.

Holly prendeu os cabelos atrás da orelha e se inclinou para frente.

— Sim?

— Sinto muito, querida, mas essas pastas são portfólios que os candidatos trouxeram — sussurrou para que Holly não se sentisse envergonhada.

Holly ficou paralisada.

— Ah, eu deveria ter trazido um?

— Bem, você tem um? — perguntou a moça, sorrindo amistosamente.

Holly negou com um movimento de cabeça.

— Bem, então não se preocupe. Não é uma exigência; as pessoas trazem essas coisas para se exibirem — ela sussurrou e Holly riu.

Holly voltou para sua cadeira e continuou preocupada com a questão do portfólio. Ninguém havia dito nada a ela sobre aquelas pastas idiotas. Por que era sempre a última a saber de tudo? Bateu o pé e olhou ao redor enquanto esperava. O lugar lhe dava uma sensação boa, as cores eram quentes e agradáveis e a luz entrava pelas grandes janelas georgianas. O pé direito era alto e o ambiente era espaçoso. Holly seria capaz de passar o dia todo ali, pensando. De repente, sentiu-se tão relaxada que não se sentiu ansiosa nem mesmo quando foi chamada.

Caminhou com confiança em direção à porta da sala de entrevista e a secretária piscou para ela para desejar boa sorte. Holly sorriu; por algum motivo, já se sentia parte da equipe. Parou diante da porta do escritório e respirou fundo.

— Mire a lua — ela sussurrou baixinho —, mire a lua.

Capítulo 34

Holly bateu levemente à porta e uma voz grave pediu que entrasse. Sentiu o coração acelerado ao ouvir aquela voz, como se tivesse sido mandada para a sala do diretor da escola. Secou as mãos suadas no terninho e entrou no escritório.

— Olá — disse ela de modo mais confiante do que na verdade se sentia. Atravessou a pequena sala e apertou a mão do homem que havia se levantado e que estendia a mão para ela. Ele a cumprimentou com um aperto de mão forte e um sorriso simpático. O rosto não combinava com a voz áspera, felizmente. Holly relaxou um pouco diante do homem, que fazia com que ela se lembrasse de seu pai.

Ele parecia ter quase 70 anos, tinha um corpo grande como o de um urso, e ela sentiu vontade de abraçá-lo. Os cabelos eram bem penteados e tinham um brilho prateado e ela imaginou que, na juventude, ele devia ter sido muito bonito.

— Holly Kennedy, certo? — perguntou ele, sentando-se e olhando para o currículo dela que estava a sua frente.

Ela se sentou na cadeira diante dele e se forçou a relaxar. Havia lido todos os manuais de técnicas de entrevista que encontrara nos últimos dias, e tentava, naquele momento, colocar todas as dicas em prática, desde o modo de entrar no escritório até o aperto de mãos correto, passando pela postura ao sentar-se. Queria parecer experiente, inteligente e muito confiante. Mas precisaria de mais do que um aperto de mãos firme para conseguir provar tudo isso.

— Exatamente — disse ela, colocando a bolsa no chão ao lado dela, mantendo as mãos suadas no colo.

Ele colocou os óculos na ponta do nariz e analisou seu currículo em silêncio. Holly ficou olhando para ele atentamente, prestando atenção a suas expressões faciais. Não foi uma tarefa simples, pois ele era uma daquelas pessoas que franziam a testa o tempo todo enquanto lia. Bem, ou então ele não havia ficado nem um pouco impressionado com o que lia no documento. Ela olhou para a mesa dele e esperou que começasse a falar. Viu um porta-retratos com a foto de três belas moças, com idades aproximadas, sorrindo. Continuou olhando para a imagem com um sorriso, e quando olhou para frente, viu que ele havia largado o papel e a observava. Ela sorriu e tentou parecer mais profissional.

— Antes de começarmos a falar sobre você, quero explicar exatamente quem sou e o que o trabalho envolve — explicou ele.

Holly assentiu enquanto ele falava, tentando parecer interessada.

— Meu nome é Chris Feeney e sou o fundador e editor da revista, ou o chefe, como todos me chamam por aqui. — Ele riu, e Holly gostou de ver seus brilhantes olhos azuis. — Basicamente, estamos procurando alguém para lidar com o aspecto de divulgação da revista. Como sabe, produzir uma revista ou qualquer organização de mídia depende muito das propagandas que recebemos. Precisamos de dinheiro para publicar a revista, por isso esse emprego é extremamente importante. Infelizmente, nosso último funcionário precisou partir depressa, por isso estou à procura de alguém que possa começar logo. Haveria algum problema para você?

Holly assentiu.

— Não haveria problema algum, na verdade, estou disposta a começar a trabalhar assim que possível.

O Sr. Feeney assentiu e olhou para o currículo dela de novo.

— Percebi que você está fora do mercado de trabalho há um ano, é isso mesmo? — Ele abaixou a cabeça e olhou para ela por cima dos óculos.

— Sim, isso mesmo — Holly assentiu. — E posso garantir que foi totalmente contra a minha vontade. Infelizmente, meu marido ficou doente, e eu precisei me afastar do trabalho para cuidar dele. — Ela engoliu seco. Sabia que isso seria um problema para todos os empregadores. Ninguém queria contratar uma pessoa que estava ociosa havia um ano.

— Entendo — disse ele, olhando para ela. — Bem, espero que ele esteja recuperado agora. — E sorriu.

Holly não sabia se ele queria saber ou não e não sabia se deveria continuar falando. Será que ele queria saber de sua vida pessoal? Ele continuou olhando para ela, que percebeu que ele esperava uma resposta. Ela pigarreou.

— Bem, na verdade, não se recuperou, Sr. Feeney, infelizmente ele faleceu em fevereiro... tinha um tumor no cérebro. É por isso que senti que eu precisava parar de trabalhar.

— Meu Deus. — O Sr. Feeney soltou o currículo e tirou os óculos. — Claro que compreendo. Sinto muito por isso — disse ele com sinceridade. — Deve ser muito difícil para você, por ser tão jovem... — Ele olhou para a mesa por um tempo e então para ela. — Minha esposa faleceu devido a um câncer de mama no ano passado, então eu entendo como você deve se sentir — disse ele, com generosidade.

— Sinto muito — disse com tristeza, olhando para o homem gentil do outro lado da mesa.

— Dizem que o tempo ajuda a amenizar. — Ele sorriu.

— É o que dizem — respondeu, séria. — Parece que litros de chá ajudam na mágica.

Ele começou a rir, uma gargalhada.

— Sim! Já me disseram isso também, e minhas filhas dizem que ar fresco também ajuda a curar.

Holly riu.

— Ah, sim, o ar fresco também é mágico; faz maravilhas para o coração. Elas são as suas filhas? — Ela sorriu, olhando para a foto.

— Sim, são elas — disse ele, sorrindo. — Minhas três médicas que tentam me manter vivo. — Riu. — Infelizmente, o jardim não está mais assim — disse, se referindo ao fundo da fotografia.

— Nossa! Esse jardim é seu? — perguntou ela, arregalando os olhos. — Que lindo! Pensei que fosse o Jardim Botânico ou algum lugar assim.

— Era a especialidade de Maureen. Não consigo sair do escritório por tempo suficiente para resolver essa bagunça.

— Ah, nem me fale sobre jardins — disse Holly, rolando os olhos. — Não sou a melhor jardineira do mundo, e o meu está começando a parecer uma selva. — Bem, parecia uma selva, sim, ela pensou.

Eles continuaram olhando um para o outro e sorrindo, e ela se sentiu muito confortada por escutar uma história parecida com a sua de outra pessoa. Independentemente de conseguir o emprego, pelo menos sabia que não estava totalmente sozinha.

— Bem, voltando à entrevista — disse o Sr. Feeney. — Você tem alguma experiência em trabalhar com a imprensa?

Holly não gostou da maneira com que ele disse "alguma"; significava que ele havia lido o currículo sem encontrar qualquer sinal de experiência na função.

— Na verdade, tenho. — Ela voltou ao modo profissional e se esforçou para impressioná-lo. — Certa vez, eu trabalhei em uma agência e era a responsável por lidar com a imprensa a respeito da divulgação de novas propriedades que estavam à venda. Eu estive do outro lado do que este emprego exige, por isso sei lidar com empresas que desejam comprar espaço.

O Sr. Feeney assentiu.

— Mas você nunca trabalhou em uma revista, jornal, ou qualquer publicação?

Holly balançou a cabeça lentamente e tentou colocar o cérebro para funcionar.

— Mas eu fui responsável por imprimir um boletim de notícias semanais para uma empresa na qual trabalhei... — Ela explicou, detalhando, apegando-se a cada chance que podia, e percebeu que estava sendo ridícula.

O Sr. Feeney foi educado demais e não interrompeu seu discurso, descrevendo todas as funções que já tinha desempenhado na vida e exagerava em qualquer coisa relacionada à propaganda ou à imprensa. Por fim, parou de falar por ter se cansado do som da própria voz e torceu os dedos com nervosismo no colo. Não tinha qualificação para aquele emprego e sabia disso, mas também sabia que conseguiria se dar bem se tivesse uma chance.

O Sr. Feeney tirou os óculos.

— Compreendo. Olha, Holly, estou vendo que você tem muita experiência no mercado de trabalho em diversas áreas, mas noto que você não permaneceu tempo suficiente em uma empresa, vejo que nunca passou de nove meses...

— Eu estava em busca do emprego certo — disse ela, com a confiança destruída.

— Então, como poderei ter certeza de que você não vai me abandonar depois de alguns meses? — Ele sorriu, mas ela sabia que estava falando sério.

— Porque este é o emprego certo para mim — disse ela, com seriedade. Respirou fundo ao perceber que as chances desapareciam, e não estava preparada para desistir tão facilmente. — Sr. Feeney — disse ela, sentando-se mais na ponta da cadeira. — Trabalho com afinco. Quando gosto de alguma coisa, eu dou 100% de minha dedicação, pois sou extremamente comprometida. Sou uma pessoa muito capacitada e o que não sei agora, estou mais do que disposta a aprender, para poder fazer o melhor, para o senhor e para a empresa. Se depositar sua confiança em mim, prometo não decepcioná-lo. — Ela se controlou para não ajoelhar-se e implorar pelo maldito emprego. Corou ao perceber o que havia acabado de fazer.

— Bem, então, acho que foi uma boa maneira de terminar — o Sr. Feeney disse, sorrindo para ela. Levantou-se de sua cadeira e estendeu a mão. — Muito obrigado por ter vindo aqui. Certamente manteremos contato.

Holly apertou a mão dele e agradeceu em voz baixa, pegou a bolsa do chão e sentiu que ele a observava enquanto caminhava até a porta. Um pouco antes de sair, ela se virou para ele de novo e disse:

— Sr. Feeney, pedirei a sua secretária para trazer um bom chá para o senhor. Ele fará maravilhas. — Ela sorriu e fechou a porta, e ficou escutando a risada dele. A simpática secretária ergueu as sobrancelhas para Holly quando esta passou por sua mesa, e os outros candidatos seguraram seus portfólios com força, tentando imaginar o que aquela moça havia dito para fazer o entrevistador rir tão alto. Holly sorriu ao ouvir a risada se prolongar e saiu do prédio.

Ela decidiu visitar Ciara no trabalho, onde poderia comer alguma coisa. Virou a esquina e entrou no bar do Hogan, e procurou uma mesa. O bar estava repleto de pessoas bem vestidas, na hora do almoço, e algumas estavam até bebendo cerveja antes de voltar ao escritório. Holly encontrou uma pequena mesa no canto e se sentou.

— Por favor — ela chamou, estalando os dedos —, será que alguém pode me atender? — As pessoas das mesas ao redor olharam para ela surpresos com a falta de educação com os funcionários, e Holly continuou estalando os dedos. — Oi!

Ciara se virou fazendo cara feia, mas sorriu ao ver que era a irmã fazendo gracinhas.

— Caramba, estava prestes a dar um tapa em você. — Ela riu, aproximando-se da mesa.

— Espero que você não fale com seus clientes dessa maneira — disse Holly, de modo brincalhão.

— Não com *todos* — respondeu Ciara com seriedade. — Vai almoçar aqui hoje? Holly assentiu.

— A mãe me disse que você está trabalhando na hora do almoço. Pensei que estivesse trabalhando no andar de cima.

Ciara rolou os olhos.

— Aquele cara me faz trabalhar o dia inteiro, está me tratando como uma escrava — ela resmungou.

— Ouvi alguém tocar em meu nome? — Daniel rindo, aproximou-se dela. Ciara ficou paralisada ao perceber que ele havia ouvido a conversa.

— Não, não... eu estava falando sobre o Mathew — ela gaguejou. — Ele me faz ficar acordada a noite toda, como se eu fosse uma escrava sexual... — Parou de falar e foi para o bar para pegar um caderninho de pedidos e a caneta.

— Eu me arrependi de ter perguntado — disse Daniel, olhando surpreso para Ciara. — Você se importa se eu me sentar com você? — perguntou a Holly.

— Sim — respondeu ela, de modo brincalhão, mas puxou um banquinho para ele. — Certo, o que tem de bom para comer aqui? — perguntou, analisando o cardápio enquanto Ciara voltava com a caneta na mão.

Ciara disse "nada", sem emitir som atrás de Daniel, e Holly riu.

— O tostado especial é meu preferido — Daniel sugeriu, e Ciara balançou a cabeça, em sinal negativo. Estava claro que ela não gostava muito do tostado especial.

— Por que está balançando a cabeça? — perguntou Daniel, flagrando-a de novo.

— Ah, é que... a Holly é alérgica à cebola — ela gaguejou de novo. Aquilo era novo para Holly, que assentiu.

— É... faz minha cabeça... ééé... inchar. — E estufou as bochechas. — Essas cebolas são terríveis. Fatais, na verdade. Podem me matar.

Ciara rolou os olhos para a irmã, que mais uma vez conseguia exagerar.

— Bem, então, deixe a cebola de lado — Daniel sugeriu e Holly concordou. Ciara enfiou os dedos na boca e fingiu vomitar quando se afastou.

— Você está muito bem vestida hoje — disse Daniel, observando a roupa dela.

— Sim, é que eu queria passar a impressão de ser uma moça séria. Acabei de sair de uma entrevista de emprego — disse Holly e se retraiu ao lembrar.

— Ah, sim. — Daniel sorriu, e então fez uma careta. — Não foi muito bem?

Holly balançou a cabeça.

— Bem, digamos que eu preciso comprar um terninho de moça mais séria. Não acho que eles vão me ligar.

— Bem, não se preocupe — disse Daniel, sorrindo. — Haverá muitas outras oportunidades. Ainda tem aquela vaga no andar de cima, se estiver interessada.

— Pensei que você tivesse dado esse emprego à Ciara. Por que ela está trabalhando aqui embaixo agora? — perguntou ela, confusa.

Daniel fez uma careta.

— Holly, você conhece a sua irmã; tivemos um *probleminha*.

— Ai, não! O que ela fez dessa vez?

— Um cara no bar disse algo que ela não gostou, então ela virou uma cerveja em cima da cabeça dele.

— Ai, não acredito! — Holly se surpreendeu. — Muito me surpreende você não tê-la demitido!

— Não poderia fazer isso a um membro da família Kennedy, não é? — Ele sorriu. — E, além disso, com que cara eu olharia para você?

— Exatamente. — Holly sorriu. — Pode ser meu amigo, mas tem que respeitar a família.

Ciara franziu o cenho para a irmã quando chegou com seu prato de comida.

— Nossa, esta deve ser a pior interpretação de *O Poderoso Chefão* que já vi. *Bon appétit* — disse ela com sarcasmo, colocando o prato sobre a mesa e dando as costas para os dois.

— Ei! — Daniel franziu o cenho, afastando o prato de Holly e analisando seu sanduíche.

— O que está fazendo? — ela exigiu saber.

— Tem cebola aí — disse ele, bravo. — A Ciara deve ter feito o pedido errado de novo.

— Não, não, ela não fez nada errado. — Holly defendeu a irmã e pegou o prato de volta. — Sou alérgica apenas a cebola roxa — disse ela.

Daniel pareceu confuso.

— Que estranho. Não pensei que a diferença fosse muito grande.

— Ah, sim, é — Holly afirmou e tentou parecer sábia. — Elas são da mesma família, mas a cebola roxa... contém toxinas mortais...

— Toxinas? — Daniel se surpreendeu.

— Bem, elas são tóxicas para mim, não são? — ela resmungou e mordeu o sanduíche. Achava difícil comer um sanduíche diante de Daniel sem se sentir uma porca, então desistiu e deixou o resto no prato.

— Não gostou? — perguntou ele, preocupado.

— Não, não é isso. Adorei, mas tomei um café da manhã reforçado — mentiu, dando um tapinha na barriga.

— E então, já encontrou o duende?

— Eu o encontrei, sim! — Holly riu, limpando as mãos engorduradas no guardanapo.

— É mesmo? Quem era?

— Acredita que era o meu irmão Richard? — Ela riu.

— Não acredito! Então por que ele não contou a você? Queria fazer uma surpresa?

— Alguma coisa do tipo, acredito.

— O Richard é um cara bacana — disse Daniel, pensativo.

— Você acha? — perguntou Holly, surpresa.

— Sim, é um cara inofensivo. Tem um bom temperamento.

Holly assentiu e tentou assimilar a informação. Ele interrompeu seus pensamentos.

— Tem conversado com a Denise ou com a Sharon?

— Só com a Denise — disse, desviando o olhar. — E você?

— Tom tem me perturbado com essa história de casamento. Quer que eu seja o padrinho. Para ser sincero, não imaginei que eles fossem fazer tudo tão depressa.

— Eu também não — Holly concordou. — O que acha de tudo isso?

— Ah. — Daniel suspirou. — Estou feliz por ele de um modo egoísta e amargo. — Ele riu.

— Sei como você se sente — Holly assentiu. — Não tem conversado com sua ex?

— Com a Laura? — perguntou ele, surpreso. — Nunca mais quero ver aquela mulher.

— Ela é amiga de Tom?

— Não tão amiga quanto antes, graças a Deus.

— Então, ela não será convidada para o casamento, certo?

Daniel arregalou os olhos.

— Olha, eu nem pensei nisso. Nossa, espero que Tom saiba o que eu faria com ele se ela fosse convidada.

Eles permaneceram em silêncio enquanto Daniel analisava aquela ideia.

— Acho que vou encontrar o Tom e a Denise amanhã à noite para falar sobre os planos do casamento, se por acaso quiser ir... — disse ele.

Holly rolou os olhos.

— Puxa! Obrigada, isso parece ser a coisa mais divertida do mundo.

Daniel começou a rir.

— Eu sei, por isso não quero ir sozinho. Me avise se mudar de ideia.

Holly assentiu.

— Certo, aqui está a conta — disse Ciara, deixando um papel em cima da mesa.

Daniel olhou para ela e balançou a cabeça.

— Não se preocupe, Daniel. — Holly riu. — Você não terá que aturá-la por muito tempo.

— Por que não? — Ele parecia confuso.

Ah, não, Holly pensou, Ciara não havia contado que se mudaria. — Ah, nada — disse, pegando sua carteira dentro da bolsa.

— Fala sério, o que quis dizer? — ele insistiu.

— Ah, quis dizer que o turno dela deve estar quase no fim — disse ela, pegando a carteira e olhando para o relógio.

— Ah... olha, não se preocupe com a conta, eu cuido disso.

— Não, não vou deixar você fazer isso — disse ela, procurando dinheiro entre todos os papéis. — E isso me faz lembrar que estou devendo 20 euros a você. — Ela colocou o dinheiro em cima da mesa.

— Esqueça isso. — Ele fez um gesto com a mão.

— Ei, será que pode me deixar pagar alguma coisa? — perguntou ela. — Vou deixá-lo aqui na mesa, então você vai ter que pagar.

Ciara voltou para a mesa e estendeu a mão, pedindo o dinheiro.

— Tudo bem, Ciara, coloque na minha conta — disse Daniel.

Ciara ergueu as sobrancelhas para a irmã e deu uma piscadela. Em seguida, olhou em cima da mesa e viu a nota de 20 euros.

— Aah, obrigada, mana, não sabia que você era tão generosa na hora de dar gorjetas. — Enfiou o dinheiro no bolso e saiu para atender outra mesa.

— Não se preocupe — Daniel riu, olhando para Holly, que parecia chocada. — Vou descontar do salário dela.

O coração de Holly bateu acelerado ao se aproximar de sua casa e ver o carro de Sharon estacionado. Já fazia muito tempo que Holly não conversava com ela, e tanto tempo havia passado que ela se sentiu envergonhada. Pensou em seguir em outra direção, mas mudou de ideia. Precisava enfrentar a situação em algum momento, antes que acabasse perdendo outra amiga. Se já não fosse tarde demais.

Capítulo 35

HOLLY ESTACIONOU O CARRO na garagem e respirou fundo antes de sair do carro.

Devia ter ido visitar Sharon primeiro e sabia disso, e agora as coisas pareciam bem piores. Caminhou em direção ao carro da amiga e ficou surpresa ao ver John sair dali. Não viu Sharon. Sentiu o coração acelerar; esperava que Sharon estivesse bem.

— Oi, Holly — disse John com seriedade, batendo a porta do carro depois de sair.

— John! Cadê a Sharon? — perguntou ela.

— Acabei de voltar do hospital. — Ele caminhou na direção dela lentamente.

Holly levou as mãos ao rosto e seus olhos ficaram marejados.

— Ai, meu Deus! Ela está bem?

John parecia confuso.

— Sim, está só fazendo uns exames de rotina, vou buscá-la quando sair daqui.

Holly baixou as mãos.

— Ah — disse, baixando as mãos e sentindo-se uma tola.

— Olha, se você está tão preocupada assim, deveria telefonar para ela. — John manteve a cabeça erguida, seus olhos azuis muito frios olhando para os dela. Holly percebeu sua mandíbula tensa.

Ela continuou olhando para ele até que a intensidade do olhar dele a impediu de continuar. Holly mordeu o lábio, sentindo-se culpada.

— Sim, eu sei. Por que não entra? Vou fazer um chá para nós.

Em qualquer outro dia, ela teria rido de si mesma por dizer aquilo; estava se transformando em um *deles*.

Acendeu o fogo e se ocupou em fazer o chá enquanto John se sentava à mesa.

— A Sharon não sabe que estou aqui, por isso eu gostaria que você não comentasse.

— Ah. — Holly sentiu-se ainda mais desapontada. Sharon não o havia mandado ali. Nem queria vê-la; provavelmente havia desistido da amizade completamente.

— Ela sente a sua falta, sabia? — John continuou olhando diretamente para ela, sem pestanejar.

Holly levou as xícaras até a mesa e se sentou.

— Também sinto falta dela.

— Já faz um tempo, Holly, e você sabe que vocês duas costumavam conversar todos os dias. — John pegou a xícara da mão dela e a colocou diante de si.

— As coisas eram bem diferentes, John — disse ela, irritada. Será que ninguém conseguia entender pelo que ela estava passando? Será que era a única pessoa normal no mundo?

— Olha, todos sabemos o que você vem enfrentando... — começou ele.

— Eu sei que vocês todos *sabem* o que venho enfrentando, John; isso é bem óbvio, mas vocês todos não parecem perceber que ainda *estou* passando por isso.

Fez-se um silêncio.

— Isso não é verdade. — A voz de John estava mais baixa e ele fixou o olhar na xícara sobre a mesa.

— É, sim. Não posso seguir com minha vida como vocês todos têm feito e fingir que nada aconteceu.

— Você acha que é o que estamos fazendo?

— Bem, analisemos as evidências, sim? — disse ela, com sarcasmo. — Sharon está grávida e Denise vai se casar...

— Holly, isso se chama viver — John interrompeu, e olhou para ela. — Parece que você esqueceu como se faz isso. Olha, sei que é difícil para você, porque é difícil para mim também. Eu também sinto saudade do Gerry. Ele era meu melhor amigo. Fui vizinho dele a minha vida toda. Frequentei o mesmo jardim de infância que ele, pelo amor de Deus. Estudamos juntos no Ensino Fundamental, estudamos juntos no Ensino Médio e jogávamos no mesmo time de futebol. Fui padrinho dele quando se casou e ele foi o meu! Sempre que eu tinha um problema, procurava o Gerry, sempre que eu queria me divertir um pouco, procurava o Gerry. Contei a ele algumas coisas que nunca contaria a Sharon e ele me contou coisas que não contaria a você. Só por não ter sido casado com ele, não quer dizer que eu não me sinta como você se sente. E só porque ele está morto, não quer dizer que eu tenha que parar de viver também.

Holly ficou paralisada. John se virou na cadeira para poder olhar para ela de frente. As pernas da cadeira rangeram alto no silêncio. Ele respirou profundamente e voltou a falar.

— Sim, é difícil. Sim, é horrível. Sim, é a pior coisa que já me aconteceu na vida inteira. Mas não posso simplesmente desistir. Não posso deixar de ir ao bar porque há dois caras rindo e contando piadas nos banquinhos que Gerry e eu ocupávamos, e não posso parar de ir a jogos de futebol porque era aonde íamos com muita frequência. Posso me lembrar de tudo, sim, e sorrir, mas simplesmente não posso parar de ir lá.

Lágrimas tomaram os olhos de Holly e John continuou falando.

— A Sharon sabe que você está sofrendo e ela compreende, mas você precisa entender que este é um momento muitíssimo importante na vida dela também, e ela precisa da melhor amiga para ajudá-la. Ela precisa da sua ajuda da mesma forma que você precisa da dela.

— Estou tentando, John. — Holly soluçou quando lágrimas quentes rolaram por seu rosto.

— Sei que está. — Ele se inclinou e segurou as mãos dela. — Mas a Sharon precisa de você. Evitar a situação não vai ajudar ninguém, não vai mudar nada.

— Mas eu fiz uma entrevista para um emprego hoje. — Ela soluçou de modo infantil.

John tentou esconder o sorriso.

— Que notícia ótima, Holly. E como foi?

— Uma merda. — Ela fungou, e ele começou a rir. John deixou o silêncio se estender por um minuto e voltou a falar.

— Ela já está quase no quinto mês de gravidez, sabia?

— O quê? — Holly mostrou-se surpresa. — Ela não me contou!

— Ela estava com receio de contar — disse ele, com delicadeza. — Pensou que você ficaria brava com ela, que nunca mais falaria com ela.

— Olha, que bobagem ela pensar uma coisa dessas — Holly disse com raiva e secou os olhos de modo agressivo.

— É mesmo? — Ele ergueu as sobrancelhas. — Que nome dá a toda essa situação, então?

Holly desviou o olhar.

— Eu queria telefonar para ela, de verdade. Pegava o telefone todos os dias, mas não conseguia. Então, prometia que telefonaria no dia seguinte, e no dia seguinte eu estava ocupada... sinto muito, John. Estou muito feliz por vocês dois.

P.S. Eu te Amo

— Obrigado, mas ela não precisa ouvir nada disso, sabe?

— Eu sei, mas tenho sido horrível! Ela nunca vai me perdoar.

— Ah, não seja tola, Holly, estamos falando da Sharon aqui. Amanhã ela já terá se esquecido de tudo isso.

Holly ergueu as sobrancelhas para ele, com esperança.

— OK, talvez não *amanhã*. Talvez no ano que vem... e você terá uma dívida enorme com ela, mas ela vai acabar perdoando... — Os olhos dele se tornaram mais calorosos e brilharam para ela.

— Pare com isso! — Holly riu, batendo no braço dele. — Posso ir com você para vê-la?

Holly sentiu uma forte ansiedade quando eles pararam na frente do hospital. Viu Sharon olhando ao redor, sozinha, enquanto esperava John chegar. Estava tão bonita que Holly sorriu ao ver a amiga. Sharon ia ser mamãe. Era inacreditável que já estivesse de cinco meses. Pelas contas, ela já estava no terceiro mês de gravidez quando foram viajar e não dissera nada para Holly! Mas o mais importante: Holly não conseguiu acreditar que não fora capaz de notar as mudanças na amiga. Evidentemente sua barriga não estaria grande aos três meses de gravidez, mas agora, ao ver Sharon vestindo uma camisa polo e calça jeans, conseguiu perceber a leve protuberância da barriga. E combinava com Sharon.

Holly saiu do carro e Sharon ficou paralisada. Ai, não, Sharon ia gritar com ela. Ia dizer que detestava Holly e que nunca mais queria vê-la, pois ela era uma amiga péssima e que...

Sharon abriu um sorriso e estendeu os braços para ela.

— Venha aqui, sua boba — disse com carinho.

Holly correu para abraçá-la. Ali, com a melhor amiga abraçando-a com força, sentiu as lágrimas voltarem.

— Ai, Sharon, eu sinto muito, sou uma pessoa horrível. Desculpa, desculpa, desculpa, mil vezes desculpa. Por favor, me desculpa. Eu não queria...

— Ah, fica quieta, sua chorona, e me abraça. — Sharon também chorou, e as duas se abraçaram por muito tempo sob o olhar de John.

— Ram — John pigarreou alto.

— Ah, venha aqui você também. — Holly sorriu e o puxou para o abraço triplo.

— Acredito que isso tenha sido ideia sua — Sharon olhou para o marido.

— Não, de jeito nenhum — disse ele, piscando para Holly. — Eu acabei de encontrar a Holly na rua e ofereci uma carona...

240

— Ah, sei, sei — disse ela de modo sarcástico, enrolando seu braço no de Holly enquanto caminhavam em direção ao carro.

— Bem, você me deu uma carona, mesmo. — Ela sorriu para o amigo.

— E então, o que eles disseram? — perguntou Holly, inclinando-se entre os dois bancos da frente, como uma criança animada. — O que é?

— Olha, você não vai acreditar, Holly. — Sharon se virou no assento e ficou tão animada quanto a amiga. — O médico me disse que... e eu acredito nele, porque parece que ele é um dos melhores... bem, ele me disse...

— Fala logo! — Holly pediu, doida para saber.

— Ele disse que é um bebê!

Holly virou os olhos.

— Rá-rá. Quero saber se é menino ou menina?

— Por enquanto, não tem sexo. Eles ainda não sabem ao certo.

— Você gostaria de saber o sexo, se eles puderem contar?

Sharon franziu o nariz.

— Não sei bem, não pensei nisso. — Ela olhou para John e os dois sorriram como se guardassem um segredo.

Holly sentiu uma pontada de inveja bem familiar e ficou sentada em silêncio, esperando aquele sentimento passar, até a empolgação voltar. Os três foram para a casa de Holly. Ela e Sharon não estavam prontas para se afastar de novo depois de fazerem as pazes. Tinham muito sobre o que falar. Sentadas à mesa da cozinha, elas compensaram o tempo perdido.

— Sharon, a Holly foi a uma entrevista de emprego hoje — disse John quando finalmente teve a chance de falar.

— É mesmo? Não sabia que você já estava procurando emprego!

— É a nova missão que Gerry me deu. — Holly sorriu.

— Ah, então foi essa a deste mês? Eu estava doida pra saber. Como foi?

Holly fez uma careta e apoiou a cabeça nas mãos.

— Ai, foi horrível, Sharon. Eu fiz papel de tola.

— É mesmo? — Sharon riu. — Qual era o emprego?

— Vender espaço publicitário para aquela revista, a X.

— Uau, muito bom, leio essa revista no trabalho.

— Acho que não conheço essa. Que revista é? — perguntou John.

— Ah, tem de tudo ali: moda, esportes, cultura, culinária, crítica... tudo.

— E propagandas — Holly completou, brincando.

— Bem, as propagandas não serão tão boas se Holly Kennedy não for contratada — disse ela, com delicadeza.

— Obrigada, mas acho que não serei contratada, não.

— Por quê? O que aconteceu de tão errado na entrevista? Não pode ter sido tão ruim. — Sharon parecia confusa ao servir-se de mais chá.

— Ah, acho que é ruim quando o entrevistador pergunta se você tem experiência de trabalho em uma revista ou jornal e você diz que certa vez imprimiu um boletim de notícias para uma empresa qualquer.

Holly bateu a cabeça na mesa da cozinha de modo brincalhão.

— Boletim de notícias? — Sharon riu alto. — Espero que não estivesse se referindo àquele folhetinho porcaria que você imprimiu no computador para divulgar aquela droga de empresa.

John e Sharon riram muito.

— Ah, bem, era para *divulgar* a empresa... — Holly disse e riu, sentindo-se ainda mais envergonhada.

— Lembre-se, você fez com que todos nós pegássemos aqueles papéis e os distribuíssemos nas casas das pessoas, na chuva e no frio de matar! Demoramos dias para fazer aquilo!

— Ei, eu me lembro disso. — John riu. — Você se lembra que me mandou com Gerry para colar centenas deles em uma noite? — Ele continuou rindo.

— É mesmo? — Holly temeu o que poderia vir em seguida.

— Bem, nós os jogamos no lixo dos fundos do bar do Bob e entramos para beber umas cervejas. — Ele continuou rindo ao se lembrar e Holly ficou boquiaberta.

— Seus idiotas! — Ela riu. — Por causa de vocês dois, a empresa faliu e eu perdi meu emprego!

— Ah, eu diria que ela foi à falência assim que as pessoas viram aqueles folhetos, Holly — disse Sharon, provocando.

— Bem, aquele lugar era um terror. Você reclamava dele todos os dias.

— Só mais um dos empregos dos quais Holly reclamava — John brincou. Mas tinha razão.

— Bem, é, mas eu não reclamaria desse outro — disse ela, com tristeza.

— Há muito mais empregos por aí — Sharon garantiu. — Você só precisa melhorar suas habilidades para as entrevistas.

— Ô! — Holly remexeu o açúcar com uma colher.

Eles ficaram em silêncio por um tempo.

— Você publicou um boletim de notícias. — John repetiu alguns minutos depois, ainda rindo ao pensar na situação.

— Cale a boca — respondeu Holly. — Bem, o que mais você e Gerry faziam que eu não sei?

— Ah, um bom amigo nunca revela os segredos — disse John, brincando, e seus olhos brilharam ao se lembrar do passado.

Mas algo havia sido solto. E depois de Holly e Sharon ameaçarem forçá-lo a contar as histórias, Holly soube mais a respeito de seu marido naquela noite, mais do que nunca. Pela primeira vez desde a morte de Gerry, os três riram a noite toda, e Holly aprendeu a finalmente falar sobre o marido. Os quatro costumavam se reunir antes: Holly, Gerry, Sharon e John. Agora, apenas três deles se reuniram para se lembrar de quem tinham perdido. E com toda aquela troca, ele voltou a viver para todos eles naquela noite. Logo, seriam quatro de novo, com a chegada do bebê de Sharon e John.

A vida continuava.

Capítulo 36

NAQUELE DOMINGO, RICHARD FOI À CASA DE Holly com os filhos. Ela dissera que ele podia levá-los a sua casa sempre que fosse seu dia de vê-los. Eles brincaram lá fora, no jardim, enquanto Richard e Holly terminavam o jantar e os observavam pelas portas da varanda.

— Eles parecem muito felizes, Richard — disse Holly, observando-os brincar.

— Sim, parecem mesmo. — Ele sorriu ao ver os filhos correndo. — Quero que as coisas para eles sejam o mais normal possível. Eles não entendem muito bem o que está acontecendo, e é difícil explicar.

— O que você disse a eles?

— Que o papai e a mamãe não se amam mais e que eu saí de casa para podermos ser mais felizes. Algo desse tipo.

— E eles aceitaram bem?

O irmão assentiu lentamente.

— Timothy está aceitando bem, mas a Emily teme que deixemos de amá-la e que ela tenha que mudar de casa. — Ele olhou para Holly, com o olhar triste. Pobre Emily, Holly pensou, observando a menina dançar com sua boneca assustadora. Não conseguia acreditar que estava conversando sobre aquilo com Richard. Atualmente, ele parecia ser outra pessoa, completamente diferente. Ou talvez Holly tivesse mudado; parecia ter mais tolerância com ele agora, tinha mais facilidade para ignorar seus comentários irritantes, que ainda eram muitos. Mas no momento, eles tinham algo em comum. Os dois sabiam como era se sentir sozinho e inseguro.

— Como estão as coisas na casa do pai e da mãe?

Richard engoliu a batata que mastigava e assentiu.

— Tudo bem. Eles estão sendo extremamente generosos.

— A Ciara tem irritado você? — Ela teve a sensação de estar interrogando um filho depois de seu primeiro dia na escola, querendo saber se as outras crianças tinham sido malcriadas ou gentis. Mas ultimamente, sentia muita vontade de proteger Richard. Ela ajudava a si mesma quando o ajudava; ganhava força.

— A Ciara é... a Ciara. — Ele sorriu. — Não concordamos em muitas coisas.

— Olha, eu não me preocuparia com isso — disse Holly, tentando pegar um pedaço de carne de porco com o garfo.

— A maior parte do mundo não concorda com ela em muitas coisas. — Holly acabou fazendo um movimento errado com o garfo, a ponto de fazer o pedaço de carne voar do prato e parar do outro lado da cozinha, sobre o balcão.

— E ainda dizem que porcos não voam — Richard comentou quando Holly atravessou a cozinha para pegar o pedaço de carne.

Ela riu.

— Ei, Richard, você fez uma piada engraçada!

Ele mostrou-se satisfeito consigo mesmo.

— Tenho meus momentos engraçados, pelo visto — disse, dando de ombros. — Apesar de ter certeza que você acha que não são muitos.

Holly recostou-se na cadeira lentamente, tentando decidir como dizer o que pretendia dizer.

— Somos todos diferentes, Richard. A Ciara é levemente excêntrica, o Declan é um sonhador, o Jack é brincalhão, e eu sou... bem, não sei o que sou. Mas você sempre foi muito controlado. Sério e comportado. Não se trata de algo ruim, mas somos apenas diferentes.

— Você é muito atenciosa — disse Richard depois de um longo silêncio.

— Como? — perguntou Holly, sentindo-se confusa. Para esconder o embaraço, ela enfiou outra garfada na boca.

— Sempre achei você muito atenciosa — ele repetiu.

— Quando? — perguntou Holly sem acreditar, enquanto mastigava.

— Bem, eu não estaria sentado aqui, jantando, com meus filhos correndo e se divertindo lá fora se você não estivesse sendo atenciosa agora, mas eu me referia a quando éramos crianças.

— Não acho, Richard — disse Holly, balançando a cabeça. — Jack e eu sempre fomos terríveis com você — disse ela de modo delicado.

— Vocês não eram terríveis o tempo todo, Holly. — Ele sorriu, divertindo-se. — Bem, é assim que irmãos agem, pegam no pé uns dos outros na infância.

É uma grande base para a vida, essas coisas nos ensinam a ficar mais fortes. Bem, eu era o irmão mais velho e mandão.

— Então, como pode dizer que eu era atenciosa? — perguntou Holly, sem entender.

— Você idolatrava o Jack. Costumava segui-lo o tempo todo e fazia exatamente o que ele mandava você fazer. — Ele começou a rir. — Eu escutava quando ele pedia a você que dissesse coisas para mim e você ia até o meu quarto morrendo de medo, dizia o que tinha que dizer e saía correndo.

Holly olhou para o prato sentindo-se envergonhada. Ela e Jack faziam coisas terríveis com ele.

— Mas você sempre voltava — Richard continuou. — Sempre entrava discretamente em meu quarto e ficava me observando sentado à minha escrivaninha, e eu sabia que aquela era a sua maneira de pedir desculpas. — Ele sorriu para ela. — Então, você é atenciosa. Nenhum de nossos irmãos tinha esse tipo de consciência lá em casa. Você era a única, sempre sensível.

Ele continuou jantando e Holly permaneceu em silêncio, tentando absorver toda a informação que ele lhe dera. Não se lembrava de idolatrar Jack, mas pensando bem, talvez Richard tivesse razão. Jack era seu irmão engraçado, bacana, bonito e mais velho, que tinha montes de amigos, e Holly costumava implorar a ele para deixá-la brincar. Acreditava que ainda se sentia da mesma forma em relação a ele; se ele telefonasse naquele momento, pedindo que ela saísse, ela largaria tudo e atenderia ao pedido, e nunca havia percebido isso antes. No entanto, andava passando muito mais tempo com Richard do que com Jack, ultimamente. Jack sempre fora seu irmão preferido; Gerry sempre se dera muito bem com ele. Era Jack a quem Gerry chamava para beber cerveja durante a semana, e não Richard. Era ao lado de Jack que Gerry fazia questão de se sentar nos jantares em família. Mas Gerry havia morrido e apesar de Jack telefonar para ela de vez em quando, não estava mais tão próximo como antes. Será que Holly havia idolatrado Jack demais? Percebeu que encontrava desculpas para explicar por que ele não telefonava nem aparecia quando dizia que o faria. Na verdade, vinha dando desculpas por ele desde a morte de Gerry. Richard, nos últimos tempos, havia conseguido fazer Holly pensar bastante. Ela o observou tirar o guardanapo da gola da camisa e interessou-se ao vê-lo dobrar o pano em um quadrado perfeito. Ele endireitava, com obsessão, tudo o que havia sobre a mesa, de modo a deixar tudo virado para o lado certo. Apesar de todas as qualidades que ele tinha, que ela conseguia reconhecer agora, Holly sabia que não seria capaz de conviver com um homem assim.

Os dois se sobressaltaram quando ouviram um baque do lado de fora e viram a pequena Emily deitada no chão, chorando sem parar, e Timmy chocado. Richard levantou-se e correu para fora.

— Mas ela só caiu, papai, eu não fiz nada! — Holly ouviu Timmy dizer ao pai. Coitadinho. Ela rolou os olhos ao ver Richard segurar o filho pelo braço e exigir que ele ficasse de castigo em um canto para pensar no que havia feito. Algumas pessoas não mudavam nunca, Holly pensou com amargura.

No dia seguinte, Holly saiu pulando pela casa, em êxtase, repassando a mensagem na secretária eletrônica pela terceira vez.

— Oi, Holly! Aqui é Chris Feeney, da revista X. Estou ligando para dizer que gostei muito de sua entrevista. É... — Ele hesitou por um momento. — Bem, eu normalmente não deixo recados deste tipo na secretária eletrônica, mas tenho certeza de que você vai gostar de saber que eu decidi aceitá-la como a nova funcionária do grupo. Gostaria muito que você começasse o mais depressa possível, então, por favor, retorne a ligação quando puder e conversaremos mais. É... tchau.

Holly rolou na cama, histericamente feliz e apertou o PLAY mais uma vez. Ela havia mirado a lua... e conseguira pousar em cima dela!

Capítulo 37

Holly olhou para a alta construção georgiana e sentiu um arrepio de empolgação. Era seu primeiro dia de trabalho e ela tinha a sensação de que uma boa fase começava para ela ali, naquele prédio. Era localizado no centro da cidade, e os escritórios agitados da revista *X* ficavam no segundo andar, acima de um pequeno café. Holly havia dormido muito pouco na noite anterior, em razão do nervosismo e da animação, uma mistura dos dois; no entanto, não sentiu o mesmo receio que costumava sentir antes de começar em um emprego novo. Havia retornado o telefonema do Sr. Feeney imediatamente (depois de escutar mais três vezes a mensagem deixada por ele) e então contara a novidade aos familiares e amigos. Todos ficaram muito felizes com a notícia, e um pouco antes de sair de casa naquela manhã, recebeu um lindo buquê de flores de seus pais, parabenizando-a e desejando boa sorte em seu primeiro dia.

A sensação era de estar começando um novo ano na escola, pois havia saído para comprar novas canetas, um novo caderno e uma pasta nova, que fizessem com que ela parecesse superinteligente. Mas apesar de ter se sentido animada ao sentar-se para tomar café da manhã, também havia a tristeza por Gerry não estar presente para que ela compartilhasse com ele o novo começo. Eles realizavam um pequeno ritual sempre que Holly começava em um novo emprego, o que costumava ocorrer com frequência. Gerry acordava Holly com o café da manhã na cama e colocava dentro de sua bolsa sanduíches de queijo e presunto, uma maçã, um pacote de salgadinho e um chocolate. Depois, ele a levava de carro até o trabalho, telefonava na hora do almoço para saber se as outras crianças do escritório estavam se comportando bem e voltava ao fim do dia para buscá-la. Então, eles jantavam juntos e ele escutava, rindo,

Holly descrevendo todas as pessoas do escritório e mais uma vez reclamar do trabalho. Eles só faziam isso no primeiro dia, pois em todos os outros dias, eles acordavam atrasados, corriam para tomar banho e vagavam pela cozinha ainda sonolentos, reclamando enquanto bebiam uma xícara de café, bem rápido, para tentarem acordar. Beijavam-se e cada um seguia um caminho diferente para começar o dia. E tudo se repetia no dia seguinte. Se Holly soubesse que o tempo que eles teriam juntos seria tão curto e precioso, não teria repetido aquela rotina tediosa todos os dias...

Mas naquela manhã, a situação tinha sido diferente. Ela acordou na casa vazia, com a cama vazia e nenhum café da manhã. Não precisou disputar o chuveiro com ninguém e a cozinha estava silenciosa sem o barulho do acesso de espirros que Gerry tinha. Holly havia desejado que quando acordasse, Gerry miraculosamente estaria ali para dar bom-dia, porque era uma tradição e um dia tão especial que não seria a mesma coisa sem ele. Mas com a morte, não havia exceções. Morrer era morrer e ponto final.

Agora, parada na porta, Holly olhou para seu reflexo para conferir se seu zíper estava fechado, se a roupa estava ajeitada e se os botões estavam abotoados corretamente. Satisfeita por se considerar apresentável, subiu a escada de madeira que levava a seu novo escritório. Chegou à sala de espera e a secretária que ela reconheceu do dia da entrevista saiu de trás de sua mesa para recepcioná-la.

— Oi, Holly — disse ela com alegria, apertando sua mão —, bem-vinda ao nosso modesto escritório. — Ela ergueu as mãos para mostrar a sala. Holly simpatizara com aquela mulher desde que a vira na entrevista. Ela parecia ter a mesma idade de Holly, tinha cabelos longos e loiros e um rosto que sempre aparentava alegria.

— Sou Alice, e trabalho aqui na recepção, como você sabe. Bem, vou levá-la ao chefe agora. Ele está à sua espera.

— Meu Deus! Não estou atrasada, certo? — perguntou Holly, olhando para seu relógio com preocupação. Saíra cedo de casa para evitar o trânsito e não se atrasar para o primeiro dia de trabalho.

— Não, de jeito nenhum — disse Alice, levando-a em direção ao escritório do Sr. Feeney. — Não se preocupe, porque Chris e todos os outros são *workaholics*. Eles precisam ter mais o que fazer, viu? Você nunca vai me ver por aqui depois das 6 da tarde, pode apostar.

Holly riu. A atitude de Alice era parecida com a dela, no passado.

— E não se sinta na obrigação de entrar cedo e sair tarde só porque eles fazem isso. Acho que o Chris mora no escritório, então fica difícil ganhar dele.

O cara não é normal — disse ela, em voz alta, batendo de leve na porta, e a abriu para Holly entrar.

— Quem não é normal? — perguntou o Sr. Feeney, levantando-se da cadeira e alongando o corpo.

— Você. — Alice sorriu e fechou a porta ao sair.

— Está vendo como os meus funcionários me tratam? — Ele riu, aproximando-se de Holly e estendendo a mão para um cumprimento. O aperto de mãos foi caloroso e receptivo mais uma vez, e Holly imediatamente sentiu-se à vontade com o clima entre seus colegas.

— Obrigada por me contratar, Sr. Feeney — disse ela, com sinceridade.

— Pode me chamar de Chris, e não precisa me agradecer. Bem, vamos, vou mostrar a empresa para você. — Ele partiu na frente dela no corredor. As paredes eram cobertas pelas capas de todas as revistas que tinham sido publicadas nos últimos vinte anos, emolduradas.

— Não há muito o que ver; aqui dentro, fica nosso escritório de formiguinhas. — Ele abriu a porta e Holly viu a sala enorme. Havia cerca de dez mesas no total, e o escritório era repleto de pessoas sentadas diante de seus computadores, falando ao telefone. Elas olharam para Holly e acenaram com educação. Ela sorriu a todos, pensando que era importante deixar uma boa primeira impressão.

— Estes são os jornalistas maravilhosos que me ajudam a pagar as contas — Chris explicou. — Aquele é John Paul, o editor de moda; Mary, nossa mulher da culinária; e Brian, Steven, Gordon, Aishling e Tracey. Você não precisa saber o que eles fazem, porque são enroladores. — Ele riu e um dos homens mostrou o dedo do meio a Chris, e continuou falando ao telefone. Holly imaginou que ele era um dos homens chamado de enrolador.

— Pessoal, esta é a Holly! — Chris gritou e eles sorriram e acenaram de novo e continuaram falando ao telefone.

— Os outros jornalistas são freelances, por isso não os verá por aqui com muita frequência — explicou, levando-a ao escritório ao lado. — Aqui é onde todos os nossos nerds da computação se escondem. Aqueles são Dermont e Wayne, e eles cuidam do layout e do design, então você vai trabalhar com eles e mantê-los informados a respeito de quais anúncios entrarão ou sairão. Rapazes, esta é a Holly.

— Oi, Holly. — Os dois se levantaram, apertaram a mão dela e voltaram a trabalhar.

— Eu os treinei bem. — Chris riu, e caminhou de volta para o corredor. — Aqui fica a sala de reuniões. Nós nos reunimos todas as manhãs às 8h45.

Holly assentia a tudo que ele dizia e tentava se lembrar dos nomes de todos que ele havia apresentado.

— Ali, descendo a escada, ficam os banheiros, e vou mostrar sua sala agora.

Ele voltou pelo mesmo caminho que tinham ido e Holly olhou para as paredes, animada. Aquilo era diferente de tudo que já vivera.

— Aqui é sua sala — disse ele, abrindo a porta e deixando que ela entrasse antes que ele.

Holly não conteve o sorriso ao olhar para a pequena sala. Nunca tivera seu próprio escritório. Era do tamanho exato para acomodar uma mesa e um porta-arquivo. Havia um computador em cima da mesa com pilhas e mais pilhas de pastas. Do outro lado da mesa, havia uma estante repleta de livros, pastas e pilhas de revistas velhas. A enorme janela georgiana praticamente cobria a parede inteira dos fundos, atrás de sua mesa, e apesar de estar frio lá dentro, a sala tinha uma atmosfera viva e arejada. Ela conseguia se imaginar trabalhando ali.

— Perfeita — disse ela a Chris, colocando a pasta sobre a mesa e olhando ao redor.

— Que bom — disse ele. — O último funcionário que ocupou esta sala era extremamente organizado, e naquelas pastas há explicações claras sobre o que exatamente você precisa fazer. Se tiver problemas ou dúvidas a respeito de alguma coisa, é só me procurar. Estou logo ao lado. — Ele bateu na parede que separava os escritórios. — Não espero que você faça milagres, porque sei que é nova nisso, e por isso espero que faça muitas perguntas. Nossa próxima edição precisa ficar pronta na próxima semana, pois a publicação acontece no primeiro dia de cada mês.

Holly arregalou os olhos; teria uma semana para preencher a revista toda.

— Não se preocupe — disse ele, sorrindo de novo. — Quero que você se concentre na edição de novembro. Familiarize-se com o layout da revista, pois mantemos o mesmo estilo todo mês, para que saiba que tipo de página exigirá determinado tipo de anúncio. É muito trabalho, mas se você se mantiver organizada e trabalhar bem com o resto da equipe, tudo correrá bem. Mais uma vez, peço que converse com Dermont e Wayne, eles poderão explicar mais sobre o layout padrão, e se precisar de alguma coisa, peça à Alice. Ela está aqui para ajudar a todos. — Ele parou de falar e olhou ao redor. — É isso. Alguma pergunta?

Holly balançou a cabeça.

— Não, acho que você já mencionou tudo.

— Certo, vou deixá-la à vontade, então. — Ele fechou a porta ao sair e Holly se sentou à mesa de seu novo escritório. Estava um pouco temerosa em relação a sua nova vida. Aquele era o emprego mais interessante que já tivera e, pelo jeito, ficaria muito ocupada, mas ficou feliz. Precisava manter a mente ocupada. No entanto, não conseguiu, de jeito nenhum, lembrar dos nomes das pessoas, por isso pegou caderno e caneta e começou a anotar aqueles dos quais se lembrava. Abriu as pastas e começou a trabalhar.

Ficou tão entretida na leitura que percebeu, depois de um tempo, que trabalhara durante o horário do almoço. Pelo que percebeu, ninguém no escritório havia saído para comer. Nos outros empregos, Holly parava de trabalhar pelo menos meia hora antes do horário em si apenas para pensar no que comeria. Depois, saía 15 minutos mais cedo e voltava 15 minutos depois por causa do "trânsito", apesar de caminhar até a loja. Passava a maior parte do dia sonhando acordada, em telefonemas pessoais, principalmente para o exterior, porque não tinha que pagar a conta, e era sempre a primeira da fila a buscar seu pagamento, que normalmente era gasto em duas semanas.

Aquele emprego era muito diferente dos outros, mas estava ansiosa para viver cada minuto.

— Certo, Ciara, tem certeza de que pegou seu passaporte? — perguntou a mãe de Holly pela terceira vez desde que saíram de casa.

— Sim, mamãe — Ciara resmungou. — Já disse mil vezes, está bem aqui.

— Deixe-me ver — disse Elizabeth, virando no banco do passageiro.

— Não! Não vou mostrar. Você precisa acreditar em mim, não sou mais um bebê, sabia?

Declan riu e Ciara deu-lhe um cutucão nas costelas com o cotovelo.

— Calado.

— Ciara, mostre seu passaporte para a mamãe para ela poder ficar tranquila — disse Holly, cansada.

— Está bem — disse ela, erguendo a bolsa do colo. — Está aqui, olha, mãe... não, espere, na verdade, está aqui... não, talvez eu tenha colocado aqui... ai, merda!

— Deus do céu, Ciara! — resmungou o pai de Holly, pisando no freio e fazendo um retorno.

— O que foi? — perguntou ela, defendendo-se. — Eu coloquei aqui, pai, alguém deve ter tirado — resmungou, esvaziando a bolsa dentro do carro.

— Que inferno, Ciara — Holly reclamou quando um par de tênis saiu voando em direção a seu rosto.

— Ah, dá um tempo — rebateu. — Vocês não terão que me aguentar por muito tempo.

Todos ficaram calados quando se deram conta de que ela tinha razão. Ciara ficaria na Austrália por um bom tempo, e eles sentiriam sua falta; por mais barulhenta e irritante que fosse.

Holly estava no lado da janela no banco de trás do carro, com Declan e Ciara. Richard estava levando Mathew e Jack (ignorando os protestos dele) e provavelmente já estavam no aeroporto. Aquela era a segunda vez em que voltavam para a casa, pois Ciara havia esquecido seu piercing de nariz da sorte e exigiu que seu pai voltasse.

Uma hora depois da partida, eles chegaram ao aeroporto no que deveria ter sido um trajeto de apenas 20 minutos.

— Meu Deus, por que demoraram tanto? — Jack resmungou a Holly quando eles, finalmente, entraram no aeroporto com feições tristes. — Tive que ficar conversando sozinho com o Dick.

— Ah, dá um tempo, Jack — disse Holly em tom defensivo. — Ele não é tão ruim assim.

— Nossa! Você mudou seu discurso — disse ele, provocando, fingindo estar surpreso.

— Não, não mudei, mas você está com a ideia errada — disse, e se aproximou de Richard, que estava de pé, sozinho, observando as pessoas. Ela sorriu para o irmão mais velho.

— Querida, mande notícias com mais frequência dessa vez, tudo bem? — Elizabeth chorou quando a filha lhe deu um abraço.

— Pode deixar, mãe. Ah, por favor, não chore, porque vou acabar chorando junto. — Holly sentiu um nó na garganta e lutou contra o choro. Ciara tinha sido uma boa companhia nos últimos meses e sempre conseguia animar Holly quando ela achava que a vida era uma porcaria. Sentiria saudade da irmã, mas compreendia que Ciara precisava estar perto de Mathew. Ele era um bom rapaz e ela ficou feliz por ver que eles tinham um ao outro.

— Cuide bem da minha irmã. — Holly ficou na ponta dos pés e abraçou Mathew, que era muito alto.

— Não se preocupe, ela está em boas mãos. — Ele sorriu.

— Cuide dela dessa vez, sim? — Frank deu um tapa nas costas dele e sorriu. Mathew era suficientemente inteligente para saber que aquilo era mais um alerta do que um pedido e respondeu de modo muito persuasivo.

— Tchau, Richard — disse Ciara, abraçando-o. — Mantenha distância daquela bruxa da Meredith. Você é bom demais para ela. — Ciara se virou para Declan. — Você pode ir para a Austrália quando quiser, Dec, talvez para fazer um filme, ou algo assim, sobre mim — disse ela, com seriedade ao caçula da família e o abraçou.

— Jack, cuide da minha irmãzona — disse ela, sorrindo para Holly. — Aaai, vou sentir sua falta — disse ela com tristeza, apertando Holly em um abraço.

— Eu também — disse Holly, com a voz embargada.

— Vou embora, antes que vocês, pessoas deprimidas, me façam chorar — disse ela, tentando parecer feliz.

— Não volte a saltar com aquelas cordas, Ciara. É perigoso demais — disse Frank, preocupado.

— Aquilo se chama *bungee-jump*, pai! — Ciara riu, beijando os pais de novo. — Não se preocupe, com certeza encontrarei algo novo para experimentar — ela provocou.

Holly permaneceu em silêncio com sua família e observou Ciara e Mathew caminhando de mãos dadas para dentro da sala de embarque. Até mesmo Declan estava com os olhos marejados, mas fingiu que queria apenas espirrar.

— Olhe para a luz, Declan. — Jack abraçou o irmão mais novo. — Dizem que ajuda a espirrar.

Declan olhou para a luz e procurou não ver sua irmã favorita partir. Frank abraçou a esposa com força enquanto ela acenava para a filha sem parar, com lágrimas rolando de seu rosto.

Todos riram quando o alarme foi acionado e Ciara foi para o scanner de segurança e foi instruída a esvaziar os bolsos.

— Toda santa vez. — Jack riu. — É de surpreender que eles permitam que ela entre no país deles.

Todos acenaram enquanto Ciara e Mathew seguiram adiante, até que os cabelos cor-de-rosa dela desapareceram entre as pessoas.

— Certo — disse Elizabeth, secando as lágrimas do rosto —, vamos para casa almoçar?

Todos concordaram por perceber que a mãe estava muito triste.

— Vou deixar você ir com o Richard dessa vez — disse Jack a Holly, e partiu com o resto da família, deixando Richard e Holly um tanto surpresos.

— Como foi a sua primeira semana no trabalho, querida? — Elizabeth perguntou a Holly quando todos já estavam sentados à mesa do almoço.

— Ah, estou adorando, mãe — disse ela, com os olhos brilhando. — É muito mais interessante e desafiador do que qualquer outro emprego que eu tive, e os colegas são todos muito simpáticos. O clima ali é muito bom — disse, feliz.

— Sim, isso é o mais importante, não é mesmo? — disse Frank, satisfeito. — Como é o seu chefe?

— Ele é um fofo, me faz lembrar muito você, papai, sinto vontade de abraçá-lo e beijá-lo sempre que o vejo.

— Mais parece assédio sexual no ambiente de trabalho — Declan fez a piadinha, e Jack riu.

Holly rolou os olhos para os irmãos.

— Você vai fazer novos documentários, Declan? — perguntou Jack.

— Sim, sobre desabrigados — respondeu, com a boca cheia de comida.

— Declan. — Elizabeth franziu o nariz. — Não fale de boca cheia.

— Desculpa — disse Declan e cuspiu a comida na mesa.

Jack começou a rir e quase engasgou com a comida, mas o restante da família virou o rosto, com nojo.

— O que você disse que vai fazer, filho? — perguntou Frank, tentando evitar uma briga.

— Vou fazer um documentário para a faculdade sobre desabrigados .

— Ah, muito bom — respondeu ele, voltando para seu mundinho particular.

— E qual membro da família você vai usar como protagonista dessa vez? O Richard? — disse Jack, rindo.

Holly soltou o garfo e a faca com força.

— Cara, isso não teve graça — disse Declan com seriedade, surpreendendo Holly.

— Meu Deus! Por que todo mundo anda tão sensível ultimamente? — perguntou Jack, olhando ao redor. — Foi só uma piada.

— Não foi engraçado, Jack — disse Elizabeth, séria.

— O que ele disse? — perguntou Frank quando saiu de seu estado de transe. Elizabeth apenas balançou a cabeça e ele se calou.

Holly olhou para Richard, que estava na ponta da mesa, comendo em silêncio. Ela sentiu pena dele, porque não merecia aquilo, e ou Jack estava sendo mais cruel do que o normal ou aquele era seu comportamento de sempre e Holly era uma tola por tê-lo achado engraçado antes.

— Desculpa, Richard, eu estava só brincando — disse Jack.

— Tudo bem, Jack.

— E aí, já arrumou um emprego?

— Não, ainda não.

— Que peninha — disse de modo áspero, e Holly olhou para ele, sem entender o que estava acontecendo.

Elizabeth calmamente pegou seus talheres e prato de comida e, sem dizer nada, caminhou até a sala de estar, onde ligou a televisão e fez sua refeição em paz.

Seus "duendes engraçadinhos" estavam muito sem graça.

Capítulo 38

Holly tamborilou os dedos na mesa e olhou pela janela. Estava completamente absorvida pelo trabalho naquela semana. Não sabia que era possível adorar tanto trabalhar. Com satisfação, ela havia pulado a hora do almoço algumas vezes e até permanecido além do horário no escritório, e ainda não sentia vontade de bater em nenhum colega. Mas era apenas sua terceira semana; talvez com mais tempo, as coisas mudassem. O melhor é que ela não se sentia desconfortável perto de seus colegas. As únicas pessoas com quem tinha contato de fato eram Dermot e Wayne, os caras do layout e design. O escritório desenvolvera uma dinâmica divertida, e de vez em quando ela escutava um gritando com o outro de um escritório a outro. Mas era tudo com bom humor e ela adorava tudo aquilo.

Adorava sentir-se parte de uma equipe, como se estivesse fazendo algo que causasse impacto real no produto final. Pensava em Gerry todos os dias. Todas as vezes em que fechava um acordo, agradecia a ele, agradecia por ele empurrá-la ao topo. Ainda havia dias em que não se sentia digna de sair da cama, mas a animação com seu emprego a estava ajudando a seguir em frente.

Ela ouviu o rádio ligado no escritório de Chris, ao lado, e sorriu. Na mesma hora, todos os dias, ele ligava o aparelho para ouvir as notícias, que entravam no cérebro de Holly inconscientemente. Nunca se sentira tão inteligente na vida.

— Ei! — Holly gritou, batendo na parede. — Abaixe essa droga! Alguns de nós estão tentando trabalhar!

Ela escutou Chris rir e sorriu. Voltou a olhar para seu trabalho; um freelance escrevera um texto sobre uma viagem que fizera pela Irlanda, tentando encontrar a cerveja mais barata, muito divertido. Havia um espaço enorme no fim da página e Holly precisava preenchê-lo. Folheou sua agenda de contatos e teve uma ideia. Pegou o telefone e ligou.

— Hogan.

— Oi, por favor, gostaria de falar com Daniel Connelly.

— Um momento.

Bendito "Greensleeves" de novo. Ela dançou pela sala ao som da música enquanto esperava. Chris entrou, olhou para ela e fechou a porta de novo. Holly sorriu.

— Alô?

— Daniel?

— Sim.

— Oiê. É a Holly.

— Como você está, Holly?

— Ótima, obrigada. E você?

— Melhor agora.

— Belo elogio.

Ele riu.

— Como está indo no emprego chique?

— Bem, na verdade, é por isso que estou ligando.

— Ah, não! — Ele riu. — Defini como política da empresa que nunca mais contrataria nenhum Kennedy.

Holly riu.

— Ai, droga, e eu queria tanto jogar bebida em cima dos clientes.

Ele riu.

— E aí?

— Você por acaso me disse que precisava divulgar mais o Club Diva?

Bem, ele acreditava ter dito isso a Sharon, mas sabia que não tinha como ter certeza desse detalhe.

— Sim, eu me lembro.

— Ótimo. O que acha de divulgá-lo na revista X?

— É esse o nome da revista para a qual você trabalha?

— Não, só pensei que seria interessante perguntar, só isso — disse ela, brincando. — É claro que é!

— Ah, sim, eu havia me esquecido, é a revista cujo prédio fica aqui perto! — disse ele, de modo sarcástico. — Que faz você ter que passar em frente à minha porta todos os dias, mas ainda assim você não entra. Por que não vejo você na hora do almoço? — ele brincou. — O meu pub não é bom o bastante para você?

— Ah, todo mundo aqui almoça na própria mesa — ela explicou. — E então, o que você acha?

— Acho que almoçar dentro do escritório é chato pra caramba.

— Não! Eu me refiro ao anúncio!

— Ah, sim, claro, acho uma boa ideia.

— Certo. Então, vou colocar o anúncio na edição de novembro. Você quer que ele conste todos os meses?

— Você poderia me dizer quanto isso custaria? — Ele riu.

Holly fez as contas e disse a ele.

— Hummm. — Ele pensou. — Vou precisar pensar, mas com certeza quero a edição de novembro.

— Que legal! Você vai ficar milionário quando o anúncio for divulgado.

— Acho bom. — Ele riu. — A propósito, haverá uma festa de lançamento para alguns novos drinques que começarão a ser vendidos semana que vem. Posso colocar seu nome na lista de convidados?

— Sim, seria ótimo. Que novo drinque é esse?

— Blue Rock é o nome dele. É uma bebida com Alco, que promete ser um sucesso. Tem um gosto péssimo, mas será gratuito a noite toda, então eu pago a sua.

— Uau, você está fazendo uma ótima propaganda para eles. — Ela riu. — Quando vai ser? — Ela pegou a agenda e fez uma anotação. — Perfeito, posso ir direto do trabalho.

— Bem, então, nesse dia, leve seu biquíni.

— Como assim?

— Seu biquíni. — Ele riu. — O tema é praia.

— Mas estamos no inverno, seu maluco.

— Mas a ideia não foi minha! O slogan é "Blue Rock, a nova bebida quente para o inverno".

— Credo, que feio — ela resmungou.

— E será uma bagunça. Vamos espalhar areia no chão, e vai ser um inferno para limpar. Bom, olha só, preciso voltar ao trabalho, estamos muito ocupados hoje.

— Tudo bem. Obrigada, Daniel. Pense em como quer que seu anúncio seja e entre em contato.

— Pode deixar.

Ela desligou e ficou sentada em silêncio por um momento. Depois, levantou-se e foi até a sala de Chris, com uma ideia.

— Você terminou a dança? — Ele riu.

— Sim, acabei de inventar uma coreografia. Vim mostrar pra você — ela disse de modo brincalhão.

— O que foi? — perguntou ele, terminando de fazer uma anotação. Tirou os óculos.

— Não foi nada. Só tive uma ideia.

— Sente-se. — Ele fez um sinal indicando a cadeira. Três semanas atrás, ela havia sentado ali para fazer uma entrevista, e agora estava apresentando novas ideias ao chefe. Era engraçado que a vida mudasse tão depressa, apesar de já estar acostumada com mudanças repentinas...

— Que ideia?

— Bem, você conhece o bar do Hogan, na esquina?

Chris assentiu.

— Bem, acabei de falar com o proprietário e ele vai colocar um anúncio na revista.

— Que bom, mas espero que não venha me contar todas as vezes em que preencher um espaço da revista, porque ficaremos falando o ano todo.

Holly fez uma careta.

— Não é isso, Chris. Bem, ele estava me contando que haverá uma festa de lançamento de uma nova bebida chamada Blue Rock. Com Alco. O tema é praia, e todos os funcionários estarão com roupa de banho, essas coisas.

— Em pleno inverno?

— Parece que é a nova bebida quente para o inverno.

Ele rolou os olhos.

— Que horror.

Holly sorriu.

— Pois é. Bem, eu pensei que seria bacana descobrir mais, fazer uma cobertura. Sei que devemos explorar as ideias nas reuniões, mas esse evento será em breve.

— Compreendo. Ótima ideia, Holly. Vou pedir para um dos rapazes ir até lá.

Holly sorriu e se levantou da cadeira.

— Por acaso você cuidou do jardim?

Chris franziu o cenho.

— Já chamei cerca de dez pessoas diferentes para dar uma olhada. Eles me disseram que custará seis mil para ajeitá-lo.

— Nossa! Seis mil! É muito dinheiro.

— Bem, é um jardim grande, então eu compreendo. Muita coisa terá que ser feita.

— Qual foi o orçamento mais barato?

— Cinco mil e quinhentos. Por quê?

— Porque meu irmão faria por cinco — disse ela.

— Cinco? — Ele arregalou os olhos. — É o mais baixo de todos. Ele é bom?

— Está lembrado que eu disse que meu jardim parecia uma selva?

Ele assentiu.

— Pois é, agora não é mais. Ele fez um trabalho maravilhoso, mas o problema é que ele trabalha sozinho, por isso demora mais.

— Por esse preço, não me importa quanto tempo demore. Você tem um cartão de visita dele?

— É... sim, espere um pouco. — Ela roubou um papel bonito da mesa de Alice, digitou o nome e telefone de Richard com uma fonte caprichada e imprimiu. Cortou o papel em um pequeno retângulo, fazendo parecer um cartão de visita.

— Que ótimo — disse Chris, ao ler o cartão. — Acho que vou ligar para ele agora mesmo.

— Não, não — disse ela rapidamente. — Amanhã ele estará mais tranquilo. Está superocupado hoje.

— Entendi. Obrigado, Holly. — Ela se dirigia à porta e parou quando ele perguntou: — A propósito, como é sua redação?

— Foi uma das matérias que tive na escola.

Chris riu.

— Continua no mesmo nível?

— Bem, acho que posso comprar um dicionário para aprender mais palavras.

— Ótimo, porque preciso que você faça uma matéria sobre esse evento de lançamento na terça-feira.

— Ah é?

— Não consigo mandar um dos rapazes tão em cima da hora e não posso ir, por isso terei que confiar em você. — Ele mexeu em alguns papéis sobre a mesa. — Mandarei um dos fotógrafos para acompanhá-la; tirar umas fotos da areia e dos biquínis.

— Ah... Certo. — Holly sentiu o coração acelerar.

— O que acha de 800 palavras?

Impossível, ela pensou. Até onde sabia, tinha um vocabulário de apenas 50 palavras.

— Sem problemas — disse, com confiança, e fechou a porta. Merda merda merda merda merda, pensou; como conseguiria fazer aquilo? Não sabia nem escrever direito. Pegou o telefone e apertou REDIAL.

— Hogan.

— Daniel Connelly, por favor.

— Um momento.

— Não me ponha na...

"Greensleeves" começou.

— ... espera — finalizou.

— Alô?

— Daniel, sou eu — disse rapidamente.

— Pode me deixar em paz? — provocou.

— Não, preciso de ajuda.

— Sei que precisa, mas não tenho formação na área. — Ele riu.

— Estou falando sério, eu comentei sobre aquele lançamento com meu editor e ele quer que eu cubra o evento.

— Nossa, que ótimo. Então, pode esquecer aquele anúncio! — Ele riu.

— Não, não é ótimo. Ele quer que eu escreva a matéria.

— Que maravilha, Holly.

— Não é, não sei escrever. — Ela estava entrando em pânico.

— É mesmo? Mas redação era uma matéria importante na minha escola.

— Ah, Daniel, por favor, fale sério por um minuto...

— Certo, o que quer que eu faça?

— Quero que me diga absolutamente tudo o que sabe sobre essa bebida e sobre o lançamento para eu poder começar a escrever agora e ter alguns dias para cuidar disso.

— Sim, só um minuto, senhor — ele gritou para alguém. — Olha, Holly, eu preciso mesmo voltar a trabalhar agora.

— Por favor — ela choramingou.

— Certo, olha só: que horas você sai do trabalho?

— Às seis. — Ela cruzou os dedos e rezou para que ele a ajudasse.

— OK, por que não vem aqui às seis, e eu levo você para comer alguma coisa?

— Ai, muito obrigada, Daniel! — Ela saltitou pela sala, aliviada. — Você é uma estrela!

Ela desligou o telefone e suspirou aliviada. Talvez houvesse a chance de ela conseguir fazer a matéria e continuar empregada. E então, ficou paralisada ao repassar a conversa mentalmente.

Havia acabado de aceitar ir a um encontro com Daniel?

Capítulo 39

SEM CONSEGUIR SE CONCENTRAR DURANTE A ÚLTIMA HORA DO TRABALHO, Holly ficava olhando no relógio, torcendo para a hora demorar a passar. E, pela primeira vez, o contrário acontecia. Por que o tempo não passava tão depressa quanto naquele momento em que ela estava esperando para abrir as cartas de Gerry? Abriu a bolsa pela milionésima vez naquele dia para ter certeza absoluta de que a oitava carta de Gerry continuava bem guardada no bolso de dentro. Como era o último dia do mês, ela havia decidido levar o envelope de outubro para o trabalho. Não sabia muito bem por que, já que não tinha intenção de trabalhar até meia-noite, e poderia muito bem esperar chegar em casa para abri-lo. Mas sua ansiedade era tão forte que não conseguiu deixá-lo sobre a mesa da cozinha ao sair para ir ao escritório. Estava muito curiosa com aquele envelope, porque era um pouco maior do que os outros. Além disso, ela se sentia mais próxima de Gerry daquela maneira. As palavras dele estavam dentro de sua bolsa e, assim, era a forma que ela tinha de se aproximar mais. Faltavam poucas horas para que ela se sentisse ainda mais perto, e apesar de estar ansiosa para ler a carta, temia o jantar com Daniel.

Às 6 da tarde, ela escutou Alice desligar o computador e descer a escada de madeira em direção à liberdade. Holly sorriu, lembrando-se de que era exatamente assim que ela já havia se sentido, no passado. Mas tudo era muito diferente quando se tinha um lindo marido esperando em casa. Se Gerry ainda estivesse vivo, ela competiria com Alice para ver quem saía mais depressa.

Ficou escutando enquanto alguns outros funcionários guardavam suas coisas e torceu para que Chris deixasse mais coisas em sua mesa só para poder ficar até tarde, com uma desculpa para cancelar o jantar com Daniel. Ela e Daniel já tinham saído juntos milhões de vezes, então por que ela estava se preocupando agora? Mas algo a incomodava, no fundo, no fundo. Algo na voz dele causava preocupação, e ela sentiu uma coisa estranha na barriga quando ouviu a voz dele ao telefone que a deixava intranquila para aquele encontro. Sentiu-se muito culpada e envergonhada por sair com ele e tentou convencer a si mesma de que se tratava apenas de um jantar de negócios. Na verdade, quanto mais pensava naquilo, mais percebia que era exatamente aquilo. Pensou que havia se tornado uma daquelas pessoas que falam sobre negócios na hora do jantar. Normalmente, seus únicos assuntos durante um jantar eram a vida e os homens em geral, com Sharon e Denise, assuntos de mulher.

Lentamente, desligou o computador e guardou as coisas dentro da pasta com muito cuidado. Fazia tudo em câmera lenta, como se aquilo fosse impedi-la de jantar com Daniel. Ela teve que relembrar a todo tempo que era apenas um jantar de negócios.

— Ei, não se martirize... — Alice recostou-se na porta de Holly, que se assustou.

— Meu Deus, Alice, não vi você aí.

— Está tudo bem?

— Sim — disse ela, sem convencer. — Só tenho que fazer algo que não quero fazer. Mas até que quero fazer, e isso me faz querer não fazer ainda mais porque parece bem errado, apesar de ser certo. Entende? — Ela olhou para Alice, que olhava para ela com olhos arregalados.

— E eu achava que *eu* analiso demais as coisas.

— Ah, não ligue pra mim. — Holly mudou de assunto. — Estou só enlouquecendo.

— Acontece nas melhores famílias. — Alice sorriu.

— O que você está fazendo de novo aqui? — perguntou Holly, de repente, percebendo que havia escutado Alice partir antes. — A liberdade perdeu a graça?

— Eu sei — Alice rolou os olhos —, mas eu me esqueci de que tinha uma reunião às 6 horas hoje.

— Ah. — Holly ficou desapontada. Ninguém havia dito a ela sobre reunião nenhuma naquele dia, o que não era incomum, já que ela não precisava participar de todas. Mas era incomum que Alice fosse chamada para uma reunião e Holly, não.

— É sobre alguma coisa interessante? — Holly tentou puxar informações, tentando parecer desinteressada enquanto arrumava sua mesa.

— É a reunião da astrologia.

— Reunião da astrologia?

— Sim, acontece uma vez por mês.

— Ah. E eu devo participar ou não me convidarão? — Ela tentou não demonstrar sua irritação, mas não conseguiu, o que a deixava envergonhada. Alice riu.

— É claro que pode ir, Holly, eu vim para chamá-la, por isso estou aqui.

Holly largou a pasta sentindo-se muito tola e seguiu Alice até a sala de reunião, onde todos estavam sentados, esperando.

— Pessoal, esta é a primeira reunião de astrologia de Holly, então, vamos fazer com que ela se sinta à vontade — Alice anunciou.

Holly se sentou enquanto todos aplaudiam, de modo brincalhão, a nova integrante. Chris disse:

— Holly, só quero que você saiba que não tenho absolutamente nada a ver com esta maluquice e quero pedir desculpas com antecedência por você ter sido arrastada para cá.

— Cale-se, Chris. — Tracey balançou a mão para o chefe e se sentou na ponta da mesa com um bloco de anotações e caneta na mão.

— Certo, quem quer começar este mês?

— Vamos deixar a Holly começar — disse Alice, generosa.

Holly olhou ao redor totalmente sem entender.

— Mas a Holly não faz a menor ideia do que está acontecendo.

— Bem, qual é o seu signo? — perguntou Tracey.

— Touro.

Todos exclamaram "uuuhhh" e "aaahhh", e Chris apoiou a cabeça nas mãos, tentando fingir que não estava se divertindo.

— Olha que legal — disse Tracey, alegremente. — Nunca tivemos uma taurina. Certo. Você é casada, está enrolada, é solteira ou o quê?

Holly corou quando Brian piscou para ela e Chris sorriu para incentivá-la; ele era o único à mesa que sabia a respeito de Gerry. Holly percebeu que aquela era a primeira vez que ela tinha que responder àquela pergunta desde a morte do marido, e não soube o que responder.

— É... não. Não estou enrolada, mas...

— Beleza — disse Tracey, começando a escrever —, este mês, o taurino deve ficar atento a alguém alto, moreno, bonito e... — Ela deu de ombros e olhou para as pessoas. — Alguém quer completar?

— Porque essa pessoa terá grande impacto em seu futuro — Alice ajudou.

Brian piscou para ela de novo, obviamente achando graça no fato de ele também ser alto e moreno, e com certeza cego caso se considerasse bonito. Holly o reprovou com o olhar e ele olhou para outro lado.

— Certo, o lance da carreira é simples — Tracey continuou. — O taurino estará ocupado e satisfeito com um novo projeto que aparecerá. O dia de sorte será... — Ela pensou por um momento. — Uma terça-feira, e a cor de sorte será... azul — decidiu, observando a cor da blusa de Holly. — Certo, quem será o próximo?

— Espere um pouco — Holly interrompeu. — Esse é o meu horóscopo do mês que vem? — perguntou, chocada.

Todas as pessoas sentadas à mesa riram.

— Estragamos os seus sonhos? — perguntou Gordon, provocando.

— Totalmente — respondeu ela, decepcionada. — Adoro ler um horóscopo. Por favor, diga-me que isso não é o que todas as revistas fazem.

Chris balançou a cabeça.

— Não, nem todas as revistas fazem isso desta maneira, Holly, porque algumas simplesmente contratam pessoas que têm o talento de inventar tudo sozinhas sem precisar envolver o restante dos funcionários. — Ele olhou para Tracey.

— Rá-rá, Chris — disse Tracey, de modo seco.

— Então, Tracey, você não é uma psíquica? — perguntou Holly com tristeza.

Tracey balançou a cabeça.

— Não, não sou, mas sou boa como conselheira e para inventar palavras cruzadas, muito obrigada. — Ela olhou para Chris, que disse "Uau!" sem emitir som.

— Ah, vocês acabaram com a minha ilusão. — Holly riu, e recostou-se na cadeira, desanimada.

— Certo, Chris, você é o próximo. Este mês, o geminiano vai trabalhar demais, não vai sair do escritório e comerá *junk food* todos os dias. Precisa encontrar um equilíbrio na vida.

Chris rolou os olhos.

— Você escreve isso todos os meses, Tracey.

— Bem, se você não mudar seu estilo de vida, não poderei mudar o que o geminiano fará, certo? Além disso, ninguém reclamou até agora.

— Mas eu estou reclamando! — Chris riu.

— Mas você não conta, porque não acredita em signos.

— Por que será? — perguntou ele, rindo.

Eles passaram de signo a signo e Tracey finalmente cedeu às exigências de Brian e deixou que o leonino fosse desejado por alguém do sexo oposto o mês todo e ganhasse na loteria. Humm... não foi difícil adivinhar o signo dele. Holly olhou para seu relógio e viu que estava atrasada para seu encontro de negócios com Daniel.

— Desculpa, pessoal, mas preciso correr — disse ela, levantando-se.

— Seu homem alto, moreno e bonito espera por você. — Alice riu. — Mande-o pra mim se não quiser.

Holly saiu e seu coração bateu acelerado ao ver Daniel descendo a rua para encontrá-la. Os meses frios do outono tinham chegado, por isso ele voltara a vestir a jaqueta de couro preta, com uma calça jeans. Os cabelos escuros dele estavam bagunçados e a barba estava por fazer. Parecia ter acabado de acordar. Holly sentiu um frio na barriga e desviou o olhar.

— Aaah, eu falei! — disse Tracey, animada, ao sair atrás de Holly e descer a rua correndo.

— Sinto muito, Daniel — ela se desculpou. — Fiquei presa em uma reunião e não consegui telefonar.

— Não se preocupe com isso, tenho certeza de que era importante. — Ele sorriu e ela se sentiu culpada no mesmo instante.

Aquele era Daniel, seu amigo, não alguém que ela deveria evitar. O que estava acontecendo com ela?

— Então, aonde gostaria de ir? — perguntou ele.

— O que acha dali? — perguntou ela, olhando para um pequeno café no piso térreo do prédio onde trabalhava. Queria ir ao local menos íntimo e mais casual possível.

Daniel franziu o nariz.

— Estou com mais fome do que isso, se não se importar. Não comi nada o dia todo.

Eles caminharam juntos e Holly indicou todos os cafés do caminho, mas Daniel recusou todos eles. Por fim, ele escolheu um restaurante italiano ao qual Holly não podia recusar. Não porque quisesse entrar, mas, sim, porque não havia mais aonde ir depois de ela ter dito não a todos os outros restaurantes escuros e românticos e Daniel ter desprezado todos os cafés casuais e bem iluminados.

Ali dentro, tudo estava silencioso, havia apenas algumas mesas ocupadas por casais se olhando de modo apaixonado em um jantar à luz de velas. Quando Daniel se levantou para tirar a jaqueta, Holly rapidamente soprou a vela da mesa quando ele não estava olhando. Ele vestia uma camisa azul-escura que fazia seus olhos brilharem na luz fraca do restaurante.

— Eles te irritam, não é? — Daniel riu, seguindo o olhar de Holly para um casal do outro lado do salão, que se beijava.

— Na verdade, não. — Ela pensou alto. — Eles me deixam triste.

Daniel não escutou o que ela disse, pois estava distraído observando o cardápio.

— O que vai comer?

— Quero uma salada Caesar.

— As mulheres e suas saladas Caesar — Daniel provocou. — Não está com fome?

— Não muita. — Ela balançou a cabeça e corou quando seu estômago roncou alto.

— Acho que alguém aí embaixo discorda de você. — Ele riu. — Acho que você nunca come, Holly Kennedy.

Só não como quando estou com você, ela pensou.

— Não tenho um apetite muito grande, só isso.

— Bem, já vi coelhos comendo mais do que você.

Holly tentou controlar a conversa, partindo para um assunto mais seguro, e eles passaram a noite falando sobre a festa de lançamento. Ela não estava a fim de falar sobre sentimentos e pensamentos; mesmo porque, nem sabia como se sentia naquele momento. Daniel havia feito a gentileza de levar uma cópia do texto de divulgação da bebida para que Holly pudesse vê-lo com antecedência e começar a trabalhar o mais rápido possível. Ele deu a ela uma lista de números de telefone das pessoas que trabalhavam na Blue Rock para Holly poder pegar mais informações. Ele foi extremamente solícito, deu a ela dicas a respeito do que fazer e com quem falar para saber mais. Ela saiu do restaurante sentindo-se muito menos amedrontada por ter que escrever a matéria; por outro lado, sentia-se ainda mais assustada com o fato de se sentir pouco à vontade com um homem que ela tinha certeza de que só queria ser seu amigo. Também estava morrendo de fome, afinal, comera apenas algumas folhas de alface.

Ela saiu do restaurante para respirar um pouco de ar fresco enquanto Daniel fazia a gentileza de pagar a conta. Ele era um homem extremamente generoso, não havia como negar, e ela estava feliz com sua amizade. O problema era que não parecia certo que ela jantasse em um pequeno e reservado restaurante com alguém que não fosse Gerry. Ela se sentiu cometendo um erro. Deveria estar em casa naquele momento, sentada à mesa da cozinha, esperando a meia-noite chegar para poder abrir a carta de outubro.

Ela ficou paralisada e tentou esconder o rosto ao ver um casal caminhando em sua direção, pessoas que ela não queria ver de jeito nenhum. Abaixou-se para fingir que amarrava os cadarços, mas percebeu que havia calçado as botas com zíper naquele dia e acabou tendo que ajeitar as barras da calça.

— Holly, é você? — ela escutou a voz familiar. Olhou para os dois pares de sapatos a sua frente e lentamente olhou para cima.

— Oi! — Tentou parecer surpresa, ao mesmo tempo em que, com nervosismo, procurava se equilibrar de pé.

— Como você está? — perguntou a mulher, abraçando-a levemente. — O que está fazendo aqui, no frio?

Holly torceu para que Daniel permanecesse dentro do restaurante por mais um tempo.

— Ah... eu só vim comer alguma coisa. — Sorriu e apontou para o restaurante.

— Ah, vamos entrar agora — disse o homem, simpático. — Que pena que só nos encontramos agora, pois poderíamos ter comido juntos.

— Sim, sim, que pena...

— Bem, de qualquer maneira, foi bom ver você — disse a mulher, dando-lhe um tapinha nas costas. — É bom sair e fazer coisas sozinha.

— Bem, na verdade... — Ela olhou para a porta de novo, torcendo para que ela não se abrisse. — Sim, é bom fazer isso... — E parou de falar.

— Então você está aqui! — Daniel riu, saindo do restaurante. — Pensei que tivesse fugido de mim. — Ele a abraçou pelos ombros.

Holly abriu um sorriso amarelo e virou-se para o casal.

— Ah, sinto muito, não vi vocês. — Daniel sorriu, dirigindo-se a eles.

O casal olhou para ele com impressão de incredulidade.

— É... Daniel, estes são Judith e Charles. Os pais de Gerry.

Capítulo 40

Holly buzinou bastante e xingou o motorista à sua frente. Estava espumando de raiva. Irritada consigo mesma por ter sido flagrada naquela situação. Irritada consigo mesma por sentir que havia sido flagrada em uma situação ruim quando, na verdade, não havia nada de mais ali. Mas estava ainda mais irritada consigo mesma por sentir que havia algo de mais ali, sim, porque se sentira muito bem na companhia de Daniel a noite toda. E não devia estar se divertindo porque não parecia o certo, mas no momento em que acontecia, parecia muito certo...

Levou a mão na cabeça e massageou as têmporas. Estava com dor de cabeça e analisava demais as coisas de novo, e o maldito trânsito no caminho de volta para sua casa a estava enlouquecendo. Coitado do Daniel, ela pensou com tristeza. Os pais de Gerry foram muito grosseiros com ele, terminaram a conversa abruptamente e entraram no restaurante, recusando-se a olhar para Holly. Puxa! Por que eles tinham que encontrá-la justamente na única vez em que se sentia feliz? Poderiam ter ido a sua casa qualquer outro dia da semana para vê-la péssima, levando uma vida de viúva pesarosa. Assim, teriam ficado satisfeitos. Mas não; e agora provavelmente estavam pensando que a vida de Holly estava maravilhosa sem o filho deles. Bem, eles que se danassem, pensou com raiva, apertando a buzina de novo. Por que as pessoas sempre demoravam cinco minutos para partirem com o carro quando o sinal abria?

Todos os semáforos do caminho estavam fechados, e ela só queria ir para casa e dar chilique na privacidade de seu lar. Pegou o telefone celular e telefonou para Sharon, sabendo que ela entenderia.

— Alô?

— Oi, John, é a Holly. Posso falar com a Sharon? — perguntou.

— Desculpa, Holly, mas ela está dormindo. Eu poderia acordá-la para você, mas ela tem se sentido extremamente exausta...

— Não, não se preocupe — ela o interrompeu. — Telefono de novo amanhã.

— É importante? — perguntou ele, preocupado.

— Não. Não é importante, não. — Ela desligou e imediatamente telefonou para Denise.

— Alô? — Denise atendeu rindo.

— Oiê.

— Tudo bem? — Denise riu de novo. — Para, Tom! — ela sussurrou, e Holly logo percebeu que aquele não era um bom momento.

— Sim, estou bem. Só liguei para bater papo, mas dá pra perceber que você está ocupada — disse, forçando uma risada.

— Beleza, eu te ligo amanhã, Hol. — Ela riu de novo.

— Então, tá. Tch... — Holly nem conseguiu concluir a frase, pois Denise já tinha desligado.

Ficou sentada dentro do carro, até ouvir buzinas dos carros de trás, e ela se sobressaltou e pisou no acelerador.

Decidiu ir à casa de seus pais para conversar com Ciara, pois ela a deixaria animada. Ao estacionar diante da residência, lembrou que Ciara não estava mais ali e seus olhos ficaram marejados. Mais uma vez, ela não tinha ninguém.

Tocou a campainha e Declan atendeu.

— O que foi?

— Nada — disse ela, sentindo pena de si mesma. — Cadê a mamãe?

— Na cozinha com o papai, conversando com Richard. Se eu fosse você, eu os deixaria sozinhos por um tempo.

— Ah... tudo bem. — Ela se sentiu perdida. — O que você está aprontando?

— Só estou assistindo o que filmei hoje.

— É um documentário sobre os desabrigados?

— Sim, quer ver?

— Claro. — Ela sorriu e se sentou no sofá. Depois de alguns minutos, Holly começou a chorar, mas, pelo menos daquela vez, não chorava por si mesma. Declan havia realizado uma entrevista incisiva, emocionante, com um homem que vivia nas ruas de Dublin. Ela percebeu que havia pessoas em situação muito pior do que a dela, e o fato de os pais de Gerry terem visto Daniel e ela saindo de um restaurante parecia algo idiota com que se preocupar.

— Nossa, Declan! Ficou excelente! — disse, secando os olhos quando terminou.

— Obrigado — disse ele, baixinho, tirando a fita do aparelho e guardando-a em sua mochila.

— Não está satisfeito com ele?

Ele deu de ombros.

— Quando você passa um dia com pessoas assim, é meio difícil sentir-se feliz com o fato de que o que ele tem a dizer é tão ruim a ponto de criar um documentário excelente. Porque quanto pior ele estiver, melhor eu estarei.

Holly escutou com interesse.

— Não, eu não concordo com isso, Declan. Acho que o fato de você filmá-lo fará diferença para ele. As pessoas assistirão e desejarão ajudar.

Declan simplesmente deu de ombros.

— Talvez. Bem, vou para a cama agora, estou acabado. — Ele pegou a mochila e beijou a cabeça da irmã ao passar, o que deixou Holly emocionada. Seu irmãozinho estava crescendo.

Ela olhou para o relógio no mantel e viu que era quase meia-noite. Pegou a bolsa e tirou o envelope de Gerry do mês de outubro. Temia o futuro, quando não mais receberia cartas. Afinal, só havia mais duas depois daquela. Ela correu os dedos sobre as letras mais uma vez e abriu o selo que a fechava. Tirou o cartão do envelope e uma flor seca que havia sido pressionada entre dois cartões caiu em seu colo. Sua flor favorita, um girassol. Junto com ela, um pacotinho também caíra. Ela o analisou com curiosidade e percebeu se tratar de algumas sementes de girassol. Suas mãos tremeram ao tocar as pétalas delicadas, sem querer desmanchá-las com seus dedos. A mensagem era:

Um girassol para o meu girassol. Para alegrar os dias escuros de outubro que você tanto detesta. Plante algumas sementes e tenha a certeza de que dias quentes e ensolarados de verão chegarão.

P.S. Eu te amo...

P.P.S. Pode entregar este cartão ao John?

Holly levantou o segundo cartão que havia caído em seu colo e leu as palavras entre lágrimas e risos.

Para John,

Feliz 32º aniversário. Você está ficando velho, meu amigo, mas espero que tenha ainda muitos e muitos outros aniversários. Curta a vida e cuide de minha esposa e de Sharon. Você é o cara agora!

Com muito amor, seu amigo, Gerry.

P.S. Eu disse que cumpriria a minha promessa.

Holly leu e releu todas as palavras que Gerry havia escrito. Ficou sentada no sofá pelo que pareceram horas e pensou que John ficaria muito feliz ao ter notícias de seu amigo. Pensou em como sua vida havia mudado nos últimos meses. A vida profissional havia melhorado significativamente, e ela se orgulhava por ter se mantido firme no propósito; adorava a satisfação que sentia todos os dias quando desligava o computador e saía do escritório.

Gerry a incentivara a ser corajosa; ele a incentivara a querer um emprego que significasse mais para ela do que apenas um salário. Não teria necessitado procurar por essas coisas se Gerry ainda estivesse com ela. A vida sem ele era mais vazia, deixava mais espaço para ela mesma. Ela mudaria tudo para ter Gerry de novo. Mas, como não era possível, precisava começar a pensar em si mesma e no próprio futuro. Porque não havia mais ninguém para dividir as responsabilidades com ela.

Holly secou os olhos e levantou-se do sofá. Bateu levemente na porta da cozinha.

— Entre — disse Elizabeth.

Holly entrou e olhou para os pais e para Richard, sentados à mesa tomando chá.

— Oi, amor — disse a mãe, e levantou-se alegremente para abraçá-la e beijá-la. — Não escutei você entrando.

— Já estou aqui há uma hora, mais ou menos. Estava assistindo ao documentário do Declan.

Holly sorriu para sua família e sentiu vontade de abraçar todos eles.

— É ótimo, não é? — disse Frank, levantando-se para cumprimentar a filha mais velha com um beijo e um abraço.

Holly assentiu e sentou-se à mesa com eles.

— Já encontrou um emprego? — perguntou a Richard.

Ele balançou a cabeça lentamente e fez uma cara de choro.

— Mas eu, sim.

Ele olhou para ela com raiva por ouvir aquilo.

— Sim, eu sei que você encontrou.

— Não, Richard. — Ela sorriu. — Estou dizendo que consegui um emprego para você.

Ele olhou para ela, surpreso.

— Você o quê?

— Você ouviu. — Ela sorriu. — Meu chefe entrará em contato amanhã.

Ele ficou desapontado.

— Ah, Holly, é muita gentileza sua, mas não tenho interesse na área de propaganda. Gosto de ciência.

— E jardinagem.

— Sim, gosto de jardinagem. — Ele parecia confuso.

— É para isso que meu chefe entrará em contato. Para pedir a você para cuidar do jardim dele. Eu disse que você faria o trabalho por cinco mil; espero que seja bom. — Ela sorriu ao vê-lo boquiaberto.

Ele ficou totalmente sem reação, então Holly continuou falando.

— E este é seu cartão de visita — disse ela, entregando a ele um monte de cartões que havia imprimido naquele dia.

Richard e seus pais pegaram os cartões e os leram em silêncio.

De repente, Richard começou a rir, levantou-se da cadeira, puxou Holly e eles começaram a dançar pela cozinha enquanto seus pais observavam e riam.

— Ah, a propósito — disse ele, acalmando-se e olhando de novo para o cartão —, você escreveu "jardineiro" errado. É "jardineiro" e não "jardinero". — Ele repetiu as duas palavras devagar. — Percebe a diferença?

Holly parou de dançar e suspirou frustrada.

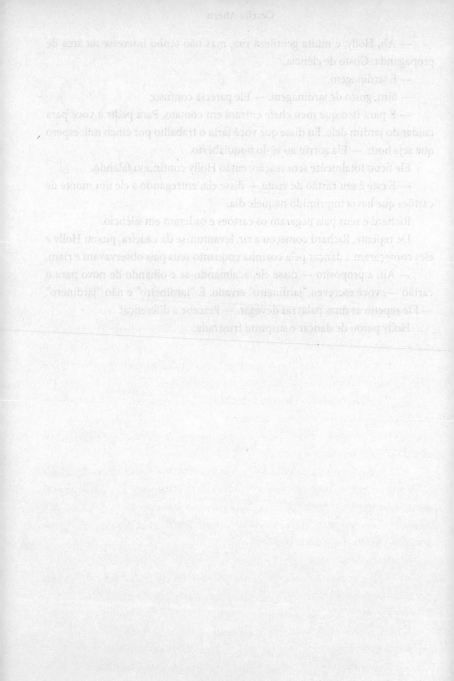

Capítulo 41

C ERTO, ESTE É O ÚLTIMO, EU PROMETO, meninas — disse Denise, quando seu sutiã saiu voando do provador.

Sharon e Holly resmungaram e sentaram na cadeira de novo.

— Você disse isso há uma hora — Sharon reclamou, tirando os sapatos para massagear os tornozelos inchados.

— Sim, mas dessa vez é verdade. Estou com uma sensação muito boa em relação a este vestido — disse Denise, muito animada.

— Você também disse isso há uma hora — resmungou Holly, recostando a cabeça na cadeira, e fechou os olhos.

— Não comece a dormir em cima de mim — Sharon alertou Holly, que abriu os olhos no mesmo instante.

Elas tinham sido arrastadas a todas as lojas de vestidos de noiva da cidade e Sharon e Holly estavam exaustas, irritadas e extremamente bravas. A empolgação que sentiram por Denise em relação ao casamento havia desaparecido quando ela começou a experimentar mil vestidos. E se Holly escutasse mais um dos gritinhos irritantes de Denise, ela...

— Nossa! Adorei! — Denise gritou.

— Olha, tenho um plano — Sharon sussurrou para Holly. — Se ela aparecer aqui parecendo uma palhaça, vamos dizer que ela está linda.

Holly riu.

— Ai, Sharon, não podemos fazer isso!

— Aaaah, vocês precisam ver isto! — Denise gritou de novo.

— Pensando bem... — Holly olhou para Sharon com desânimo.

— Certo. Estão prontas para ver?

— Sim! — respondeu Sharon, sem qualquer entusiasmo.

— Tchã-nã! — Ela saiu do provador e Holly arregalou os olhos.

— Nossa, esse ficou lindo em você! — exclamou a assistente de vendedora que estava por perto.

— Ah, pare! — Denise gritou. — Você não ajuda em nada! Adorou todos eles.

Holly olhou para Sharon sem saber como reagir e tentou não rir ao ver a expressão da amiga, que parecia estar sentindo um cheiro ruim no ar.

Sharon rolou os olhos e sussurrou:

— Ai, será que a Denise nunca ouviu falar de algo chamado comissão?

— O que vocês duas estão cochichando? — perguntou Denise.

— Estamos comentando que você está linda.

Holly franziu o cenho para Sharon.

— Ai, você gostou? — Denise gritou de novo e Holly fez uma careta.

— Sim — disse Sharon sem se empolgar.

— Tem certeza?

— Sim.

— Você acha que o Tom vai ficar feliz quando me vir caminhando em direção a ele, no altar? — Denise até praticou os passos para que as amigas pudessem imaginar a cena.

— Sim — Sharon repetiu.

— Mas tem certeza?

— Sim.

— Acha que vale o preço cobrado?

— Sim.

— De verdade?

— Sim.

— Mas vai ficar melhor se eu estiver bronzeada, não é?

— Sim.

— Ai, mas ele deixa o meu traseiro enorme?

— Sim.

Holly olhou para Sharon assustada, percebendo que ela não estava nem ouvindo as perguntas.

— Ai, mas tem certeza? — Denise continuou, obviamente sem prestar atenção às respostas.

— Sim.

— Então, devo escolhê-lo?

Holly pensou que a assistente de venda começaria a pular sem parar, animada, gritando: "Siiiiimmm!", mas ela conseguiu se controlar.

— Não! — Holly interrompeu antes que Sharon dissesse sim de novo.

— Não? — perguntou Denise.

— Não — Holly confirmou.

— Você não gostou?

— Não.

— É por que me deixa gorda?

— Não.

— Você acha que o Tom não vai gostar?

— Não.

— Você acha que não vale o preço cobrado?

— Não.

— Ah. — Ela se virou para Sharon. — Você concorda com a Holly?

— Sim.

A vendedora rolou os olhos e se aproximou de outra cliente, esperando ter mais sorte.

— Bem, eu confio em vocês duas — disse Denise, analisando seu reflexo no espelho pela última vez. — Para ser sincera, eu também não gostei muito.

Sharon suspirou e voltou a calçar os sapatos.

— Certo, Denise, você disse que seria o último. Vamos comer alguma coisa antes que eu caia morta.

— Não, eu quis dizer que era o último vestido que eu experimentaria nesta loja. Ainda tem muitas outras para ver.

— De jeito nenhum! — Holly protestou. — Denise, estou morrendo de fome e, nessa altura do campeonato, todos os vestidos estão ficando iguais. Precisamos parar.

— Ai, mas é o meu casamento, Holly!

— Sim e... — Holly tentou pensar em uma desculpa. — Mas a Sharon está grávida.

— Certo, tudo bem, vamos comer alguma coisa — disse Denise, desapontada, e voltou para o provador.

Sharon cutucou Holly nas costelas.

— Olha, eu não estou doente, sabia? Só grávida.

— Ah, foi a única coisa em que consegui pensar — disse Holly, cansada.

As três entraram no Café Bewley e conseguiram se sentar no lugar de sempre, perto da janela com vista para a Grafton Street.

— Nossa, odeio fazer compras aos sábados — Holly resmungou, observando as pessoas se chocarem umas nas outras na rua movimentada.

— Já passou a época das compras no meio da semana, agora você não é mais uma moça à toa — Sharon provocou, enquanto pegava seu sanduíche e comia com gula.

— Eu sei, e estou tão cansada, e parece que dessa vez fiz por merecer para me sentir assim. Diferentemente de antes, quando eu ficava acordada até tarde assistindo TV de madrugada — disse Holly.

— Conte sobre o encontro com os pais de Gerry — Sharon puxou o assunto, com a boca cheia de comida.

Holly virou os olhos.

— Eles foram muito mal-educados com o coitado do Daniel.

— Que pena que eu estava dormindo. Tenho certeza de que se John soubesse que era esse o assunto, ele teria me acordado — disse Sharon.

— Ah, não seja boba, não foi nada de mais. Mas na hora foi difícil.

— Claro. Eles não podem querer ditar com quem você pode ou não sair — disse Sharon.

— Sharon, não estou saindo com ele — Holly tentou explicar. — Não tenho a menor intenção de sair com alguém pelos próximos vinte anos, pelo menos. Estávamos apenas tendo uma reunião de negócios.

— Claaaro, uma reunião de negócios. — Sharon e Denise riram.

— Bem, foi isso, sim, e também foi bacana ter a companhia dele. — Holly sorriu. — E não estou reclamando de vocês duas — disse rapidamente antes que as amigas pudessem reagir. — Só quero dizer que quando todo mundo está ocupado, é bom ter alguém com quem conversar. Principalmente companhia masculina, sabem? E ele é extrovertido e faz com que eu me sinta à vontade. Só isso.

— Sim, eu entendo — Sharon concordou. — É bom sair e conhecer pessoas novas, mesmo.

— E então, você descobriu mais alguma coisa sobre ele? — Denise se inclinou, com os olhos brilhando à espera da fofoca. — Ele é meio misterioso, esse Daniel. Talvez ele esconda grandes segredos. Talvez os fantasmas de seu passado no exército estejam à solta para atormentá-lo — Denise brincou.

— Bem... não, Denise, acho que não. — Holly riu. — A menos que limpar as botas no campo de treinamento tenha sido um acontecimento traumatizante. Ele não foi muito além disso — ela explicou.

— Eu adoro caras gostosões do exército — disse Denise.

— E DJs — Sharon acrescentou.

— Ah, sim, DJs, claro — respondeu Denise, rindo.

— Bem, eu disse a ele o que penso a respeito do exército. — Holly sorriu.

— Não acredito! — Sharon riu.

— E qual é? — perguntou Denise.

— O que ele disse? — Sharon ignorou Denise.

— Ele só riu.

— O quê? — Denise perguntou de novo.

— A teoria de Holly a respeito do exército — explicou Sharon.

— E qual é?

— Ah, que lutar pela paz é como transar pela virgindade.

As meninas caíram na gargalhada.

— Sim, mas dá para se divertir durante horas tentando — disse Denise.

— Então você ainda não conseguiu? — perguntou Sharon.

— Não, mas sempre que podemos, nós tentamos, sabe? — disse Denise, e elas voltaram a rir.

— Bem, Holly, fico feliz por saber que você se dá bem com Daniel, porque terá que dançar com ele no casamento.

— Por quê? — Ela olhou para Denise, confusa.

— Porque é tradição que o padrinho dance com a dama de honra. — Os olhos dela brilharam.

Holly se surpreendeu.

— Você quer que eu seja sua dama de honra?

Denise assentiu, animada.

— Não se preocupe, já falei com a Sharon e ela não se importa — Denise garantiu a Holly.

— Ah, eu adoraria! — disse Holly, feliz. — Mas, Sharon, tem certeza de que não se importa?

— Ah, não se preocupe comigo, estou feliz por ser só uma madrinha sem graça.

— Você não será sem graça! — Holly riu.

— Sim, serei, estarei grávida de oito meses. Vou ter que pegar a toalha de mesa para usar de vestido.

— Ah, espero que você não entre em trabalho de parto durante a cerimônia. — Denise arregalou os olhos.

— Não se preocupe, Denise, não vou roubar o holofote para mim no seu grande dia. O bebê só nascerá no fim de janeiro, e seu casamento será semanas antes.

Denise mostrou-se aliviada.

— Ah, a propósito, esqueci de mostrar a vocês a fotografia do bebê! — disse Sharon com animação, procurando dentro da bolsa. Tirou dali uma pequena foto do ultrassom.

— Cadê? — perguntou Denise, franzindo o cenho.

— Aqui. — Sharon apontou para a área.

— Uau! Que meninão! — exclamou Denise, aproximando a foto de seu rosto.

Sharon rolou os olhos.

— Denise, isso é uma perna, ainda não sabemos o sexo.

— Ah. — Denise corou. — Bem, parabéns, parece que você terá um pequeno alienígena.

— Pare com isso. — Holly riu. — Adorei essa foto.

— Que bom — Sharon sorriu e olhou para Denise, que assentiu —, porque eu quero perguntar uma coisa.

— O quê? — Holly mostrou-se preocupada.

— Bem, John e eu adoraríamos que você fosse a madrinha de nosso bebê.

Holly ficou chocada pela segunda vez e seus olhos se encheram de lágrimas.

— Ei, você não chorou quando pedi pra ser a minha dama de honra — Denise reclamou.

— Ai, Sharon, seria uma honra! — disse Holly, abraçando a amiga. — Obrigada por me convidar!

— Obrigada por aceitar! O John vai ficar muito feliz!

— Ah, não comecem a chorar — Denise resmungou, mas Sharon e Holly a ignoraram e continuaram se abraçando.

— Ei! — Denise gritou, fazendo as duas pararem de se abraçar.

— O que foi?

Denise apontou para a janela.

— Não acredito que nunca percebi aquela loja de vestidos, ali! Terminem logo e vamos lá — disse ela, animada, olhando todos os vestidos.

Sharon suspirou e fingiu desmaiar.

— Não posso, Denise, estou grávida...

Capítulo 42

— Holly, eu estava pensando — Alice disse enquanto as duas reaplicavam a maquiagem, dentro do banheiro do trabalho, antes de irem embora.

— Ai, jura? Doeu? — Holly brincou.

— Rá-rá — disse Alice, seca. — É sério, estava pensando no horóscopo da revista deste mês e eu acho que a Tracey pode ter acertado.

Holly caçoou.

— Como?

Alice largou o batom e se virou de costas para o espelho, de frente para Holly.

— Bem, primeiro foi o lance a respeito do cara alto, moreno e bonito com quem você está saindo...

— Não estou saindo com ele, somos apenas amigos — Holly explicou pela milésima vez.

Alice rolou os olhos.

— Sei, sei. Bem, e depois teve aquilo...

— Não estou... — Holly repetiu.

— Certo, certo — disse Alice, sem acreditar. — Bem, depois teve...

Holly bateu com força o estojo de maquiagem em cima da pia.

— Alice, não estou saindo com o Daniel.

— Está bem! — Ela ergueu as mãos de modo defensivo. — Eu entendi! Você não está saindo com o Daniel, então pare de me interromper e escute. — Ela esperou Holly se acalmar e escutar. — Bem, o que quero dizer é que seu dia de sorte é terça, e é hoje...

— Nossa, Alice! Acho que você está fazendo descobertas fantásticas — disse Holly com sarcasmo, passando batom.

— Escute! — disse Alice com impaciência, e Holly calou-se. — Ela também disse que azul seria a sua cor da sorte. Então, hoje, terça, você foi convidada por um cara alto, moreno e bonito para o lançamento do *Blue* Rock. — Alice estava satisfeita consigo mesma ao chegar àquela conclusão.

— E daí? — perguntou Holly, nem um pouco impressionada.

— É um sinal.

— Um sinal de que a cor da camiseta que eu por acaso estava usando aquele dia era azul, e por isso Tracey escolheu essa cor, e eu só estava usando aquela peça porque não tinha mais nenhuma outra roupa limpa. E ela escolheu um dia aleatoriamente. Não quer dizer nada, Alice.

Alice suspirou.

— Gente sem fé.

Holly riu.

— Bem, se eu for acreditar em sua teoriazinha maluca, então quer dizer que Brian vai ganhar na loto e também se tornará o sonho de todas as mulheres.

Alice mordeu o lábio e retraiu-se.

— O que foi? — perguntou Holly, sabendo que a mente bizarra da colega estava em ação.

— Bem, Brian ganhou quatro euros na raspadinha hoje.

— Obaaaaa! — Holly riu. — Bem, ainda há o problema de encontrar pelo menos um ser humano que o considere atraente.

Alice permaneceu calada.

— O que foi agora?

— Nada. — Alice deu de ombros e sorriu.

— Não pode ser! — disse Holly, chocada.

— Não pode ser o quê?

— Você não gosta dele, não é? Não pode ser!

Alice deu de ombros.

— Ele é legal, só isso.

— Ai, não! — Holly cobriu o rosto com as mãos. — Você está fazendo isso só para me contrariar!

— Não quero te contrariar. — Ela riu.

— Então você não pode gostar dele!

— Quem gosta de quem? — perguntou Tracey, entrando no banheiro.

Alice balançou a cabeça com veemência, implorando para que ela não dissesse nada.

— Ah, ninguém — Holly gaguejou, olhando para Alice, chocada. Como Alice podia gostar do mais bobo de todos os bobos?

— Ei, vocês souberam que o Brian ganhou dinheiro na raspadinha hoje? — perguntou Tracey, de dentro do cubículo.

— Estávamos falando sobre isso. — Alice riu.

— Pode ser que eu tenha poderes psíquicos, mesmo, Holly. — Tracey riu e apertou a descarga.

Alice piscou para Holly, que saiu do banheiro.

— Vamos, Alice, melhor nos apressarmos ou o fotógrafo vai se irritar.

— A fotógrafa já está aqui — explicou Alice, aplicando rímel.

— Onde ele está?

— Ela.

— Então onde ela está?

— Ta-da! — Alice anunciou, tirando uma câmera da bolsa.

— Você é a fotógrafa? — Holly riu. — Bem, pelo menos nós duas perderemos o emprego juntas quando a matéria for publicada — ela disse ao voltar para o escritório.

Holly e Alice passaram pelas pessoas dentro do Hogan e subiram para o Club Diva. Holly se surpreendeu quando elas se aproximaram da porta. Havia um grupo de homens musculosos de sunga tocando tambores havaianos para recepcionar os convidados. Algumas modelos magérrimas também vestiam biquínis e cumprimentaram as moças, colocando colares havaianos coloridos no pescoço das duas.

— Eu me sinto no Havaí. — Alice riu, pegando a câmera. — Meu Deus! — ela exclamou ao entrar no clube.

Holly mal reconheceu o lugar; estava totalmente transformado. Uma enorme fonte de água havia sido colocada na entrada. Água mineral descia pelas pedras e parecia uma queda d'água em miniatura.

— Olha! Rocha azul, ou Blue Rock. — Alice riu. — Muito bem bolado.

Holly sorriu; seu talento de observação de jornalista era tão fraco que ela não havia percebido que a água era a bebida. Então, entrou em pânico; Daniel não havia dito nada sobre isso, o que significava que ela teria de ajustar o texto para entregar a Chris no dia seguinte. Ela olhou ao redor à procura de Denise e Tom e viu sua amiga sendo fotografada mostrando um copo de água para a câmera, exibindo seu anel brilhante de noivado.

Holly riu do grande casal de celebridades.

Os funcionários do bar vestiam biquínis e trajes de banho e se posicionaram na entrada com bandejas de água nas mãos. Holly pegou uma bebida azul e deu um gole, tentando não fazer careta pelo gosto excessivamente doce quando um fotógrafo tirou uma foto dela bebericando a nova bebida quente do inverno. Como

Daniel dissera, o chão estava repleto de areia, imitando uma festa na praia. Todas as mesas estavam abrigadas por um enorme guarda-sol de bambu, os bancos do bar eram todos os grandes tambores e havia um cheiro delicioso de churrasco no ar.

Holly salivou ao ver os garçons levando bandejas com pratos de churrasco às mesas. Foi até a mesa mais próxima, pegou um kebab e deu uma grande mordida.

— Ah, então você come. — Holly viu Daniel à sua frente. Mastigando sem parar, ela engoliu a comida.

— É... oi. Não comi nada o dia todo e estou morrendo de fome. A decoração está linda — disse ela, olhando ao redor, procurando fazê-lo esquecer de que a vira com a boca cheia de kebab.

— Sim, ficou bacana. — Ele parecia contente. Daniel estava um pouco mais vestido do que os funcionários. Usava uma calça jeans desbotada com uma camiseta havaiana azul com grandes flores cor-de-rosa e amarelas. Ele ainda não havia feito a barba e Holly ficou pensando que um beijo dele naquela situação causaria dor. Não que ela o beijaria, claro. Outra pessoa... e se irritou por pensar algo daquele tipo.

— Ei, Holly! Deixe-me tirar uma foto sua com o cara alto, moreno e bonito — Alice pediu, aproximando-se com a câmera.

Holly ficou sem reação.

Daniel riu.

— Você deveria trazer suas amigas aqui com mais frequência.

— Ela não é minha amiga — disse Holly trincando os dentes e posando ao lado de Daniel para a foto.

— Espere um pouco — disse Daniel, cobrindo a lente da câmera com a mão. Pegou um guardanapo da mesa e limpou a gordura do molho do churrasco do rosto de Holly. Ela sentiu a pele arrepiar e um calor percorrer seu corpo. Convenceu-se de que era por ter corado.

— Agora saiu — disse ele, sorrindo para ela, abraçando-a para a foto.

Alice fez mais fotos. Holly disse a Daniel:

— Mais uma vez, queria me desculpar por aquela noite. Os pais do Gerry foram muito grosseiros com você, e sinto muito se você se sentiu mal.

— Ah, não precisa pedir desculpa de novo, Holly. Na verdade, não precisa se desculpar nem uma vez. Só fiquei chateado por você. Eles não têm o direito de determinar com quem você deve sair ou não. Mas se está preocupada comigo, não precisa. — Ele sorriu e colocou as mãos nos ombros dela, como se fosse dizer mais alguma coisa, mas alguém o chamou de dentro do bar e ele partiu para ajudar.

— Mas não estamos saindo — Holly murmurou para si mesma. Se precisava convencer Daniel a respeito disso, então certamente havia um problema. Ela queria muito que ele não pensasse que o jantar havia sido algo mais. Ele telefonara para ela quase todos os dias desde o ocorrido. Ela percebeu que esperava ansiosamente pelos telefonemas. Mais uma vez, sentiu-se incomodada. Holly se aproximou de Denise, sentando-se com ela na esteira de praia, onde ela bebericava a bebida azul.

— Ei, Holly, guardei isto pra você. — Ela apontou para a boia no canto do bar e as duas riram, lembrando-se da grande aventura no mar, nas férias.

— O que você achou da nova bebida quente do inverno? — Holly fez um gesto indicando a garrafa.

Denise rolou os olhos.

— Péssima. Tomei só algumas e minha cabeça já está rodando.

Alice se aproximou de Holly puxando um homem muito musculoso com uma sunga minúscula. Seu bíceps era mais grosso do que a cintura de Alice. Ela entregou a câmera a Holly.

— Pode tirar uma foto de nós dois?

Holly achava que Chris não queria aquele tipo de fotos, mas obedeceu.

— É para a proteção de tela do meu computador no trabalho — Alice explicou a Denise.

Holly se divertiu naquela noite, rindo e conversando com Denise e Tom enquanto Alice corria de um lado a outro tirando fotos de todos os modelos seminus. Holly sentiu-se culpada por ter se irritado com Tom, no karaokê, meses antes; ele era um cara bacana e formava um belo par com Denise. Holly mal conseguiu conversar com Daniel, que estava ocupado correndo de um lado a outro, cumprindo o papel de gerente responsável. Ela o observou dando ordens aos funcionários, que imediatamente acatavam ao que ele pedia. Era claro que os funcionários tinham muito respeito por ele, que fazia o que tinha que ser feito. Sempre que ela o via caminhando em direção a ela, alguém o abordava para uma entrevista ou apenas para bater papo. Na maior parte do tempo, ele era abordado pelas modelos magras de biquíni. Elas irritavam Holly, que desviava o olhar.

— Não sei como vou escrever essa matéria — Holly resmungou para Alice quando elas saíram do bar.

— Não se preocupe, Holly, vai dar tudo certo; são apenas oitocentas palavras, certo?

— Sim, *só* — disse Holly com sarcasmo. — Olha, eu já escrevi um rascunho há alguns dias, porque Daniel me deu todas as informações. Mas depois de ver tudo isto, terei que mudar meu texto completamente. E eu quase morri tendo que fazer a primeira versão.

— Você está mesmo muito preocupada, não é?

Holly suspirou.

— Não sei escrever, Alice. Nunca fui boa em descrever as coisas.

Alice ficou pensando.

— A matéria está no escritório?

Holly assentiu.

— Vamos dar um pulo lá agora. Vou dar uma olhada e talvez poderei fazer algumas alterações, se preciso.

— Ai, Alice, muito obrigada! — disse Holly, abraçando a amiga, aliviada.

No dia seguinte, Holly sentou-se com nervosismo diante de Chris, enquanto ele lia a matéria. Manteve a expressão fechada ao virar a página. Alice não havia feito apenas pequenas correções, mas, sim, reescrevera tudo, e Holly adorou. Estava engraçado, mas muito informativo e ela explicou a noite exatamente como tinha sido, o que Holly não conseguira fazer. Alice tinha um grande talento para redigir e Holly não compreendia por que ela trabalhava como recepcionista, e não como redatora.

Por fim, Chris terminou de ler e lentamente tirou os óculos de leitura, olhando para Holly, que remexia as mãos no colo e sentia-se como uma aluna que acabou de colar na prova.

— Holly, não sei o que você está fazendo em vendas de espaço publicitário — disse ele, por fim. — Você é uma redatora fantástica, adorei. É engraçado e simpático, mas, ainda assim, passa a ideia perfeitamente. Fabuloso.

Holly deu um sorriso amarelo.

— É... obrigada.

— Você tem um enorme talento. Não acredito que você tentou escondê-lo de mim.

Holly manteve o sorriso no rosto.

— O que acharia de escrever de vez em quando?

Holly ficou paralisada.

— Olha, Chris, eu tenho muito mais interesse no lado da publicidade.

— Ah, claro, e eu vou pagar mais a você por isto. Mas se algum dia estivermos cheios de trabalho de novo, pelo menos saberei que tenho mais uma redatora talentosa na equipe. Muito bem, Holly. — Ele sorriu e estendeu a mão para cumprimentá-la.

— É... obrigada — Holly repetiu, apertando a mão dele sem entusiasmo. — Melhor eu voltar para o trabalho agora. — Ela se levantou da cadeira e saiu da sala.

— E então, ele gostou? — perguntou Alice, no corredor.

— É... sim, ele adorou. Ele quer que eu escreva mais. — Holly mordeu o lábio, sentindo-se culpada por levar todo o crédito.

— Ah. — Alice desviou o olhar. — Que sorte a sua. — Ela continuou caminhando em direção à mesa.

Capítulo 43

Denise bateu a porta do balcão com o quadril e entregou a nota ao cliente.

— Obrigada. — Ela sorriu, e seu sorriso desapareceu rapidamente quando o cliente deu as costas para o balcão. Suspirou algo, olhando para a longa fila que se formava diante do caixa. Teria que ficar ali o dia todo e estava morrendo de vontade de fumar. Mas não podia sair, então, com mau humor, pegou a peça de roupa do cliente seguinte, escaneou a etiqueta e colocou na sacola.

— Com licença, você é Denise Hennessey? — ela escutou alguém perguntar com uma voz muito sensual. Olhou para frente e franziu a testa ao ver um policial diante do balcão. Hesitou enquanto pensava se havia feito algo de errado nos últimos dias e, quando concluiu que não tinha nada o que temer, sorriu.

— Sim, sou eu.

— Sou o Policial Ryan e gostaria que a senhora me acompanhasse à delegacia, por favor.

Foi mais uma ordem do que um pedido, e Denise ficou chocada. Ele não era mais o policial sensual; agora, havia se tornado o policial malvado do tipo "vamos prendê-la para sempre em uma cela minúscula com um macacão laranja e chamativo e chinelos barulhentos, sem água quente nem maquiagem". Denise se assustou e imaginou a si mesma sendo espancada por um grupo de mulheres ferozes que não se importavam com seu rímel, no pátio da prisão, enquanto os guardas observavam e faziam suas apostas para ver quem seria a vencedora.

— Para quê?

— Se me acompanhar, explicarei tudo na delegacia. — Ele começou a dar a volta no balcão, mas Denise se afastou lentamente e olhou para a longa fila de clientes, sem saber o que fazer. Todos apenas olhavam para ela, divertindo-se com a cena que se desenrolava.

— Veja a identificação dele, querida — um dos clientes gritou para ela do fim da fila.

Ela gaguejou ao pedir para ver a identificação, uma atitude totalmente inútil, pois ela nunca havia visto uma identificação de policial antes e não sabia diferenciar a real da falsa. Sua mão tremeu quando segurou o documento para tentar ler o que estava escrito. Estava preocupada demais com os clientes e os funcionários que tinham se reunido e olhavam para ela com ar de reprovação. Todos estavam pensando a mesma coisa: ela era uma criminosa.

Denise recusou-se a ir para a delegacia.

— Não irei com o senhor, a menos que me diga do que se trata.

Ele caminhou na direção dela de novo.

— Sra. Hennessey, se cooperar comigo, não precisaremos usar isto. — Ele pegou um par de algemas da calça. — Não precisa se alterar.

— Mas eu não fiz nada! — ela protestou, começando a entrar em pânico.

— Bem, podemos falar sobre isso na delegacia, não é mesmo? — Ele começou a se irritar.

Denise se afastou, estava determinada a mostrar aos funcionários que ela não havia feito nada de errado. Não iria para a delegacia com aquele homem se ele não explicasse o que ela supostamente havia feito. Parou de recusar e cruzou os braços, para mostrar que era dura na queda.

— Eu disse que não vou acompanhá-lo enquanto não me contar o que está acontecendo.

— Tudo bem. — Ele deu de ombros, caminhando na direção dela. — Se a senhora insiste. — Abriu a boca para dizer algo, mas ela gritou ao sentir o frio das algemas ao redor dos braços. Não era a primeira vez que usava um par de algemas, por isso não ficou muito surpresa ao senti-las, mas estava tão chocada que mal conseguia falar; simplesmente observou as expressões de choque de todos quando o policial a levou para fora da loja.

— Boa sorte, querida — a cliente gritou de novo enquanto Denise era levada. — Se eles mandarem você pra Mount Joy, diga à minha Orla que mandei um beijo e mandei avisar que estarei lá para visitá-la no Natal.

Denise arregalou os olhos e imagens dela caminhando dentro da cela que dividia com uma assassina psicótica surgiram em sua mente. Talvez conseguisse encontrar um passarinho de asa quebrada e cuidar dele, ensinando-o a voar para assim passar anos dentro...

Seu rosto corou quando eles saíram da Grafton Street, e muitas pessoas se reuniram para ver um policial e uma criminosa. Denise ficou olhando para o chão, esperando que ninguém que ela conhecesse a visse sendo presa. Seu coração bateu acelerado e, por um segundo, ela pensou em fugir. Olhou ao redor rapidamente e tentou pensar em um modo de escapar, mas foi lenta demais, já estava sendo levada em direção a um ônibus velho, do tom azul bem conhecido da polícia, com vidros escurecidos. Denise se sentou na fileira da frente atrás do motorista, e apesar de perceber pessoas atrás dela, ficou sentada em seu assento, rígida, aterrorizada demais para se virar e olhar para as futuras amigas de cela. Recostou a cabeça na janela e disse adeus à liberdade.

— Aonde estamos indo? — perguntou ela ao passarem da delegacia. A policial feminina que guiava o carro e o policial Ryan a ignoraram e olharam para frente.

— Ei! — ela gritou. — Pensei que tivessem dito que me levariam para a delegacia!

Eles continuaram olhando para frente.

— Aonde estamos indo?

Nenhuma resposta.

— Não fiz nada errado!

Ainda nenhuma resposta.

— Sou inocente, inferno! Inocente, estou dizendo!

Denise começou a chutar o assento à sua frente, tentando chamar a atenção deles. Seu sangue começou a ferver quando a policial empurrou uma fita no toca-fitas do veículo e colocou música para tocar! Denise arregalou os olhos ao escutar a canção escolhida.

O policial Ryan se virou no assento e com um grande sorriso, disse:

— Denise, você tem sido muito safada.

Ficou em pé e ficou na frente dela, que se surpreendeu quando ele começou a rebolar ao som de "Hot Stuff". Denise estava prestes a dar um chute entre as pernas dele quando escutou gritos e risadas no fundo do ônibus. Ela se virou e viu suas irmãs, Holly e Sharon, e aproximadamente mais cinco amigas rolando de rir no micro-ônibus. Estava tão assustada antes que não havia sequer notado a presença delas quando entrou no ônibus. Por fim, descobriu o que estava acontecendo quando as irmãs colocaram um véu em sua cabeça e começaram a gritar "Feliz festa de despedida de solteira!".

— Ah, suas vacas! — disse Denise a elas, gritando palavrões até acabar com seu vocabulário chulo, e até inventou alguns.

As meninas continuaram a rolar de rir.

— Ah, você teve muita sorte por eu não ter chutado seu saco! — Denise gritou para o policial.

— Denise, este é o Paul — a irmã dela, Fiona, riu —, e ele é o stripper do dia.

Denise semicerrou os olhos e continuou xingando todo mundo.

— Quase tive um ataque do coração, quero que saibam! Pensei que estivesse sendo presa. Meu Deus, o que os clientes vão pensar? E meus funcionários! Ai, eles vão pensar que sou uma criminosa. — Denise fechou os olhos como se estivesse sentindo dor.

— Contamos a eles sobre isso na semana passada. — Sharon riu. — Todo mundo entrou na brincadeira.

— Ai, suas safadas. Quando eu voltar a trabalhar, vou demitir todos eles. Mas e os clientes? — perguntou ela, em pânico.

— Não se preocupe — disse sua irmã. — Pedimos aos funcionários para explicarem aos clientes que era a sua festa de despedida de solteira depois que você saísse da loja.

Denise rolou os olhos.

— Bem, conhecendo aquele povo, sei que eles não dirão nada de propósito, e se não disserem, haverá reclamações, e se houver reclamações, serei despedida, sem dúvida.

— Denise! Pare de se preocupar! Você acha que teríamos feito isso sem comunicar seu chefe? Está tudo bem! — Fiona explicou. — Eles acharam engraçado, agora relaxe e aproveite o fim de semana.

— Fim de semana? O que vocês farão comigo depois? Onde passaremos o fim de semana? — Denise olhou ao redor para as amigas, assustada.

— Vamos a Galway, e é só o que você precisa saber — disse Sharon misteriosamente.

— Se eu não estivesse presa por estas malditas algemas, eu daria um tapa na cara de vocês! — Denise ameaçou.

As meninas gritaram quando Paul tirou o uniforme e espalhou óleo de massagem por todo o corpo para Denise massagear sua pele. Sharon tirou as algemas da amiga, que estava surpresa.

— Homens de uniforme ficam muito melhores sem uniforme... — Denise murmurou, esfregando as mãos enquanto ele flexionava os braços para ela.

— A sorte é que ela está noiva, Paul, ou você estaria encrencado! — as meninas disseram, brincando.

— Bota encrenca nisso! — disse Denise de novo, olhando chocada quando as outras roupas foram tiradas. — Ah, meninas, muito obrigada! — Ela riu, com um tom de voz muito diferente do de antes.

— Você está bem, Holly? Quase não disse nada desde que entramos neste ônibus — disse Sharon, entregando a ela uma taça de champanhe e pegando um copo de suco de laranja para si. Holly se virou e olhou para os campos pela janela. Os montes verdes eram pontuados por carneiros que pastavam, alheios à vista maravilhosa. Belos muros de pedra separavam cada campo e era possível voltar as linhas cinzas, tortas como as de peças de quebra-cabeças, por quilômetros, conectando cada pedaço de terra. Holly ainda precisava encaixar algumas peças em sua mente confusa.

— Sim — ela suspirou. — Estou bem.

— Ai, eu preciso telefonar para o Tom! — Denise resmungou, jogando-se na cama de casal que ela e Holly estavam dividindo no quarto. Sharon já havia adormecido na cama de solteiro ao lado delas e havia se recusado a escutar a ideia hilariante de Denise, que afirmava que Sharon deveria dormir sozinha na cama de casal devido à sua barriga, que só crescia. Ela fora dormir muito mais cedo do que as outras amigas, pois, após um tempo, ficou entediada observando todas bebendo.

— Tenho ordens estritas para não deixar você telefonar para o Tom. — Holly bocejou. — É um fim de semana para mulheres.

— Ah, por favor — Denise choramingou.

— Não, vou confiscar seu telefone. — Ela pegou o celular da mão de Denise e o escondeu ao lado de sua cama.

Denise fez cara de choro. Olhou para Holly deitada na cama e fechou os olhos, e começou a bolar um plano. Esperaria Holly dormir e então telefonaria para Tom. Holly havia ficado calada o dia todo, o que já estava começando a irritar. Sempre que Denise fazia uma pergunta, não recebia nada além de sim ou não como resposta, e todas as tentativas de começar uma conversa fracassavam. Dava para ver que Holly não estava se divertindo, mas o mais irritante era ver que ela sequer tentava se divertir, nem mesmo fingia estar se divertindo. Denise entendia que Holly estivesse chateada por ter muitas coisas com que lidar na vida, mas era sua despedida de solteira e sentia que Holly estava deixando o clima meio caído.

O quarto ainda estava girando. Depois de fechar os olhos, Holly não conseguia dormir. Eram 5 da manhã, o que significava que ela estava bebendo havia quase doze horas, e sua cabeça latejava. Sharon desistira havia muito tempo, e fizera o mais sensato: dormir cedo. Ela sentia o estômago embrulhar conforme as paredes rodavam e rodavam... Sentou-se na cama e tentou manter os olhos abertos, para poder evitar a sensação de enjoo.

Virou-se de frente para Denise na cama para que elas pudessem conversar, mas o som dos roncos da amiga acabaram com a comunicação entre elas. Holly suspirou e olhou ao redor. Queria ir para casa e dormir na própria cama, onde estaria cercada por sons e cheiros familiares. Procurou, entre os cobertores, no escuro, o controle remoto, e ligou a televisão. Propagandas de lojas apareceram na tela. Holly assistiu à demonstração de uma nova faca de fatiar laranjas sem espirrar gotinhas do suco no rosto. Viu as maravilhosas meias que nunca se perdiam na máquina de lavar e que ficavam juntas o tempo todo.

Denise roncou alto ao lado dela e chutou a canela de Holly quando se virou para mudar de posição. Holly fez uma careta e passou a mão na perna enquanto observava, solidária, o esforço extremamente frustrado de Sharon para dormir de barriga para baixo. Por fim, ela se aconchegou de lado e Holly correu para o banheiro e se posicionou curvada diante do vaso sanitário, preparando-se para o que poderia acontecer. Gostaria de não ter bebido tanto, mas com todo aquele papo de casamento, marido e felicidade, ela precisou de todo o vinho que havia no bar para evitar gritar com as pessoas presentes. Temia os próximos dois dias. As amigas de Denise eram duas vezes piores do que ela. Faziam barulho e bagunça, e agiam exatamente como as mulheres devem agir em um fim de semana de despedida de solteira, mas Holly não tinha energia para acompanhá--las. Sharon, pelo menos, podia usar a gravidez como desculpa; podia fingir que não estava se sentindo bem ou que estava cansada. Holly não tinha desculpa, além do fato de ter se transformado em uma chata, muito chata, e estava guardando aquela desculpa para um momento em que precisasse usá-la de verdade.

Parecia que sua própria despedida de solteira tinha sido ontem, mas, na verdade, mais de sete anos já tinham se passado. Ela viajara a Londres com um grupo de dez meninas para festejar loucamente em um fim de semana, mas acabou sentindo tanta falta de Gerry que tinha que falar com ele ao telefone toda hora. Naquela época, estava tão animada com o que estava para acontecer e o futuro parecia muito promissor. Estava prestes a se casar com o homem de seus sonhos, viver e crescer com ele pelo resto da vida. Durante todo o fim de semana em que esteve fora, contou as horas para poder voltar para casa. Sentiu-se muito animada no voo de volta para Dublin. Apesar de eles terem ficado longe um do outro por apenas alguns dias, parecera uma eternidade. Ele a aguardara no portão de desembarque com um cartaz enorme no qual se lia "Minha Futura Esposa". Ela havia largado as malas ao vê-lo para correr para os braços dele e poder abraçá-lo com força. Não queria mais largar; que privilégio das pessoas poderem abraçar seus entes queridos sempre que quisessem. A cena no aeroporto parecia a cena de um filme, agora, mas havia acontecido de verdade; sentimentos reais, emoções reais e amor real, porque era a vida real, que mais tarde se transformaria em um pesadelo para ela. Sim, finalmente havia conseguido se arrastar para fora da cama todas as manhãs, sim, conseguia até se vestir na maior parte do tempo. Sim, havia conseguido encontrar um novo emprego no qual conhecera pessoas novas e, sim, finalmente havia começado a comprar comida de novo para se alimentar. Mas não, não se sentia extasiada com nenhuma daquelas coisas. Eram apenas formalidades, algo a mais para riscar de sua lista de "coisas normais que as pessoas fazem". Nenhuma dessas coisas preenchia o vazio de seu coração; era como se seu corpo tivesse se tornado um grande quebra-cabeça, como os campos verdes com lindos muros cinza que ligavam toda a Irlanda. Ela havia começado a montar os cantos e as bordas de seu quebra-cabeça porque eram as partes fáceis, e agora que estavam no lugar certo, ela precisava montar as peças do meio, as mais difíceis. Mas nada que fizera até ali havia conseguido preencher o espaço em seu coração; aquela parte do quebra-cabeça ainda precisava ser encontrada.

Holly pigarreou alto e fingiu estar tendo um acesso de tosse para que as amigas acordassem e conversassem com ela. Precisava conversar, chorar e extravasar todas as suas frustrações e decepções a respeito da vida. Mas o que mais podia dizer a Sharon e Denise que ainda não dissera? Quais outros conselhos elas poderiam dar a ela que já não tinham dado? Ela repetia as mesmas preocupações sem parar. Às vezes, as amigas conseguiam ajudá-la a se sentir positiva e confiante de novo, mas o desespero voltava dias depois.

Depois de um tempo, Holly se cansou de olhar para as paredes do quarto, vestiu um agasalho de moletom e voltou para o bar do hotel.

Charlie resmungou frustrado ao ver que havia pessoas na mesa dos fundos do bar de novo, rindo pra valer. Ele limpou o balcão do bar e olhou para o relógio; cinco e meia e ele ainda estava trabalhando, apesar de estar louco de vontade de ir para casa. Acreditara estar com sorte quando as meninas da despedida de solteira foram para o quarto mais cedo do que o esperado, e estava prestes a arrumar as coisas e ir para casa quando outro grupo chegou no hotel, vindo de uma boate que havia fechado em Galway. E eles ainda estavam ali. Na verdade, preferiria que as meninas tivessem ficado acordadas em vez do grupo arrogante ali do fundo. Eles não eram nem hóspedes, mas ele tinha que servi-los porque no grupo estava a filha do dono do hotel, que havia levado todos os amigos ao bar. Ela e seu namorado arrogante, a quem ele não tolerava.

— Não me diga que você veio beber mais! — O barman riu quando uma das mulheres da despedida de solteira entrou ali, caminhou até o bar batendo diversas vezes contra uma parede durante sua tentativa de chegar ao banquinho. Charlie tentou não rir.

— Só desci para beber um copo de água. — Ela soluçou. — Meu Deus! — exclamou ao se olhar no espelho do bar. Charlie tinha que concordar que, de fato, sua aparência estava um tanto assustadora; parecia um espantalho da fazenda de seu pai. Seus cabelos pareciam palha, totalmente despenteados, estava com olheiras escuras por causa do rímel que havia borrado, e os dentes estavam manchados de vinho tinto.

— Aqui está — disse Charlie, colocando um copo em cima de um porta--copo, diante dela.

— Obrigada. — Ela enfiou o dedo na taça e limpou o rímel dos olhos e esfregou as manchas de vinho dos lábios.

Charlie começou a rir e ela leu seu nome no crachá.

— De que está rindo, Charlie?

— Pensei que você estivesse com sede, mas eu poderia ter dado a você um pano, se tivesse pedido. — Ele riu.

A mulher riu e seus traços ficaram mais delicados.

— Acho que o gelo e o limão fazem bem à minha pele.

— Essa é nova. — Charlie riu e continuou a limpar o balcão. — Vocês se divertiram esta noite?

Holly suspirou.

— Acho que sim. — Diversão não era uma palavra que ela usava com frequência ultimamente. Rira das piadas a noite toda, sentia-se feliz por Denise, mas não se sentia totalmente presente. Sentia-se a menina tímida da escola, que estava sempre por perto, mas que nunca falava com ninguém e ninguém nunca falava com ela. Não reconhecia a pessoa em que havia se transformado; queria conseguir aprender a parar de olhar para o relógio sempre que saísse, torcendo para a noite terminar logo para poder ir para casa e correr para a cama. Queria parar de desejar que o tempo passasse e aprender a aproveitar o momento. Estava tendo dificuldade de aproveitar os momentos.

— Você está bem? — Charlie parou de limpar o balcão e olhou para ela. Teve a péssima sensação de que ela começaria a chorar, mas já estava acostumado a essas reações. Muitas pessoas ficavam emotivas quando bebiam.

— Sinto saudade de meu marido — ela sussurrou, e começou a chorar.

Charlie esboçou um sorriso.

— Qual é a graça? — Ela olhou para ele com raiva.

— Quanto tempo passará aqui? — perguntou ele.

— O fim de semana — respondeu ela, torcendo um guardanapo ao redor do dedo.

Ele riu.

— Nunca passou um fim de semana longe dele?

Ele viu a mulher franzir o cenho.

— Só uma vez — respondeu ela —, e foi na minha despedida de solteira.

— Há quanto tempo?

— Sete anos atrás. — Uma lágrima escorreu de seus olhos.

Charlie balançou a cabeça.

— Faz muito tempo. Bem, se fez uma vez, pode fazer de novo. — Ele sorriu. — Sete anos de sorte, não é isso o que dizem?

Holly resmungou. Sorte? Até parece.

— Não se preocupe — disse Charlie com delicadeza. — O seu marido provavelmente está muito triste sem você.

— Nossa, eu espero que não. — Holly arregalou os olhos.

— Viu? — respondeu ele. — Aposto que ele espera que você não esteja triste sem ele também. Você precisa aproveitar sua vida.

— Você tem razão — disse Holly, ajeitando-se. — Ele não gostaria de me ver triste.

— É isso aí. — Charlie sorriu e se sobressaltou ao ver a filha de seu chefe caminhando em direção ao bar com uma daquelas caras que sabia fazer.

— Oi, Charlie — ela gritou. — Estou tentando chamar a sua atenção há anos. Talvez, se parasse de bater papo com os clientes no bar e trabalhasse um pouco, eu e meus amigos não estaríamos com tanta sede — disse ela, mal--humorada.

Holly ficou boquiaberta. Aquela mulher era muito atrevida por falar com Charlie daquele jeito e seu perfume era tão forte que fez Holly tossir.

— Com licença, algum problema? — A mulher se virou para Holly, olhando para ela de cima a baixo.

— Sim, na verdade, tenho. — As palavras saíram arrastadas, e Holly tomou um gole da água. — Seu perfume é nojento e está me dando ânsia de vômito.

Charlie abaixou atrás do balcão, fingindo procurar um limão para fatiar e começou a rir. Tentou abafar o som das duas mulheres trocando ofensas para que não desse mais risada.

— Por que está demorando tanto? — Uma voz grave foi ouvida. Charlie ficou em pé ao escutar que o namorado da moça se aproximara. Ele foi pior ainda. — Por que não vai se sentar, querida? Eu posso levar as bebidas.

— Tudo bem, pelo menos alguém é educado aqui — disse ela, olhando para Holly de cima a baixo mais uma vez antes de se encaminhar para a sua mesa. Holly observou seu quadril em movimento, de um lado a outro. Ela devia ser modelo ou algo assim, pensou Holly. Isso explicaria o chilique.

— Oi, tudo bem? — perguntou o homem ao lado de Holly, olhando para seus seios.

Charlie precisou se controlar para não dizer nada enquanto enchia um copo de Guiness e o deixou em cima do balcão por um momento. Tinha a sensação de que a mulher no bar não se entregaria aos charmes de Stevie, principalmente porque parecia muito apaixonada pelo marido. Charlie estava ansioso para ver Stevie ser detonado.

— Estou bem — respondeu Holly de modo curto, olhando para frente, evitando olhar nos olhos do homem.

— Sou Stevie — disse ele, esticando a mão para ela.

— Sou Holly — disse ela, e apertou a mão dele levemente, sem querer ser muito grosseira.

— Holly, é um nome adorável. — Ele segurou a mão dela por tempo demais e Holly foi obrigada a olhar em seus olhos, que eram grandes, azuis e brilhantes.

— É... obrigada — disse ela, envergonhada com o elogio, e corou.

Charlie suspirou. Até mesmo ela havia se encantado, sua única esperança de alegria naquela noite já não existia.

— Posso pagar uma bebida para você, Holly? — perguntou ele, delicadamente.

— Não, obrigada, já tenho uma. — E deu mais um gole da água.

— Bem, certo, vou levar estas bebidas para a minha mesa e voltarei para pagar um drinque à adorável Holly. — Ele sorriu para ela de modo assustador ao se afastar. Charlie rolou os olhos assim que Stevie se virou.

— Quem é esse babaca? — perguntou Holly, mostrando indignação, e Charlie riu, feliz por ela não ter se encantado por ele. Ela era uma moça de bom senso, apesar de estar chorando por sentir falta do marido apenas um dia depois de viajar.

Charlie falou mais baixo.

— Esse aí é o Stevie, o namorado daquela vaca loira que estava aqui há um minuto. O pai dela é dono do hotel, e isso significa que não posso mandá-la se catar, mas adoraria. Não vale a pena perder o emprego por ela.

— Eu acho que valeria muito a pena perder o emprego por ela — disse Holly, olhando para a bela moça e pensando coisas ruins. — Bem, boa noite, Charlie.

— Está indo dormir?

Ela assentiu.

— Está na hora; já passa das seis — disse ela, dando um tapinha em seu relógio. — Espero que você vá logo para casa. — Ela sorriu.

— Não sei, não — respondeu ele e observou a moça saindo do bar. Stevie foi atrás dela e Charlie, achando aquilo esquisito, aproximou-se da porta para ter certeza de que tudo ficaria bem. A loira, percebendo o afastamento repentino do namorado, levantou-se da mesa e chegou à porta ao mesmo tempo em que Charlie. Os dois olharam para o corredor na direção de Holly e Stevie.

A loira se assustou e cobriu a boca com a mão.

— Ei! — Charlie chamou, bravo, ao ver Holly, irritada, empurrando Stevie, embriagado, para longe. Holly limpou a boca com nojo, pois ele havia tentado beijá-la. Ela se afastou dele.

— Eu acho que você está com ideias erradas, Stevie. Volte para o bar com sua namorada.

Stevie cambaleou e lentamente virou-se para olhar para a namorada e para Charlie, que partira na direção dos dois.

— Stevie! — ela gritou. — Como pôde? — Ela saiu correndo do hotel em prantos. Stevie a seguiu, reclamando.

— Credo! — disse Holly, com nojo. — Eu não queria fazer aquilo!

— Não se preocupe, eu acredito em você — disse Charlie, pousando a mão no ombro dela. — Eu vi o que aconteceu.

— Bem, muito obrigada por ter vindo me salvar!

— Cheguei tarde, me desculpe. Mas devo admitir que fiquei feliz por ela ver o que aconteceu — ele riu, referindo-se à loira, e mordeu o lábio, sentindo-se culpado.

Holly sorriu e olhou para Stevie e sua namorada alterada gritando e brigando.

— Ooops — disse ela, sorrindo para Charlie.

Holly esbarrou em tudo dentro do quarto ao tentar voltar para a cama na escuridão.

— Ai! — ela gritou ao bater o dedão no pé da cama.

— Ssshhh! — disse Sharon, sonolenta, e Holly resmungou até se deitar. Cutucou Denise no ombro, sem parar, até acordá-la.

— O quê? O quê? — Denise resmungou, ensonada.

— Tome. — Holly entregou o celular a Denise. — Telefone para seu futuro marido, diga que o ama e não conte para as meninas.

No dia seguinte, Holly e Sharon foram caminhar na praia perto de Galway. Apesar de estarem em outubro, o vento não estava frio e Holly não precisou vestir um casaco. Vestia uma camiseta de manga comprida e escutou as ondas.

As outras meninas decidiram sair para beber na hora do almoço, mas o estômago de Holly não estava pronto para aquilo.

— Você está bem, Holly? — Sharon se aproximou dela por trás e a abraçou.

Holly suspirou.

— Sempre que alguém me faz essa pergunta, Sharon, eu digo "Estou bem, obrigada", mas, para ser sincera, não estou. Será que as pessoas realmente querem saber como alguém se sente quando fazem essa pergunta? Ou simplesmente estão tentando ser educadas? — Holly sorriu. — Da próxima vez que a minha vizinha me perguntar: "Como você está?", vou dizer "Olha, não estou muito bem, obrigada. Ando me sentindo deprimida e sozinha. Irritada com o mundo. Sentindo inveja de você e sua família perfeita, mas não sinto inveja de seu marido, que tem que viver com você". E então contarei que comecei em um novo emprego e conheci um monte de gente, e que estou me esforçando muito para me reerguer, mas que agora estou perdida, sem saber o que fazer. Depois, direi que fico fula da vida sempre que me dizem que o tempo cura quando, ao mesmo tempo, também dizem que a ausência aumenta a saudade, o que me deixa muito confusa, porque quer dizer que quanto mais tempo se passa, mais eu sinto falta dele. Direi que nada está sendo curado e que todas as manhãs, quando acordo e vejo a cama vazia, parece que estão esfregando sal em minhas feridas abertas. — Holly suspirou fundo. — Depois, vou dizer a ela que sinto saudade de meu marido e que minha vida parece sem sentido sem ele. E que estou me desinteressando em continuar a fazer as coisas sem ele, e explicarei que parece que estou esperando o mundo acabar para reencontrá-lo. Ela provavelmente dirá apenas "Ah, que bom", como sempre faz, vai beijar o marido para se despedir e entrará no carro, para levar os filhos para a escola, depois vai trabalhar, fará o jantar e jantará, e depois irá para a cama com o marido e pronto, enquanto eu ainda estarei tentando decidir que cor de camisa vestir para trabalhar. O que você acha? — ela concluiu e se virou para Sharon.

— Aai! — Sharon se sobressaltou e parou de abraçar Holly.

— Aai? — Holly franziu o cenho. — Eu digo tudo isso e você só diz "Aai"?

Sharon levou a mão à barriga e riu.

— Não, sua boba, é que o bebê chutou!

Holly se surpreendeu.

— Sinta! — Sharon riu.

Holly colocou a mão na barriga de Sharon e sentiu um chutezinho. Seus olhos ficaram marejados.

— Ai, Sharon, se todos os momentos de minha vida fossem repletos de coisas perfeitas assim, eu nunca mais reclamaria.

— Mas Holly, a vida de ninguém é repleta de momentos perfeitos. E se fosse, não seriam momentos perfeitos. Seriam apenas normais. Como você conheceria a felicidade se nunca passasse pelas fases tristes?

— Aai! — as duas gritaram de novo quando o bebê chutou pela terceira vez.

— Eu acho que esse menininho vai jogar bola como o papai dele! — Sharon riu.

— Menino? Você vai ter um menino?

Sharon assentiu, feliz, e seus olhos brilharam.

— Holly, este é o pequeno Gerry. Gerry, esta é sua madrinha Holly.

Capítulo 44

— OI, ALICE — DISSE HOLLY, aproximando-se da mesa dela. Holly estava ali havia alguns minutos, mas Alice ainda não havia dito nada.

— Oi — disse de modo breve, recusando-se a olhar para ela.

Holly suspirou fundo.

— Alice, está brava comigo?

— Não — respondeu ela de modo curto novamente. — O Chris quer que você vá à sala dele. Quer que você escreva mais um texto.

— Mais um texto? — Holly se assustou.

— Isso mesmo.

— Alice, por que você não escreve? — perguntou Holly delicadamente. — É uma redatora fantástica. Tenho certeza de que se o Chris soubesse que você escreve tão bem, ele certamente...

— Ele sabe — ela a interrompeu.

— O quê? — Holly não entendeu muito bem. — Ele sabe que você escreve bem?

— Há cinco anos, eu me candidatei para a vaga de redatora, mas a recepção era o único lugar onde havia vaga. Chris disse que se eu esperasse, talvez algo aparecesse. — Holly não estava acostumada a ver a sempre animada Alice tão... Triste não era a palavra certa. Estava irritada.

Holly suspirou e entrou na sala de Chris. Teve o leve pressentimento de que teria que escrever aquele texto sozinha.

Holly sorriu ao folhear as páginas da revista de novembro na qual havia trabalhado. Seria publicada no dia seguinte, dia 1º de novembro, e ela estava muito animada. Sua primeira revista estaria nas bancas e ela poderia abrir a carta de Gerry do mês de novembro. Seria um bom dia.

Apesar de apenas vender espaço publicitário, sentia muito orgulho por fazer parte de uma equipe que conseguia produzir algo tão profissional. Era bem diferente do folheto ridículo que ela havia imprimido anos antes, e riu ao se lembrar da entrevista, quando havia mencionado tal fato. Como se aquilo fosse impressionar o Chris. Mas, apesar de tudo, ela tinha a sensação de que havia provado seu valor. Havia assumido a rédea de sua vida profissional e conseguido caminhar para o sucesso.

— É bom vê-la tão feliz — disse Alice, entrando no escritório de Holly, deixando dois pedaços de papel em cima de sua mesa. — Você recebeu dois telefonemas enquanto esteve fora. Um de Sharon e outro de Denise. Por favor, peça a suas amigas para telefonarem em seu horário de almoço, pois atrapalham o meu trabalho.

— Tudo bem, obrigada — disse Holly, olhando para as mensagens. Alice havia escrito algo totalmente ilegível, provavelmente de propósito. — Alice! Holly chamou antes de ela fechar a porta.

— O que foi? — respondeu ela.

— Você viu a matéria do lançamento? As fotos e todo o resto ficaram ótimos! Estou muito orgulhosa. — Holly abriu um sorriso.

— Não, não vi! — disse Alice, com raiva, e fechou a porta.

Holly riu e a seguiu para fora do escritório com a revista na mão.

— Olha isso, Alice! Está tão bom! O Daniel vai ficar tão feliz!

— Nossa! Oba-oba-oba pra você e para o Daniel — rebateu Alice, ocupando-se com papéis sobre a mesa.

Holly rolou os olhos.

— Olha, pare de ser tão infantil e leia a maldita revista!

— Não!

— Tudo bem, então, não vai ver sua foto com aquele cara lindo e seminu... — Holly se virou e se afastou lentamente.

— Me dá! — Alice pegou a revista da mão de Holly e folheou as páginas. Ficou boquiaberta quando viu a página do lançamento do Blue Rock. No topo da página, estava escrito "Alice no País das Maravilhas", com a foto dela e do modelo musculoso, que Holly havia tirado.

— Leia em voz alta — Holly mandou.

A voz de Alice falhou quando ela começou a ler:

— Um novo produto da Alco chegou às prateleiras e nossa correspondente de festas, Alice Goodyear, foi checar se a nova bebida quente do inverno é o que diziam ser... — Ela parou de ler e levou as mãos ao rosto, chocada. — Correspondente de festa?! — exclamou.

Holly chamou Chris em seu escritório e ele se uniu a elas, com um sorriso grande.

— Muito bem, Alice. O artigo que você escreveu foi fantástico, muito divertido — ele disse, dando-lhe um tapinha nas costas. — Então, criei uma nova página chamada Alice no País das Maravilhas, na qual você poderá ir a todos os eventos esquisitos e ótimos, aos quais gosta de ir, e escrever sobre eles todos os meses.

Alice se surpreendeu e gaguejou.

— Mas Holly...

— Holly não sabe escrever. — Chris riu. — Mas você é uma excelente redatora, cujo talento eu já deveria ter aproveitado. Sinto muitíssimo, Alice.

— Ai, meu Deus! — Ela se sobressaltou, ignorando Chris. — Muito obrigada, Holly! — Seu abraço foi tão forte que Holly mal conseguia respirar.

Holly tentou afastar Alice dela para não mais se sentir sufocada.

— Alice, esse foi o segredo mais difícil de esconder de todos!

— Deve ter sido! Como eu não percebi? — Alice olhou para Holly, assustada, e então para Chris. — Cinco anos, Chris — disse ela, de modo acusador.

Chris fez uma careta e assentiu.

— Esperei cinco anos por isto — ela continuou.

— Eu sei, eu sei. — Chris parecia um menino de escola repreendido e coçou a sobrancelha, sem jeito. — Vamos ao meu escritório, onde poderemos falar sobre isso.

— Acho que posso fazer isso — respondeu ela de modo sério, mas não conseguiu esconder a felicidade nos olhos. Conforme Chris caminhava em direção a sua sala, Alice se virou para Holly e piscou antes de correr atrás dele.

Holly voltou para sua sala. Era hora de começar a trabalhar na edição de dezembro.

— Ooops! — disse ela, tropeçando em uma pilha de bolsas diante de sua porta. — O que é tudo isto?

Chris fez uma careta ao sair de seu escritório para preparar uma xícara de chá para Alice, para variar.

— Ah, são as bolsas de John Paul.

— Bolsas de John Paul? — Holly riu.

— São para a matéria que ele está escrevendo sobre as bolsas dessa estação, ou algo idiota assim — Chris fingiu não se interessar.

— Ah, elas são lindas — disse Holly, inclinando-se para pegar uma delas.

— São bonitas, não são? — disse John Paul, recostando-se no batente da porta de seu escritório.

— Sim, adorei esta — disse ela, colocando-a no ombro. — Combinou comigo?

Chris fez uma careta.

— Como pode uma bolsa não combinar com alguém? É só uma bolsa, pelo amor de Deus!

— Bem, então você terá que ler a matéria que estou escrevendo para o mês que vem, sabia? — disse John Paul, apontando para seu chefe. — Nem todas as bolsas combinam com todas as pessoas. — Ele se virou para Holly. — Pode ficar com ela, se quiser.

— Pra mim? — ela se surpreendeu. — Deve custar centenas de euros.

— Sim, mas tenho um monte delas; você precisa ver o tanto de coisas que o designer me dá. Ele tenta me amolecer com brindes; danadinho! — John Paul fingiu não gostar.

— Mas aposto que funciona — disse Holly.

— Com certeza, a primeira frase de meu texto será: todo mundo deve sair e comprar uma, é maravilhosa! — Ele riu.

— O que mais você tem? — Holly tentou espiar dentro da sala dele.

— Estou escrevendo uma matéria a respeito do que vestir em todas as festas de fim de ano. Alguns vestidos chegaram hoje. Por falar nisso... — Ele olhou para Holly de cima a baixo, e ela encolheu a barriga. — Tem um que ficaria maravilhoso em você, venha experimentar.

— Ai, meu Deus. — Holly riu. — Vou só dar uma olhada, John Paul, porque, para ser sincera, eu não preciso de vestido de festa este ano.

Ao escutar a conversa, Chris balançou a cabeça e gritou de sua sala:

— Será que alguém neste maldito escritório sabe trabalhar?

— Sim! — Tracey gritou em resposta. — Agora cale-se e pare de nos atrapalhar.

Todos no escritório riram e Holly podia jurar ter visto Chris sorrir antes de fechar a porta de seu escritório, para aumentar o efeito dramático.

Depois de procurar na coleção de John Paul, Holly voltou ao trabalho e, em determinado momento, retornou o telefonema de Denise.

— Alô? Roupas feias, bregas e ridiculamente caras. Sou a gerente de saco cheio. Como posso ajudá-la?

— Denise! — Holly se assustou. — Não pode atender ao telefone desse jeito!

Denise riu.

— Ah, não se preocupe. Tenho identificador de chamadas e sabia que era você.

— Hummm — Holly não acreditou; não achava que Denise tinha identificador de chamadas no trabalho. — Recebi uma mensagem de que você me ligou mais cedo.

— Ah, sim, só liguei para confirmar se você vai ao baile. Tom vai comprar uma mesa este ano.

— Que baile?

— O baile de Natal ao qual vamos todos os anos, sua toupeirinha.

— Ah, sim, o baile de Natal que sempre acontece em meados de novembro? — Holly riu. — Desculpa, mas não vou este ano.

— Mas você ainda nem sabe a data! — Denise protestou.

— Bem, acho que será na mesma data de todos os outros anos, ou seja, não poderei ir.

— Não, não, é no dia 30 de novembro este ano, então você pode ir! — disse Denise com animação.

— Ah, dia 30... — Holly parou e fingiu folhear uma agenda em sua mesa. — Não, Denise, não posso. Estarei ocupada no dia 30. Tenho um trabalho para entregar... — mentiu. Bem, ela tinha um trabalho para entregar, mas a revista seria lançada no dia 1º de dezembro, o que significava que ela não precisaria estar trabalhando no dia 30.

— Mas só começa às 8 da noite — Denise tentou convencê-la. — Você poderia até chegar às 9, se for mais fácil, perderia apenas os aperitivos. Será uma sexta-feira, Holly, não é possível que seu chefe queira que você trabalhe até tarde em uma sexta-feira...

— Olha, Denise, sinto muito... — disse ela com firmeza. — Ando muito ocupada.

— Pra variar... — ela murmurou.

— O que disse? — perguntou Holly, irritando-se um pouco.

— Nada — Denise rebateu.

— Eu escutei; você disse que estou ocupada, para variar, não foi? Acontece que eu levo o meu trabalho a sério, Denise, e não pretendo perder meu emprego por causa de um baile idiota.

— Tudo bem, então. Não vá. — Denise bufou.

— Não vou!

— Certo!

— Ótimo, que bom que você entendeu, Denise. — Holly sorriu ao perceber como aquela conversa estava sendo ridícula.

— Que bom que você acha bom — respondeu Denise.

— Ah, não seja tão infantil. — Holly rolou os olhos. — Preciso trabalhar, só isso.

— Bem, não me surpreende, porque você só faz isso agora. Não sai mais. Sempre que chamo, você está ocupada fazendo algo aparentemente muito mais importante, como trabalho. E no fim de semana de minha despedida de solteira, parecia que você estava odiando tudo aquilo e nem ficou com a gente na segunda noite. Na verdade, nem sei por que você fez questão de ir. Se você tem algum problema comigo, Holly, gostaria que você dissesse na minha cara em vez de ser tão chata!

Holly ficou chocada olhando para o telefone. Não acreditava que Denise havia dito aquelas coisas. Não acreditava que Denise pudesse ser tão estúpida e egoísta a ponto de pensar que tudo aquilo era por causa dela e não pelos problemas particulares de Holly. Não surpreendia o fato de ela acreditar que estava enlouquecendo, já que nem mesmo uma de suas melhores amigas conseguia compreendê-la.

— Essa é a coisa mais egoísta que já me disseram. — Holly tentou controlar a voz, mas sabia que a raiva transbordava em suas palavras.

— Egoísta, eu? — perguntou Denise. — Foi você que se escondeu no quarto do hotel no fim de semana de minha despedida de solteira. Você será minha dama de honra!

— Eu fiquei no quarto com Sharon, você sabe muito bem disso! — Holly se defendeu.

— Ah, que bobagem! Sharon teria ficado bem sozinha. Ela está grávida, não morrendo. Não precisa ficar ao lado dela o tempo todo!

Denise ficou calada ao perceber o que havia dito.

O sangue de Holly ferveu e, quando ela falou de novo, sua voz demonstrou toda a sua ira.

— E você ainda não entende por que não saio com você. Por causa de comentários idiotas e insensíveis como esse. Você já pensou, por um momento, que pode ser difícil para mim? O fato de você só falar dos malditos preparativos de seu casamento e de toda a felicidade que sente, e de como está animada e mal pode esperar para passar o resto de sua vida com Tom, nessa paixão louca. Se por acaso você não percebeu, Denise, eu não tive essa chance porque meu marido morreu. Mas estou, sim, muito feliz por você, de verdade. Estou muito feliz por você estar feliz e não quero um tratamento especial, só peço um pouco de paciência e que você entenda que não vou superar tudo isso dentro de alguns meses! Quanto ao baile, não tenho intenção de ir a um lugar onde Gerry e eu fomos juntos nos últimos dez anos. Pode ser que você não entenda, Denise, mas por mais engraçado que seja, eu teria dificuldades para enfrentar esse tipo de situação, no mínimo. Então, não preciso de um convite, ficarei perfeitamente feliz na minha casa — ela gritou e desligou o telefone. Começou a chorar e abaixou a cabeça na mesa enquanto soluçava. Sentia-se perdida. Sua melhor amiga não era capaz de compreendê-la. Talvez estivesse enlouquecendo. Talvez devesse ter esquecido Gerry. Talvez fosse o que as pessoas normais faziam quando perdiam entes queridos. Não era a primeira vez que acreditava precisar comprar o manual das viúvas para ver qual era o tempo recomendado para o luto, para não precisar continuar atrapalhando amigos e familiares.

Seu choro diminuiu e ela prestou atenção ao silêncio ao seu redor. Percebeu que todos deviam ter escutado tudo o que ela dissera e sentiu tanta vergonha que ficou com medo de ir ao banheiro pegar um lenço de papel. Sentia a cabeça quente e os olhos inchados de tanto chorar. Secou o rosto molhado com a ponta da camisa.

— Merda! — ela xingou, afastando alguns papéis da mesa ao perceber que havia base, rímel e batom na manga de sua camisa branca cara. Endireitou-se ao escutar uma batida leve na porta.

— Entre — sua voz estava fraca.

Chris entrou na sala com duas xícaras de chá.

— Chá? — ele ofereceu, erguendo as sobrancelhas para ela, que sorriu levemente, lembrando da piada entre os dois no dia da entrevista. Ele colocou a xícara diante dela e sentou-se na cadeira da frente.

— Está tendo um dia ruim? — perguntou ele, com o máximo de delicadeza que sua voz grave permitia.

Ela assentiu e mais lágrimas rolaram.

— Sinto muito, Chris. — Balançou a mão ao tentar se recompor. — Não vai afetar meu trabalho — completou.

Ele fez um gesto para que ela não se preocupasse.

— Holly, isso não me preocupa, você é uma ótima funcionária.

Ela sorriu, grata pelo elogio. Pelo menos alguma coisa estava dando certo.

— Quer ir para casa mais cedo?

— Não, obrigada, o trabalho vai manter minha mente distraída.

Ele balançou a cabeça com tristeza.

— Não é assim que se encara um problema, Holly. Eu sei mais do que ninguém. Já me enfiei aqui dentro e não ajuda em nada. Pelo menos, não a longo prazo.

— Mas você parece feliz — disse ela, com a voz trêmula.

— Parecer e estar não são a mesma coisa. Eu sei que você entende isso.

Ela assentiu com tristeza.

— Não precisa fazer cara de corajosa o tempo todo, sabia? — Ele entregou um lenço a ela.

— Ah, eu não sou nada corajosa. — Holly assoou o nariz.

— Já escutou o ditado de que é preciso ter medo para ter coragem?

Holly pensou naquilo.

— Mas não me sinto corajosa, só sinto medo.

— Todos sentimos medo, às vezes. Não há nada de errado com isso e chegará um dia em que você deixará de ter medo. Veja tudo o que fez! — Ele levantou as mãos, mostrando o escritório. — Veja tudo isto! — Ele folheou as páginas da revista. — É o trabalho de uma pessoa muito corajosa.

Holly sorriu.

— Eu amo esse trabalho!

— Que boa notícia! Mas precisa aprender a amar mais coisas além de seu trabalho.

Holly franziu o cenho. Esperava que aquela não fosse uma das conversas do tipo "esqueça um homem saindo com outro".

— Estou me referindo a aprender a se amar, aprender a amar sua nova vida. Não permita que sua vida se resuma a seu trabalho. Existem mais coisas.

Holly ergueu as sobrancelhas. Era o sujo falando do mal-lavado.

— Sei que não sou o melhor exemplo disso — ele assentiu. — Mas estou aprendendo também... — Ele colocou a mão sobre a mesa e começou a afastar farelos imaginários enquanto pensava no que dizer em seguida. — Escutei que você não quer ir a esse baile.

Holly fez uma careta por perceber que ele havia escutado a conversa.

Chris prosseguiu.

— Eu evitava ir a milhares de lugares quando a Maureen morreu — disse ele, com tristeza. — Nós costumávamos sair para passear no Jardim Botânico todos os domingos, e simplesmente não conseguia mais ir lá depois que eu a perdi. Havia milhões de lembranças em todas as flores e nas árvores dali. O banco onde nos sentávamos, a árvore favorita dela, seu jardim preferido, tudo ali me fazia lembrar dela.

— Você voltou? — perguntou Holly, bebericando o chá quente, sentindo-o esquentá-la por dentro.

— Há alguns meses. Foi difícil, mas consegui, e agora vou todos os domingos. Você precisa enfrentar as coisas, Holly, e pensar em coisas positivas. Eu digo a mim mesmo que aquele é um lugar onde costumávamos rir, chorar, brigar e quando voltamos lá e nos lembramos de todos os momentos lindos, nós nos sentimos mais próximos de nossos amores. Você pode celebrar o amor que teve em vez de se esconder dele.

Ele se inclinou na cadeira e olhou para dentro dos olhos dela.

— Algumas pessoas procuram a vida toda e nunca encontram sua alma gêmea. Nunca. Você e eu encontramos, mas ficamos com eles por um curto período. É triste, mas é a vida! Então, vá a esse baile, Holly, e aceite o fato de ter alguém a quem amou e que retribuiu esse amor.

Holly chorou ao perceber que ele tinha razão. Precisava lembrar de Gerry e sentir-se feliz em relação ao amor que eles dividiram e o amor que ainda sentia; mas não chorar por ele, não desejar por muitos outros anos com ele, anos que nunca viriam. Ela pensou na frase que ele escrevera na última carta: "Lembre-se de nossas lindas lembranças, mas, por favor, não tenha medo de criar outras". Ela precisava afastar o fantasma de Gerry que a assombrava, mas manter a lembrança viva.

Ainda havia vida para ela após a morte dele.

Capítulo 45

— Sɪɴᴛᴏ ᴍᴜɪᴛᴏ, Dᴇɴɪꜱᴇ — Hᴏʟʟʏ ᴅᴇꜱᴄᴜʟᴘᴏᴜ-ꜱᴇ ᴄᴏᴍ ᴀ ᴀᴍɪɢᴀ. Elas estavam sentadas na sala de funcionários da loja onde Denise trabalhava, cercadas por caixas de cabides, araras de roupas, bolsas e acessórios, que estavam espalhados sem qualquer organização por todos os lados. Havia um cheiro de mofo no ar devido ao pó que se acumulava ali havia tanto tempo. Uma câmera de segurança presa à parede mirava as duas e registrava a conversa.

Holly esperou uma reação no rosto da amiga quando esta contraiu os lábios e balançou a cabeça com veemência, para mostrar que tudo estava bem.

— Não, não está bem. — Holly inclinou-se para frente, tentando ter uma conversa séria. — Eu não queria ter perdido a estribeira ao telefone. O fato de eu ultimamente estar me sentindo mais sensível do que o normal não me dá o direito de descontar em você.

Denise reuniu coragem suficiente para finalmente dizer:

— Não, você estava certa, Holly...

Holly balançou a cabeça e tentou discordar, mas Denise continuou falando.

— Eu ando tão animada com esse casamento que não parei para pensar em como você está se sentindo. — Ela olhou para a amiga, que estava pálida. Holly estava progredindo tão bem que era fácil para todos se esquecerem de que ela ainda sofria.

— Mas você está certa por estar animada — Holly insistiu.

— E você está certa por estar triste — disse Denise com firmeza. — Eu não pensei, simplesmente não parei para pensar. — Ela levou as mãos à face e balançou a cabeça. — Não vá ao baile se não se sentir confortável. Todos nós entenderemos. — Ela segurou as mãos da amiga.

Holly sentiu-se confusa. Chris havia conseguido convencê-la a ir ao baile, mas agora sua melhor amiga dizia que não haveria problemas se ela não fosse. Estava com dor de cabeça, e dores de cabeça a assustavam. Despediu-se de Denise com um abraço e prometeu telefonar mais tarde para dizer qual seria sua decisão em relação ao baile.

Voltou para o escritório com mais dúvidas do que antes. Talvez Denise tivesse razão, era apenas um baile bobo e ela não precisava ir se não quisesse. No entanto, era um baile bobo que tinha sido algo muito forte no tempo em que Holly e Gerry dividiram. Era uma noite que os dois aproveitavam muito, uma noite que eles compartilhavam com os amigos e uma oportunidade de dançar suas músicas preferidas. Se fosse sem ele, destruiria essa tradição, substituindo as lembranças felizes com outras totalmente diferentes. Ela não queria fazer isso. Queria guardar todas as lembranças dos dois juntos. Estava se assustando por estar se esquecendo do rosto dele. Quando sonhava com ele, sempre o via como alguém diferente; uma pessoa criada em sua mente com um rosto e uma voz diferentes. De vez em quando, ela telefonava para o celular dele só para escutar sua voz na mensagem gravada. Ela até continuara a pagar a conta de telefone todos os meses apenas para manter a conta ativa. O cheiro dele havia desaparecido da casa; suas roupas já não estavam mais ali, por vontade dele. Gerry estava se apagando da mente dela, e ela se agarrava a tudo que conseguia. Pensava em Gerry todas as noites antes de dormir para poder sonhar com ele. Até comprara o pós-barba preferido dele para espirrar pela casa e não se sentir tão sozinha.

Às vezes, na rua, um cheiro ou uma canção familiares a transportavam para outro tempo e espaço. Uma época mais feliz. Via Gerry descendo a rua ou passando de carro e perseguia aquela pessoa por quilômetros para ter certeza de que não era ele, apenas alguém parecido. Não conseguia se desapegar. Não conseguia se desapegar porque não queria, não queria se desapegar porque ele era tudo o que ela tinha. Mas ela não o tinha, por isso se sentia perdida e confusa.

Antes de chegar ao escritório, Holly espiou dentro do Hogan. Sentia-se muito mais à vontade com Daniel. Desde aquele jantar em que se sentira muito bem a seu lado, percebera que estava sendo ridícula. Compreendia agora por que se sentia daquela maneira.

Antes, o único amigo próximo que ela tivera tinha sido Gerry, uma relação romântica. A ideia de se tornar próxima de Daniel parecia estranha e incomum. Desde então, ela se convencera de que não precisava haver um elo romântico para manter uma amizade com um homem solteiro. Mesmo que ele fosse bonito. E a tranquilidade que sentia havia se tornado um sentimento de companhia. E sentia isso desde que o conhecera. Os dois podiam passar horas conversando sobre os sentimentos dela, sobre a vida, os sentimentos dele, e ela sabia que eles tinham um inimigo em comum: a solidão. Sabia que ele sofria outro tipo de dor e os dois estavam ajudando um ao outro durante aqueles dias complicados, nos quais precisavam de um ombro amigo ou alguém que os fizessem rir. E os dias entre eles costumavam ser assim.

— E então? — perguntou ele, saindo de trás do balcão do bar. — A Cinderela irá ao baile?

Holly sorriu e franziu o nariz, prestes a dizer que não iria, mas se conteve.

— Você vai?

Ele sorriu, franziu o nariz, e ela riu.

— Bem, se for mais uma situação de casais felizes, acho que não conseguiria tolerar mais uma noite de Sam e Samantha ou Robert e Roberta. — Ele puxou um banco para ela, que se sentou.

Holly riu.

— Bem, podemos ser muito grosseiros e ignorar todos eles.

— E qual seria a graça? — Daniel se sentou ao seu lado e apoiou a bota de couro no descanso de pés do banco dela. — Você não acha que vou conversar a noite toda com você, não é? Já conversamos pra caramba; talvez eu já esteja cansado de você.

— Beleza! — Holly fingiu estar ofendida. — Eu estava querendo ignorar você mesmo.

— Ufa! — Daniel passou a mão na testa e fingiu alívio. — Então, com certeza, eu vou.

Holly ficou séria.

— Sinto que preciso ir.

Daniel parou de rir.

— Bem, então vamos.

Ela sorriu. — Também acho que seria bom para você, Daniel.

Ele tirou o pé do descanso e virou a cabeça para fingir que observava o salão.

— Holly, eu estou bem — disse ele, de modo pouco convincente.

Holly saiu de seu banco, segurou seu rosto e o beijou na testa.

— Daniel Connelly, pare de querer bancar o macho forte. Não cola comigo.

Eles se despediram com um abraço e Holly voltou ao escritório, decidida a não mudar de ideia de novo. Subiu as escadas batendo os pés e dirigiu-se a Alice, que ainda olhava para a matéria que escrevera.

— John Paul! — Holly gritou. — Preciso de um vestido, e rápido!

Capítulo 46

HOLLY ESTAVA ATRASADA, CORRENDO DE UM LADO A OUTRO DO QUARTO, tentando se aprontar para o baile. Passara as duas últimas horas fazendo a maquiagem, chorando, borrando tudo e reaplicando. Passou o pincel do rímel nos cílios pela quarta vez, torcendo para que o reservatório de lágrimas tivesse secado. Difícil, mas ainda mantinha a esperança.

— Cinderela, seu príncipe chegou! — Sharon gritou para Holly, que sentiu o coração acelerar. Precisava de mais tempo. Precisava se sentar e repensar a ideia de ir ao baile, pois havia se esquecido completamente dos motivos que a fariam ir. Só via coisas negativas naquele momento.

Motivos para não ir: não queria ir de jeito nenhum, passaria a noite toda chorando, ficaria presa a uma mesa de supostos amigos que não conversavam com ela desde a morte de Gerry, sentia-se péssima e Gerry não estaria lá.

Motivos para ir: sentia que precisava ir.

Respirou lentamente, tentando evitar uma nova choradeira.

— Holly, seja forte, você pode fazer isso — sussurrou para seu reflexo no espelho. — Você precisa fazer isso, vai deixá-la mais forte — repetiu a mesma frase diversas vezes até se sobressaltar ao ver a porta ser aberta.

— Com licença — disse Sharon, espiando dentro do quarto. — Nossa, Holly, você está linda!

— Estou uma porcaria — resmungou Holly.

— Ah, pare de dizer isso! — disse Sharon, brava. — Estou uma bola, e por acaso me vê reclamando? Aceite o fato de ser linda! — Ela sorriu para a amiga pelo espelho. — Vai dar tudo certo.

— Só quero ficar em casa esta noite, Sharon. Preciso abrir a última mensagem de Gerry. — Holly não conseguia acreditar que já era a última carta. A partir do dia seguinte, não haveria mais palavras gentis de Gerry, e tinha a sensação de que ainda precisava delas. Com sua animação em abril, torceu para que os meses passassem bem depressa, mas agora era o fim. Queria ficar em casa aquela noite e aproveitar o último momento especial entre eles.

— Eu sei — disse Sharon, compreensiva. — Mas isso pode esperar algumas horas, não pode?

Holly estava prestes a dizer não quando John gritou do andar de baixo:
— Vamos, meninas! O táxi está esperando! Precisamos pegar Tom e Denise!

Antes de descer com Sharon, Holly abriu a gaveta de sua cômoda e tirou dali a carta que havia aberto semanas antes. Precisava de suas palavras de incentivo para sair naquele momento. Correu os dedos sobre a tinta e imaginou seu marido escrevendo aquelas palavras. Imaginou a cara que ele fazia quando escrevia, da qual ela sempre ria. Era uma cara de concentração pura. Até colocava a língua para fora. Ela adorava aquela cara. Sentia saudade dela. Tirou o cartão do envelope. Precisava da força daquela mensagem e sabia que encontraria. Todos os dias, ela lia:

Cinderela deve ir ao baile este mês. E estará glamourosa e linda e se divertirá como sempre... Mas nada de vestido branco este ano...
P.S. Eu te amo...

Holly respirou fundo e seguiu Sharon.
— Uau! — disse Daniel, boquiaberto. — Você está linda, Holly.
— Estou uma porcaria — murmurou ela, e Sharon lançou-lhe um olhar. — Mas obrigada — acrescentou rapidamente.

John Paul havia ajudado Holly a escolher um vestido preto frente-única, com uma fenda que subia até metade da coxa. Nada de vestido branco esse ano.

Todos eles se acomodaram no táxi de sete lugares, e a cada semáforo Holly torcia para que ficasse vermelho. Não aconteceu. Pela primeira vez, todos os semáforos de Dublin pareciam abertos, e depois de pegarem Tom e Denise eles chegaram ao hotel em tempo recorde. Apesar de Holly desejar, não houve deslizamento de terra nas montanhas de Dublin e nenhum vulcão entrou em erupção. O inferno também não congelou.

Eles se aproximaram da mesa de recepção próxima da entrada e Holly ficou olhando para o chão, pois percebeu que todas as mulheres queriam ver como as pessoas estavam vestidas. Quando se satisfaziam acreditando serem as pessoas mais belas ali, viravam o rosto e continuavam a conversar. A mulher sentada atrás da mesa sorriu ao vê-los se aproximarem.

— Olá, Sharon, olá, John, oi, Denise... Nossa! — O rosto dela deve ter empalidecido sob seu bronzeado artificial, mas não dava para ter certeza. — Ah, olá, Holly, muito bom vê-la aqui apesar... — Ela parou de falar e rapidamente procurou o nome deles na lista.

— Vamos ao bar — disse Denise, dando o braço para Holly e arrastando-a para longe da mulher.

Enquanto caminhava pelo salão até o bar, uma mulher com quem Holly não conversava havia meses se aproximou dela.

— Holly, sinto muito pelo que aconteceu com Gerry. Ele era um homem encantador.

— Obrigada. — Holly sorriu e foi arrastada de novo por Denise. Por fim, chegaram ao bar.

— Oi, Holly — ela ouviu uma voz conhecida.

— Oi, Paul — disse ela, virando-se para o grande homem de negócios que patrocinava o evento. Ele era alto, obeso, tinha um rosto vermelho, provavelmente devido ao estresse de gerenciar um dos negócios mais bem-sucedidos da Irlanda. E também por beber muito. Ele parecia estar sendo sufocado pela gravata apertada e puxava o tecido, demonstrando desconforto. Os botões de seu terno pareciam prestes a explodir. Holly não o conhecia muito bem; ele era apenas uma das pessoas que ela conhecia por ver todos os anos no baile.

— Você está linda como sempre. — Ele a beijou no rosto. — Posso lhe pagar uma bebida? — perguntou, levantando a mão para chamar a atenção do barman.

— Não, obrigada. — Ela sorriu.

— Ah, por favor — disse, tirando a enorme carteira do bolso. — O que vai beber?

Holly aceitou.

— Um vinho branco, por favor, se insiste. — E sorriu de novo.

— Posso até pagar uma bebida para aquele seu marido — disse ele, rindo. — O que ele vai beber? — perguntou, procurando Gerry no salão.

— Ele não está aqui, Paul — disse ela, sentindo-se desconfortável.

— Ah, por que não? Que safado! O que está aprontando?

— É... na verdade, ele faleceu no começo do ano, Paul — disse Holly com educação, esperando que ele não ficasse envergonhado.

— Ah. — Paul corou ainda mais e pigarreou com nervosismo. Olhou para o bar. — Sinto muito em saber — gaguejou e desviou o olhar. Puxou a gravata de novo.

— Obrigada — disse Holly, contando mentalmente os segundos até que ele inventasse uma desculpa para sair dali. Partiu três segundos depois, dizendo que precisava levar uma bebida a sua esposa. Holly ficou sozinha no bar, pois Denise havia voltado a seu grupo de amigos com as bebidas. Pegou sua taça de vinho e se aproximou deles.

— Oi, Holly.

Ela se virou para ver quem a chamava.

— Ah, olá, Jennifer. — Viu outra mulher que conhecia apenas do baile. Ela vestia um vestido chique, com joias caras, e segurava uma taça de champanhe entre o polegar e o indicador com a mão coberta por uma luva. Seus cabelos loiros eram quase brancos, e sua pele era bronzeada e grossa, decorrência de muita exposição ao sol.

— Como vai? Está fabulosa, o vestido é fabuloso! — Ela bebericou seu champanhe e olhou Holly de cima a baixo.

— Estou bem, obrigada, e você?

— Estou ótima, obrigada. O Gerry não veio hoje? — Ela olhou ao redor.

— Não, ele faleceu em fevereiro — ela repetiu com educação.

— Ai, Deus, sinto muito. — Colocou a taça de champanhe sobre a mesa perto delas e levou as mãos ao rosto, franzindo a testa de preocupação. — Eu não sabia. Como está lidando com isso, pobrezinha? — Esticou o braço e pousou a mão no braço de Holly.

— Estou bem, obrigada — repetiu sorrindo para manter o clima leve.

— Puxa, coitadinha — disse Jennifer, olhando para ela com expressão de pesar. — Você deve estar arrasada.

— Bem, sim, é difícil, mas estou lidando com a situação. Tentando ser positiva, sabe?

— Nossa, não sei como consegue, isso é péssimo! — E continuou olhando para Holly. Parecia olhar para ela de modo diferente agora. Holly assentiu o tempo todo, torcendo para que aquela mulher parasse de dizer coisas que ela já sabia.

— Ele adoeceu? — perguntou ela.

— Sim, teve um tumor no cérebro.

— Meu Deus, que *terrível*. E ele era tão jovem. — Todas as palavras que ela usava ganhavam um tom muito irritante.

— Sim, era... mas tivemos uma vida muito feliz juntos, Jennifer. — Mais uma vez tentou manter o clima positivo, um conceito que aquela mulher não devia conhecer.

— Sim, tiveram, mas que pena não ter sido uma vida mais longa. É arrasador para você. Totalmente horrível e muito injusto. Deve estar péssima. E como conseguiu vir aqui esta noite? Com tantos casais por aí? — Ela olhou para todos os casais como se sentisse um fedor no ar.

— Bem, é preciso aprender a seguir em frente.

— Claro. Mas deve ser muito difícil. Nossa, que horrível. — Ela levou as mãos ao rosto, com cara de consternada.

Holly sorriu e disse, controlando-se:

— Sim, é difícil, mas como eu disse, é preciso manter-se positiva e seguir em frente. — Depois disso, ela se afastou.

— Você está bem? — perguntou Daniel quando ela se aproximou.

— Sim, estou, obrigada — repetiu pela décima vez naquela noite. Olhou para Jennifer, que estava no meio de suas amigas, falando e olhando para Holly e Daniel.

— Cheguei! — alguém gritou da porta. Holly se virou e viu Jamie, o rei da festa, parado com as mãos para cima. — Mais uma vez vesti minha roupa de pinguim e estou pronto para aproveitar a festaaaaa! — Ele fez uma dancinha antes de se unir ao grupo, atraindo olhares de todos. Exatamente o que ele queria. Deu a volta no círculo cumprimentando os homens com um aperto de mão e as mulheres com um beijo no rosto, às vezes de modo "hilário", trocando o gesto. Parou quando viu Holly e olhou para ela e para Daniel algumas vezes. Apertou a mão de Daniel mecanicamente, deu um beijo no rosto de Holly como se ela tivesse uma doença grave e se afastou. Ela tentou engolir o nó de raiva em sua garganta. Aquilo tinha sido muito grosseiro.

A esposa dele, Helen, sorriu timidamente para Holly, do outro lado do círculo, mas não se aproximou. Holly não se surpreendeu. Obviamente tinha sido muito difícil para eles dirigir por dez minutos para visitar Holly depois da morte de Gerry, por isso não esperava que Helen desse dez passos em sua direção para cumprimentá-la. Ela os ignorou e se virou para conversar com seus amigos de verdade, as pessoas que a haviam ajudado ao longo do último ano.

Holly estava rindo de uma das histórias de Sharon quando sentiu um tapinha no ombro. Virou-se rindo e viu Helen, aparentando muita tristeza.

— Oi, Helen — disse ela, alegremente.

— Como você está? — disse Helen baixinho, tocando Holly delicadamente no braço.

— Estou bem — Holly assentiu. — Ouça esta história, é muito engraçada. — Sorriu e continuou a escutar Sharon.

Helen manteve a mão pousada no braço de Holly e deu mais um tapinha depois de alguns minutos.

— Eu me refiro a como está desde que Gerry...

Holly desistiu de escutar o que Sharon dizia.

— Desde que Gerry morreu, é o que quer dizer? — Ela compreendia que as pessoas às vezes se sentiam desconfortáveis nessas situações, pois ela também se sentia da mesma forma, mas acreditava que se alguém tocava no assunto poderia, pelo menos, ser adulto suficiente para conversar direito.

Helen pareceu retrair-se diante da pergunta de Holly.

— Bem, sim, mas eu não queria dizer...

— Tudo bem, Helen. Já aceitei o que aconteceu.

— Já?

— Claro que sim. — Holly franziu o cenho.

— É que não vejo você há muito tempo, por isso estava começando a ficar preocupada...

Holly riu.

— Helen, continuo morando na mesma rua que você, na mesma casa de antes, meu telefone fixo continua o mesmo, assim como o celular. Se estava tão preocupada comigo, teria sido fácil me encontrar.

— Sim, mas eu não queria atrapalhar... — Ela parou de falar como se aquela explicação bastasse para o fato de não ter visto Holly desde o velório.

— Amigos não atrapalham, Helen — disse Holly com educação, esperando que ela entendesse a indireta.

Helen corou levemente e Holly se virou para responder a uma pergunta de Sharon.

— Guarde um lugar a seu lado, por favor. Preciso correr ao banheiro — Sharon pediu, dançando sem sair do lugar.

— De novo? — perguntou Denise. — Você foi há cinco minutos!

— Bem, isso costuma acontecer quando se tem um bebê de sete meses fazendo pressão em sua bexiga — explicou ela antes de sair apressada.

— O bebê não tem sete meses, certo? — perguntou Denise, fazendo uma careta. — Tecnicamente, são dois meses negativos, porque, caso contrário, significaria que o bebê teria nove meses quando nascesse e eles comemorariam seu aniversário três meses depois. E, normalmente, os bebês já estão andando com um aninho.

Holly franziu o cenho ao olhar para ela.

— Denise, por que você se atormenta com pensamentos desse tipo?

Denise fechou a cara e se virou para Tom.

— Mas estou certa, não estou, Tom?

— Sim, amor. — Ele sorriu com doçura para ela.

— Bunda-mole — Holly provocou Tom.

O sino tocou, sinalizando que estava na hora de todos se sentarem na sala de jantar, e as pessoas começaram a se aglomerar. Holly sentou-se e colocou a bolsa na cadeira a seu lado para reservá-la a Sharon. Helen se aproximou e puxou a cadeira para se sentar.

— Sinto muito, Helen, mas a Sharon pediu para eu reservar este lugar para ela — Holly explicou com educação.

Helen balançou a mão, não dando importância à informação.

— Ah, ela não vai se incomodar — disse, sentando-se na cadeira e amassando a bolsa nova de Holly. Sharon se aproximou da mesa e fez um bico, decepcionada. Holly se desculpou e fez um gesto indicando Helen para se justificar. Sharon rolou os olhos e enfiou os dedos na boca, fingindo vomitar. Holly riu.

— Bem, você está animada — Jamie disse a Holly, sem se impressionar.

— Tem algum motivo para eu não estar? — respondeu ela, de modo seco.

Jamie respondeu com algum comentário descontraído do qual algumas pessoas riram, porque ele era muito "engraçado", e Holly o ignorou. Não o considerava divertido, apesar de ela e Gerry sempre terem sido algumas das pessoas que prestavam atenção a tudo o que ele dizia. Agora, ele era apenas um idiota.

— Você está bem? — perguntou Daniel, disfarçadamente a seu lado.

— Sim, estou, obrigada — respondeu ela, bebericando o vinho.

— Ah, não precisa me dar essa resposta, Holly. Está falando comigo. — Ele riu.

Holly sorriu e resmungou.

— As pessoas estão sendo muito gentis demonstrado solidariedade — e falou mais baixo para Helen não escutar —, mas estou me sentindo no velório de novo, tendo que fingir que sou uma supermulher forte, apesar de alguns deles quererem me ver arrasada, porque é *tão terrível*. — Ela imitou Jennifer e rolou os olhos. — E há pessoas que não sabem a respeito da morte de Gerry e este é o *pior* lugar para contar. — Daniel ouviu com paciência.

Ele assentiu quando ela terminou de falar.

— Compreendo o que está dizendo. Quando Laura e eu rompemos, eu tive a impressão de que passei meses dizendo às pessoas, a todos os lugares aonde ia, que nós havíamos rompido. Mas o lado bom é que uma hora as coisas se encaixam, e você estará livre dessas conversas estranhas que acontecem o tempo todo.

— Por falar nisso, tem tido notícias de Laura? — perguntou Holly. Ela gostava de falar mal da ex de Daniel, apesar de não tê-la conhecido. Adorava ouvir as histórias que Daniel contava sobre ela, e os dois passariam a noite falando de como a detestavam. Ajudava a passar o tempo e, naquele momento, Holly precisava muito de algo para evitar ter que falar com Helen.

Os olhos de Daniel brilharam.

— Sim, na verdade, tenho uma fofoca dela. — Ele riu.

— Oba! Eu amo fofocas — disse Holly, esfregando as mãos, animada.

— Bem, um amigo meu chamado Charlie, que trabalha como barman no hotel do pai de Laura, me contou que o namorado dela tentou abordar outra mulher, uma hóspede no hotel, e Laura o flagrou, então eles terminaram. — Ele riu com maldade e seus olhos brilharam de prazer, pois gostara muito de saber do rompimento.

Holly parou porque aquela história parecia bem familiar.

— É... Daniel, de qual hotel o pai dela é dono?

— Do Galway Inn. É meio caído, mas fica em um bom local, de frente para a praia.

— Ah. — Holly não sabia o que dizer e arregalou os olhos.

— Eu sei. — Daniel riu. — Maravilhoso, não é? Juro que se um dia encontrasse a mulher que fez com que os dois terminassem, compraria para ela a garrafa do champanhe mais caro.

Holly abriu um sorriso amarelo.

— Imagino... — Era melhor ele começar a economizar então... Holly olhou para Daniel com curiosidade, tentando entender como ele podia ter se interessado por Laura algum dia de sua vida. Holly seria capaz de apostar que os dois nunca teriam formado um casal; ela não parecia o tipo dele, seja lá qual fosse. Daniel era muito simpático, amigável, e Laura era tão... bem, Laura era uma vaca. Não conseguiu pensar em nenhuma outra palavra para descrevê-la.

— Daniel? — Holly prendeu uma mecha de cabelo atrás da orelha, preparando-se para perguntar a ele de que tipo de mulher ele gostava. Ele sorriu para ela, ainda com os olhos brilhando por saber do ocorrido com sua ex-namorada e seu ex-melhor amigo.

— Sim?

— Bem, eu estava pensando... A Laura parece ser uma... ah... uma vaca, para dizer a verdade. — Ela mordeu o lábio e olhou para ele, para ver se ficaria ofendido. Ele não esboçou reação ao olhar para as velas no centro da mesa e ficou escutando. Ela continuou, sentindo que precisava abordar o assunto com cuidado, sabendo que Laura o havia magoado demais. — Gostaria de saber o que exatamente você viu nela. Como vocês dois podem ter se apaixonado? São tão diferentes, bem, pelo menos você *parece* diferente. — Ela tomou o cuidado de dizer, lembrando que não podia mencionar que havia visto Laura.

Daniel ficou em silêncio por um momento, e Holly temeu ter entrado em terreno perigoso. Ele afastou o olhar da chama da vela para encarar Holly. E abriu um sorriso triste.

— A Laura não é uma vaca, Holly. Sim, podemos dizer que foi por ter me trocado pelo meu melhor amigo... mas como pessoa, quando estávamos juntos, ela nunca foi uma vaca. Dramática, sim. Vaca, não. — Ele sorriu e se virou para olhar para Holly. — Sabe, eu adorava o drama de nosso relacionamento; achava excitante. Ela me *envolvia*. — Ele se mostrou animado ao explicar a relação dos dois e começou a falar mais depressa ao se lembrar de seu amor perdido.

— Adorava acordar de manhã e descobrir qual seria o estado de espírito dela naquele dia, adorava nossas brigas, a intensidade delas, e adorava o modo com que fazíamos amor depois. — Ele se distraiu nos pensamentos. — Ela fazia uma tempestade em copo d'água por quase tudo, mas acho que era isso o que eu achava diferente e atraente nela. Eu dizia a mim mesmo que enquanto ela continuasse a fazer tempestade em copo d'água em nosso relacionamento, então era porque ela se importava. Se não se importasse, não valeria a pena se alterar. Eu adorava o drama! — repetiu, de modo ainda mais enfático. — Nossos temperamentos eram muito diferentes, mas formávamos uma boa dupla. Dizem que os opostos se atraem... — Ele olhou para a amiga e percebeu sua preocupação. — Ela não me tratava mal, Holly, não era uma vaca nesse sentido... — E sorriu. — Ela só era...

— Dramática — Holly completou para ele, compreendendo finalmente. Ele assentiu.

Ela o observou se distrair com outra lembrança. Ela acreditava que era possível qualquer pessoa amar qualquer pessoa, era o grande barato do amor; acontecia de todas as formas, tamanhos e intensidade.

— Você sente falta dela — disse Holly com delicadeza, pousando a mão no braço dele.

Daniel deixou seus pensamentos e olhou dentro dos olhos de Holly. Ela sentiu um arrepio na coluna e os pelos de seus braços se eriçaram. Ele se remexeu na cadeira e disse:

— Errou de novo, Holly Kennedy. — Balançou a cabeça e franziu o cenho, como se ela tivesse dito a coisa mais bizarra do mundo. — Total e *completamente* errado. — Pegou os talheres e começou a comer a entrada de salmão. Holly tomou um pouco de água e olhou para o prato que estava sendo colocado diante dela.

Depois do jantar e algumas garrafas de vinho, Helen se aproximou de Holly, que havia escapado para o lado da mesa onde estavam Sharon e Denise. Abraçou-a com força e desculpou-se, chorosa, por não ter mantido contato.

— Tudo bem, Helen. Sharon, Denise e John têm me apoiado muito, por isso não fiquei sozinha.

— Ah, mas eu me sinto péssima — disse Helen.

— Não se sinta assim — disse Holly, ansiosa para continuar a conversa animada com as meninas. Mas Helen insistia em falar sobre os bons tempos em que Gerry era vivo e quando tudo era maravilhoso. Ela falou sobre todas as vezes em que ela e Gerry tinham se encontrado, que eram lembranças nas quais Holly não se interessava. Por fim, Holly cansou dos lamentos de Helen e percebeu que todos os seus amigos estavam se divertindo na pista de dança.

— Helen, por favor, pare — disse ela, finalmente. — Não sei por que você acha que precisa falar sobre tudo isso comigo esta noite, sendo que estou tentando me divertir, mas está claro que você se sente culpada por não ter mantido contato comigo. Para ser sincera, acho que se eu não tivesse vindo a este baile, passaria dez meses ou mais sem ter notícias suas. E esse não é o tipo de amizade de que preciso na vida. Então, pare de chorar em meu ombro e deixe-me aproveitar um pouco de alegria.

Holly acreditou ter dito tudo de modo razoável, mas Helen reagiu como se tivesse levado um tapa na cara. Uma pequena dose do que Holly sentira no último ano. Daniel apareceu do nada, puxou Holly pela mão e a levou para a pista de dança com todos os seus amigos. Assim que chegaram lá, a música parou e "Wonderful Tonight", de Eric Clapton, começou a tocar. A pista começou a esvaziar e ali ficaram apenas alguns casais, e Holly ficou de frente para Daniel. Hesitou. Não planejara aquela situação. Só havia dançado aquela música com Gerry.

Daniel colocou a mão em sua cintura e segurou sua mão com delicadeza e os dois começaram a rodar pela pista. Holly estava rígida. Parecia errado dançar com outro homem. Sentiu um arrepio nas costas. Daniel deve ter pensado que ela estava com frio, pois puxou seu corpo para perto do dele, para mantê-la aquecida. Ela foi guiada pela pista em transe, até a canção terminar e ela dar a desculpa de que precisava ir ao banheiro. Trancou-se em um cubículo e recostou-se na parede, respirando fundo. Estava se saindo muito bem até ali. Apesar de todos perguntarem sobre Gerry, havia mantido a calma. Mas a dança havia mexido com ela. Talvez estivesse na hora de ir para casa enquanto ainda era tempo. Estava prestes a destrancar a porta quando escutou mulheres conversando do lado de fora.

— Vocês viram Holly Kennedy dançando com aquele rapaz? — uma comentou. A voz inconfundivelmente lamentosa de Jennifer.

— Eu vi! — respondeu a outra, com um leve toque de nojo. — E o marido mal esfriou no caixão!

— Ah, deixem a moça — disse outra mulher. — Eles podem ser apenas amigos.

Obrigada, Holly pensou.

— Mas eu duvido — ela continuou e as outras duas riram.

— Viram como eles se abraçavam? Não danço com nenhum de meus amigos daquele jeito — disse Jennifer.

— Que horror! — disse outra mulher. — Imagine só, agarrar-se com seu novo namorado onde você costumava ficar com seu marido na frente de todos os amigos dele. Que absurdo! — As mulheres continuaram e alguém apertou a descarga no cubículo ao lado do de Holly. Ela ficou parada, chocada com o que estava ouvindo e envergonhada por elas estarem dizendo aquilo onde outras pessoas podiam escutar.

A porta do cubículo ao seu lado se abriu e as mulheres se silenciaram.

— Quando vocês, fofoqueiras de plantão, vão cuidar de suas vidas? — Sharon gritou. — Não é nem um pouco da conta de vocês o que *minha melhor amiga* faz ou deixa de fazer! Jennifer, se sua vida fosse tão perfeita, não estaria de olho no marido de Pauline!

Holly escutou alguém se assustar. Provavelmente era Pauline. E cobriu a boca com a mão para não rir.

— Isso mesmo! Então cuidem de seus problemas e esqueçam os outros! — Sharon continuou gritando.

Quando Holly percebeu que elas tinham saído do banheiro, destrancou a porta e saiu. Sharon olhou para a amiga, assustada.

— Obrigada, Sharon.

— Ai, Holly, sinto muito por você ter escutado tudo — disse ela, abraçando a amiga.

— Não importa, não estou nem aí para o que elas pensam — disse ela de modo corajoso. — Mas não acredito que Jenny está tendo um caso com o marido de Pauline! — disse Holly, surpresa.

Sharon deu de ombros.

— Ela não está, mas precisava de algo para elas discutirem pelos próximos meses.

Elas riram.

— Acho que agora vou para casa — disse Holly, olhando para o relógio e pensando na última mensagem de Gerry. Sentiu um aperto no peito.

— Boa ideia — Sharon concordou. — Não sabia como este baile é chato quando se está sóbria.

Holly sorriu.

— Bem, você foi incrível hoje, Holly. Você veio, venceu, e agora vai para casa abrir a mensagem de Gerry. Quero que me ligue para dizer o que ele escreveu. — Ela abraçou a amiga de novo.

— É a última — disse Holly com tristeza.

— Eu sei, então aproveite. — Sharon sorriu. — Mas as lembranças duram a vida inteira, lembre-se disso.

Holly voltou para a mesa para se despedir de todos e Daniel se levantou para sair com ela.

— Você não vai embora sozinha. — Ele riu. — Podemos dividir um táxi.

Holly ficou um pouco irritada quando Daniel saltou do táxi e a acompanhou até sua casa, pois estava ansiosa para abrir a mensagem de Gerry. Faltavam quinze minutos para a meia-noite, então ela tinha mais um tempinho. Esperava que ele bebesse um chá e fosse embora. Ela até chamou outro táxi para que chegasse em sua casa em meia hora, só para ele perceber que não podia permanecer por muito tempo.

— Ah, este é o famoso envelope — disse Daniel, pegando o envelope pequeno de cima da mesa.

Holly arregalou os olhos; protegia muito aquela carta e não ficou feliz ao vê-lo tocando o papel tirando os vestígios de Gerry dali.

— "Dezembro" — disse ele, lendo o que estava escrito do lado de fora, passando os dedos pelas letras. Holly sentiu vontade de pedir a ele que largasse aquilo, mas não queria parecer uma maluca. Por fim, ele colocou o envelope em cima da mesa de novo e ela respirou aliviada e continuou a encher a chaleira com água.

— Quantos envelopes faltam? — perguntou Daniel, tirando o blazer e aproximando-se dela no balcão da cozinha.

— Aquele é o último. — Sua voz falhou e ela pigarreou.

— E o que você vai fazer depois disso?

— Como assim? — perguntou um tanto confusa.

— Bem, pelo que vejo, essas cartas são sua Bíblia, seus dez mandamentos. O que a carta manda, você faz. O que você fará quando não tiver mais cartas para ler?

Holly olhou para Daniel para conferir se estava sendo sarcástico, mas seus olhos azuis brilharam para ela.

— Apenas viverei a minha vida — ela disse, virando-se de costas para acender o fogão.

— Conseguirá fazer isso? — Ele se aproximou dela, e ela sentiu o cheiro de sua loção pós-barba. Era um cheiro real de Daniel.

— Acho que sim — respondeu ela, confusa e desconfortável com as perguntas dele.

— Porque você terá que tomar decisões sozinha a partir de então — disse, delicadamente.

— Eu sei disso — respondeu Holly, evitando olhar em seus olhos.

— E acha que será capaz?

Holly esfregou o rosto, cansada.

— Daniel, aonde quer chegar com isso?

Ele hesitou e olhou bem para ela, tentando relaxar. — Estou perguntando isso porque vou dizer algo a você agora, e você terá que tomar sua decisão. — Ele olhou dentro de seus olhos e ela sentiu o coração acelerar. — Não haverá lista, nem regras; terá apenas que seguir seu coração.

Holly se afastou um pouco dele. Temeu, torcendo para que ele não dissesse o que ela acreditava que ele diria.

— É... Daniel... não acho que agora seja... o momento certo para... hum... não devemos falar sobre...

— Este é o momento perfeito — disse ele com seriedade. — Você já sabe o que vou dizer a você, Holly, e eu *sei* que você já sabe o que sinto por você.

Holly ficou boquiaberta e olhou para o relógio.

Era meia-noite.

Capítulo 47

GERRY TOCOU O NARIZ DE HOLLY E SORRIU ao vê-la franzir o nariz enquanto dormia. Ele adorava observá-la dormir; parecia uma princesa, tão bela e tranquila.

Mais uma vez tocou seu nariz e sorriu quando ela abriu os olhos lentamente.

— Bom dia, dorminhoca.

Ela sorriu para ele.

— Bom dia, lindo. — Ela se aconchegou mais perto dele e descansou a cabeça em seu peito. — Como está se sentindo hoje?

— Sinto que poderia correr a maratona de Londres — disse ele, brincando.

— É isso o que eu chamo de recuperação rápida. — Ela sorriu, erguendo a cabeça e beijando-o nos lábios. — O que quer de café da manhã?

— Você — disse ele, mordendo o nariz dela.

Holly riu.

— Infelizmente, não estou no cardápio hoje. O que acha de um omelete?

— Não. — Ele franziu o cenho. — Pesado demais para mim. — E sentiu um aperto no peito ao ver Holly se entristecer.

Ele tentou se animar.

— Mas eu queria uma tigela enorme de sorvete de creme!

— Sorvete! — Ela riu. — No café da manhã?

— Sim. — Ele sorriu. — Sempre quis isso de café da manhã quando era pequeno, mas minha mãe não deixava. Mas agora eu não ligo mais. — Ele sorriu corajosamente.

— Então, é sorvete o que você vai ter! — disse Holly com alegria, saindo da cama. — Você se importa se eu vestir isto? — perguntou ela, vestindo o roupão dele.

— Minha querida, pode vestir isso quando quiser. — Gerry sorriu, observando-a com o roupão enorme, desfilando de um lado a outro do quarto para ele.

— Humm, está com o seu cheiro — disse ela. — Nunca mais vou tirá-lo. Certo, voltarei em um minuto. — E ele escutou quando ela correu escada abaixo para chegar à cozinha.

Ultimamente, ele percebia que ela se apressava para voltar sempre que saía de perto dele, como se sentisse medo de deixá-lo sozinho por muito tempo, e ele sabia o que aquilo significava. Más notícias para ele. Havia terminado a radioterapia, que eles esperavam que atingisse o tumor restante. Não havia sido eficaz, e agora ele só podia ficar deitado o dia todo, pois se sentia fraco demais para ficar em pé, na maior parte do tempo. Tudo aquilo parecia muito inútil, uma vez que ele não esperava se recuperar. Seu coração batia acelerado quando pensava nisso. Sentia medo; medo do que aconteceria, do que estava acontecendo com ele, e temia também por Holly. Ela era a única pessoa que sabia exatamente o que dizer para acalmá-lo e suavizar sua dor. Ela era muito forte; era sua fortaleza e ele não conseguia imaginar sua vida sem ela. Mas não precisava se preocupar com aquela situação, porque era ela quem ficaria sem ele. Gerry se sentia irado, triste, enciumado e assustado. Queria ficar com ela e satisfazer todos os desejos e cumprir todas as promessas que eles tinham feito um ao outro, e estava lutando por esse direito. Mas sabia que estava em uma luta perdida. Depois de duas operações, o tumor havia voltado e estava crescendo rapidamente. Queria enfiar a mão na cabeça e arrancar a doença que estava destruindo sua vida, mas aquela era outra coisa sobre a qual ele não tinha controle.

Ele e Holly haviam se aproximado ainda mais nos últimos meses. Ele sabia não ser uma boa ideia para Holly, mas não conseguia se afastar dela. Estava aproveitando as conversas deles até a madrugada, nas quais eles riam como faziam na adolescência. Mas isso acontecia apenas nos dias bons.

Eles também tinham dias ruins.

Ele não pensaria nisso agora, pois seu terapeuta vivia dizendo para que ele desse "ao corpo um ambiente positivo — social, emocional, nutricional e espiritualmente". E o novo projeto o estava ajudando a fazer exatamente isso. Assim, ele se ocupava e fazia com que sentisse que podia fazer algo além de ficar deitado o dia todo. Sua mente mantinha-se em ação enquanto ele bolava um plano de permanecer com Holly depois de sua partida. Também estava cumprindo uma promessa que fizera a ela anos antes. Pelo menos podia fazer aquilo por ela. Era uma pena que fosse exatamente aquela promessa.

Escutou Holly subindo a escada e sorriu: seu plano estava funcionando.

— Amor, não tem mais sorvete — disse ela, com tristeza. — Você prefere alguma outra coisa?

— Não. — Ele balançou a cabeça. — Só o sorvete, por favor.

— Ai, mas agora preciso sair para comprar — ela reclamou.

— Não se preocupe, querida, ficarei bem sozinho por alguns minutos — disse a ela.

Ela olhou para ele de modo inseguro.

— Eu preferiria ficar, não há mais ninguém aqui.

— Não seja boba. — Ele sorriu e pegou o telefone celular de cima da cômoda e o colocou sobre o peito. — Se eu tiver qualquer problema, ligo para você.

— Certo. — Holly mordeu o lábio. — Serão só alguns minutos. Tem certeza de que ficará bem sozinho?

— Absoluta. — Ele sorriu.

— Certo. — Lentamente, ela tirou o roupão e vestiu um moletom, e ele percebeu que ela não estava contente por ter que sair.

— Holly, eu ficarei bem! — disse ele, com firmeza.

— Certo. — Ela o beijou lentamente e ele escutou quando ela desceu a escada, correu até o carro e partiu rua abaixo.

Assim que Gerry teve certeza de que não correria risco de ser flagrado, afastou as cobertas e saiu da cama lentamente. Sentou-se na ponta do colchão por um tempo, esperando a tontura passar, e então, lentamente, caminhou até o guarda-roupa. Tirou uma caixa velha de sapato da prateleira de cima, na qual havia coisas que ele havia reunido nos últimos anos e onde também havia nove envelopes. Pegou o décimo envelope e escreveu com cuidado "Dezembro" na parte da frente. Era o dia 1º de dezembro, e ele se adiantava um ano, sabendo que não estaria por perto. Imaginou Holly como especialista em karaokê, relaxada depois das férias na Espanha, sem hematomas, por ter comprado um abajur, e talvez até em um emprego novo que adorasse. Imaginou a esposa, naquele mesmo dia, um ano mais tarde, possivelmente sentada na cama onde ele estava naquele momento, lendo a última recomendação da lista, e pensou muito a respeito do que escrever. Lágrimas tomaram seus olhos quando ele colocou o ponto final ao lado da frase. Beijou a página, colocou-a dentro do envelope e a escondeu na caixa de sapato. Enviaria os envelopes para a casa dos pais de Holly, em Portmarnock, onde sabia que o pacote estaria em mãos seguras, até ela estar preparada para abri-lo. Secou as lágrimas dos olhos e lentamente voltou para a cama, onde seu telefone estava tocando em cima do colchão.

— Alô? — disse ele, tentando controlar sua voz, e sorriu quando escutou a voz mais doce do outro lado da linha.

— Eu também amo você, Holly...

Capítulo 48

— NÃO, DANIEL, ISSO NÃO É CERTO — disse Holly, chateada, e afastou a mão da mão dele.

— Mas por que não é certo? — perguntou ele, com os olhos azuis brilhando.

— É cedo demais — disse ela, esfregando o rosto, cansada e confusa. As coisas para ela pareciam só piorar.

— Cedo demais porque é o que as pessoas andam dizendo a você? Ou cedo demais porque é o que seu coração está dizendo?

— Ai, Daniel, não sei! — disse ela, caminhando pela cozinha. — Estou tão confusa. *Por favor*, pare de fazer tantas perguntas!

Seu coração batia acelerado e sua mente girava, até mesmo seu corpo indicava que aquela situação não era boa. Era assustadora, e ela viu que o perigo se aproximava. Aquilo parecia errado, tudo parecia errado.

— Não posso, Daniel, sou casada! Amo o Gerry! — disse, em pânico.

— Gerry? — perguntou ele, com os olhos arregalados ao se aproximar da mesa da cozinha e pegar o envelope de qualquer jeito. — *Isto* é o Gerry! É com o que estou competindo! É um pedaço de papel, Holly. É uma *lista*. Uma lista que você seguiu para guiar sua vida neste ano sem ter que pensar sozinha nem viver sua vida. Agora, você precisa pensar sozinha, agora mesmo. O Gerry morreu — disse ele, delicadamente, aproximando-se dela. — O Gerry morreu e eu estou aqui. Não estou dizendo que eu poderia tomar o lugar dele, mas pelo menos nos dê uma chance de ficarmos juntos.

Ela pegou o envelope da mão dele e o apertou contra o peito, enquanto lágrimas rolavam de seu rosto. — O Gerry não morreu. — Soluçou. — Ele está aqui, sempre que eu abro estes envelopes, ele está aqui.

Fez-se silêncio e Daniel observou Holly chorando. Ela parecia tão perdida e impotente que ele teve vontade de abraçá-la.

— É um pedaço de papel — disse ele, aproximando-se dela de novo.

— O Gerry *não* é um pedaço de papel — disse ela com raiva, entre as lágrimas. — Ele foi um ser humano que viveu e respirou, e que eu amei. Gerry é o homem que preencheu minha vida por quinze anos. Ele é um bilhão de lembranças felizes. Ele *não* é um pedaço de papel — repetiu.

— Então, o que eu sou? — perguntou ele, baixinho.

Holly esperava que ele não chorasse, pois não conseguiria lidar com a situação se ele chorasse.

— Você — disse ela, respirando fundo — é um amigo gentil, carinhoso e incrivelmente solícito que respeito e valorizo...

— Mas não sou o Gerry — ele a interrompeu.

— Não quero que você seja o Gerry — insistiu. — Quero que seja o Daniel.

— Como se sente em relação a mim? — A voz dele falhou.

— Eu acabei de dizer como me sinto em relação a você.

— Não, como você se sente em relação a mim?

Ela olhou para o chão.

— Eu sinto muito interesse por você, Daniel, mas preciso de tempo... — ela fez uma pausa — Muito, muito tempo.

— Então vou esperar. — Ele sorriu com tristeza e envolveu o corpo frágil dela com os braços fortes.

A campainha tocou e Holly suspirou aliviada, discretamente.

— É o seu táxi. — Sua voz estava embargada.

— Ligarei para você amanhã, Holly — disse ele delicadamente, beijando o topo de sua cabeça, e caminhou até a porta. Holly continuou em pé no meio da cozinha repassando a cena que havia acabado de ocorrer. Ficou ali por algum tempo, segurando o envelope amassado contra o peito.

Ainda assustada, subiu lentamente a escada até a cama. Tirou seu vestido e envolveu o corpo no roupão quente e grande de Gerry. O cheiro dele havia desaparecido. Lentamente, ela subiu na cama como uma criança e se aconchegou embaixo das cobertas, e acendeu o abajur. Olhou para o envelope durante um tempo, pensando no que Daniel dissera.

A lista *havia* se tornado um tipo de Bíblia para ela, sim. Obedecia as regras, vivia de acordo com elas e nunca as burlava. Quando Gerry dizia "salte", ela saltava. Mas a lista a havia ajudado a sair da cama de manhã e dar início a uma nova vida em um momento em que ela só queria se encolher e morrer. Gerry a havia ajudado e ela não se arrependia de nada que fizera no último ano. Não se arrependia do emprego novo, dos novos amigos nem de nenhum pensamento ou sentimento novo que tivera sozinha, sem a opinião de Gerry. Mas aquele seria o último item da lista. Era o 10º mandamento, como Daniel dissera. Não haveria mais nenhum. Ele tinha razão. Teria que começar a tomar decisões sozinha, viver uma vida com a qual se sentisse feliz sem se prender, sem pensar se Gerry concordaria ou não. Sim, sempre pensaria, mas não podia permitir que isso a impedisse de agir. Quando ele era vivo, ela havia vivido por ele, e agora que estava morto, ela continuava vivendo por ele. Percebia isso agora. Aquilo fazia com que se sentisse segura, mas agora estava sozinha e tinha que ser corajosa.

Tirou o telefone do gancho e desligou seu celular. Não queria ser perturbada. Precisava saborear aquele último momento sem interrupções. Precisava dizer adeus ao contato de Gerry com ela. Estava sozinha e precisava pensar sozinha.

Lentamente, abriu o envelope, cuidadosamente tentando não rasgar o papel ao tirar o cartão.

Não tenha medo de se apaixonar de novo. Abra seu coração e siga por onde ele levar... E lembre-se de mirar a Lua...

P.S. Eu sempre te amarei...

— Ah, Gerry. — Ela soluçou ao ler o cartão, e seus ombros balançaram com os soluços dolorosos.

Dormiu muito pouco naquela noite e, quando cochilou, os sonhos eram misturas estranhas dos rostos e corpos de Daniel e Gerry. Ela acordou suando às 6 da manhã e decidiu levantar-se para caminhar e organizar as ideias. Sentiu o coração apertado ao caminhar pelo parque de sua região. Ela havia se agasalhado bem para se proteger do vento gelado que batia em suas orelhas e deixava seu rosto amortecido. Mas, apesar disso, sua cabeça estava quente. Quente de tanto chorar, do trabalho incessante de seu cérebro.

As árvores estavam sem folhas e mais pareciam esqueletos pontuando o caminho. Folhas rodavam a seus pés como pequenos duendes ameaçando derrubá-la. O parque estava vazio. As pessoas mais uma vez tinham entrado em estado de hibernação, covardes diante do inverno. Holly não era corajosa, tampouco aproveitava o passeio. Era como um castigo estar ao ar livre naquele frio forte.

Como havia entrado naquela situação? Quando estava se preparando para reconstruir sua vida despedaçada, todos os pedaços tinham caído de novo, espalhando-se. Pensara ter encontrado um amigo, alguém com quem pudesse se abrir. Não queria ficar presa em um triângulo amoroso absurdo. E era mais ridículo ainda porque a terceira pessoa nem sequer estava presente. Ele não era um candidato para a posição. É claro que ela pensava muito em Daniel, mas também pensava em Sharon e Denise, e certamente não estava apaixonada por elas. O que sentia por Daniel não era o amor que sentia por Gerry, era um sentimento totalmente diferente. Então, talvez, não estivesse apaixonada por Daniel. E, mesmo se estivesse, não deveria ser a primeira pessoa a perceber isso sem ter que passar alguns dias "pensando"? Mas por que estava pensando naquilo? Se não o amava, deveria dizer... Mas estava pensando naquilo... Era uma questão simples, não?

Que estranha era a vida.

E por que Gerry queria que ela encontrasse um novo amor? O que ele estava pensando quando escreveu aquela mensagem? Será que já havia deixado de amá-la antes de morrer? Teria sido tão fácil para ele abrir mão de sua mulher e conformar-se com o fato de que ela conheceria outra pessoa? Perguntas, perguntas, perguntas. E ela nunca saberia as respostas.

Depois de passar horas atormentando-se com mais perguntas e sentindo o frio forte na pele, ela voltou na direção da casa. Ao descer a rua, o som de risadas fez com que ela olhasse para a frente. Seus vizinhos estavam decorando a árvore no jardim com pequenas luzes de Natal.

— Oi, Holly! — disse sua vizinha, rindo, saindo de trás da árvore com lâmpadas ao redor dos braços.

— Estou decorando a Jéssica. — O parceiro dela riu, enrolando os fios nas pernas dela. — Acho que ela vai ser uma boa anã de jardim.

Holly sorriu com tristeza ao observar os dois rindo juntos.

— Já estamos no Natal — Holly pensou em voz alta.

— Eu sei. — Jéssica parou de rir tempo suficiente para responder. — O ano passou voando.

— Muito rápido — disse Holly, baixinho. — Passou depressa demais.

Holly atravessou a rua e continuou caminhando até sua casa. Um grito fez Holly se virar, e viu Jéssica perder o equilíbrio e cair na grama, envolvida nas lâmpadas. As risadas ecoaram pela rua e Holly entrou em casa.

— Certo, Gerry — Holly anunciou ao entrar em casa. — Fui andar e pensei muito bem a respeito do que você disse e cheguei à conclusão de que você havia enlouquecido quando escreveu aquela mensagem. Se você realmente estava falando sério, quero um tipo de sinal, e se não me der, vou compreender totalmente que tudo não passou de um grande engano e que você mudou de ideia — disse ela, com seriedade, para o ar. Olhou ao redor na sala de estar esperando para ver se algo aconteceria. Nada aconteceu.

— Certo — disse ela, satisfeita. — Você cometeu um engano, eu compreendo. Vou simplesmente desconsiderar a última mensagem. — Ela olhou ao redor mais uma vez e se aproximou da janela. — Gerry, esta é sua última chance...

As luzes da árvore do outro lado da rua se acenderam e Jéssica e Tony dançaram pelo jardim, rindo. De repente, as luzes piscaram e se apagaram de novo. Eles pararam de dançar e ficaram decepcionados.

Holly rolou os olhos.

— Vou entender esse sinal como um "não sei".

Ela se sentou à mesa da cozinha e tomou uma xícara de chá quente para aquecer seu rosto gelado.

Um amigo diz que ama você e um marido falecido pede a você para se apaixonar de novo, então você bebe uma xícara de chá.

Ela teria três semanas de trabalho antes da semana das festas, o que significava que, se precisasse, teria que evitar Daniel por apenas quinze dias úteis. Parecia impossível. Esperava que até o casamento de Denise, no fim de dezembro, teria se decidido acerca do que fazer. Mas, antes, teria de passar seu primeiro Natal sozinha, e estava muito receosa.

Capítulo 49

— CERTO, ONDE QUER QUE EU coloque isto? — Richard estava ofegante, arrastando a árvore de Natal pela sala de estar. Havia um caminho de agulhas de pinheiro que levava da sala de estar, pelo corredor, para fora da casa e dentro do carro. Holly suspirou, pois teria que passar aspirador na casa de novo para se livrar daquela bagunça, e olhou para a árvore com desânimo. Ela tinha um cheiro bom, mas fazia muita sujeira.

— Holly! — Richard repetiu, e ela deixou seus pensamentos para encará-lo.

Ela riu.

— Você está parecendo uma árvore falante, Richard. — Ela só conseguia ver seus sapatos marrons embaixo da árvore, parecidos com pequenas raízes.

— Holly — ele resmungou, perdendo um pouco o equilíbrio com todo aquele peso.

— Ai, desculpa — disse ela rapidamente, percebendo, de repente, que ele estava quase caindo. — Ali perto da janela.

Ela mordeu o lábio e fez uma careta quando ele derrubou tudo, enquanto tentava se aproximar da janela.

— Ali, agora — disse ele, batendo as mãos e dando um passo para trás para analisar seu trabalho.

Holly franziu o cenho.

— Está meio vazia, você não acha?

— Bem, você terá que decorá-la, é claro.

— Eu sei, Richard, mas eu estava me referindo ao fato de apenas cinco galhos terem sobrado. Tem umas partes vazias — resmungou.

— Eu disse que você deveria comprar uma árvore antes, Holly, e não deixar para comprar uma na véspera de Natal. Bem, esta era a melhor entre várias muito ruins. Eu vendi as melhores semanas atrás.

— Entendi. — Holly franziu o cenho. Não queria comprar uma árvore de Natal naquele ano. Não estava em clima de comemoração e não havia crianças em casa para armar as decorações. Richard insistira, e Holly acreditava que precisava ajudá-lo em sua nova empreitada de venda de pinheiros de Natal, algo além de seu trabalho de jardinagem. Mas aquele pinheiro estava péssimo e, por mais decorações que Holly colocasse nele, não esconderia as partes vazias; agora, se arrependia por não ter comprado uma árvore semanas antes. Pelo menos antes a árvore realmente teria cara de árvore de Natal e não pareceria uma haste com alguns galhos pendentes.

Mal podia acreditar que já era véspera de Natal. Havia passado as últimas semanas fazendo hora extra para aprontar a edição de janeiro antes do intervalo do fim do ano. Haviam finalizado o trabalho um dia antes, e quando Alice sugeriu que todos fossem ao Hogan para uma confraternização de fim de ano, ela declinou educadamente. Ainda não tinha conversado com Daniel; ignorara todos os telefonemas, evitara o Hogan como o diabo foge da cruz e pedira a Alice que dissesse que ela estava em reunião se ele telefonasse no trabalho. E ele telefonara quase todos os dias.

Holly não tinha a intenção de ser grosseira, mas precisava de mais tempo para analisar as coisas. Claro que ele não a havia pedido em casamento, nem nada parecido, mas era como se ela estivesse tentando decidir algo dessa dimensão. O olhar insistente de Richard fez com que ela voltasse à realidade.

— Desculpa. O que foi?

— Eu perguntei se gostaria que eu a ajudasse a decorar a árvore.

Holly sentiu um aperto no peito. Aquela era tarefa dela e de Gerry, de mais ninguém. Todos os anos, sem falta, eles colocavam o CD de Natal para tocar, abriam uma garrafa de vinho e decoravam a árvore...

— É... não, tudo bem, Richard, eu posso fazer isso. Com certeza você tem coisas melhores para fazer neste momento.

— Na verdade, eu gostaria muito de decorá-la — disse ele, animado. — Normalmente, eu, Meredith e as crianças fazemos isso juntos, mas eu fiquei de fora este ano... — E parou de falar.

— Ah. — Holly não havia pensado que o Natal de Richard também estava sendo difícil, pois estava muito envolvida em suas preocupações, em sua atitude egoísta.

— Certo, por que não? — Ela sorriu.

Richard abriu um sorriso, parecia uma criança.

— Bem, o único problema é que não sei bem onde estão as decorações. O Gerry sempre as deixava no sótão, em algum lugar...

— Sem problema, essa costumava ser minha tarefa também. Vou encontrá-las. — Ele subiu a escada para o sótão.

Holly abriu uma garrafa de vinho tinto e apertou PLAY no CD player; "White Christmas", de Bing Crosby, começou a tocar ao fundo. Richard voltou com um saco preto jogado sobre o ombro e uma touca de Papai Noel empoeirada.

— Rou-rou-rou!

Holly riu e entregou a ele uma taça de vinho.

— Não, não, estou dirigindo.

— Pode beber uma taça, pelo menos, Richard — disse ela, sentindo-se decepcionada.

— Não, não — repetiu ele. — Não bebo quando vou dirigir.

Holly rolou os olhos e colocou a taça dele sobre a mesa antes de começar a beber a sua. Quando Richard saiu, ela já tinha terminado uma garrafa e abria a segunda. Percebeu a luz vermelha piscando na secretária eletrônica. Torcendo para que não fosse de quem ela pensava ser, apertou o PLAY do aparelho.

"Oi, Sharon, aqui é o Daniel Connelly. Desculpe o incômodo, mas eu tinha seu número de telefone do dia em que você ligou para inscrever Holly no karaokê. Bem, eu só queria que você passasse um recado por mim. Denise tem andado muito ocupada com os preparativos do casamento, por isso não sei se ela vai se lembrar..." Ele riu e pigarreou. "Bem, eu gostaria que você dissesse à Holly que vou visitar minha família em Galway e passarei o Natal lá. Vou amanhã. Não consegui falar com ela pelo celular, sei que ela está de férias do trabalho e não tenho o telefone da casa dela... então, se você..."

A gravação foi interrompida e Holly esperou para escutar a segunda mensagem.

"Desculpe, Sharon, sou eu de novo... o Daniel. A ligação foi cortada. Bom, como dizia, avise a Holly que eu estarei em Galway durante os próximos dias e levarei meu telefone celular, se por acaso ela precisar falar comigo. Sei que ela precisa pensar sobre algumas coisas, então..." Fez uma pausa. "Bem, preciso terminar antes que a ligação seja cortada de novo. Vejo você no casamento semana que vem. Obrigado... tchau."

A segunda mensagem era de Denise, avisando que Daniel estava a sua procura; a terceira era de seu irmão Declan, também avisando que Daniel queria falar com ela, e a quarta era de uma velha amiga de escola que Holly não via fazia anos, dizendo que havia encontrado um amigo dela, chamado Daniel, em um bar na noite anterior, e ele comentara sobre Holly, dissera estar a sua procura e pedira para o recado ser dado. A quinta mensagem era de Daniel de novo.

"Oi, Holly, aqui é o Daniel. Seu irmão Declan me passou o telefone de sua casa. Não acredito que somos amigos há tanto tempo e você nunca me passou seu número, apesar de eu ter a impressão de que eu o tinha..." Fez-se silêncio quando ele suspirou. "Bom, eu preciso muito falar com você, Holly. Acho que deveria ser pessoalmente e antes de nos encontrarmos no casamento. Por favor, Holly, por favor, me atenda. Não sei de que outra maneira posso chegar a você." Silêncio, mais um suspiro. "Bem, é isso. Tchau."

Holly apertou PLAY de novo, perdida em seus pensamentos.

Ficou sentada na sala de estar olhando para a árvore e ouvindo as canções de Natal. Chorou. Chorou por Gerry e por sua árvore de Natal careca.

Capítulo 50

— Feliz natal, querida! — Frank abriu a porta e encontrou Holly trêmula à porta.

— Feliz Natal, papai. — Ela sorriu e o abraçou. Respirou fundo ao entrar na casa. O delicioso cheiro do pinheiro misturado com vinho e a ceia de Natal que estava sendo preparada na cozinha a envolveu, e ela sentiu uma pontada de solidão. O Natal fazia com que se lembrasse de Gerry. Gerry era o Natal. Era o momento especial deles juntos, quando fugiam dos estresses do trabalho e apenas relaxavam e aproveitavam a companhia de amigos e familiares e também aproveitavam o tempo que tinham a sós. A saudade era tanta que chegou a sentir o estômago embrulhado.

Ela havia visitado o túmulo dele naquela manhã para desejar feliz Natal. Era a primeira vez em que estivera ali desde o velório, e tinha sido uma manhã triste. Não havia presentes para ela embaixo da árvore, nem café da manhã na cama, nenhum barulho, nada. Gerry quisera ser cremado, e, por isso, ela teve que ficar diante de uma parede na qual o nome dele estava escrito. E sentiu que estava conversando com a parede, literalmente. Mas, mesmo assim, contou a ele sobre seu ano e sobre seus planos para aquele dia, contou que Sharon e John estavam esperando um bebê e que pretendiam batizá-lo de Gerry. Disse que seria a madrinha do menino e que seria dama de honra no casamento de Denise. Contou como Tom era, já que Gerry não o havia conhecido, e falou sobre seu novo emprego. Não mencionou Daniel. Holly se sentiu estranha ali, falando sozinha. Queria sentir uma conexão espiritual profunda, queria sentir que ele estava ali com ela, escutando sua voz, mas não conseguiu.

Sua situação não era incomum no dia de Natal. O cemitério estava repleto de visitantes, famílias levavam mães e pais idosos para visitar seus cônjuges falecidos, mulheres jovens como Holly caminhavam por ali sozinhas, homens jovens... Observou uma jovem mãe chorando em cima de um túmulo, enquanto seus dois filhos pequenos olhavam sem saber o que fazer. O filho mais novo não devia ter mais do que 3 anos. A mulher havia secado os olhos rapidamente para proteger seus filhos. Holly ficou feliz por poder ser egoísta e só se preocupar consigo mesma. Diversas vezes durante aquele dia tentou imaginar como aquela mulher conseguia encontrar forças para seguir em frente com dois filhos para cuidar.

De modo geral, o dia não tinha sido bom.

— Oi, feliz Natal, amor! — disse Elizabeth, saindo da cozinha com os braços abertos para abraçar a filha. Holly começou a chorar. Sentia-se como a criança pequena diante do túmulo. Ainda precisava de sua mãe. O rosto de Elizabeth estava vermelho pelo calor da cozinha e o calor de seu corpo aqueceu o coração de Holly.

— Sinto muito. — Ela secou o rosto. — Não queria fazer isso.

— Pare com isso — disse Elizabeth para acalmá-la e a abraçou com mais força. Não precisava dizer mais nada; o fato de estar ali bastava.

Holly fora à casa da mãe na semana anterior, em pânico, sem saber o que fazer a respeito da situação com Daniel. Elizabeth, que não costumava cozinhar muito, estava preparando o bolo de Natal para a semana seguinte. O rosto estava sujo de farinha, as mangas de sua blusa estavam enroladas até os cotovelos, restos de farinha sujavam seus cabelos. O balcão da cozinha estava cheio de passas espalhadas, frutas secas e cerejas. Farinha, massa, assadeiras e papel-alumínio cobriam todas as superfícies. A cozinha estava decorada com enfeites coloridos e brilhantes e aquele delicioso aroma festivo tomava conta do ar. Assim que Elizabeth a viu, Holly percebeu que ela havia notado que algo estava errado. Elas se sentaram à mesa da cozinha, que estava cheia de guardanapos verdes e vermelhos com desenhos de Papai Noel, renas e árvores de Natal. Havia caixas e mais caixas de fogos de artifício com os quais as pessoas de sua família competiriam para ver quem soltava mais, biscoitos de chocolate, cerveja e vinho, tudo... Os pais de Holly tinham providenciado tudo com fartura para a família Kennedy.

— Em que está pensando, amor? — perguntou a mãe de Holly, empurrando um prato de biscoitos de chocolate em sua direção.

O estômago de Holly roncou, mas ela não conseguiria comer. Mais uma vez, perdera o apetite.

Respirou fundo e explicou para a mãe o que havia acontecido entre ela e Daniel e a decisão que teria de tomar. A mãe escutou pacientemente.

— E como você se sente em relação a ele? — perguntou Elizabeth, analisando o rosto da filha. Holly deu de ombros.

— Eu gosto dele, mãe, de verdade, mas... — Deu de ombros de novo e parou de falar.

— Você ainda não se sente preparada para outro relacionamento? — perguntou a mãe, delicadamente.

Holly esfregou a testa.

— Ah, não sei, mãe, já não sei de mais nada. — Ela pensou por um instante. — O Daniel é um amigo maravilhoso. Sempre me ajuda, sempre me faz rir; faz com que eu me sinta bem comigo mesma... — Ela pegou um biscoito e começou a comer. — Mas não sei se um dia estarei pronta para outro relacionamento. Talvez sim, talvez não; talvez eu sempre me sinta como estou agora. Ele não é o Gerry, mas não quero que seja. O que sinto neste momento é um sentimento diferente, mas também é bom. — Parou para pensar no sentimento a que se referia. — Não sei se um dia amarei da mesma maneira. Acho difícil que aconteça, mas é bom pensar que pode ser que um dia eu consiga. — Ela sorriu com tristeza para a mãe.

— Bem, você só vai saber se tentar — disse Elizabeth de modo incentivador. — É importante não apressar as coisas, Holly. Eu sei que você sabe disso, mas só quero que você seja feliz. Ao lado de Daniel, de um homem na Lua ou sozinha. Só quero que seja feliz.

— Obrigada, mãe. — Holly sorriu e recostou a cabeça no ombro macio da mãe. — Só não sei como será.

Por mais consoladora que sua mãe tivesse sido naquele dia, Holly ainda não estava perto de tomar a decisão. Primeiro, precisava sobreviver ao Natal sem Gerry. O restante da família de Holly, exceto Ciara, que estava na Austrália, se reuniu na sala de estar e, um por um, cumprimentou Holly com abraços e beijos. Eles se reuniram ao redor da árvore e trocaram presentes, e Holly permitiu que suas lágrimas corressem livres. Não tinha mais energia para escondê-las, não teve energia para se importar. Mas as lágrimas eram uma mistura estranha de felicidade e tristeza. Uma sensação de se sentir sozinha, porém amada.

Holly se afastou da família para poder ter um momento consigo mesma; sua mente estava tomada de pensamentos que precisavam ser organizados. Estava dentro de seu antigo quarto, olhando pela janela. O mar estava revolto e ameaçador, e Holly temeu sua força.

— Então você está se escondendo aqui.

Holly se virou e viu Jack observando-a da porta do quarto. Sorriu brevemente e se virou para o mar de novo, desinteressada no irmão e em sua falta de sensibilidade nos últimos tempos. Escutou as ondas e observou a água escura engolir a neve que começava a cair. Escutou Jack suspirar alto e sentiu os braços dele ao redor de seu corpo.

— Me desculpa — disse ele, delicadamente.

Holly ergueu as sobrancelhas, sem se impressionar, e continuou olhando para a frente. Ele assentiu lentamente.

— Você está certa em me tratar assim, Holly, eu tenho agido como um idiota ultimamente. E sinto muito.

Holly se virou para ele e seus olhos brilharam.

— Você me decepcionou, Jack.

Ele fechou os olhos lentamente como se aquela frase o machucasse.

— Eu sei. Só não soube lidar bem com a situação, Holly. Tive dificuldade para lidar com a... você sabe...

— Morte de Gerry — ela completou.

— Sim. — Ele contraiu a mandíbula e parecia finalmente ter aceitado o fato.

— Não foi exatamente fácil para mim, sabia, Jack? — Fez-se silêncio. — Mas você me ajudou a guardar todas as coisas dele. Você analisou os pertences dele comigo e tornou tudo muito mais fácil — disse Holly, sentindo-se confusa. — Você estava comigo naquele momento. Por que simplesmente desapareceu de repente?

— Nossa! Como foi difícil fazer aquilo. — Ele balançou a cabeça com tristeza. — Você foi tão forte, Holly... Você *é* forte — ele se corrigiu. — Guardar as coisas dele acabou comigo, estar dentro daquela casa sem ele... *me abalou.* E então percebi que você estava se aproximando do Richard e concluí que poderia me afastar, porque você tinha a ele... — Ele deu de ombros e corou pela situação ridícula de finalmente explicar seus sentimentos.

— Você é bobo, Jack — disse Holly, dando um soco leve em sua barriga, de modo brincalhão. — Como se o Richard pudesse tomar o seu lugar...

Ele sorriu.

— Ah, sei lá, vocês parecem tão unidos.

Holly ficou séria de novo.

— O Richard tem me dado muito apoio ao longo deste ano, e, pode acreditar, muitas pessoas me surpreenderam durante toda essa experiência — disse ela. — Você devia dar uma chance para ele, Jack.

Ele olhou para o mar e assentiu lentamente, assimilando aquela informação.

Holly o abraçou e sentiu o abraço confortante do irmão.

Abraçando Holly com ainda mais força, Jack disse:

— Estou aqui para ajudá-la, agora. Vou parar de ser tão egoísta e vou cuidar de minha irmã.

— Ei, sua irmã está se virando bem sozinha, muito obrigada — disse ela com tristeza ao observar o mar quebrando com violência contra as pedras, a água espirrando em direção à Lua.

Eles se sentaram para comer e Holly salivou ao ver os alimentos diante dela.

— Recebi um e-mail da Ciara hoje — disse Declan.

Todos se animaram.

— Ela mandou esta foto. —Passou a fotografia que havia imprimido.

Holly sorriu ao ver a irmã deitada na praia comendo churrasco com Mathew. Seus cabelos estavam loiros e a pele bronzeada, e os dois pareciam muito felizes. Olhou para a fotografia por um tempo, sentindo orgulho do fato de a irmã ter encontrado seu lugar. Depois de viajar o mundo procurando, acreditava que Ciara, finalmente, havia encontrado satisfação. Holly acreditava que isso aconteceria para ela em algum momento. Passou a fotografia para Jack e ele sorriu ao vê-la.

— Estão dizendo que pode nevar hoje — Holly anunciou, enchendo o prato pela segunda vez. Já tinha aberto o botão de sua calça, mas era Natal; tempo de dar e... comer...

— Não, não teremos neve — disse Richard, chupando um osso. — Está frio demais para isso.

Holly franziu o cenho.

— Como assim?

Ele lambeu os dedos e os limpou no guardanapo que estava preso em sua camisa e Holly tentou não rir ao ver que ele usava uma blusa de lã com uma imagem grande de uma árvore de Natal na frente.

— Precisa ficar menos frio para nevar — ele explicou.

Holly riu.

— Richard, na Antártida a temperatura é de cerca de um milhão de graus negativos e neva. É muito frio.

Abbey riu.

— É assim que funciona — ele disse, cheio de si.

— Está bem. — Holly rolou os olhos.

— Ele tem razão, na verdade — disse Jack, depois de um tempo, e todos pararam de mastigar para ouvir.

Não era algo que ouviam com frequência. Jack explicou como a neve se formava e Richard o ajudou nas partes científicas. Os dois trocaram sorrisos e pareciam felizes por serem os sabichões. Abbey ergueu as sobrancelhas para Holly e as duas se entreolharam, surpresas.

— Quer um pouco de legumes com molho, pai? — perguntou Declan, mostrando para ele a travessa de brócolis. Todos olharam para o prato de Frank e riram. Mais uma vez, havia muito molho ali.

— Rá-rá — disse Frank, pegando a travessa. — Bem, mas vivemos perto do mar para isso.

— Para o quê? Para o molho? — Holly provocou e todos riram de novo.

— Neve, sua boba — disse ele, segurando o nariz dela como fazia quando ela era criança.

— Bem, eu aposto com todos vocês um milhão de euros que vai nevar hoje — disse Declan, olhando para a família, animado.

— Ah, melhor você começar a juntar dinheiro, Declan, porque se seu irmão gênio disse que não vai nevar, não vai! — disse Holly.

— Então, vocês deveriam pagar, rapazes — Declan esfregou as mãos com intensidade, fazendo um meneio de cabeça em direção à janela.

— Meu Deus! — exclamou Holly, animada, saindo de sua cadeira. — Está nevando!

— Sua teoria caiu por terra — Jack disse a Richard, e os dois riram ao observar os flocos brancos caindo do céu.

Todos se levantaram da mesa, vestiram os casacos e correram para fora, como crianças felizes. Mas era exatamente o que eles eram. Holly olhou para os jardins na rua e viu as famílias de todas as casas do lado de fora, olhando para o céu.

Elizabeth abraçou a filha pelos ombros.

— Bem, parece que a Denise vai ter um Natal branco para seu casamento branco. — E sorriu.

O coração de Holly bateu acelerado ao pensar no casamento de Denise. Em poucos dias, ela teria que encarar Daniel. Como se a mãe tivesse lido sua mente, ela perguntou a Holly, baixinho para ninguém ouvir:

— Você já decidiu o que vai dizer a Daniel?

Holly olhou para os flocos de neve que desciam brilhando do céu escuro repleto de estrelas. Aquele momento pareceu muito mágico; ali mesmo ela tomou sua decisão.

— Sim, decidi. — Sorriu e respirou fundo.

— Que bom. — Elizabeth deu um beijo em seu rosto. — E lembre-se de que Deus leva por um caminho e ajuda a atravessá-lo.

Holly sorriu ao ouvir aquilo.

— Tomara, porque vou precisar muito de Deus daqui pra frente.

— Sharon, não carregue essa bolsa, está pesada demais! — John gritou para a esposa, e Sharon soltou a bolsa, com raiva.

— John, não sou uma inválida. Só estou *grávida*! — gritou para ele.

— Eu sei disso, mas o médico disse que você não deve carregar coisas pesadas! — disse ele com firmeza, dando a volta no carro para pegar a bolsa.

— Ah, que se dane aquele médico, ele nunca engravidou! — ela gritou, observando John se apressar.

Holly fechou o porta-malas do carro fazendo barulho. Já estava cansada dos chiliques de Sharon e John; tinha sido obrigada a escutar os dois discutirem durante todo o caminho até Wicklow. Naquele instante, só queria ir para o hotel para relaxar no silêncio e com tranquilidade. Estava ficando cada vez mais com medo de Sharon, pois sua voz havia aumentado de volume três oitavos nas últimas duas horas e ela parecia prestes a explodir. Aliás, pelo tamanho de sua barriga, Holly temia que ela realmente explodisse e não queria estar por perto se isso acontecesse.

Holly pegou a mala e olhou para o hotel. Mais parecia um castelo. Era o lugar que Tom e Denise tinham escolhido para ser o casamento no ano-novo, e não poderiam ter escolhido lugar mais lindo. A construção era coberta por heras verde-escuras que subiam pelas paredes e uma enorme fonte de água enfeitava o quintal da frente. Quilômetros e quilômetros de jardins lindos e verdes cercavam todo o hotel. Denise não teria um casamento branco, pois a neve havia derretido minutos depois de eles chegarem. Ainda assim, aquele momento que Holly dividira com a família no Natal tinha sido lindo, conseguindo animá-la por um tempo. Agora, só queria encontrar seu quarto e descansar. Não tinha certeza de que seu vestido de dama de honra continuaria servindo, pois havia comido muito no Natal. Era um receio que ela não pretendia contar a Denise, pois a amiga provavelmente teria um ataque do coração. Talvez algumas pequenas alterações não fossem tão difíceis... Ela também se arrependia de ter contado a Sharon que estava com medo de não caber na roupa, pois Sharon gritara, dizendo que não conseguia nem caber em roupas que tinha usado um dia antes, muito menos um vestido que ela experimentara meses atrás.

Holly puxou sua mala pelas pedras da entrada, quando de repente foi lançada para frente por alguém que tropeçou em sua bagagem.

— Desculpa — ela escutou uma voz e olhou com raiva para ver quem quase havia quebrado seu pescoço. Observou a loira alta passando e rebolando em direção ao hotel. Holly franziu o cenho, já tinha visto aquela pessoa. Sabia que a conhecia de algum lugar... Ah!

Laura.

Ai, não, ela pensou, entrando em pânico. Tom e Denise haviam convidado Laura. Precisava encontrar Daniel depressa para poder alertá-lo. Ele ficaria contrariado ao saber que Laura havia recebido um convite. E então, se desse, ela terminaria aquela conversa com ele. Isso se ele ainda quisesse falar com ela; afinal, já fazia quase um mês que eles não conversavam.

Ela cruzou os dedos com força nas costas e correu para a recepção.

Quando chegou, viu uma grande confusão.

A recepção estava cheia de malas e pessoas irritadas. A voz de Denise foi reconhecida instantaneamente acima de todas as outras.

— Olha, não me *interessa* se vocês cometeram um erro. *Consertem!* Reservei cinquenta quartos *meses* atrás para meus convidados. Estão entendendo? *Meus convidados para o meu casamento!* Não vou mandá-los para outro hotel ruim por aí! Resolvam!

Um recepcionista com cara de assustado hesitou e assentiu sem parar, tentando explicar a situação. Denise ergueu a mão diante do rosto dele.

— Não quero mais ouvir desculpas! Consiga mais dez quartos para os meus convidados!

Holly viu Tom com cara de abismado e se dirigiu a ele.

— Tom! — Ela atravessou a multidão.

— Oi, Holly! — disse ele, parecendo muito estressado.

— Em qual quarto o Daniel está? — perguntou rapidamente.

— Daniel? — perguntou ele, com cara de confuso.

— Sim, o Daniel! O padrinho... Quero dizer, o *seu* padrinho.

— Ah, não sei, Holly — disse, virando-se para abordar um dos funcionários do hotel.

Holly pulou na frente dele, bloqueando sua visão. — Tom, eu preciso muito saber! — Estava entrando em pânico.

— Olha, Holly, não sei mesmo. Pergunte para a Denise — disse ele, e saiu correndo pelo corredor atrás de um funcionário do hotel.

Holly olhou para Denise e hesitou. Ela estava fora de si, e Holly não tinha intenção de conversar com ela naquele estado. Ela entrou na fila atrás de todos os convidados e, vinte minutos depois, com movimento ágeis para furar a fila, chegou à frente.

— Oi, queria saber se você pode me informar em qual quarto Daniel Connelly está, por favor — disse rapidamente.

O recepcionista balançou a cabeça.

— Sinto muito, não posso informar o número dos quartos.

Holly rolou os olhos.

— Olha, ele é um amigo meu — ela explicou e sorriu docemente.

O rapaz sorriu com educação e balançou a cabeça de novo.

— Sinto muito, mas isso vai contra a política do hotel...

— Escute! — ela gritou e até Denise calou-se ao seu lado. — É muito importante que você me diga!

O homem hesitou e balançou a cabeça lentamente, aparentemente assustado demais para abrir a boca. Por fim, disse:

— Sinto muito, mas...

— Aaaaaahhhh! — Holly gritou frustrada, interrompendo-o de novo.

— Holly — disse Denise, pousando a mão no braço dela. — O que foi?

— Preciso saber em qual quarto o Daniel está! — ela gritou e Denise pareceu assustada.

— É o quarto 42 — disse ela.

— Obrigada! — Holly gritou com raiva, sem saber por que continuava gritando, e saiu correndo na direção dos elevadores.

Holly atravessou o corredor arrastando sua bolsa e conferindo o número das portas. Quando chegou ao quarto, bateu forte na porta e, ao escutar passos se aproximando, percebeu que não havia pensado no que diria. Respirou fundo quando a porta se abriu.

E parou de respirar.

Era Laura.

— Querida, quem é? — escutou Daniel perguntando. Holly o viu sair do banheiro com uma toalha pequena em volta da cintura.

— Você! — Laura gritou.

Capítulo 51

HOLLY FICOU DO LADO DE FORA DO QUARTO DE Daniel e olhou para Laura e depois para Daniel, e então para Laura de novo. Pela seminudez dos dois, concluiu que Daniel já sabia que Laura tinha sido convidada para o casamento. Também concluiu que ele não havia informado Denise nem Tom, já que eles não tinham alertado Holly. Mas mesmo que soubessem, não teriam considerado importante avisar Holly, afinal, ela não havia contado o que Daniel dissera a ela antes do Natal a nenhuma de suas amigas. Enquanto olhava para dentro do quarto, percebeu que não tinha absolutamente nenhum motivo para estar onde estava naquele instante.

Daniel segurava a pequena toalha com força, parado, demonstrando estar chocado. Laura demonstrava irritação. Holly estava boquiaberta. Todos ficaram calados por um tempo. Holly quase conseguia escutar os pensamentos em choque. Até que, por fim, alguém disse algo e Holly gostaria que não tivesse sido quem foi.

— O que *você* está fazendo aqui? — perguntou ela.

Holly pensou em falar, mas não falou. Daniel franziu o cenho, confuso, ao olhar para as duas moças.

— Vocês duas... — Ele parou como se a ideia fosse totalmente ridícula, mas pensou melhor e decidiu perguntar mesmo assim: — Vocês se conhecem?

Holly hesitou.

— Rá! — O rosto de Laura se contorceu de raiva. — Ela *não* é minha amiga! Eu peguei essa safada beijando o meu namorado! — Laura gritou e então hesitou ao perceber o que havia dito.

— Seu *namorado*? — Daniel gritou, atravessando o quarto para se aproximar das duas na porta.

— Desculpa... ex-namorado — Laura disse, olhando para o chão.

Holly sorriu, satisfeita por Laura ter se enrolado toda.

— Sim, o Stevie, não é? Um bom amigo do Daniel, se eu me lembro bem.

Daniel corou ao olhar para as duas, aparentando estar totalmente perdido.

Laura olhou para Daniel, tentando imaginar como aquela mulher conhecia seu namorado, o *atual*.

— O Daniel é um grande amigo meu — Holly explicou, cruzando os braços.

— Então você veio aqui para roubá-lo de mim também? — perguntou Laura, com sarcasmo.

— Ah, por favor, como se você pudesse falar alguma coisa a esse respeito — disse ela e Laura corou.

— Você beijou o Stevie? — perguntou Daniel, tentando entender a história. Parecia bravo.

— Não, eu *não* beijei o Stevie. — Holly rolou os olhos.

— Você beijou! — acusou Laura, de modo infantil.

— Ah, cala essa boca! — Ela olhou para Laura e riu. — O que você tem que ver com isso? Estou vendo que você voltou com o Daniel, então parece que tudo ficou bem no fim! — E então virou-se para Daniel. — Não, Daniel — ela continuou. — Eu não beijei o Stevie. Estávamos em Galway, no fim de semana da despedida de solteira de Denise, Stevie estava embriagado e tentou me beijar — ela explicou com calma.

— Nossa! Como você é mentirosa! — disse Laura, irritada. — Eu vi o que aconteceu.

— O Charlie também viu. — Holly ignorou Laura e continuou olhando para Daniel. — Então, pode perguntar a ele se não acredita em mim, mas se não acredita, eu não estou nem aí. Bem, eu vim ter aquela conversa com você, mas está na cara que você está ocupado. — Ela olhou para a pequena toalha enrolada em seu corpo. — Até mais tarde, no casamento. — E, com isso, ela se virou e caminhou pelo corredor, arrastando a mala. Olhou para trás para ver Daniel, que ainda estava parado à porta, e virou a cabeça e entrou em um corredor. Parou ao perceber que havia entrado em um beco sem saída. Os elevadores ficavam do outro lado. Continuou caminhando até o fim do corredor para não parecer uma tola passando na frente do quarto deles de novo. Esperou parada até escutar a porta se fechando. Caminhou na ponta dos pés de volta ao corredor, passou pelo quarto e correu em direção ao elevador.

Apertou o botão e suspirou aliviada, fechando os olhos cansados. Não estava brava com Daniel, pois, na verdade, de um modo muito infantil, ela estava feliz por ele ter feito algo para que eles não tivessem que conversar. Então, ela havia sido dispensada, e não o contrário, como pensou que seria. Mas Daniel não devia estar muito apaixonado por ela, pois conseguiu esquecê--la e voltar com Laura muito rapidamente. Bem, pelo menos ela não havia ferido os sentimentos dele... mas ela achava que ele estava sendo um tolo por aceitar Laura de volta...

— Você vai entrar ou não?

Holly abriu os olhos; não havia percebido que as portas do elevador tinham se aberto.

— Leo. — Ela sorriu, entrando para dar um abraço nele. — Não sabia que você viria para cá!

— Vou fazer o cabelo da abelha-rainha. — Ele riu, referindo-se a Denise.

— Ela é tão ruim assim? — Holly fez uma careta.

— Ah, ela estava irada porque Tom a viu no dia do casamento. Ela acha que dá azar.

— Bem, só vai dar azar se ela achar que dá azar. — Holly sorriu.

— Não vejo você há muito tempo — disse Leo, olhando para os cabelos de Holly, com *aquela* cara.

— Ah, eu sei — Holly resmungou, cobrindo as raízes com a mão. — Tenho andado tão ocupada no trabalho este mês, não tive tempo.

Leo ergueu as sobrancelhas e pareceu animado.

— Nunca pensei que escutaria você dizendo isso a respeito do trabalho. Você mudou muito.

Holly sorriu e ficou pensando.

— Sim. Sim, mudei mesmo.

— Então, entre — disse Leo, saindo pela porta. — O casamento só será daqui a algumas horas; vou prender seu cabelo para podermos cobrir essas raízes horríveis.

— Ah, tem certeza de que não se importa? — Holly mordeu o lábio, sentindo-se culpada.

— Não, não me importo nem um pouco. — Leo balançou a mão. — Não podemos permitir que você acabe com as fotos de Denise com esses cabelos, não é?

Holly sorriu e arrastou sua mala para fora do elevador. Ele estava sendo muito gentil.

Denise olhou para Holly com animação, na ponta da mesa, no salão do hotel, enquanto alguém batia uma colher contra a taça e os discursos começaram. Holly remexeu as mãos com nervosismo no colo, repassando o discurso diversas vezes em sua mente, sem sequer ouvir o que os outros estavam dizendo.

Ela deveria ter escrito, porque estava muito nervosa, não conseguia se lembrar do começo. Seu coração bateu forte quando Daniel se sentou e todos aplaudiram. Ela seria a seguinte e não poderia correr para o banheiro. Sharon segurou sua mão trêmula para deixá-la mais calma. Holly sorriu para ela, sentindo-se mal. O pai de Denise anunciou que Holly ia falar e todos se viraram para ela. Só conseguiu ver um monte de pessoas olhando para ela. Levantou-se lentamente da cadeira e olhou para Daniel em busca de encorajamento. Ele piscou para ela e seu coração se acalmou um pouco. Seus amigos estavam todos presentes. Olhou ao redor e viu John sentado a uma mesa com os amigos dele e de Gerry. John fez sinal de positivo para ela, que deixou o primeiro discurso desaparecer de sua mente e um novo se formar. Ela pigarreou.

— Por favor, perdoem-me se eu ficar um pouco emotiva enquanto falar, mas estou muito feliz por Denise hoje. Ela é a minha melhor amiga... — ela pausou e olhou para Sharon a seu lado — ... bem, uma delas.

Todos riram.

— E estou me sentindo muito orgulhosa dela hoje e feliz por ela ter encontrado o amor com um homem maravilhoso como Tom.

Holly sorriu ao ver os olhos de Denise marejados. A mulher que nunca chorava.

— Encontrar alguém que amamos e sermos amados é um sentimento maravilhoso, maravilhoso. Mas encontrar uma alma gêmea é um sentimento ainda *melhor*. Uma alma gêmea é alguém que entende você como nenhuma outra pessoa, que ama você como ninguém, que estará ao seu lado *para sempre*, independentemente do que aconteça. Dizem que nada dura para sempre, mas acredito firmemente que, na verdade, para algumas pessoas, o amor continua vivo depois da morte. Eu sei um pouco como é ter alguém assim, e eu sei que Denise encontrou sua alma gêmea em Tom. Denise, fico feliz em poder dizer que um elo assim nunca se desfaz.

Holly sentiu um nó na garganta, esperou um momento para se recompor e então continuou:

— Sinto-me honrada e assustada por Denise ter me convidado para falar aqui hoje.

Todos riram.

— Mas estou feliz por ter sido convidada para dividir este lindo dia com Denise e Tom, e espero que eles tenham muitos outros dias lindos como este.

Todos aplaudiram e pegaram as taças.

— Mas! — Holly falou mais alto com a multidão e ergueu a mão para silenciá-los. O barulho parou e todos olharam para ela.

— Mas alguns convidados aqui hoje conhecem a lista que um cara maravilhoso criou. — Holly sorriu para a mesa de John. Sharon e Denise gritaram.

— E uma das regras era *nunca, em hipótese alguma,* usar um *festido* branco caro.

Holly riu quando as pessoas da mesa de John começaram a gritar e Denise ficou histérica ao lembrar da fatídica noite em que a nova regra foi acrescentada à lista.

— Então, em nome de Gerry — disse Holly —, vou permitir que você burle essa regra porque você está linda, e vou chamar vocês para se unirem a mim em um brinde a Tom e Denise e o *festido* muito, muito caro que ela está usando, e eu sei bem, porque fui arrastada a todas as lojas de vestido de noiva da Irlanda!

Os convidados no salão ergueram as taças e repetiram:

— A Tom e Denise e também a seu *festido* muito caro!

Holly se sentou e Sharon a abraçou com lágrimas nos olhos.

— Foi perfeito, Holly.

Holly ficou feliz ao ver John erguer sua taça a ela e comemorar. E então a festa começou.

Os olhos de Holly ficaram cheios de lágrimas ao ver Tom e Denise dançando juntos pela primeira vez como marido e mulher, e ela se lembrou daquela sensação; animação, esperança, pura felicidade e orgulho, a sensação de não saber o que o futuro guardava, mas, mesmo assim, estar pronta para tudo. E, ao pensar nisso, ela se sentiu feliz; não choraria por causa disso, mas, sim, aceitaria a situação.

Ela havia aproveitado todos os segundos de sua vida com Gerry, mas agora era hora de seguir em frente. Passar para o capítulo seguinte de sua vida, levando todas as experiências maravilhosas consigo e as experiências que a ensinariam muito e a ajudariam a moldar seu futuro. Certamente seria difícil; ela havia aprendido que nada era fácil. Mas não parecia tão difícil como tinha sido meses antes, e ela imaginou que, dentro de poucos meses, seria menos difícil.

Ela havia recebido um presente maravilhoso: a vida. Às vezes, a vida era interrompida cedo demais, mas o que contava era o que a pessoa fazia com ela, não o tempo que durava.

— Pode me conceder o prazer de uma dança? — Uma mão apareceu diante dela e ela viu Daniel sorrindo.

— Claro. — Ela sorriu e segurou a mão dele.

— Posso dizer que está linda esta noite?

— Pode. — Holly sorriu. Estava muito feliz com sua aparência. Denise havia escolhido um belo vestido lilás com uma echarpe por cima que escondia sua barriga de Natal, e havia uma fenda enorme na lateral. Leo havia feito um penteado muito bonito, prendendo-o e permitindo que alguns cachos caíssem sobre seus ombros. Ela se sentia linda. Sentia-se como a Princesa Holly e riu ao pensar nisso.

— Seu discurso foi ótimo. — Ele sorriu. — Sei que o que eu disse a você foi egoísta de minha parte. Você disse que não estava pronta e eu não dei atenção — ele se desculpou.

— Tudo bem, Daniel. Acho que vou demorar muito, muito tempo para ficar pronta. Mas obrigada por me esquecer tão depressa. — Ela ergueu as sobrancelhas e fez um meneio de cabeça em direção a Laura, que estava sentada sozinha, com cara de poucos amigos.

Daniel mordeu o lábio.

— Sei que posso ter parecido um maluco, mas quando você não respondeu às minhas mensagens, percebi que não estava pronta para um relacionamento. E quando fui para casa para passar as festas e encontrei Laura, aquela chama antiga ganhou força. Você tinha razão, eu não a esqueci. Pode acreditar, se eu não soubesse, do fundo do coração, que você não estava apaixonada por mim, não a teria trazido para o casamento.

Holly sorriu para Daniel.

— Sinto muito por evitar você o mês todo. Eu estava tendo um tempo "meu". Mas ainda acho você um tolo. — Ela balançou a cabeça ao ver Laura franzindo o cenho para ela.

Daniel suspirou.

— Eu sei que ela e eu temos muito o que conversar daqui pra frente e vamos devagar com as coisas, mas, como você disse, para algumas pessoas o amor continua.

Holly rolou os olhos.

— Ah, não vai começar a me imitar. — Ela riu. — Bem, desde que você esteja feliz, creio eu, apesar de não saber como você vai conseguir ser feliz com ela. — Holly suspirou e Daniel riu.

— Eu estou feliz, Holly, acho que simplesmente não sei viver sem o drama. — Ele olhou para Laura e seu olhar ficou mais suave. — Preciso de alguém maluca por mim, e, querendo ou não, Laura é. E você? Está feliz? — Ele observou o rosto de Holly.

Ela pensou por um minuto.

— Esta noite estou feliz. Vou me preocupar com o amanhã quando o amanhã chegar. Mas estou chegando lá...

Holly se reuniu com Sharon, John, Denise e Tom e esperou a contagem regressiva.

— Cinco... quatro... três... dois... um! FELIZ ANO NOVO! Todo mundo comemorou e balões de todas as cores do arco-íris caíram do céu do salão sobre a cabeça das pessoas.

Holly abraçou as amigas com alegria e lágrimas nos olhos.

— Feliz Ano Novo! — Sharon abraçou a amiga com força e beijou seu rosto.

Holly colocou a mão sobre a barriga de Sharon e segurou a mão de Denise com força.

— Feliz Ano Novo a todos nós!

Epílogo

HOLLY FOLHEOU OS JORNAIS para ver em qual havia uma foto de Denise e Tom no dia do casamento. Não era todo dia que um importante DJ da Irlanda e uma das moças do "As Mulheres e a Cidade" se casavam. Pelo menos, era o que Denise gostava de pensar.

— Ei! — o dono da banca de jornal gritou com ela. — Aqui não é biblioteca. Deve comprar ou largar.

Holly suspirou e começou a pegar todos os jornais da prateleira mais uma vez. Teve que fazer duas viagens até o balcão devido ao peso dos jornais, e o homem não procurou ajudá-la. Não que ela quisesse ajuda. Mais uma vez, a fila se formou. Holly sorriu e demorou o tempo que foi preciso. Era culpa dele mesmo, se pelo menos tivesse permitido que ela folheasse os jornais, ela não demoraria no caixa. Ela foi para a frente da fila com os últimos jornais e começou a colocar barras de chocolate e pacotes de doce na pilha.

— Ah, por favor, pode me dar uma sacola? — Ela piscou e sorriu com doçura.

O velho olhou para ela por cima dos óculos como se ela fosse uma menininha malcriada.

— Mark! — ele gritou, nervoso.

O adolescente espinhento apareceu dos corredores mais uma vez com a pistola de marcar preços na mão.

— Abra o outro caixa, filho — ele mandou, e Mark arrastou-se até o caixa.

Metade da fila atrás de Holly foi para o outro lado.

— Obrigada. — Holly sorriu e caminhou em direção à porta. Quando estava prestes a abri-la, alguém a empurrou do outro lado, e todas as suas compras se espalharam no chão.

— Me desculpe — disse o homem, abaixando-se para ajudá-la.

— Ah, tudo bem — respondeu Holly com educação, sem querer virar-se e olhar para o velho que a observava.

— Ah, é você! A chocólatra — ela ouviu e olhou para a frente assustada. Era o cliente gentil com olhos verdes que a ajudara na outra ocasião.

Holly riu.

— Nós nos encontramos de novo.

— Seu nome é Holly, certo? — perguntou ele, entregando a ela as barras de chocolate tamanho família.

— Isso mesmo. O seu é Rob, certo? — respondeu ela.

— Você tem boa memória. — Ele riu.

— Assim como você. — Ela colocou tudo dentro da sacola, distraída, e voltou a ficar em pé.

— Bem, com certeza vamos nos "encontrar" de novo em breve. — Rob sorriu e foi para a fila.

Ela ficou olhando para ele, sem reação. Por fim, resolveu aproximar-se.

— Rob, haveria a possibilidade de você tomar aquele café hoje? Se não puder, tudo bem... — Ela mordeu o lábio.

Ele sorriu e olhou com nervosismo para a aliança no dedo dela.

— Ah, não se preocupe com isso. — Ela esticou o braço. — Agora, ela só representa uma época de boas lembranças.

Ele assentiu, compreendendo.

— Bem, nesse caso, eu adoraria.

Eles atravessaram a rua e caminharam em direção ao Greasy Spoon.

— A propósito, sinto muito por ter fugido de você da última vez — ele se desculpou, olhando nos olhos dela.

— Ah, não se preocupe; eu costumo escapar pela janela do banheiro depois da primeira bebida — Holly provocou.

Ele riu.

Holly sorriu ao se sentar à mesa enquanto o esperava voltar, trazendo as bebidas. Ele parecia ser bacana. Ela relaxou na cadeira e olhou pela janela para o dia frio de janeiro que fazia as árvores balançarem com a força do vento. Pensou no que havia aprendido, quem ela tinha sido e em quem havia se transformado. Era uma mulher que havia recebido conselhos de um homem a quem ela amava e havia aproveitado aqueles conselhos e se esforçara para ajudar a se curar. Agora, tinha um emprego que adorava e sentia confiança dentro de si para buscar o que queria.

Era uma mulher que cometia erros, que às vezes chorava em uma segunda-feira de manhã ou à noite, sozinha em sua cama. Era uma mulher que com frequência ficava entediada com a vida e tinha dificuldades para acordar para trabalhar de manhã. Era uma mulher que tinha muitos dias ruins, que se olhava no espelho e se perguntava por que não conseguia simplesmente se arrastar para a academia mais vezes, era uma mulher que às vezes odiara o trabalho e questionara seus motivos para viver neste planeta. Era uma mulher que às vezes entendia as coisas de modo errado. Por outro lado, era uma mulher com um milhão de lembranças felizes, que sabia como era viver um amor verdadeiro e que estava pronta para viver mais a vida, amar mais e criar novas lembranças. Se demorassem dez meses ou dez anos, Holly obedeceria à mensagem final de Gerry. Independentemente do que existisse mais à frente, ela sabia que podia abrir o coração e seguir o caminho pelo qual ele a levasse.

Enquanto isso, apenas viveria.

Agradecimentos

Obrigada, mãe, pai, Georgina, Nicky, todos os meus familiares e amigos.

Obrigada, Marianne Gunn O'Connor.

Obrigada a minha editora na Hyperion, Peternelle van Arsdale.